**ELISABETH NIHOUS**

# Le Psy,
# le Caniche...
# et Moi

*roman*

Diplomée de Columbia University Elisabeth Nihous a developpé une fâcheuse allergie aux chiffres l'obligeant à délaisser la finance pour se consacrer à sa passion initiale, l'écriture.

**Le Psy, le Caniche... et Moi** est son premier roman. Son second roman, **Le Psy, Hollywood... et encore Moi** est en cours d'écriture. Elle vit près de la mer avec son mari, psychologue, leur fils Alexandre et Gummy, leur très photogénique Westie.

www.elisabethnihous.com
Twitter : @elisabet_nihous
Facebook : Elisabeth Nihous auteur

*À ma mère*

Je me presse de rire de tout, de peur d'être obligé d'en pleurer,
Beaumarchais (1732-1799)

# TABLE DES MATIÈRES

# PROLOGUE

---

Mon mari est psy.

Un très bon psy, d'après ceux qui le fréquentent.

Quentin, Mathilde, Simon, Elise, Bastien, Arielle. Il les a tous guéris.

Aucune réclamation dans un domaine où le patient est capricieux, en plus d'être roi.

Le SAV marche à fond. À toute heure il répond aux appels, écoute, panse les blessures de l'âme.

Il est si sympathique.

Et bel homme, en plus.

Une perle de mari, d'après les copines qui ne vivent pas avec.

Sauf que là...

Je ne le trouve plus psychologue du tout, mon psy de mari.

Pour la théorie et le divan, pas de problème, il est doué.

Mais en pratique...

Pour sa famille,

Pour Max et moi

Il pourrait assurer le service minimum, non ?

# AVRIL

---

**ESSAYÉ :** *Pantalon en 42 dont la vendeuse prétend qu'il taille grand et que je n'ai pu boutonner. Ne remettrai plus les pieds dans la boutique.*

**ACHETÉ :** *Dans un autre magasin. Tunique en lin blanc taille 42, genre cache-misère avant d'affronter l'été.*

**TEMPS PASSÉ SOUS LA DOUCHE PAR MAX :** *25 minutes, sauf lorsque son père lui demande de se presser. Dans ce dernier cas : 42 minutes.*

**NOMBRE DE LINGETTES UTILISÉES PAR MAX** *: 180 par jour, avec un pic à 340 le jour où le chien de Victoire lui a léché le visage.*

## LUNDI 16 AVRIL

C'est à cause du camion.

Un énorme camion qui occupe toute la chaussée, hayon et monte-charge déployés, et bloque l'accès à ma maison, soixante-neuf mètres plus haut.

— Allez-y, dis-je au déménageur qui promet avoir remballé dans dix minutes. Je ne suis pas pressée.

Mon prochain rendez-vous est dans cent onze minutes. Je dois imprimer mon dossier. Trente-sept pages recto verso. Quatre minutes vingt secondes.

J'ai le temps. Je peux patienter dix minutes. Aucun problème.

Trente-quatre secondes plus tard j'ai escaladé le trottoir opposé, opéré un demi-tour en épingle à cheveux, raclé le pare-choc avant de ma Scenic contre une grille en fer forgé et mis le pied au plancher.

Me voici remontant l'avenue des Mûriers en sens interdit, ainsi que l'avenue du Bosquet. Direction les plages du Cap d'Antibes pour une pause détente aux antipodes de ma matinée d'audience au tribunal de Grasse.

Je rejoins la pinède, je dépasse l'hôtel Belles-Rives, le port Gallice, la plage des Ondes et j'atteins le minuscule port de l'Olivette. Sa plage de galets est parfaite pour y peaufiner mon prochain dossier et peut-être même croiser Marc en pleine séance natation.

Je cherche en vain à me garer dans le chemin de l'Olivette. Je tourne à gauche dans le boulevard Kennedy, je débouche dans le chemin des Nieilles.

Et là, à 12h48, je sais que je suis cocue.

**13h28.** Dans la fausse vie je suis calme. Organisée. Professionnelle. Déjà au CM1 l'institutrice avait prévenu ma tante Sidonie « Méfiez-vous de Charlotte. C'est un volcan au repos, mais capable d'explosion. »

Elle avait raison.

En changeant la cartouche de mon imprimante et même en m'éclaboussant d'encre noire je reste calme. Idem lorsque j'imprime mon dossier et le range dans la pochette bleue cartonnée où sont imprimés mes nom et coordonnées « Charlotte Russo, traductrice assermentée au Tribunal de Grasse, 23 Avenue des Mûriers... » Ainsi qu'en troquant ma robe tachée d'encre contre un tailleur gris perle que je peine à boutonner.

Mais intérieurement je bous, je réfléchis, je fulmine, j'analyse. Pour parvenir à la même inéluctable conclusion.

Marc, dont je partage la vie depuis vingt ans, en qui j'ai une confiance absolue, le père de mon fils, l'homme que j'aime et que je n'ai jamais trompé malgré quelques belles occasions, et bien celui-là n'est pas celui que je croyais.

Il a une double vie. Une vie cachée.

Il me trompe.

**13h47.** Je jette le dossier sur le siège arrière de la Scenic, je démarre en oubliant de regarder dans le rétroviseur et j'éteins la radio. Pour réfléchir.

Mon portable sonne. Je réponds en aboyant, pensant à Marc.

C'est Rémi, le mari de Victoire, spécialiste en implants capillaires qui ont fait sa fortune et passionné de brocante. Dans les dîners dès qu'il embraye sur les guéridons Louis XVI ou la porcelaine de Messen, c'est sauve-qui-peut parmi les copains.

Me prenant au dépourvu, il me demande de l'aide.

— J'ai organisé un weekend surprise avec Victoire dans un ancien monastère à Taormina. Le super top avec vue plongeante sur la mer, piscine à débordement entourée d'oliviers centenaires, restaurant gastronomique. Plus théâtre gréco-romain, églises anciennes dont l'une recèle des reliques. Elle va adorer.

Je sens la catastrophe à plein nez.

— Quand ?

— Vendredi prochain puisque les enfants partent chez mes parents.

Ça y est, la tuile. La vraie, la totale !

Que faire ?

J'y vais sur la pointe des pieds.

— C'est le weekend du Salon de la Gastronomie à Cannes.

— Oui ? répond-il d'un ton indifférent.

— Victoire ne t'a pas mis au courant ?

Je l'imagine fronçant les sourcils qu'il a noirs et particulièrement fournis.

— Vaguement. Pourquoi ?

— Elle a prévu d'y assister.

Je sens une hésitation, vite balayée.

— Tant pis, réplique-t-il. J'ai déjà payé. Elle se rattrapera au prochain salon.

Et le voilà qui enchaîne, imperturbable.

Vingt ans de mariage, deux enfants, un chien, trois poissons rouges, un perroquet, deux hamsters... et il n'a pas le mode d'emploi de sa femme.

Ouvrir un restaurant, tel est le fantasme de Victoire. Passer du statut de cuisinière amateur à celui de professionnelle reconnue. Elle rêve de cuisines avec îlots centraux, de hottes aspirantes, de pianos de cuisson personnalisés, de légumes anciens, d'épices rares, de saveurs troublantes.

Et non pas de voyages luxueux avec tournée des antiquaires comme s'obstine à les organiser Rémi.

— Alors c'est d'accord ? Tu pourras la conduire ?

Je sursaute, perdue dans mes pensées.

— La conduire où ?

Il répète patiemment.

— À l'aéroport, pour lui faire la surprise.

**13h51.** À peine débarrassée de Rémi j'appelle Victoire.

Elle est déchainée. Je fais l'impasse sur Marc.

— Hors de question que je sacrifie le concours pour aller à Taormina, fulmine-t-elle..

Le concours de chefs amateurs a lieu samedi matin. Depuis quatre ans elle en parle, sans s'inscrire. Cette année, poussée par ses copines ( moi en tête ) elle s'est lancée, surmontant sa timidité et sa crainte de contrarier Rémi.

Car Rémi n'est pas enchanté. Son amour pour Victoire est passionné, exclusif et étouffant. Il ne tolère aucun compromis. Interdiction formelle à la gastronomie et aux copines d'empiéter sur leur temps à deux. À peine accepte-t-il de la partager avec leurs enfants, à condition qu'ils modèrent leurs exigences. Toute activité chronophage est censurée.

La journée de samedi est planifiée de longue date, avec l'accord exceptionnel de Rémi.

Victoire refuse de céder.

— Je m'exerce depuis six mois, martèle-t-elle. Six mois que je bosse sur mes recettes, que je réfléchis, je peaufine. Ce concours j'y tiens. Et j'irai.


**14h27.** Je suis à Mouans-Sartoux, dans la salle d'attente de Maître Lecarré qui est coincé dans une audience. Son assistante m'a prévenue du retard par un SMS que j'ai manqué. Je suis bonne pour une heure d'attente.

La salle d'attente est vide et la porte fermée. Me parviennent en sourdine les bavardages des assistantes, le bruit des talons aiguilles claquant sur le parquet, un rire, la sonnerie du téléphone.

Je respire à fond et je réfléchis à la scène du chemin des Nieilles.

J'ai vu Annie, assise dans sa Coccinelle jaune citron, attendant Marc. Marc garant sa Golf, la rejoignant en quelques joyeuses enjambées et l'embrassant gaiement sur la joue. Puis les deux comparses marchant vers la plage, serviettes et masques à la main.

C'est peu. Mais suffisant.

La familiarité de la scène, son aisance, sa désinvolture, tous ces faits insignifiants sont les pièces du puzzle qui s'ordonne dans mon cerveau.

Les signaux étaient là depuis longtemps. Je les ai ratés.

Annie, rencontrée à la piscine où Marc nage tous les jours, deux kilomètres de crawl qui l'aident à conserver, la quarantaine venue, un corps ferme et élancé faisant l'envie de ses copains.

Annie, que j'ai rarement croisée mais dont la froideur à mon égard m'avait étonnée.

Annie dont j'ignorais que, les beaux jours venus, elle troquait les bassins chlorés pour le même banc de sable que Marc.

C'est un bel homme mon mari, il le sait et il fait tout pour. Crèmes hydratantes, antirides et soins capillaires, il a la panoplie.

Son capital beauté il l'entretient. D'où ses séances quotidiennes de natation, alors que me suffisent quelques promenades et surtout beaucoup de bonnes intentions.

Souvent il crapahute avec Anne-Laure, grande sportive, épouse d'un homme que seule la gastronomie passionne, ou avec Louise qui raffole de randonnées. J'applaudis sans crainte ni arrière-pensée, ravie d'être dispensée de balade et de poser mes fesses sur un fauteuil de cinéma, sachant que si l'envie improbable me venait de les rejoindre je serais la bienvenue.

Avec Annie c'est autre chose.

Je ne suis ni informée ni conviée. J'ai basculé dans le camp des intrus.

La porte s'ouvre. L'assistante de Maître Lecarré m'invite à la suivre.

Mon client est un anglais pinailleur et irascible qui s'est mis à dos tous ses voisins et conteste chaque assemblée générale. Inutile de dire que je n'ai pas la tête à ses problèmes de co-propriété. Je traduis ses propos machinalement ainsi que les réponses de Maître Lecarré dont je sens le regard perplexe s'attarder sur moi. Je tente de me reprendre, de redonner de l'allant à ma prestation, de re-créer nos habituels apartés.

Mais le coeur n'y est pas.


**17h49.** À peine franchi le seuil de ma maison je pivote en mode vraie vie. Effervescent. Bouillonnant. Impatient.

Des preuves, il me faut des preuves.

J'en trouve à foison.

72 appels et 57 SMS au cours des trois dernières semaines.

Marc l'appelle le matin en arrivant à son cabinet, dans d'après-midi et le soir. Avant le retour de son mari, vu qu'elle aussi est encombrée d'un conjoint. Le tout saupoudré de textos dont certains nocturnes.

Je tâtonne sur le site d'Orange jusqu'à découvrir les relevés des douze mois précédents. Page après page les numéros défilent. Celui d'Annie apparaît depuis décembre, avec une croissance exponentielle ces deux derniers mois. Je les ai surpris en plein boum.

Une autre que moi aurait ressassé ces informations, téléphoné à une copine, ou tout simplement pris le temps d'échafauder une stratégie. Pas moi. Je saisis mon portable et j'appelle Marc, sachant pertinemment que je vais le déranger en pleine consultation dans la maison de convalescence où il travaille deux après-midis par semaine.

— Je suis occupé, annonce-t-il d'une voie calme.

— Tu a téléphoné 72 fois à Annie en trois semaines.

— Elle a des problèmes. Je l'aide.

— En lui envoyant des textos à une heure du matin ?

— C'est une erreur, je...

— J'ai le relevé sous les yeux. Mardi 21 février à 1h03.

— Écoute...

Je raccroche.


**18h24.** Sachant Marc aux Amaryllis, je traverse la rue et fonce dans son cabinet. J'y vais rarement mais aujourd'hui je suis en mode commando. Version déminage.

D'abord la salle de consultation, bourrée d'étagères, de livres, de dossiers de patients et des carnets de réflexions qu'il annote depuis l'âge de vingt ans.

Cela risque d'être long.

J'ai tout mon temps.

Je m'assieds à son bureau, attaque le cendrier envahi de cartes de visites et voilà : *Annie Tillac, Dame de compagnie pour chiens et chats. Promenades. Gardiennage. Toilettage à domicile*, suivi d'un numéro de portable familier et une adresse mail.

Bing ! Déchirée en mille morceaux. À la poubelle.

Je poursuis avec la pile de droite : des lettres, des factures, une véritable pagaille, mais rien d'intéressant. Près de la lampe, toujours rien. À gauche une pile d'articles de journaux, des photocopies et des brouillons.

Les brouillons c'est la manie de Marc. Je conçois aisément qu'un panel sur le thème « mon conjoint est un pervers narcissique » demande réflexion. Mais des brouillons pour une lettre, un mail, voire une conversation téléphonique ? Ceux-là, pour moi qui écris vite et d'un trait, sont hors norme.

N'empêche, je les parcours les uns après les autres, sans discrimination. C'est fastidieux. Je suis sur le point d'abandonner quand je tombe dessus.

« Je souffre de te savoir sollicitée mais le plus important n'est-il pas qu'on s'aime ? Tu dois croire en mon amour absolu comme je crois dans le tien ».

La douche est glacée.

Je reste immobile à regarder ce lambeau de papier qui symbolise la fin de mon couple tel que je l'imaginais. Quelques mots alignés l'un après l'autre qui sont comme autant de coups de poignard.

Une fureur incontrôlée monte en moi et je l'assouvis en composant le numéro de portable d'Annie. Sa voix doucereuse m'invite à laisser un message.

Il est glacial : « Ici Charlotte Russo. Je sais que vous avez une liaison avec mon mari. Si vous n'y mettez pas un terme immédiatement, je préviens votre époux. »

Je raccroche.

Je ne me sens pas mieux. Le cabinet regorge peut-être d'autres preuves. Je n'ai fouillé ni les placards ni la bibliothèque. Encore moins la salle de bain, et la salle d'attente. Tant pis.

**21h19.** Je passe à l'attaque à peine le diner expédié et Max réfugié dans sa chambre.

— J'ai trouvé ton brouillon. Pars rejoindre ton amour absolu.

— Quel brouillon ?

— Celui-ci. Où le plus important est que vous vous aimez.

Marc prend le papier que je lui tends et le regarde, blême.

— Ce n'est rien, se défend-il. Juste du lyrisme.

— Du lyrisme ? Quand tu parles d'amour absolu à ta maîtresse ?

— C'est une compagne de randonnée et de natation.

— Et plus si affinités.

— Pas du tout.

Le ton monte. Pourvu que Max n'entende rien.

Plus Marc reste calme, plus je fulmine. Je monte l'escalier quatre à quatre et je claque la porte de notre chambre.

Il me rejoint, argumente mais je ne l'écoute plus car un SMS enragé de Victoire s'affiche sur mon portable. Suivi d'un autre, puis d'un autre...

Elle a prévenu Rémi du concours. Il lui a annoncé le voyage.

Elle lui demande de reporter le voyage. Il lui dit d'annuler le concours.

Il refuse. Elle refuse. Ils s'engueulent.

Les enfants pleurent. Victoire pleure. Rémi sort en claquant la porte.

De texto en texto je vis la dispute en temps réel. Avec Clémentine, bien sûr, qui reçoit les mêmes messages que moi. Et Marc qui lit par-dessus mon épaule.

Victoire jure de ne pas céder.

<Et si tu t'inscrivais à un autre concours ?> textote Clémentine, toujours partisane de la paix dans les ménages, même si elle est elle-même deux fois divorcée et enchaîne les relations à bail de courte durée.

Victoire l'engueule.

Marc s'en mêle. Pour faire diversion. Parce qu'il raffole des potins, même si sa profession lui offre assez d'occasions de fourrer son nez dans la vie des autres.

— Elle doit s'imposer, tranche-t-il. Elle a les cartes en main car Rémi ne peut vivre sans elle.

Voici une info que je me promets de transmettre à Victoire.

Et qui appelle une question : de Marc et moi lequel est incapable de vivre sans l'autre ?

## MARDI 17 AVRIL

**7h11.** J'avale un café noir. Pas de sucre, ni de tartines ou de confiture dont la seule vue me donne la nausée. Je l'ignore encore mais je viens d'entamer le régime miracle, celui dont nous rêvons toutes, qui extermine les kilos sans effort.

J'allume mon portable. Quatre messages. Un de ma tante Sidonie m'informant que son voisin ( et amoureux éconduit ) M. Michel la conduira à l'hôpital toute la semaine, suivi d'un autre me susurrant qu'elle m'aime, ce qui déclenche des trombes lacrymales.

Un de Victoire maudissant Taormina, la Sicile et les vacances en général. Et un dernier de Clémentine.

Je tape le même texte à Victoire et à Clémentine « Marc me trompe. Suis mal. » et je file réveiller Max qui refuse d'aller à l'école.

— J'ai pas dormi. Ce matin j'ai M. Broyon et il est odieux.

— Ce n'est pas une raison pour sécher. Dépêche-toi de t'habiller. Je te conduis.

— Où est Papa ?

— Il se rase.

— Vous allez divorcer ? demande-il d'une voix tremblante.

Zut. Hier soir il a entendu.

Pendant le trajet mon portable ne cesse de sonner. Je ne réponds pas bien que ma voiture soit équipée d'un système mains libre. Inutile que Max entende. Il a mis ses oreillettes et ostensiblement branché son iPod, mais je me doute qu'il est aux aguets. Il ne perdrait pas une miette de ma conversation.

Devant Diderot il tarde à quitter la voiture.

— J'reste avec toi.

— Tu as cours mon poussin. Et Victoire m'attend.

Je ne mentionne pas Marc.

— J'ai pas envie. Je vais pleurer.

— Tu seras avec tes copains, et tu verras Zazou.

Son visage s'éclaire. Zazou, sa grande copine, la première élève à qui il a parlé en arrivant au collège Diderot l'an dernier. Je le soupçonne d'en être un peu amoureux.

Nous passons quelques minutes devant le collège, puis il empoigne son cartable et émerge de la voiture.

— Je t'aime, maman.

— Moi aussi, mon canard. Très fort.

Je voudrais l'embrasser, mais non... Pas devant les copains.

À peine rentrée mon portable sonne. Je ne réponds pas à Sidonie qui aurait tôt fait, avec son intuition habituelle, de me tirer les vers du nez. Un simple « allô » lui permet à 95% de probabilité de jauger mon humeur. C'est ainsi depuis qu'elle m'a adoptée après la mort de mes parents dans un accident de voiture alors que j'avais sept ans. Alors, aujourd'hui, vous imaginez ! J'estime que question problèmes, son cancer lui suffit. Inutile de lui infliger le fiasco de mon couple.

Malgré deux aspirines avalées tout en conduisant, ma migraine s'incruste. Je bois deux cafés serrés et me mets au travail. Rien de tel que des décisions de justice rébarbatives pour se déconnecter du présent. Je me concentre, mon dictionnaire juridique à la main et quand je lève les yeux deux heures ont passé. Un flot d'idées noires m'assaille, assorti d'un retour en force de ma migraine. Décidément rien ne vaut le boulot.

Heureusement Victoire ne va pas tarder à arriver.

Je sors de mon bureau et croise Marc qui sirote un verre d'eau. Avant son rendez-vous chez le dentiste, prévu à 14h.

Je lui lance un regard noir et il grimace en avalant une gorgée.

— Je n'ai pas dormi et je vais subir une anesthésie. Tu as mal choisi pour piquer une crise.

C'est de ma faute. Je rêve.

— Je ne t'ai pas forcé à avoir une maitresse.

— Je te l'ai dit. C'est une amie.

— Tu mens.

— C'est une amie de randonnée. Comme Anne-Laure. Ou Louise.

— Parce que tu voues aussi un amour absolu à Anne-Laure et à Louise ?

— Ce ne sont que des mots.

— Vraiment ?

— On discutera ce soir. Je pars à la clinique.

— N'oublie pas de laisser une lettre. Qu'on sache qui est la veuve si tu devais y passer.

Marc blêmît. Il est superstitieux.

— Ouch, fait Victoire à qui j'ouvre la porte et qui a tout entendu.

Je sais, ce n'est pas sympa. Mais sur le moment ça fait tellement de bien.


— Au lit ça se passe comment ? lance Victoire à peine Marc sorti.

En dix ans d'amitié on a dû toucher à tous les sujets. Sauf celui-là. Je peine à répondre.

— Comme après vingt ans de mariage, dis-je enfin.

— Normal, quoi.

— Oui, normal.

Quelle est la norme au bout de vingt ans de mariage ? D'après les sondages les français ont cent vingt-et-un rapports par an. Aïe, je suis loin de la moyenne. Cela dit les sondeurs reconnaissent que les gens interrogés donnent des réponses surévaluées. Du coup je réintègre peut-être la norme...

— Tu ne t'occupes pas assez de lui, reprend Victoire. Tu es indépendante. Les hommes ont besoin d'être chouchoutés.

Elle n'a pas tort. Mais...

— Et toi, avec Rémi ?

— Nous allons à Taormina.

Je ne peux m'empêcher de lever un sourcil ironique en la regardant.

— Il a déjà payé. Je ne peux pas lui faire ça.

C'est peut-être ça la recette d'un mariage qui dure. L'art du compromis. Moi quand j'ai voulu passer un weekend à Barcelone il y a trois mois et que Marc a trainé les pieds car il était fatigué, j'ai embarqué Max et je suis partie quand même.

— Et le concours ?

— Il y en a un autre à Monaco dans quelques mois. Je vais m'inscrire.

Et elle croise les doigts en souriant.

À peine Victoire partie les tenailles reprennent possession de mes tempes et de mon estomac. Seules deux bouchées de salade au thon ont franchi mes lèvres à midi. Malgré les exhortations de Victoire qui associe santé avec appétit, impossible d'avaler.

Je me replonge dans mes traductions. Inutile de prendre du retard. La liste de traducteurs français-anglais agréés au Tribunal de Grasse est longue. Je suis sans illusion : un faux pas et mes fidèles clients n'hésiteront pas à voir ailleurs. Surtout si ailleurs est meilleur marché que moi.

Je peaufine les dernières phrases lorsque Marc arrive.

— Alors, tu as survécu ?

— Je suis crevé. Le dentiste m'a trouvé mauvaise mine. Il voulait remettre à la semaine prochaine mais j'ai refusé.

— Tu as faim ?

— Non, je vais me coucher.

## MERCREDI 18 AVRIL

— Il ne s'est rien passé, répète Marc en se rasant.

— Ce n'est qu'une copine de randonnée. Rien de plus.

— Et la nuit du 23 mars au Mas des Glycines?

Une chambre payée 179 € avec sa propre carte de crédit.

Vers 3h du matin, n'arrivant pas à trouver le sommeil, j'ai fouillé dans son porte-monnaie et trouvé le reçu. Quelques clics plus tard j'étais sur le site de l'hôtel. De charme, avec restaurant gastronomique, chambres aux poutres apparentes et lits à baldaquin.

Dès huit heures je téléphonais à la réception et j'avais la réponse : la chambre était bel et bien occupée par M. et Mme Russo.

— Elle est comme une soeur, insiste Marc.

Rien n'est plus exaspérant que d'être prise pour une imbécile. Je me souviens très bien de cette soirée. Marc m'avait prévenue que, la randonnée étant longue, il dormirait sur place avec son « petit groupe de randonneurs ». Qui se résumait à Annie.

— C'est du gâchis. Elle est comme une soeur.

La moutarde me monte au nez.

— Tu choisis.

— Je ne la verrai plus. D'ailleurs dans trois jours nous serons à Aix. Cela nous fera du bien.

Aix-en-Provence. Les vacances de Pâques de Max. Son stage de théâtre. Les balades avec Marc. Je n'ai vraiment pas la tête à cela. Les bagages, le trajet en voiture, l'appartement en location, les courses. Depuis deux jours je ne mange plus. Ma balance accuse deux kilos de moins.

Je suis épuisée.

**11h22.** Le ciel est aussi plombé que mon humeur lorsque j'arrive chez Maître Vergot.

— Il est occupé, me prévient Sybille, son assistante, en m'offrant un café salvateur.

J'en profite pour faire des câlins à Oscar, son adorable shih tzu crème à moustache chocolat, qui grogne de plaisir tandis que je lui gratte le ventre. Pendant quelques minutes je suis hors du temps, concentrée sur cette petite boule de poils chaude et frémissante qui me récompense de coups de langue.

Puis, ayant déposé mes traductions, je reboutonne mon imperméable et sors affronter les frimas. De tous genres.

J'ai été aveugle. Et gourde. Ce n'est pas une raison pour persister. Marc m'ayant prévenue qu'il nagerait en mer je décide de m'assurer de sa bonne foi.

C'est facile. Nous sommes tous routiniers mais Marc plus que d'autres. Ses choix penchent entre trois ou quatre plages, selon les vents et la période de l'année. Retrouver sa voiture est un jeu d'enfant.

À treize heures, je suis garée dans l'avenue des Fleurs du Cap, derrière sa Golf noire. Il ne pleut plus mais le vent est glacé et des nuages noirs assombrissent l'horizon. Je parcours les quelques mètres qui me séparent de la mer et scrute les flots. Personne n'est assez téméraire pour braver la tempête qui se prépare.

Je soupçonne Marc d'être allé marcher. Son portable ne répondant pas je repars dans ma voiture. Les minutes me semblent des heures. Mais je veux savoir. S'il ment. Ou pas.

Le chemin est désert. Les volets des maisons sont clos. Personne à l'horizon.

J'attends. Je regarde. Je réfléchis.

Et soudain... Au loin, tout en haut du virage, le nez jaune de la Coccinelle d'Annie.

Elle me voit, pile brutalement et fait demi-tour.

Trop tard. Je démarre et fonce à sa poursuite. La voici, arrêtée dans un renfoncement deux cents mètres plus haut. Je freine et abandonne la Scénic au milieu de la route.

Marc sort de la Coccinelle. Annie, courageuse, se tapit derrière son volant.

Je les toise. Un regard que j'espère sombre, menaçant. Et dédaigneux.

Une voiture monte la pente, s'arrête, bloquée par la Scénic. Je m'en fiche. D'ailleurs le conducteur ne klaxonne pas. Sa passagère et lui ne ratent pas une miette de la scène.

Je somme Marc de monter en voiture avec moi.

— Je reste avec elle, répond-il.

À ce moment j'ai compris.

Les dénégations de Marc, dix minutes plus tard, à la maison, n'ont rien changé.

Les « j'ai dit n'importe quoi », les « pardonne-moi j'étais à bout », n'y ont rien fait.

J'ai compris qu'il y a un os. Un vrai.

La première fois que j'ai vu Annie je ne me suis pas méfiée. C'était l'été dernier. Max voulait descendre la Clue de la Cerise à la nage avec trois copains et il fallait deux adultes sportifs pour les encadrer.

Annie nous avait rejoints près de la rivière. Elle était sortie de sa Coccinelle. Très mince, les muscles sinueux, et franchement moche. Si moche que, voyant son visage à la quarantaine fripée, son front et ses joues ravagés par de profondes rides, ses cheveux blonds filasses je m'étais dit, « rien à craindre de ce côté ».

— Question intuition, tu repasseras, m'assène Clémentine dont je squatte le bureau depuis deux heures.

Je lui lance un regard noir, mais elle a raison. J'ai aussi omis de me méfier lorsqu'elle a dépanné Marc par un après-midi de janvier. Ils venaient de nager lorsque sa voiture est tombée en panne. Toujours aimable elle le reconduisait deux jours plus tard afin de la récuperer.

— Ça ne la dérange pas ? m'étais-je naïvement enquise, étant débordée de travail.

— Mais non. Elle est très serviable, avait répondu Marc.

Tu parles...

— Tu es vraiment aveugle, ma nouille, insiste Clem avant d'être interrompue par la sonnerie du téléphone.

J'en profite pour filer aux toilettes pour la quinzième fois. Si les problèmes me nouent l'estomac, par contre je n'arrête pas de faire pipi. Comme les chiens qui marquent leur territoire. Moi à chaque pensée désagréable j'ai envie. Les toilettes de palace étant luxueusement pourvues, j'en profite pour m'asperger de divers parfums à chaque passage.

En sortant je croise Jean-Loup Vernet, le chef concierge, qui me hume en me serrant la main.

— Délicieux votre parfum, Charlotte, dit-il avec un sourire ironique.

— C'est le dernier Chanel.

Je prends un ton plein d'assurance mais il me jette un regard moqueur avant de s'engouffrer dans le bureau de Clémentine.

Ce qui est ennuyeux au travail c'est qu'on est tout le temps dérangé. En tant que directrice de la communication du Riviera Palace Cap d'Antibes, Clémentine est particulièrement sollicitée. D'ordinaire je tends l'oreille à sa conversation. Apprendre que Madonna prend un bain au lait de brebis tous les matins ou qu'un oligarque russe a acheté cent vingt cravates à la boutique Hermès de Nice pour finalement n'en mettre aucune le jour de son mariage est divertissant.

Sauf aujourd'hui, où rien ne m'intéresse.

**19h16.** Max est sous la douche. Il se savonne depuis vingt minutes. Méticuleusement. Une partie du corps après l'autre, selon un cérémonial qui l'emprisonne.

Je suis assise par terre dans la salle de bain. Je lui parle. Je l'encourage. J'essaie de le motiver.

— Accélère mon canard. Je préparerai des frites.

— Tu m'as fait perdre le fil, je dois recommencer une étape.

Sa voix est aigüe, je m'efforce de le calmer avant la crise.

— Ne t'inquiète pas. Prends ton temps, tout va bien.

— Ne me stresse pas. Redis-moi que j'ai tout mon temps.

Je le rassure. Il reprend son rituel, savonne les parois de la douche, suivies des robinets, puis du cordon et du pommeau de douche. Ensuite place au rinçage. Par étapes, en comptabilisant les jets d'eau auxquels chaque centimètre de son corps a droit. Une fois, deux fois, trois fois, il recommence.

Pendant ce temps j'attends. Et je pense.

## JEUDI 19 AVRIL

Depuis deux jours j'évite Sidonie. Pas d'appel, pas de visite, c'est inhabituel et je dois y remédier. Ma préférence va au texto mais elle n'a pas de portable ( c'est trop compliqué, mon fixe me suffit )

Donc obligation de lui téléphoner. Et de déjouer le radar à émotions sidonien.

Les débuts sont pas auspicieux.

— Tu as une drôle de voix, ma chérie. Tu es malade ?

J'hésite à saisir la perche tendue. Au risque qu'elle se ronge les sangs ?

— Pas du tout. Je suis en pleine forme.

Je sens ma voix craquer et je décide de tousser.

— Tu tousses, tu as pris froid.

— Ce n'est rien. J'ai avalé de travers.

— Quelque chose ne va pas. Je l'entends à ta voix.

— Mais non, tout va bien.

Je me force à rire. Sidonie n'est pas dupe. Trente-quatre années de conseils nocturnes au micro de l'émission *Au coeur de Sidonie* ne s'oublient pas facilement. Même à la retraite elle ne peut s'empêcher de prendre en main la vie des gens. Tous suivent ses directives. Sauf moi. Des années de mises en gardes avisées et de conseils affectueux ont glissé sans prendre prise. Il n'y a rien à faire, je suis la seule à résister. Et je reconnais avoir tort.

— Prends soin de toi, poursuit Sidonie de sa voix rauque et enveloppante. Une voix qu'un sondage a classée dans le top cinq de celles que reconnaissent les français :

« Bonsoir, il est vingt-deux heures et vous êtes avec Sidonie... »

J'acquiesce avant de changer de sujet. Pendant un long moment nous évoquons son traitement ( « le docteur Meyer est très content », dixit Sidonie ), mon travail, notre départ à Aix après-demain, les valises ( « n'emporte pas trop d'affaires » ) et même Rémi, le mari de Victoire ( « il ne me plaît pas ce bonhomme » ).

— Et Max ?

Je ne lui raconte pas que la phobie des germes de Max a grimpé en flèche, qu'il se lave les mains trente fois par jour, passe trente-cinq minutes sous la douche et nettoie lui-même son assiette et ses couverts avant chaque repas. Sidonie m'a déjà livré sa théorie sur le TOC de Max ( « tu l'as trop couvé cet enfant, ma pauvre chérie ») ainsi que sa méthode pour le guérir ( « tu coupes l'eau au compteur et ça lui passera » ).

Je me tais..

Et je raccroche à bout de forces.


Un appel d'Archibald Deschanel, mon client préféré, m'empêche de passer la journée à broyer du noir. Archibald Deschanel, quatre-vingt-deux ans, fondateur des Desserts Deschanel qu'il a su transformer de banale boulangerie familiale en une multinationale fournissant un entremets sur trois vendus en France ( un sur deux aux Pays-Bas et en Allemagne d'après le Consommateur Européen ) et par ailleurs, nul en anglais.

Il me réquisitionne pour déjeuner au Carlton avec un client américain.

— Sans vous on communiquerait par le langage des signes, ajoute-t-il.

D'ordinaire je déborde d'enthousiasme pour tester les cartes des restaurants trois étoiles de la Côte d'Azur aux frais de mes clients. Mais là rien ne me tente. Je commande un saumon poché que j'éparpille dans mon assiette et je saute directement au café.

— Pas de dessert ? interroge un Archibald Deschanel que j'ai habitué à plus de gourmandise.

J'oppose un régime. Avant l'été et les maillots de bain. Il m'observe d'un air dubitatif. Voici dix ans que nous travaillons ensemble. Il connaît mon aversion pour les baignades.

D'ailleurs à peine le client parti il me retient pour un dernier café. Contrairement à Sidonie il ne prend pas de gants.

— Ça n'a pas l'air d'aller, ma petite Charlotte. Des problèmes de coeur ?

Et là vlan. Les chutes du Niagara. En plein Carlton.

La honte, dirait Max.

Entre deux sanglots que j'éponge dans son mouchoir en lin il me tire les vers du nez.

Le verdict ne tarde pas.

— C'est un imbécile. Mais, à sa décharge, Charlotte, tellement d'hommes le sont.

Je lis dans son regard qu'il n'est fier de son palmarès en la matière.

— Dites-moi, cet imbécile, y tenez-vous ?

Est-ce que je tiens à cet homme qui m'a menti et trahie ? La réponse apparaît, évidente. Même si je lui en veux, même si, par moment, je le hais, les vingt années que nous avons passées ensemble ne s'effacent pas d'un coup de torchon. Alors oui, je l'aime encore.

— Dans ce cas, ma petite fille, il faut vous battre. Ne baissez pas les bras. Ne laissez pas une autre voler ce qui vous appartient. Et n'acceptez pas de ménage à trois.


## VENDREDI 20 AVRIL

Je prépare le sac de Max dans un brouillard comateux. Dans le mien j'ai jeté deux T-shirts, un jean, une bouteille de shampoing et deux slips.

Je n'ai pas dormi de la nuit, je ne mange plus et je suis au bord de l'évanouissement.

Alors, voyager...

Marc se prépare comme si c'était un voyage normal. Les vacances scolaires, quoi. Comme d'hab.

Il pose son fourre-tout marron sur le lit et entreprend de le remplir méthodiquement. Les chaussures et le sac de toilette au fond. Les vêtements au milieu. Et au-dessus, demain matin, à la dernière minute, son oreiller.

Oui, Marc voyage avec son oreiller.

— Quel temps fait-il à Aix ?

D'une main il tient un T-shirt et de l'autre une chemise en flanelle.

— Je ne sais pas.

Traduction : je m'en fous.

— Est-ce que je prends un imperméable ?

Ma réponse fuse.

— Débrouille-toi.

Une pause avant de poursuivre.

— Ou bien demande à ton amour absolu.

Marc affiche un regard d'incompréhension. Il pousse un soupir. L'épuisement aidant je suis de méchante humeur.

— Va la rejoindre, puisque c'est la femme de ta vie.

Je dis n'importe quoi. Pour le provoquer.

— Celui-là aussi tu l'as lu ?

Il sourit d'un air gêné.

— Celui-là quoi ?

— Le texto. Tu l'as lu aussi ? Tu as trouvé un brouillon ?

Un rideau se déchire devant mes yeux.

Il lui a envoyé un SMS où il l'appelait la femme de sa vie.

Le salaud.

— Non, je l'ai lu sur Internet.

Il est sidéré par ma réponse. Moi aussi d'ailleurs, mais pas pour les mêmes raisons.

— Comment ça sur Internet ?

— Eh oui. Tous les textos sont stockés sur le serveur d'Orange. Comme j'ai le mot de passe j'ai pu les lire.

— Tous ?

— Tous.

Je souris. Il me croit.

Tout à coup je lui trouve mauvaise mine, le teint jaunâtre.

Bienvenue au club des migraineux.


## MERCREDI 25 AVRIL

Depuis que nous sommes à Aix Max a réduit son temps de douche à quinze minutes.

— Ici tout est sale, alors j'ai pas besoin d'être super propre.

Je jette un coup d'oeil autour de moi et franchement c'est impeccable. Le parquet est bien ciré, les tapis sont propres, la cuisine accueillante. Je ne trouve rien à redire. Malgré tout je ne le contrarie pas.

— Dans ce cas, on nettoiera moins à la maison. Cela diminuera ton temps de douche.

Ainsi que mon temps passé la serpillère ou l'aspirateur à la main.

— Ça marchera pas.

— Pourquoi ?

— À la maison c'est pas pareil.

Selon la théorie psy de Marc notre maison représente sa bulle de propreté. D'où un usage intensif de lingettes et de mouchoirs en papier pour désinfecter les objets qui l'entourent.

Ici c'est reposant. Une douche rapide. Pas de lingettes. Pas de mouchoirs papier.

Et surtout, pas d'Annie.


— Ces dernières années je ne comptais plus pour toi, explique Marc alors que nous laissons Max à son cours de théâtre.

Je n'en avais pas conscience. La routine est meurtrière, les journées des courses effrénées contre la montre. Et puis il y a Max. Ses problèmes. Son besoin d'attention. Tout est si compliqué.

— Nous allons nous retrouver.

— Ce sera long, répond Marc.

Son ton morne me fait l'effet d'une douche froide.

— Je ne veux pas vous perdre, le petit et toi.

— Alors, pourquoi Annie ?

— Elle a été mon oxygène.

— Et maintenant ?

— Je vais stopper.

Peut-être.

Mais ce n'est pas gagné.

Dans notre couple, c'est moi la méchante. La répartition des rôles s'accorde à nos tempéraments. Marc, qui déteste les affrontements et les positions tranchées, est un parfait gentil. Il est partant pour aider les amis à déménager, recevoir un patient à vingt-et-une heures ou fêter un anniversaire au bout du monde. Jamais de refus net et tranché. Il accepte, louvoie, essaie de gagner du temps. Tout en sachant qu'il fera faux bond.

À moi le rôle de la teigneuse qui déplace le patient, annule le déménagement, omets de prendre les billets d'avion pour l'anniversaire. Sans états d'âme. Parce que la vie est trop courte pour s'embêter. Parce ce qu'il faut avoir des priorités. Parce que j'ai compris qu'on ne peut être aimé de tous. Et que j'aime les situations claires et nettes.

Alors en ce moment, je suis gâtée.

Avec Marc qui n'admet pas avoir concrétisé avec Annie. Qui continue à me faire le coup de la bonne amie de randonnée « si gentille ». Et que je n'imagine pas un seul instant se dépatouillant seul du merdier dans lequel il s'est fourré.

Il va falloir jouer serré.

— Il n'a pas tort, ma cocotte, insiste Clémentine par téléphone. Faut avouer qu'il n'y en a que pour Max. D'ailleurs Aix c'est pour lui, non ?

— Il veut être acteur.

— Certes, mais... Marc ne doit pas adorer.

— En ce moment ce serait pareil partout.

— Londres l'an dernier, c'était aussi Max.

— Je lui avais promis. Big Ben. La Tour de Londres. Il était si heureux.

— Et Compostelle ?

Et vas-y, enfonce le clou. Le Chemin de Compostelle, c'est le rêve de Marc. Inassouvi.

— Des nouvelles de Victoire ? dis-je afin de changer de sujet,

Je devine le sourire Clémentine.

— Un SMS où elle assure compter les minutes jusqu'au retour. Rémi lui a offert une *Vierge à l'Enfant* d'un obscur peintre sicilien qu'il idolâtre.

Je vois tout à fait. Encore un cadeau qui ne satisfait que le donateur.

— Et il lui a demandé de tenir de la comptabilité de son cabinet. Pour qu'elle ait une occupation.

— Je sais. Elle était tellement furieuse qu'elle a pris la voiture de location et disparu jusqu'au soir.

— Quoi de neuf depuis ?

— Silence radio.


Dernière soirée à Aix. Nous allons voir Michel Galabru dans *La femme du boulanger*. Un grand moment de bonheur, sauf que le thème de la pièce... Le mari trompé et effondré, la femme qui se cache pour rejoindre son amant... Tout cela me chatouille désagréablement.

— Ben, c'est pas pour Maman cette pièce, chuchote Max à son père entre deux scènes.

Ils sourient tous les deux, complices. La main de Marc s'empare de la mienne et la serre. Je me laisse aller entre mes deux hommes. Nous sommes une famille et je ne laisserai personne la détruire.


## LUNDI 30 AVRIL

La trêve est terminée. Ce matin le facteur a déposé la première bombe. Dans le courrier ma carte de fidélité de la Parfumerie Pois et Senteurs. « Nous avons le plaisir de vous offrir votre nouvelle carte Gold... ». Bizarre.

Je poursuis la lecture et découvre mes dernières emplettes : Crème de la Mer, 145 € le 19 décembre, Hypnotic Poison de Dior, 113 € le 10 avril.

C'est fou à quelle vitesse on peut virer du calme à la tempête. Il y a deux minutes je buvais ( relativement ) calmement mon café. Là une tornade de rage s'est emparée de moi.

Je me connecte sur le site de notre banque. En deux clics j'atterris sur le compte de Marc. Confirmation immédiate : c'est bien sa carte de crédit qui a réglé les achats Pois et Senteurs. Dont je ne suis pas l'heureuse destinataire.

Le fumier.

Lui qui prétend ne pas aimer les cadeaux et « toutes ces fêtes commerciales ».

La banque conserve en ligne les douze derniers relevés bancaires. Je les télécharge l'un après l'autre. Je les inspecte soigneusement. Rien à signaler, si ce n'est l'Opéra de Nice, 168 € débités le 2 avril.

*Tristan et Isolde.*

— Il ne reste qu'une place au poulailler. Ça t'ennuie que j'y aille seul ? interrogeait Marc la veille de la représentation du 6 avril.

Il adore Wagner. Moi non. Pas mécontente d'échapper à six heures de chant stentorien je le pressais d'acheter son billet.

Ignorant qu'il était en possession de deux fauteuils de balcon.

J'appelle son portable. Pas de réponse. Dix minutes plus tard, toujours rien. Il est dix-neuf heures quatre. Il pleut. Il a quitté les Amaryllis depuis une heure.

Où est-il ?

Trente-huit minutes plus tard il arrive. Trempé.

J'assène les preuves. Il blanchit, explique. Elle ne trouvait pas la crème ni le parfum près de chez elle. C'était un service. Elle l'a remboursé.

— Et l'opéra ? C'était romantique *Tristan et Isolde* avec elle ?

— Même pas. Elle n'a pas aimé.

Son air de chien battu exacerbe ma rage.

Je claque la porte et sors marcher sous la pluie.

# MAI

---

**ESSAYÉ** : *rien*

**ACHETÉ** : *rien*

**TEMPS PASSÉ SOUS LA DOUCHE PAR MAX** : *1 heure 10 minutes et plus si mauvaise humeur. C'est-à-dire plus tous les jours.*

**NOMBRE DE LINGETTES UTILISÉES PAR MAX** : *260 par jour et en constante progression.*

### MERCREDI 2 MAI

J'ai passé la moitié de la nuit à peaufiner une traduction pour Archibald : les tendances du marché des desserts dans le Middle West américain. Ces quelques heures sont autant de répit. Mieux vaut travailler que guetter la sonnerie du réveil.

Les mérites comparés des cheesecakes, cupcakes et autres tartes aux noix ne me creusent pas l'appétit. Un noeud me tient lieu d'estomac. Je biberonne à la caféine. Pas terrible pour la santé.

J'allume mon portable et envoie des SMS à Victoire et à Clémentine.

— Tu crois qu'il la voit ? demande Victoire en scrutant les viennoiseries dont nos voisins de table s'empiffrent joyeusement. Ce sont des allemands. Ils ont l'alibi du tourisme culinaire.

— À mon avis, oui.

— Pierre aussi m'a trompée, avant notre mariage.

Nous pivotons vers Clémentine, abasourdies.

— Pierre ? Tu nous l'avais caché.

Victoire commande un croissant et un pain au chocolat. Il faut bien ça pour encaisser pareille nouvelle.

— C'était il y a longtemps. Ensuite je suis tombée enceinte de Tigre, voilà…

— Tu n'as pas envisagé de rompre ? insiste Victoire, qui comme beaucoup de femmes vierges de cocufiage, a un avis tranché sur son éventuelle réaction.

— Je suis partie deux semaines sans donner de nouvelles. À Londres, chez Kimberley, vous vous souvenez ? On s'est éclatées dans les boites de nuit, J'ai échantillonné quelques anglais. Puis je suis rentrée et on s'est mariés.

— Et ensuite ?

Moi c'est la suite qui m'intéresse. Savoir que l'on peut se reconstruire, aller de l'avant. Oublier. Même s'ils ont divorcé au bout de dix ans.

— Il n'a cessé de me tromper, répond Clem en souriant. Mais c'est le passé. Par contre je me demande si Théo…

Victoire et moi la fixons en silence.

— Dans son job, il côtoie des mannequins. Pendant les campagnes ils vivent en vase clos. Boulot, repas, bars… Va savoir ce qui se passe…

Ça ne m'emballerait pas un compagnon photographe souvent en voyage à l'étranger. Théo est spécialisé dans les photos de voiture, mais on ne met jamais un boudin au volant du bolide.

— Et puis il est de mauvaise humeur ces derniers temps, reprend Clem, À la maison rien ne va, il me critique, il râle. C'est un signe avant-coureur, la crise des deux ans. La fin de l'amour idéalisé.

— Et toi, tu l'aimes toujours ?

La moue de Clem est éloquente, le sort de Théo est scellé.

Dans les problèmes de couple on observe deux stratégies. D'une part les partisans du « je casse tout et je recommence » et de l'autre les « je raccommode et je continue ».

En clair je suis adepte du recyclage tandis que Clémentine est une gaspilleuse.

Au collège elle était déjà réputée pour son intransigeance. Celui qui refusait de porter son cartable ou de partager les réponses aux exercices de maths voyait aussitôt son statut de « petit ami » révoqué. Pendant ce temps j'entamais ma carrière de « bonne pâte » ( dixit Sidonie ) en approvisionnant mon copain en pains au chocolat et fraises tagada.

Trente ans plus tard... rebelote.

On ne se refait pas...

Les confidences de Clem ravivent ma hargne envers la moitié masculine de l'humanité. Une fois rentrée je me plonge sur le site web de notre opérateur téléphonique. Une rapide inspection des numéros appelés ne révèle aucune anomalie. Rien à signaler sur les lignes, maison, bureau ou portable.

Je ne me réjouis pas pour autant. Ils ont pu établir un code. Genre Marc compose le numéro d'Annie, laisse sonner deux fois, raccroche et attend son rappel.

À moins qu'il n'ait un téléphone caché.

Deux fois, par nuit d'insomnie, j'ai passé au crible son bureau. Livres, dossiers, meubles, coussins de canapé, j'ai tout soulevé, déplacé, examiné. Rien. Aucun brouillon compromettant. Pas l'ombre d'un portable suspect. Marc étant un handicapé de la technologie je sais qu'il n'utilise pas Skype, Twitter ou autres Faccbook.

Alors quoi ?

Je tape « espionnage infidélité » dans le moteur de recherche. Apparaissent trois cent soixante-six pages de réponses.

Ouah, le sujet est porteur.

Je passe cinquante-deux minutes à m'instruire : logiciels espions de conversations téléphoniques et SMS, micro enregistreurs déclenchables à la voix, caméras cachées, géolocalisation. Voici une industrie dont j'ignorais l'existence mais dont le potentiel m'apparait éblouissant. J'avoue un gros faible pour la géolocalisation. Savoir en temps réel où se trouve Marc. Vérifier qu'il n'est pas avec Annie. C'est alléchant.

Le micro enregistreur lui dispute mes faveurs. Une fois dissimulé il espionne tous les appels et conversations. Si certains micros ne font qu'enregistrer, d'autres composent mon propre numéro de portable afin que j'assiste au débat en direct. Je m'imagine écoutant Marc et Annie échafauder des stratégies pour déjouer ma surveillance, s'embrasser même.

Beurk. On n'arrête pas le progrès.

**14h17.** En chemin vers Cannes je décide d'un arrêt stratégique. Arrivée devant la boutique dont j'ai trouvé l'adresse sur Internet, j'hésite, puis je respire un grand coup et je saute le pas.

Mince, souriant, le brushing blond impeccable, le propriétaire de L'Espionnite Aigüe ne correspond pas à l'image plutôt glauque que je me faisais de sa personne. Sa boutique est accueillante. Sur les étagères rose bonbon paradent des revolvers d'alarme à poignée nacrée, des sifflets plaqués or, des mini-caméras bleu ciel, des stylos caméras-espions laqués rose et des jumelles ornées de diamants. Une pancarte annonce que tout article peut être personnalisé au choix du client, ou plus sûrement, de la cliente. Car ici c'est clair : tant qu'à être cocue autant rester mode.

Un marché qui semble juteux. Devant moi deux élégantes compagnes d'infortune font leurs emplettes. Radio-caméra, montre-enregistreuse, téléphone espion, elles prennent la panoplie. Cela me permet d'entendre les prix exorbitants auxquels sont vendues ses charmantes babioles. Le vendeur m'adresse un sourire carnassier qui me désigne comme sa prochaine victime.

Je m'empresse de déguerpir. Si la tranquillité d'esprit n'a pas de prix je préfère l'acquérir trois fois moins cher sur Internet. Et tant pis pour le côté fashion.

Encore soixante-dix-sept minutes avant mon rendez-vous avec Archibald Deschanels.

Vues les économies réalisées en fuyant L'Espionnite Aigüe j'estime avoir droit à une récompense. Je me lâche sur deux paires de sandales compensées dans une boutique voisine.

Tant que je reste assise elles sont très confortables. Cependant...

— Je vais pouvoir conduire avec ça ?

La vendeuse me regarde, ahurie.

— Tout le monde ne circule pas en taxi, me répond-elle sans agressivité.

— C'est que je n'ai pas l'habitude.

Depuis la naissance de Max je vis en chaussures plates, moi qui à vingt ans était perchée sur des échasses. Au début c'était pour galoper derrière lui. Depuis c'est une habitude, le confort avant tout.

Une grave erreur.

— Elles vous vont très bien. Vous verrez, ça ira. Elles ne font que huit centimètres, achève de me convaincre la vendeuse.

Elle a environ mon âge, ce qui est un badge de confiance, et porte de hauts talons vernis qui lui donnent un belle démarche chaloupée.

Va pour les sandales blanches. Et aussi pour les noires.

Dans la foulée j'achète une jupe en jean bleu clair. Taille 40. Ce matin ma balance accusait cinq kilos de moins. Sans régime, sans faim ou privations.

Qui dit mieux ?

**15h30.** Je tends ma traduction à Archibald Deschanel qui, au lieu de la feuilleter, la pose sur son bureau. Lui d'habitude si jovial semble fatigué, éteint même. Je pense à Sidonie et j'éprouve un pincement de coeur. Je réalise que je me suis attachée à Archibald, à sa gentillesse, sa courtoisie d'un autre âge. J'espère qu'il n'est pas malade.

Je m'apprête à formuler une question lorsque la porte s'ouvre et apparaît sans frapper son fils Jean. L'héritier. Celui que les magazines financiers estiment manquer de charisme, d'envergure. Bref, de talent.

— Tu es prêt ? demande-t-il sèchement à son père après un hochement de tête en ma direction. Tout le monde attend dans la salle de conférence.

Après une courte hésitation Archibald se lève.

— Veuillez m'excuser, Charlotte, me dit-il. Une réunion imprévue.

Il pointe du doigt une chemise grise située sur la crédence.

— Si vous pouvez me traduire ce dossier...

— Je ne pense pas que ce soit nécessaire, Papa, coupe son fils qui reçoit en retour un regard noir.

— Je reste seul juge de ce qui m'est nécessaire, tranche Archibald d'une voix posée mais glaciale.

Archibald et son fils se défient du regard et l'atmosphère devient lourd de non-dits. J'attrape la chemise et me hâte vers la porte. En croisant Jean Deschanel je prends à plein nez son eau de toilette. Un truc lourd et puant.

Pouah, l'odieux personnage.


La route du bord de mer étant encombrée je roule au pas et en profite pour réfléchir. Premier point : je n'ai pas confiance en Marc. Deuxième point : je vais le surveiller.

Comment ?

Dix minutes de bouchons plus tard j'opte pour la géolocalisation, une méthode qui me semble douce et adaptée. Ni vu ni connu je saurai où il se trouve et s'il me dit la vérité. Ou pas.

Pour cela je dois occire son vieux téléphone. Étant technophobe Marc se trimballe avec un portable basique. Il est réfractaire au progrès et jusqu'à aujourd'hui je n'y voyais pas d'inconvénient.

Cent cinquante-huit minutes plus tard, alors qu'il est sous la douche, je m'éclipse sur la terrasse et lance le portable sur le sol en pierre. Une fois, deux fois. Trois fois.

Merde, il s'allume encore.

Je l'empoigne et le fracasse contre le mur en béton.

Rien à faire.

C'est incassable ce truc.

J'entreprends de le tabasser à coups de poings lorsque j'entends la voix de Max derrière moi

— Passe-le sous le robinet autrement t'y arriveras pas.

Tous les deux, nous fonçons vers l'évier. En dix secondes je noie la bête dans un flot d'eau froide, puis je la sèche avec application.

— Pourquoi t'as fait ça à son portable ? demande Max.

— Je préfère qu'il ait un iPhone, dis-je sans plus d'explications.

— Ah, tu vas lui mettre Localiser mon iPhone, en déduit aussitôt mon ado malin.

— Tu ne dis rien, petit canard, hein ?

Il rit. Cela fait bien longtemps que je ne l'ai pas vu si joyeux.

— Bien sûr que non. Et s'il s'en doute ?

— Il n'y connaît rien.

— Et puis, t'inquiète Maman. On l'embrouillera.


Effectivement lorsqu'à la fin du diner Marc réalise que son portable est mort, on l'embrouille.

— Je ne comprends pas. Il marchait parfaitement tout à l'heure.

— Tu sais Papa, ça se casse d'un coup les portables, lui explique gentiment Max.

— Tu crois ? fait Marc en secouant l'appareil dans tous les sens.

— Ben oui. Et puis il était super vieux ton truc.

— Il n'avait que quatre ans, insiste son père en appuyant dés-espérément sur tous les boutons.

— Whaou, quatre ans ! Personne dans ma classe n'a un portable aussi préhistorique.

— Tant que ça marche, ça me va. Tiens, Charlotte, fait-il en me tendant l'appareil.Tu ne veux pas essayer, tu es plus douée que moi.

Alors pour ça, mon coco, tu vas être servi.

— Mais bien sûr, mon chéri, je m'en occupe, dis-je avec le sourire.

Max me lance un regard conspirateur et nous nous retenons pour ne pas éclater de rire.

**JEUDI 3 MAI**

Ça y est. Marc est l'heureux propriétaire d'un iPhone dernière génération. Entre deux patients je lui en explique l'usage. Contacts, Téléphone, Safari, Musique, App Store... Il est vite dépassé par les fonctions qui s'offrent à lui.

— C'était plus simple avec mon ancien, bougonne-t-il en manipulant les touches à tort et à travers.

— Mais regarde, tu peux aller sur Internet. Voici *psychologies.com*.

Comme avec les enfants il faut capter l'attention de son auditoire. Le voici plongé dans un article sur les maniaco-dépressifs.

— Tu me le retrouves sur l'ordi ? Je voudrais l'imprimer.

— Pas besoin. Tu imprimes directement du téléphone.

En deux clics l'imprimante se met en branle. Marc est impressionné. Je lui refais une démonstration de la marche à suivre.

— Et pour la musique ? demande-t-il.

Je télécharge les Pink Floyd et Léo Ferré.

— Je peux aussi avoir podcasts ? s'informe-t-il, finalement pas si mécontent.

— Bien sûr.

Il manipule l'appareil avec précaution, comme pour l'apprivoiser. Après quelques fausses manœuvres il réussit à envoyer un texto.

— C'est pas mal, quand même, reconnaît-il.

Le fil à la patte, moi je trouve ça génial.

Du fait de mes insomnies je passe la moitié des nuits à travailler. Le silence et le manque d'interruptions aidant, les traductions qui prendraient des jours entiers sont bouclées en quelques heures.

Deux nuits ont suffi pour le dossier d'Archibald concernant l'explosion du marché des viennoiseries aux USA. Dans la foulée j'ai traduit le site internet d'une entreprise azuréenne désireuse de s'implanter en Irlande, ainsi que deux plaquettes publicitaires. Et cette nuit j'expédierai une décision de justice.

Du coup je profite de mon temps libre pour rendre visite à Sidonie.

— Mais viens donc, ma chérie, m'incite-t-elle par téléphone.

Nous n'habitons qu'à six cents mètres l'une de l'autre et je décide de marcher. En chemin je m'arrête dans sa boulangerie préférée dont je repars avec un craquelin « bien doré, comme l'aime votre tante Sidonie ».

Je me sens mieux. Je veux oublier mes problèmes et la retrouver. Comme lorsque j'étais enfant que nous passions des soirées entières à bavarder devant la télévision.

Je compose le code de son portail, je déverrouille la porte d'entrée. Et je la trouve en train de faire bombance avec un de ses voisins, M. Michel. Celui-là même qu'elle qualifiait, voici peu de « pot de colle ».

Thé, scones, crème fraiche, confiture de fraises et de myrtilles, mini-éclairs au café et babas au rhum sont étalés sur la table basse du salon. Au moins sa radiothérapie ne lui a pas coupé l'appétit.

Je me sens minable avec mon craquelin.

— Tu aurais dû me prévenir. Je serais venue demain.

— Demain Emile m'invite déjeuner à Monaco. À l'Hôtel de Paris, sourit Sidonie en tapotant le bras dudit Emile qui se rengorge de plaisir.

— On en profite avant mon opération, ajoute-t-elle.

Mes oreilles se dressent.

— Quelle opération? Tu ne m'as rien dit.

— Ça s'est décidé hier. Le docteur Meyer m'a donné le choix entre une chimio ou une double mastectomie. Alors je lui ai répondu, enlevez-moi ça, docteur. À mon âge on n'a pas besoin de seins. Allez zou.

Elle rit tandis qu'Emile Michel la contemple, béat d'admiration. L'expression « faire des yeux de merlan frit » lui convient à merveille.

J'essaie de déterminer si sa bonne humeur est feinte. Elle saisit mon regard inquiet et me sourit.

— Tout ira bien, ma chérie. Ne t'inquiète pas.

Une boule étrangle ma gorge. Je parviens juste à articuler un « quand a lieu l'opération ? » pitoyable.

— Le 10 juin, répond-elle gaiement.

Un nuage, vite dissipé, traverse son regard. Son côté bravache ne me berne pas. Quoiqu'elle en dise Sidonie n'est pas si rassurée que cela.

Et moi non plus.


## VENDREDI 4 MAI

La corvée des courses plane depuis des jours. D'habitude j'attends la disette pour me sacrifier. Aujourd'hui je me lance avant le dernier paquet de pâtes entamé. Un record.

**12h04.** Je démarre ma voiture, précédée de peu par celle de Marc parti nager. À la plage, précise-t-il d'un air qui se veut sincère.

Une dizaine de kilomètres me séparent de l'hypermarché. En chemin je mets à profit les feux rouges pour géolocaliser son portable via mon iPad.

Un point vert apparaît aussitôt, qui musarde ensuite dans les chemins du Cap d'Antibes avant de s'arrêter. En plein milieu du Cap. Dans le Domaine de la Clairière, un repaire privé de villas de super-luxe auquel on accède en montrant patte blanche.

Que fait-il ?

La question me taraude. Les kilomètres défilent et toujours rien. Aucun mouvement.

Arrivée sur le parking de l'hyper, j'établis sa position. Devant une villa au bout de l'Allée des Cerisiers.

Que se passe-t-il ?

J'appelle. J'obtiens sa messagerie. Je raccroche.

Une fois. Deux fois. Trois fois.

Je démarre ma brave Scenic, passe devant des rangées de chariots de courses vides sans leur accorder un regard et fonce vers le Cap d'Antibes.

Une grille en fer forgé bloque l'entrée du domaine. La guérite qui en plein été abrite un gardien est vide. Je comptais sur mon culot mêlé à l'énergie du désespoir pour amadouer le gardien, le baratiner, le convaincre de lever le pont-levis.

Je suis confrontée à un implacable digicode que seule une série de chiffres abscons satisfera.

Je suis marron.

Que faire ?

À part les cent pas, pas grand chose. Je me gare cinquante mètres plus loin et j'attends. Trente-deux minutes passent. Personne à l'horizon. Ni lui, ni elle, ni même un voisin ou un passant.

Lorsque la grille s'entrouvre enfin je suis en mode cocotte minute. Une Golf pointe lentement son nez. Marc est au volant. Seul.

Il tourne à droite et disparaît. J'attends, prête à bondir et à en découdre avec Annie. Une minute passe.

Une deuxième.

Cinq.

Dix.

Pas de Coccinelle jaune. Elle a emprunté l'autre sortie.

Ma rage s'abat sur Marc. Tout en démarrant je compose son numéro et lorsqu'il décroche j'omets les préliminaires.

— Elle va bien ? Je t'ai vu sortir du Domaine de la Clairière. J'appelle le mari.

Je sens qu'il accuse le choc. Il me fait répéter, tente de gagner du temps..

— Surtout pas. Ne mêle pas le mari à ça.

— Il est tout de même concerné.

Ma voix vrille en aigu, tendance hystérique.

— Comment sais-tu que j'étais au Domaine de la Clairière ?

— Je t'ai suivi en voiture.

— Où ? Comment ? Je ne t'ai pas vue...

Pour couper court aux explications je repars à l'attaque.

— Tu étais avec elle. Je contacte le mari.

— Non, surtout pas. J'étais chez un patient.

Le voilà qui donne des consultations à domicile maintenant.

— Viens me rejoindre à la maison. Je te montrerai, insiste-t-il.

Va pour la balade en voiture.

Dix minutes plus tard nous franchissons ensemble le portail du Domaine de la Clairière. Je prends bonne note du code, ça peut servir.

Marc parcourt une vingtaine de mètres et s'arrête devant une villa dont je sais pertinemment qu'elle n'est pas la bonne. Les volets sont fermés et aucun signe de vie récente n'en émane.

— Il n'y a personne, dis-je en constatant l'évidence.

— Ils sont sortis, répond Marc qu'aucun mensonge n'effraie.

À d'autres.

Il était Allée des Cerisiers, en plein centre du domaine. La géo-localisation ne ment pas.

Je ne bronche pas. Nous repartons.

Il sourit. Pensant m'avoir roulée ?

**22h09.** Max m'appelle en catimini dans sa chambre.

— T'as pisté Papa aujourd'hui ?

J'hésite. Max est un ado anxieux qui pâtit de nos problèmes de couple. Inutile de lui faire des compte-rendus journaliers des turpitudes de son père. Ce soir j'ai pris sur moi pour rester civile envers Marc.

— Ne mens pas, insiste mon ado futé

Je ne réponds pas et ramasse deux bouteilles d'eau vides.

— Tout à l'heure Papa m'a posé plein de questions sur son iPhone. Et sur la fonction Localiser mon iPhone.

— Non ??

Merde alors.

— Il voulait savoir si on voit où il est.

Pas si naïf que ça, le littéraire.

— Qu'as-tu répondu ?

— J'ai dit non. Que seul l'opérateur téléphonique le sait.

Ce gamin est un génie. Je m'approche pour l'embrasser. Il recule.

— Ne me touche pas.

J'avais oublié. Interdiction de le toucher avant avoir pris ma douche. Autrement je risque de le « salir ». C'est quand même triste de ne pas pouvoir embrasser son enfant.

Je recule et Max, rassuré, poursuit.

— J'suis pas sûr qu'il m'a cru.

Il va falloir gérer. Et être encore plus méfiante.


## SAMEDI 5 MAI

Le silence nocturne n'est pas analgésique. Je grappille quelques heures d'un sommeil tourmenté et me réveille épuisée. Ni la douche fraiche dont je m'asperge ni le café brûlant qui lui succède n'améliorent mon humeur. Je broie du noir, je vois tout en noir. Et en plus c'est le weekend.

Avantage du weekend : j'ai Marc sous la main, donc exit les angoisses concernant ses éventuelles manigances. Désavantage du weekend : j'ai Marc sous la main et sa vue me rappelle qu'il me tape sur les nerfs.

Heureusement il fait beau et après une matinée passée dans son bureau Marc file à la plage où j'irai le rejoindre. Quant à Max il hésite à accompagner Zazou à Cap 3000.

— Ça va me raser. Elle va faire les boutiques, c'est des trucs de fille.

— Va à l'Apple Store. Ou voir les jeux vidéo.

Max continue à hésiter. C'est louche. D'habitude il adore voir Zazou.

— Tu n'aimes plus Zazou ? Il s'est passé quelque chose ?

Max me regarde d'un air choqué.

— Non. Mais y'a la douche.

J'ai lu assez d'articles pour savoir qu'un TOC devient invalidant lorsqu'il empêche la personne de vivre pleinement et normalement. Nous y sommes en plein.

— Ce n'est pas grave. Tu la prendras en rentrant.

— Oui, mais c'est long. Ça m'embête.

Je voudrais tellement le serrer dans mes bras, le rassurer.

— À toi de rester moins longtemps, mon canard.

— J'peux pas. Autrement j'suis pas propre.

Pas question de laisser monsieur TOC prendre le dessus. Je décide de bousculer Max.

— Allez, dépêche-toi. Je vous dépose à Cap 3000, Zazou et toi. Bouge.

Le trajet jusqu'au centre commercial est rafraichissant. Max et Zazou ne disent que des bêtises et ça me vide complètement le cerveau. Facebook, YouTube, les copains, les vidéos marrantes, en trente minutes j'ai une super mise à jour de culture ado.

Je les lâche sur le parking avec les recommandations d'usage. La solitude du retour est propice aux élucubrations. Tandis que je suis sur des sables mouvants Annie vit pleinement sa passion amoureuse Chez elle aucun heurt, ni cri. Son mari, et pour cause, ne la harcèle pas. C'est le repos de la guerrière.

Il faut que ça cesse.

Je décide d'écrire à son mari.

En deux heures je boucle la lettre. Quatre pages sur ordinateur. Tout y est, en détail. Quand, comment, où, le brouillon de Marc, le nombre d'appels téléphoniques, leurs heures et durées, la nuit au Mas des Glycines, *Tristan et Isolde*, le parfum... Tout, vous dis-je.

Un soir de dispute, Marc a jeté que c'est la première fois qu'Annie trompe son mari.

Hop, dans la lettre. Même s'il s'est depuis repris et nie son forfait.

Annie lui a confié ne avoir plus de rapports avec son mari. Ils font même chambre à part.

Et hop, un paragraphe de plus.

Le même soir Marc a lancé qu'ils faisaient « ça » en pleine nature.

Voilà une information qui fera plaisir à l'époux. Et tant pis si Marc prétend que j'ai mal compris.

— Tu comptes l'envoyer ? interroge Marc lorsque je lui montre la lettre.

— Cela dépend de toi.

Il n'est pas enchanté.

— Cela mettra le feu aux poudres. Tu ne réalises pas.

Si, si. Je réalise. Que le mari n'appréciera pas. Qu'il risque d'être moins pacifique que moi. Que ça va barder…

Je souris.

— C'est facile. Tu tiens parole, tu ne la vois plus et je ne l'envoie pas.

Le pauvre, vu sa tête, il est vraiment perturbé. Pour un peu il me ferait de la peine.

— Je peux avoir une copie ? tente-t-il timidement.

Pour qu'Annie et lui mettent au point un plan de défense ?

Certainement pas.


## LUNDI 7 MAI

Je passe la matinée au Tribunal de Grasse. Un anglais résidant à Cannes a renversé un cycliste près du Casino du Palm Beach. Ce dernier a écopé d'une fracture du crâne et d'un bras cassé.

— Je me suis embrouillé avec la conduite à gauche, plaide mon client, un quadragénaire au look dynamique.

La présidente du tribunal le regarde froidement.

— Et les 1,15 mg d'alcool dans votre sang, c'est parce que vous levez le coude gauche ?

— À peine quelques bières. Il fait chaud sur la Riviera, justifie-t-il d'un sourire charmeur.

La présidente n'apprécie pas l'humour anglais. Il écope de six mois de prison avec sursis, un retrait de permis de conduire pendant un an et six mille euros d'amende. Ouch !

À peine sortis de la salle d'audience, je rallume mon portable. Le client entreprend Maître Lecarré sur l'injustice de la sentence. C'est surtout le retrait de permis de conduire qui le gêne. Hors de question que sa toute nouvelle Porsche moisisse pendant un an dans son garage.

— J'ai une idée, explique-t-il à Maître Lecarré. Je vais utiliser mon permis de conduire anglais. Comme ça pas de problème.

Un bon client en perspective.


Tandis que je m'achemine vers ma voiture je consulte la géolocalisation. Il est midi quarante-six. Marc est sur le parking de la piscine.

Je l'appelle. Pas de réponse.

Mon prochain rendez-vous étant à Nice je n'ai pas de temps à perdre. Je démarre mais au premier feu rouge je rafraîchis la géolocalisation. Toujours le parking.

L'envie me démange de foncer à la piscine. Treize heures trois. Trop tard. Le boulot d'abord.

Malgré tout j'ai bien saisi l'astuce.

Marc, pris de doute quant à son portable, l'a abandonné sur le parking. Et s'est taillé à la plage avec Annie. Pensant m'avoir possédée.

Je fulmine. Vingt-neuf minutes plus tard, ma sacoche à la main je pénètre dans les bureaux de la société Topazéo, créatrice d'une ligne de maillots de bain sexys et désireuse de les exporter en Angleterre.

Je leur présente un échantillon de mon travail.

— Nous allons bien nous entendre, se félicite le patron à la fin de notre entretien.

S'il le dit, tant mieux. Car pour ma part je n'ai rien retenu de notre conversation.

J'avais la tête ailleurs.

**20h39.** Marc est d'excellente humeur. Il sourit, plaisante avec Max, et va même jusqu'à lui proposer de jouer à Call of Duty.

Sa bonne humeur a sur moi l'effet inverse.

J'attends la fin de la soirée pour l'interroger d'une voix légère.

— Où as-tu nagé aujourd'hui ?

— À la piscine, répond-il, guilleret, me regardant droit dans les yeux.

— Par ce beau temps ? Tu ne vas pas en mer ?

— J'aurais préféré mais j'étais attendu au cabinet à 13h30.

J'ai un doute. Un énorme doute. Mais aucune preuve.

Il insiste.

— Demande à Terrien si tu ne me crois pas. J'ai longuement bavardé avec lui.

Guy Terrien, entraineur à la piscine d'Antibes, connaît Marc depuis des siècles.

Un bon ( ou mauvais ) point à vérifier.

## MERCREDI 9 MAI

Victoire a lu la lettre. Sa voix est celle de la raison.

— Fais attention. On ignore la réaction du mari. Imagine qu'il soit violent.

Effectivement il pourrait agresser Marc. Je le comprends, moi-même je fantasme à l'idée d'amocher le portrait de son épouse.

— Il l'aura cherché, dis-je avec plus de conviction que je n'en ressens.

Victoire n'insiste pas mais je devine sa désapprobation. Elle n'a pas tort. Mêler le mari à l'affaire risque d'envenimer les choses. Mais l'injustice de la situation est flagrante. Annie berne son conjoint et mène une vie de couple pépère, tandis que moi...

Hors de question. Dans mon lexique c'est oeil pour oeil et vie pourrie pour vie pourrie.


Midi tapant. Le portable de Marc est de nouveau en poste sur le parking de la piscine.

Je l'appelle et bien entendu, pas de réponse. Connaissant Marc, je ne suis pas étonnée. M'ayant roulée avec succès lundi, pour lui c'est une affaire qui marche.

Je ne me presse pas. Je suis chez le coiffeur et mon ravalement est loin d'être terminé. Racines, mèches, brushing, quant à être cocue autant être impeccable..

Il n'est pas loin de 14h lorsque je me gare à côté de la Golf de Marc. Par acquis de conscience je pénètre dans la piscine. Pas de Marc dans les bassins. Mais, coup de bol, qui vois-je là-bas, près de la verrière ? Guy Terrien. Son entraineur.

Je suis cantonnée aux gradins. Personne à proximité pour me ramener Guy. Les nageurs sont dans l'eau et les maître-nageurs surveillent avec application.

Je fais de grands signes qui passent inaperçus. J'appelle « Guy ». Il tourne la tête dans la mauvaise direction. Je m'agite. Rien.

Faisant fi des convenances je me penche au bord de la balustrade et hurle son nom en faisant des moulinets avec les bras.

Cinq secondes plus tard il est devant moi.

— Charlotte, que se passe-t-il ? demande-t-il affolé.

Il n'est pas tout jeune et j'ai un peu honte de l'avoir paniqué.

— J'ai oublié mes clés et je cherche Marc. Il est ici ?

— Je ne l'ai pas vu, répond-il, perplexe.

Il se tourne vers les maître-nageurs et relaie la question à la cantonade. Niet.

— Désolé, Charlotte. D'ailleurs, ajoute-t-il, cela fait bien deux semaines que je ne l'ai pas croisé.

Si c'est pas une preuve ça...

Me voici repartie sur le parking. Je fais les cent pas. En long, en large, en diagonale, en zigzag. Dix minutes passent, puis quinze autres qui n'améliorent pas mon humeur.

Soudain je l'aperçois, les cheveux mouillés, arrivant d'un pas léger de la direction opposée à la piscine tandis qu'une Coccinelle jaune disparaît à l'horizon.

Je me fais l'effet d'être une Ferrari. Mon temps d'accélération entre calme ( relatif ) et orage tropical est impressionnant.

— Cette fois-ci tu as mal joué.

Marc stoppe net. Il blanchit, ahuri par ma présence. Tous les bienfaits de son intermède à la plage, s'envolent d'un coup. Malgré tout il tente :

— Tu m'attends depuis longtemps ? Tu aurais dû venir à la piscine.

Je lui ris au nez.

— J'étais à la piscine et j'ai vu Guy. Tu n'y as pas mis les pieds depuis quinze jours.

Il se tait, pris à son propre piège. Je prends mon portable et laisse un message venimeux à Annie qui, toujours courageuse, refuse l'affrontement.

En tous cas elle est prévenue. Marc aussi.

Reste le mari.


J'ai connu Marc il y a vingt-cinq ans lors d'un barbecue de plage. J'émergeais de deux longues relations avec des parisiens névrosés. Il butinait sans poser d'amarres. J'étais lasse d'un rythme de travail effréné. Il alternait sans stress consultations psy et séances de natation ou de plongée sous-marine. Après un été « sea, sex and sun » j'acceptai sans regret d'échanger un deux-pièces sombre à Paris près de l'Opéra pour un trois-pièces ensoleillé avec Marc.

Orpheline à sept ans Marc m'apportait la sécurité et les racines auxquelles j'aspirais plus que tout. Il colmatait une faille que même l'amour de Sidonie n'avait pu panser. À la passion des premières années succédèrent les déceptions lorsque Max se fit désirer.

Enfin il arriva. Nous étions une famille.

C'est cette famille que j'entends défendre en prévenant le mari d'Annie. C'est mon couple que je compte reconstruire. Coûte que coûte.

C'est facile. Grâce à la magie d'Internet j'ai obtenu ses coordonnées de bureau. Renaud Tillac. 0493778834

À peine suis-je dans la villa que je me jette sur le téléphone. Pour éviter de penser, ou de faiblir. Agir d'abord, réfléchir après, telle est ma nouvelle devise.

Une voix d'homme répond.

C'est lui.

Je lui balance tout. Par moment ma voix s'étrangle et j'ai du mal à poursuivre.

Il est charmant, posé, sympathique même. Dans une autre vie j'aurais aimé l'avoir comme ami.

Je lui fais l'historique, en détail, par ordre chronologique.

Il me remercie, me donne son numéro de portable, son adresse mail.

Je raccroche et comme convenu lui envoie aussitôt ma lettre par mail, ainsi que, dans la foulée, un texto à Marc : <j'ai parlé au mari et il est charmant>.

La théorie c'est de ne pas mêler les enfants aux problèmes de couple. La pratique c'est Max qui rentre plus tôt que prévu du collège et me trouve en train de déchirer le chéquier de son père.

Quelques coups de ciseaux ont assassiné ses trois cartes de crédit et maintenant je m'acharne sur les chèques.

— Que fais-tu ?

Mince. Pensant que c'était Marc je n'ai pas cherché à cacher mon forfait.

À mon expression Max comprend.

— C'est Papa, dit-il. Il a fait quelque chose. J'en étais sûr.

Et il m'embrasse sur la joue.

Le pire dans ce genre de situation, c'est la gentillesse. Ça brise les défenses, la gentillesse, et ça ouvre les vannes.

Je fonds en larmes et fonce dans la salle de bain.


## JEUDI 10 MAI

Ce matin Max refuse d'aller en cours. Lorsque je le réveille ( j'ai dû dormir deux heures, en additionnant quelques minutes ça et là ) sa première pensée est pour son père.

— Quitte-le, m'enjoint-il, avant de fondre en larmes.

Cinq minutes plus tard, d'une voix entrecoupée de sanglots, il réclame son père.

— C'est malin de l'avoir mis au courant, me reproche Marc.

Cent trente-cinq mètres carrés habitables permettent difficilement de s'isoler. Alors, oui, ma colère, notre dispute d'hier, Max en a profité.

Résultat : il a passé une heure quarante-six sous la douche.

Mais je ne suis pas la cause première de ce cataclysme.

— S'il va mal c'est de ta faute.

Marc lève les yeux de son café et soupire.

— Je n'existais plus pour toi.

Voilà qu'il reprend son refrain. Et puis merde, alors. Il pouvait se manifester s'il n'était pas épanoui. Me proposer des sorties à deux, des voyages, des balades. N'importe quoi plutôt qu'une remplaçante.

— Et Annie, que représente-t-elle ?

— C'est une amie.

Ses yeux brillent. S'il pleure je le frappe.

— Tu l'aimes ?

— Je l'apprécie.


Le gris n'est pas ma couleur. Moi c'est plutôt noir ou blanc. Alors, apprécier... C'est mou comme mot. La définition du dictionnaire ne m'est pas d'une grande aide : goûter, jouir, ressentir, se plaire, savourer, mais aussi « aimer ».

Heureusement il y a les copines.

— Il n'est pas amoureux d'elle, affirme Clémentine.

— Il avait besoin d'être admiré, analyse Victoire que j'appelle ensuite.

Et il y a les conseils des copines.

— Ne lâche pas. Dixit Clémentine.

— Sois gentille avec lui. Ne tourne pas virago.

Ça c'est la méthode Victoire. Plus facile à prescrire qu'à mettre en pratique.

Quant à ma gynécologue, Mme Monge, elle adore le coup de la lettre.

— Bravo, approuve-t-elle tout en me palpant les seins. Si vous saviez le nombre de femmes qui pleurent et se lamentent dans mon cabinet ! Vous avez raison, battez-vous.

Je la quitte regonflée à bloc. Marc et Annie vont voir de quel bois je me chauffe.

**15h17.** Je passe à la maison et je trouve Max en train de rire aux éclats avec Zazou.

Est-ce Louis de Funès dans *Les Gendarmes* ou simplement la présence rassurante de sa copine ? En tous cas mon petit bout va mieux. Mon dossier sous le bras, je pars rassurée à mon rendez-vous avec Archibald.

Non pas à son bureau de la Croisette, mais dans sa propriété sur les hauteurs de Cannes. C'est la première fois qu'il m'y convie. D'après ses employés il passe sa vie au bureau, surtout depuis le décès de sa femme voici huit ans. Je revois sa mine fatiguée de la semaine dernière. Pourvu qu'il ne soit pas malade.

— Ma chère Charlotte, m'annonce-t-il d'emblée, je vous ai conviée ici car j'ai démissionné de mes fonctions au sein du groupe.

Je suis sciée.

— Rassurez-vous, ajoute-t-il en réponse à mon air défait. Je suis en parfaite santé, mais à mon âge, il faut savoir se retirer. Place aux jeunes.

Un léger sourire ironique accompagne ces derniers mots. À près de soixante ans son fils Jean entre difficilement dans cette catégorie. Froid, cassant, susceptible, il fait l'unanimité contre lui auprès des employés. Les bruits de couloir laissaient entendre depuis des mois qu'il s'efforçait de d'évincer son père dont la popularité et la réussite lui font de l'ombre.

Une vague de déprime m'envahit. Depuis dix ans pas une semaine ne s'écoule sans Archibald.. Son sens de l'humour et son intelligence acérée vont me manquer.

Je me lance sans réfléchir.

— Mais il ne faut pas. Les Desserts Deschanel vous appartiennent. C'est votre bébé. Et puis tout le monde va vous regretter.

Archibald sourit alors qu'entre une employée chargée d'un lourd plateau en argent. Thé au jasmin, jus de fruits frais, mini-tartes aux fraises des bois, mini-cannelés et macarons à la noix de coco, nous sommes au paradis des gourmands.

Archibald nous sert, il picore quelques gâteaux.. Quant à moi son annonce a anéanti le peu d'appétit qui me restait. Je ne peux rien avaler.


**VENDREDI 11 MAI**

La tuile tombe à 20h24.

Le diner est prêt ( crevettes et riz pour Marc, steak haché et riz pour Max qui emporte le tout dans sa chambre et un grand bol de rien pour moi ) lorsque le portable de Marc sonne.

Il est pathologiquement incapable d'ignorer un appel. Certains patients abusent de sa bienveillance jusqu'à nous réveiller le dimanche à l'aube. Il décroche invariablement, perd des heures ( non rémunérées ) à calmer les inquiétudes de Mireille Delacorde ou de Paul Frons et peste ensuite sur les minutes de sommeil envolées.

Bref, la sonnerie retentit et Marc repose la crevette qu'il apprêtait à savourer pour répondre.

Mal lui en prend. C'est le mari d'Annie.

— Oui, fait Marc

— Bien sûr, ajoute Marc.

Je lis la contrariété sur son visage. Lui si prolixe s'en tient aux onomatopées. Enfin il se lance.

— Les apparences sont trompeuses.

Tiens, donc.

Je le regarde tout en levant un sourcil interloqué.

— Je vous expliquerai demain. Vous verrez, il n'y a rien de répréhensible.

Il raccroche.

— Je le rencontre demain à 18h. Chez Divini.

L'ambiance déjà tendue devient asphyxiante. Renaud Tillac exige de Marc une explication détaillée de ma lettre.

— Tu n'aurais pas dû l'envoyer, me reproche Marc. Les écrits restent.

Je suis partagée entre l'envie de lui jeter le plat de crevettes au visage et le besoin de contrôler l'imminence d'une crise de larmes.

— Il ne cesse de la relire et veut l'envoyer à toute leur famille.

— Tu le sais par Annie.

C'est une évidence. Ils manigancent leur défense commune.

— Elle m'a appelé. Son mari envisage le divorce.

La douche est froide. Glacée même. En un instant j'imagine Annie, libre, installée dans un appartement où Marc pourrait la rejoindre. Hors de question. La lettre c'était pour que le mari se réveille, qu'il pose des limites, qu'il la surveille. Pas pour qu'il s'en débarrasse.

— Il faut sauver son mariage, insiste Marc.

Pour une fois j'approuve.


Marc dort, ou fait semblant. Je suis à la recherche d'occupations qui m'éviteraient de penser. Grâce aux nuits précédentes tous les dossiers en cours sont bouclés. Je n'ai aucune traduction à me mettre sous la dent.

Je m'attaque aux factures, je rédige des chèques. Tout en vérifiant le dernier virement des Desserts Deschanel je prends conscience du manque à gagner que m'occasionne la démission d'Archibald. Jusqu'à présent seule m'avait affectée la perte d'une relation professionnelle devenue amicale au fil des ans.

Mais là, face aux relevés bancaires de l'année écoulée, la réalité financière me frappe de plein fouet. La moitié de mes revenus s'est envolée. Je dois quitter mon ronron professionnel, me secouer, prospecter de nouveaux clients. Tout ce que je déteste et que je ne suis pas d'humeur à affronter.

## SAMEDI 12 MAI

**11h04.** Victoire, mise au courant de l'appel du mari, me soutient pendant quatre cafés serrés avant de kidnapper Max.

— N'oublie pas de m'appeler, insiste-t-elle en démarrant le moteur de son dernier cadeau d'anniversaire, une sublime Mini rouge à toit granite qui fait l'envie de toutes ses copines, moi incluse.

Assis à sa droite Max, qui ignore tout de la lettre et ses retombées, boucle sa ceinture de sécurité. La perspective d'une journée au bord de la piscine entre copains lui a rendu le sourire. À moins que ce ne soit la nuit Playstation que Jules et lui ont projetée et que Victoire et moi faisons mine d'ignorer.

— Salut M'man.

— À demain, poussin.

Ouf, au moins un qui passera une bonne journée.

Impossible de travailler après leur départ. Le silence de la maison m'oppresse. Aussitôt une fenêtre ouverte, le bruit et l'agitation extérieurs m'agressent. Mon crâne est pris dans un étau dont trois aspirines ne viennent pas à bout.

Les allées et venues de Marc entre deux patients aggravent la situation.

— Son mari est furieux. Depuis ce matin il engloutit whisky sur whisky.

Un peu plus tard j'apprends qu'il devient violent.

— Il lui a jeté une bouteille au visage. Elle l'a miraculeusement esquivée.

Dommage.

— Comment sais-tu cela ?

J'ai vérifié, il ne l'appelle pas de son portable.

— Elle m'a téléphoné. Grâce à ta lettre il veut divorcer.

Ça ne m'arrange pas.

— Et elle ?

— Elle veut partir dans de bonnes conditions pour vivre avec moi.

La nouvelle ne semble pas l'enchanter.

— Toi, que veux-tu ?

— Je n'ai jamais envisagé de te quitter. Il faut préserver son mariage. Ce n'est qu'une amie.

Oui. C'est ça.

Les incohérences de son discours me sautent au visage. Ils ne sont qu'amis. Mais elle veut divorcer pour lui. Ils n'ont jamais eu de rapports sexuels. Mais il est au courant de sa vie intime avec son mari.

Tout juste admet-il une amitié amoureuse.

— Elle avait besoin de mes conseils. Je me sentais nécessaire, a-t-il avoué hier soir.

Le coup de la femelle en détresse. Imbattable.

En attendant il faut sauver son mariage pour préserver le nôtre. Pour que le naufrage de son couple ne pèse pas sur le nôtre. Et qu'elle disparaisse.

Je propose à Marc de l'accompagner à son rendez-vous.

— S'il te plaît, viens, répond-il.

Nous discutons de la stratégie à adopter. Il m'en coûte. Enormément.

C'est un pari sur le futur.

**17h55.** Comment reconnaître Renaud Tillac ? D'après Marc via Annie il est en surpoids car accro à la bouteille. Comme description c'est léger.

Du coup je me surprends à rêver. Et si Renaud Tillac se révélait plus séduisant que prévu ? Et s'il me plaisait ? Et si lui et moi...

Non. Au premier coup d'oeil je bascule dans la réalité. Grand, brun, le regard intelligent, Renaud Tillac a un physique agréable. Mais il n'y aura pas d'étincelle entre nous.

Il semble surpris par ma présence mais s'abstient de commentaire.

— Je ne vous porte pas dans mon coeur, ni l'un, ni l'autre, annonce-t-il en guise de bonjour.

Le ton est donné. Calme, mais froid.

Nous entrons chez Divini, un café italien apprécié pour ses sublimes *bruschettas*. Du temps où j'avais de l'appétit.

Nous nous installons au fond. Renaud Tillac nous fait face. Je me sens comme une élève en faute. Une sensation désagréable que j'espérais ne plus jamais éprouver.

— Voici votre lettre, dit-il. Je voudrais une explication point par point.

— À ce sujet, interrompt Marc en souriant, Charlotte a une confession.

La balle est dans mon camp. Marc me regarde. Il attend que je le sauve. J'étais d'accord. Faire front commun avec lui. Prouver à Annie que nous sommes soudés. Sauver son mariage malgré elle.

Et sauver le nôtre.

Renaud Tillac se tourne vers moi, Marc m'encourage du regard.

Je tousse, je gagne du temps.

— J'ai menti dans ma lettre.

Je l'ai dit. Il est trop tard pour faire marche arrière. Les phrases affluent, je suis lancée. Marc ne prêtais pas attention à moi. J'étais jalouse d'Annie. Je n'ai aucune preuve. J'ai déformé les faits.

Je me prends au jeu jusqu'à me transformer en cette femme déséquilibrée et jalouse. J'enjolive. Je dévoile Sidonie et son cancer.

Renaud Tillac se radoucit. Il se raccroche à la branche que je lui tends, désireux de me croire. Pour éviter un divorce que son amour-propre exige mais que son coeur redoute.

Marc se détend. Il discourt sur Annie, sa fragilité, leur amitié, leurs passions sportives, ses problèmes avec les chiens. La pauvre chérie préfère les chats, peine à établir un rapport affectif avec les chiens. Cela nuit aux promenades. La conversation vire au surréalisme.

Renaud Tillac se reprend le premier. La lettre est posée à coté de son verre de rosé. Je sens qu'il voudrait la jeter, l'oublier, mais qu'il est prisonnier de son rôle. Le mari bafoué ne peut jeter l'éponge si facilement. Il se doit d'exiger des explications.

Marc les lui fournit aisément.

La nuit au Mas des Glycines ? C'était après une randonnée. Marc était seul, Annie ayant réintégré le bercail en fin de journée.

Le parfum ? Un service, qu'Annie a aussitôt remboursé.

L'opéra ? Ils y étaient avec des amis respectifs et s'y sont rencontrés par hasard.

Les randonnées, la natation ? Ma foi, rien de mal à partager des activités sportives en tout bien tout honneur.

Les questions difficiles, Renaud Tillac ne les pose pas.

— Sans vous, j'aurais peiné à croire votre mari, me dit-il. Mais, vous, je vous crois.

Nous sommes les deux faces d'une même pièce. Lui-aussi aspire à conserver son couple. Mais il ne veut pas savoir. Rien ne menace son équilibre. Ce qu'il ignore n'existe pas.

À sa place j'aurais épluché la lettre avec Marc, mot par mot, ligne par ligne. Mes questions l'auraient poussé dans ses retranchements. J'aurais refusé ses réponses évasives et extirpé la vérité.

Renaud Tillac n'est pas fait de ce bois. Il plie la lettre et la range dans la poche de sa veste, rassuré à bon compte.

Je suis soulagée. Il ne quittera pas Annie. Mission accomplie.

Son regard s'arrête sur moi, doux, sympathique. Je me demande s'il est dupe lorsqu'il suggère, en conclusion, que nous dinions ensemble un soir prochain.

Tous les quatre.

— Annie est une excellente cuisinière.

Marc accepte avec le sourire tout en pensant le contraire. Je reste muette.

Renaud Tillac fait de la surenchère.

— Je n'ai pas d'objection à ce qu'Annie et vous poursuiviez vos activités sportives, dit-il à Marc.

— Si votre épouse est d'accord, ajoute-t-il en se tournant vers moi.

Je suis atterrée. Non content de gober nos explications il donne sa bénédiction à leur liaison.

Le secouer. J'ai envie de le secouer. Violemment.

Je me tais, en proie à une migraine galopante, tandis qu'il me regarde fixement. Attendant un assentiment qui confirmerait ma bonne foi, et que je suis incapable de lui donner.

Se peut-il qu'il soit si naïf ? Que tous ses doutes soient déjà apaisés ?

Le dicton « il n'y a pas de fumée sans feu », il ne connaît pas ?

— C'est le monde à l'envers, confirme Marc alors que nous rentrons à pied.

Il fait allusion aux excuses que j'ai faites à Renaud Tillac, pour la lettre et le tourment ainsi causés. Autant dire que ça m'a coûté.

— Vous devriez vous excuser auprès d'Annie, répond-il. Mais elle refuse de vous rencontrer.

Cela tombe bien car la farce atteint mes limites. Renaud Tillac n'insiste pas, méprenant probablement mon mutisme pour de l'embarras.

Heureusement Marc saisit l'ironie de la situation.

— C'est à elle de s'excuser.

Je ne peux qu'agréer.

Même si... Pourquoi des excuses si rien n'est illicite entre eux ? Des excuses pour une amitié intense mais platonique ? Comme il le maintient.

Je ne suis pas Renaud Tillac. Il me faut du clair, du logique.

Marc s'empêtre, louvoie, refuse d'admettre l'évidence. C'est dans sa nature.

C'est dans la mienne de mettre des mots sur ce que je comprends instinctivement.


À vingt-deux heures nous sommes couchés, lumières éteintes. Marc est épuisé, le contrecoup de la tension des derniers jours mêlé au soulagement de l'avoir échappé belle. Le mari aurait pu se révéler violent, avoir un sursaut de lucidité, lui mettre son poing sur la figure. Ou divorcer... La vraie tuile. Marc aurait eu Annie sur les bras. La peste aurait joué sur son sentiment de culpabilité.

Marc aurait-il craqué ?

J'avale deux somnifères ( de ceux que l'on vend sans ordonnance et dont l'efficacité n'est pas probante, mais je compte sur l'effet placebo ). La torpeur efface la migraine lancinante et les pensées noires. La main de Marc s'alourdit sur ma cuisse, lui-aussi est au bord du sommeil.

Et voilà que retentit la sonnerie du téléphone du salon. Impossible de la rater, c'est le son d'une corne de brume de paquebot. Choisie par Max car elle me fait bondir.

Mon premier instinct est de ne pas répondre. Au diable les enquiquineurs.

— Ce doit être le petit, marmonne Marc en se levant.

Zut. Je lui ai parlé en rentrant. Tout allait bien. Il se préparait à diner avec Rémi, Victoire et les enfants. Au menu : steak frites et tarte au pommes.

Je les avais quittés heureuse de leurs éclats de rire. Max passait enfin une soirée déconnectée de nos problèmes.

La corne de brume m'indique le contraire.

Le temps que Marc allume la lumière et trouve ses pantoufles ( la peur des germes est passée par là, même si elle est moins exacerbée que chez Max ) c'est le silence. Suivi d'une atroce chanson des années 70... La sonnerie dont Marc a affublé son portable.

Vite, il décroche. Je n'ai aucun mal à suivre la conversation. Max veut rentrer.

— Attends demain, nous te prendrons à neuf heures, tente de négocier Marc.

Rien à faire. À son expression je comprends que le petit pleure.

Marc me tend le téléphone et entreprend de se rhabiller. Je rassure Max. Papa arrive. Puis j'entends le voix de Victoire.

— Je suis désolée. Tout allait bien et soudainement il a fondu en larmes. J'ai tenté de le consoler mais il sanglote.

La présence de Max la retient de poser les questions sensibles.

— Je te raconte demain, dis-je avant de raccrocher.

Marc est parti. Impossible de m'endormir. Ma migraine est revenue en force.

Je sens que la nuit va être longue.


À peine rentré, Marc retourne se coucher et Max fonce sous la douche. De vingt-trois heures quinze heures à une heure dix-huit, assise sur le tapis de bain blanc et bleu je lui tiens compagnie dans la salle de bain.

— Accélère, mon canard. Il est tard.

Par moments je me surprends à somnoler.

— J'peux pas sauter d'étapes. J'dois tout faire à fond.

— Pourquoi ?

Il me fait signe d'attendre tandis qu'il comptabilise le nombre de fois où il savonne ses bras. Ensuite il rincera chaque partie de son corps selon une chorégraphie immuable. Et implacable.

La réponse de Max tarde mais je ne m'impatiente pas. J'ai lu trois livres sur les TOCs et les experts sont unanimes : surtout ne pas stresser la personne atteinte.

Et les parents stressés par le TOC de leur rejeton, on fait quoi pour eux ?

— Parce que c'est sale chez les Baudon, profère enfin Max en attaquant l'étape du récurage des ongles qui va durer vingt minutes.

Victoire serait contente, elle qui passe sa vie à aspirer les poils de Buddy, leur terrier blanc, et à polir ses tomettes avec amour.

Je n'argumente pas, sachant d'expérience que c'est inutile. Mais la montée en puissance du temps de douche m'inquiète. Ce qui n'était qu'un travers sans grande importance est en train d'envahir la vie de Max. Je le sens prisonnier d'une force invisible devant laquelle je suis impuissante.

Pour la première fois j'envisage de consulter un psychiatre.


## LUNDI 14 MAI

Bilan du weekend : un pic de deux heures quinze sous la douche pour Max hier soir et deux kilos en moins pour moi. La phrase « je n'ai rien à me mettre » est avérée. En un mois je me suis délestée de huit kilos et de deux tailles de vêtements. Même ma jupe en jean taille 40 est lâche. Tant pis, je la maintiens en place avec une ceinture bien serrée.

Je ne suis pas d'humeur à faire les boutiques. Depuis hier Marc a ôté de son iPhone la géolocalisation et je n'ai plus moyen de vérifier ses déplacements.

— Tu n'as rien à craindre, affirme-t-il en m'enlaçant. C'est terminé avec Annie.

— J'enlève la géolocalisation, c'est très désagréable d'être en laisse, ajoute-t-il.

Ma moue est dubitative.

— Tout est fini. Fais-moi confiance.

Fin de la conversation. Les gestes ont remplacés les mots. Est-ce ma nouvelle silhouette, ou le piment qu'engendre notre tempête conjugalc ?

Tout n'est pas perdu.

Je profite de l'accalmie avec Marc pour rendre visite à Sidonie. À peine ouvre-t-elle la porte qu'elle part à l'assaut.

— Tu as maigri, toi. Tu fais un régime ?

Impossible de la berner. Elle me sait foncièrement incapable de suivre un régime. La liste des aliments défendus me met en appétit. Si le fromage est interdit je me jette sur le brie et le reblochon, qui en temps normal m'indiffèrent. Pareil pour les glaces. Je me souviens d'un régime qui qualifiait les glaces de pièges à bourrelets. Résultat, je m'étais goinfrée de cônes et d'esquimaux pendant deux semaines avant d'aller en Floride, avec les résultats désastreux qu'on imagine. Et le malaise total en maillot de bain sur la plage.

Alors non. Pas de régime pour moi.

Sidonie me jette LE regard sidonien, laissant entendre qu'elle me déchiffre comme un livre ouvert.

— Tu as un amant ? lance-t-elle, effarée.

J'éclate de rire. Elle me lit toujours, mais heureusement elle est devenue dyslexique.

— Pas d'amant à l'horizon. Juste beaucoup de boulot et pas le temps de manger.

Vite, je change de sujet pour échapper au couplet alimentation saine égale santé égale longévité, etc etc.

— J'ai parlé avec ton docteur ce matin. Ton opération va te fatiguer et tu dois aller dans un centre de convalescence.

— Ah non. Pas un truc de vieux. C'est trop sinistre.

— Des tas de jeunes vont en convalescence.

Elle grimace.

— Il y aura surtout des vieux tous ratatinés. Ça va me déprimer.

— Mais non. Tu seras le boute-en-train de l'établissement.

Le docteur Meyer a été clair. L'opération est lourde. Sidonie sera épuisée et ne peut rester seule. Sans oublier l'obligation de soins. Bref la maison de convalescence s'impose.

— On verra plus tard, transige Sidonie.

L'opération étant prévue dans un mois le temps nous est compté. Demain j'appelle les centres.

Je suis en voiture lorsque mon portable sonne. Heureusement c'est un mains libres. Je décroche en toute impunité tandis que devant moi la conductrice d'une Honda bleu canard se fait épingler par un flic, la cigarette au bec et le portable collé à l'oreille. Bien fait, d'autant que tout à l'heure elle m'a fait une queue de poisson.

— Bonjour, fait une voix féminine inconnue. C'est bien Mme Charlotte Russo ?

— Moi-même.

Le débit est lent, le timbre un poil nasillard. Ça sent l'arnaque à plein nez. N'étant pas d'un naturel patient je me prépare à raccrocher avant qu'elle n'entonne son baratin, mais un virage requérant mes deux mains m'en empêche. Juste après un camion garé en double file me contraint à de périlleuses manœuvres. La peste soit des camions, exception faite de ceux qui m'approvisionnent en produits de première nécessité comme mes capsules de café adoré ou les livres anglais introuvables dans la région. À ceux-là tout est pardonné. Quant aux autres ce sont des empêcheurs de rouler en paix.

Tout occupée que je suis à râler j'en oublie que « voix nasillarde » s'est tue, dans l'attente d'une réponse.

— Alors vous prenez combien ? répète-t-elle sans une once d'impatience.

— Excusez-moi, c'est pour quoi ?

Non seulement elle ne me traite pas de débile mais elle repart dans son discours. Cette fois-ci je lui prête attention.

— C'est pour mon C.V. Je trouve pas de travail en France alors j'ai pensé. En Angleterre aussi ils ont besoin d'esthéticiennes. Je parle pas trop anglais mais j'apprendrai. Et puis vous savez les clientes elles me saoulent avec leurs histoires. Alors si je comprends pas, c'est encore mieux.

Elle rit. Je me dis que la prochaine fois que je me fais épiler je ne m'épancherai pas sur le TOC de Max. Et encore moins sur les frasques de Marc.

— Alors ça va me coûter cher le C.V ? renchérit-elle. Parce que, bon, j'ai pas trop de sous en ce moment.

Mon premier instinct est de refuser. Les C.V c'est ennuyeux et peu rémunérateur. Je préfère traduire des dossiers ou des contrats. Même un dossier sur l'industrie alimentaire peut se révéler instructif. Je pense à certains détails peu ragoûtants dont j'aurais préféré ignorer l'existence et qui m'ont été dévoilés par Archibald. Notamment sur la gélatine de porc dans les...

Stop, n'y pensons plus. D'ailleurs Archibald n'est plus mon client, et les factures n'attendent pas. Sans compter que j'arrive devant l'immeuble de Maître Lecarré et que je dois raccrocher.

J'accepte de traduire le C.V de « voix nasillarde » et lui consens même un rabais. Il faut encourager la jeunesse.

Mon rendez-vous dure deux heures ( un renouvellement de bail commercial qui tourne au vinaigre entre le propriétaire français et le locataire irlandais qui gère un restaurant ). En sortant je me précipite Place Nationale où m'attend Victoire.

Elle m'embrasse et m'entraîne vers la rue Thuret.

— Voilà, c'est ici, proclame-t-elle en s'arrêtant devant une petite bâtisse à la façade ocre et aux fenêtres cadenassées.

Le restaurant est fermé mais j'y ai diné à l'époque où il était marocain et proposait des tagines aux olives à se damner. Il muta ensuite en italien insipide.

Et maintenant Victoire espère le transformer en temple de la cuisine méditerranéenne.

— Il faut tout refaire. Je déborde d'idées pour la déco. Des couleurs claires et reposantes, des mosaïques, peut-être une fontaine tout au fond. Ou un aquarium.

J'hésite à jouer les rabat-joie. Mais parmi les questions qui m'assaillent aucune n'a trait à la teinte des murs ou à la marque des assiettes. Mes interrogations sont d'ordre pratique et bassement matériel. Situé en plein coeur du vieil Antibes, à deux pas de la Cathédrale, du marché et du port, le rêve de Victoire est hors de prix.

— J'ai tout calculé, poursuit-elle en lisant dans mes pensées. L'héritage de Papa couvrira l'achat du fonds, les travaux et les frais de roulement jusqu'à ce que l'affaire s'autofinance.

— Qu'en dit Rémi ?

— C'est le problème. Il est contre.

Tu m'étonnes ! Comme si Rémi accepterait que son épouse chérie le délaisse en passant ses soirées dans un restaurant. Plus de sorties ou de weekends à arpenter les puces et les antiquaires, plus de voyages lointains en famille, plus de Victoire à cent pour cent disponible. Pour Rémi c'est une vision cauchemardesque de l'existence.

Victoire flotte sur son nuage, totalement insensible à la réalité. J'essaie de la faire atterrir.

— Entre les achats à l'aube, la cuisine et les services tu seras débordée. Que feras-tu des enfants ?

Sous-entendu : et de Rémi.

— J'y ai pensé, réplique-t-elle d'un air triomphant. Rémi n'est pas encore au courant mais Grégoire viendra m'aider. Il s'installera dans la chambre d'ami. Ce sera pratique.

Les bras m'en tombent. Grégoire est la brebis galeuse de sa famille. Benjamin de la fratrie, gâté pourri par une mère désireuse de retarder l'envol de son dernier oisillon, il papillonne de jeune femme en femme mûre, de travail précaire en job temporaire et d'île tropicale en ville nordique. Il est charmant, volage, désinvolte. Et Rémi l'a en aversion.

Alors imaginer une collaboration professionnelle ( un mot qui s'applique difficilement à Grégoire ) doublée d'une cohabitation dans la villa familiale...

Je ne reconnais plus ma copine. Elle si posée, si raisonnable, la voici révolutionnaire.

Je sens que ça va barder chez les Baudon.

## MERCREDI 16 MAI

Marc ne m'inspire pas confiance. Il est trop charmant. Souriant, surfant d'un compliment à mon égard à une blague avec Max, il n'a pas le comportement d'un homme ayant rompu avec sa maîtresse.

Plutôt celui d'un mari qui continue de rouler sa femme.

Je l'ai compris alors que nous évoquions notre performance de samedi.

— Je n'ai menti à Renaud Tillac qu'à condition que tu mettes un terme à ta relation avec Annie, lui ai-je rappelé. Si tu la vois ce sera une véritable trahison.

Il a acquiescé mollement, en m'évitant du regard. Cela m'a déplu, et mon mal de tête est revenu au galop.

Depuis nous jouons au chat et à la souris. Le soir je relève le kilométrage de sa Golf et je vérifie avec ses déplacements avoués. Vingt-trois kilomètres l'aller-retour entre la maison et la société DigitalPlus où il anime des séminaires hebdomadaires. Deux kilomètres pour la plage de l'Olivette. Trois kilomètres pour une course en centre ville. Hier le compte était juste.

Ce soir, par contre, le total explose. Vingt-deux kilomètres inexpliqués.

L'air innocent, Marc me narre sa journée en détails. Les consultations au cabinet, un saut aux Amaryllis pour cause de nouvelle pensionnaire dépressive suivi d'une pause trempette à l'Olivette. La routine, quoi. Rien qui justifie les vingt-neuf kilomètres au compteur.

J'enrage mais faute de preuve concrète je me tais et fonce sur Internet. Je tape « mari infidélité » et là je suis servie. Page après page de conseils, de blogs, de témoignages de compagnes d'infortune. Douze choses à savoir sur l'infidélité. Faut-il pardonner l'infidélité à son conjoint. Comment piéger un mari infidèle. Faire évoluer son couple après l'infidélité.

J'y passe la moitié de la nuit. Ensuite je corresponds par Messagerie Instantanée avec Victoire. Elle-aussi est énervée. Elle devait signer le bail du restaurant la semaine prochaine et l'agent immobilier a annulé le rendez-vous. Par SMS. Le propriétaire aurait changé d'avis et préfèrerait louer à un fast food. Quant à trouver un autre local, l'agent immobilier n'a pas daigné répondre.

C'est louche. Victoire est furieuse. Nous dinons ensemble demain soir.

## JEUDI 17 MAI

**7h09.** Mauvais début de journée. Max refuse d'aller en cours.

— J'ai tout le temps envie de pleurer. J'ai peur d'être ridicule.

— Tout va bien, mon canard.

J'essaie de prendre un ton convaincant. Entre Marc et moi c'est la trêve, du moins en apparence.

— C'est pas vrai, assène le canard extralucide. Il continue de la voir.

Je partage tellement son avis que je peine à donner le change.

— Papa a promis que tout est fini. Nous sommes ensemble. Tous les trois.

Max reste silencieux mais son regard compatissant est éloquent.

Après vingt minutes de palabres et de câlins Max se laisse convaincre. L'argument gagnant est le cours d'anglais avec Mme Sanders, suivi du cours d'italien avec Mlle Gioletto. Ses professeurs favoris dans des matières où il excelle. Pas comme M. Broyon qui a ses têtes de turc et a réussi par ses remarques déplacées allant de « Max dort comme un ours polaire en attendant son repas » à « casse-toi, petit con » à le dégoûter durablement du français en général et de la littérature en particulier.

Max s'habille, vérifie que son cartable contient du gel hydro-alcoolique et trois paquets de mouchoirs en papier. Nous sommes en retard, je vais conduire en zigzagant parmi les voitures-tortues pour arriver à l'heure, mais je ne le presse pas. Sinon, comme sous la douche, il recommence ses vérifications.

Après avoir déposé Max j'appelle le secrétariat du docteur Fouls, psychiatre spécialiste des ados, pour avancer son rendez-vous. Lundi la secrétaire n'avait rien voulu entendre.

— Je n'ai rien avant un mois, avait-elle maintenu, avant de m'octroyer d'un ton glacial un créneau pour le 15 juin.

Elle a dû passer une bonne soirée car ce matin elle est charmante. J'obtiens sans grand mal d'avancer le rendez-vous au 31 mai.

— Je vous appelle si un rendez-vous se libère avant, me promet-elle même.

En voilà une que son mari ne trompe pas.

À moins que... ce soit elle qui le trompe ?

**19h12.** Ce soir je dine avec Clémentine et Victoire. Yesss ! Notre soirée de rigolade mensuelle sans hommes et sans enfants autour d'une coupe de champagne ( à cause du rapport favorable plaisir/calories ) et d'un plat de pâtes à la crème ( rapport calorique inversé mais compensé par la coupe de champagne ).

Sauf qu'en ce moment, avec les ennuis de Victoire et les miens, on ne rigole plus beaucoup, et moi j'ai l'appétit coupé. D'ailleurs j'ai encore maigri et aucun vêtement ne me va.

Devant le miroir du dressing j'hésite entre la jupe en jean neuve qui glisse sur mes hanches et un pantalon beige qui flotte sur mes fesses. Pas terrible l'effet parachute déployé sur le popotin.

Va pour la jupe. Je l'enfile, attrape une ceinture en cuir naturel salvatrice et lâche le tout au son de la corne de brume de paquebot.

La saloperie de sonnerie de téléphone.

Un jour j'ai bien essayé de la changer mais je me suis embourbée dans le mode d'emploi et la corne a bramé en boucle pendant deux heures quarante minutes. Jusqu'à ce que Max revienne du collège et règle le problème en trente secondes très humiliantes.

Je sprinte à la recherche du combiné qui pour une raison inconnue a migré de la commode de l'entrée à la plus haute étagère du placard à biscuits, j'appuie sur la touche verte, et bing plus personne.

Au même instant se déclenche la paisible sonnerie de mon portable.

Appel masqué. Je déteste cela. Un coup d'oeil sur ma montre m'informe que je suis en retard. Le temps presse. Curiosité et ponctualité bataillent en moi.

Tant pis, je me dépêcherai.

— Alors, Charlotte, comment allez-vous ?

Archibald ! Ces derniers jours, j'ai pensé à lui, sans oser lui téléphoner. « Tu n'es pas une amie » me suis-je dit et redit. « Un homme comme lui est sollicité et il n'a plus besoin de toi. Laisse-le tranquille ».

Je suis tellement contente que j'en oublie d'articuler.

— Vous êtes là Charlotte ? Voulez-vous que je vous rappelle demain ?

— Ah non. Pas du tout. Je suis très heureuse de vous entendre.

Me voici qui bafouille. Aucune tenue ma pauvre fille, me souffle une voix intérieure malfaisante. À ton âge quand même, on ne se laisse pas déborder comme ça.

Je suis certaine qu'Archibald sourit, mais il poursuit sans rien laisser paraître.

— Je me demandais si vous auriez quelques heures à accorder à un vieux monsieur dont le niveau d'anglais est toujours aussi lamentable.

— Bien sûr, mais je croyais que...

— Que je ne travaillais plus. C'est exact, mais je m'intéresse toujours aux actualités économiques et politiques. Or sans vous, plus de *Financial Times* ou de *New York Times*. Je me retrouve dans un désert intellectuel.

Il fait une pause tandis que je me retiens de faire éclater un « youpi » peu approprié.

— Qu'en dites-vous, Charlotte ? Seriez-vous disposée à m'accorder un ou deux après-midis par semaine ?

— Autant que vous le désirez.

La réponse a fusé. Archibald rit. Rendez-vous est pris pour lundi prochain.

Du coup je sautille de joie en cherchant dans mon placard le top que je vais assortir à ma jupe. Rien ne me plaît ni ne s'accorde avec ma nouvelle silhouette. Exit les pantalons sombres et les chemises flottantes. Mes envies vont aux jeans blancs, aux robes ajustées, aux T-shirts moulants. Quant aux couleurs je les préfère joyeuses, histoire de trancher avec mon moral. C'est décidé, demain je m'offre une virée shopping. Avec la carte bleue de Marc.


— Et s'il était un patient de Rémi ?

Clémentine et Victoire me fixent, interloquées, et d'un même geste renoncent aux toasts chargés de tapenade noire qu'elle s'apprêtaient à engloutir.

Nous sommes attablées à la terrasse de *Marius* et nous nous torturons les méninges au sujet du restaurant de la rue Thuret.

Victoire poursuit ma pensée.

— Qui ? Le propriétaire ou l'agent immobilier ?

— Peu importe.

L'idée m'est venue au milieu de la nuit. Réfléchir aux problèmes des amies me distrait agréablement des miens. Les solutions sont nettement plus objectives et tranchantes que pour soi. En théorie, par exemple, je serais la première à jeter aux orties un mari volage.

En pratique je refuse de laisser une intruse détruire vingt ans d'une vie commune plutôt réussie. Un couple c'est un investissement. Marc et moi avons un fils, une vie ensemble. Je ne lâcherai pas.

Un silence s'établit pendant que le serveur apporte les plats. Tagliatelles à la crème pour Clémentine à qui les soucis ne coupent jamais l'appétit, loup braisé aux pruneaux pour Victoire qui est incapable de résister à une nouvelle recette et saumon poché pour moi car rien ne me tente.

D'ordinaire Victoire serait affairée à disséquer son loup avant d'en débusquer les aromates. Aujourd'hui elle le laisse refroidir en toute indifférence, préférant se concentrer sur ma théorie.

— Tu crois qu'il aurait fait une chose pareille ?

Vu son air furibond je regrette de m'être avancée. J'hésite à renchérir et me fais doubler par Clem.

— Je suis d'accord avec Charlotte. Rémi a fait pression pour que tu n'aies pas le bail

— Ah, le salaud. Mais, le salaud.

Victoire est au bord de l'apoplexie. Elle brandit son portable mais Clémentine la freine.

— Attends. Tu n'as pas de preuves et il niera.

Victoire acquiesce.

— Tu as raison. Je dois vérifier dans le fichier des patients.

— Tu sais comment ?

Moi, c'est le côté pratique des choses qui m'intéresse.

— Aucun problème. Il m'est arrivé de dépanner au cabinet, lorsque les secrétaires sont malades. Leur système informatique n'a pas de secret pour moi.

L'heure qui suit est consacrée à taper sur Rémi. Victoire d'ordinaire si mesurée se lâche comme jamais.

Le weekend à Venise l'an dernier alors qu'elle rêvait de découvrir Berlin. Les remarques malencontreuses sur ses bourrelets avec offres de liposuccion à prix cassé chez un collègue. La robe en soie offerte pour son anniversaire au lieu de la jupe en cuir noir convoitée. Son habitude de saler un plat avant de le tester. Jusqu'à son insupportable manie de craquer ses articulations au moment de s'endormir.

Tout y passe. À se demander comment elle le supporte depuis des années. Ce n'est qu'au dessert, après trois verres de rosé et une sublime mousse au chocolat surplombée d'une spirale de crème chantilly, qu'elle clôt magistralement le sujet d'un « mais bon, je l'aime quand même mon Rémi » qui nous laisse sciées, Clem et moi.

Et moi qui me croyais seule en proie à des sentiments contradictoires. Me voici en bonne compagnie.

Je m'apprête à interroger Clem sur Théo lorsque elle me prend de court.

— Au fait, elle est comment Annie ? Tu n'as pas une photo ?

Ben, non. Pas de photo. À mon plus grand regret. Clem et Victoire savent qu'Annie est moche. Très moche.

Enfin, suffisamment moche pour rendre incompréhensible le fait que Marc me trompe avec elle.

Non pas que j'aurais accepté qu'il me trompe avec un canon. Non.

Mais c'eut été une faiblesse masculine plus compréhensible, un faux-pas, le démon de midi. Personne n'est parfait. Elle est si belle. C'était tentant. Il n'a pas su résister.

En l'occurrence il n'a pas d'excuses. Annie est mince, sans doute grâce aux promenades canines, sans oublier les déjections qu'elle ramasse ( le côté glamour de son choix de carrière ! ). Mais elle est striée de rides, la contrepartie des heures de balades en plein soleil azuréen.

Eh oui, on ne peut pas tout avoir. À partir d'un certain âge, qu'elle a largement dépassé, c'est le visage ou le popotin. D'où son visage ravagé qui...

— Tu as regardé sur Internet s'il y a sa photo ? interrompt Victoire qui s'est découvert la fibre informatique.

— Bonne idée, renchérit Clem en brandissant son portable.. Elle doit être sur Facebook. Quel est son nom de famille ?

— Tillac.

Nous voici penchées sur l'écran. Facebook livre trois Annie Tillac mais aucune n'est la bonne.

— On regarde sur Google, décide Clem en changeant d'application.

Plusieurs Tillac s'affichent. Je repère Renaud Tillac et ses coordonnées professionnels. Mais toujours pas d'Annie, même sur les trois pages suivantes.

Ce n'est qu'en tapant son nom suivi de promenades chiens que Victoire, qui s'est emparée du portable, la débusque.

— Regardez, elle a même un site, fait Clem en cliquant sur le lien.

Un site, c'est vite dit. Deux pages sommaires hébergées sur un serveur gratuit. Sur la première, son nom, numéro de portable et la liste de ses prestations. Sur la seconde, le jackpot. Des photos.

Annie rieuse en balade avec quatre gros toutous. Souriante en faisant des câlins à un chat siamois. S'éclatant en shampouinant un Saint-Bernard. Enjouée en distribuant la pâtée. Le message est clair. Regardez, j'aime les animaux, je m'en occupe bien, ils m'adorent. Vous pouvez me confier Médor ou Choupette sans aucune crainte.

Voleuse de mari, va !

J'en ai des bouffées de chaleur.

Heureusement les copines sont là, qui jouent leur rôle à la perfection.

— Ouah, elle est moche, s'exclament en choeur Clem et Victoire à peine la page de photos téléchargée.

— Mais je la connais, s'exclame Clem.

Quoi ? Annie, une amie de Clem ? Mon sang ne fait qu'un tour.

— Oui, je la connais de vue. À l'hôtel. Elle promène parfois le caniche d'une de nos clientes russes, Mme Ostrogov.

Ouf, ça va mieux. Clem ne fricote pas avec l'ennemi.

— Et alors?

— Rien. Je ne lui ai jamais parlé. Mais j'essaierai d'en savoir plus.

— En tous cas elle fait vieux, reprend Victoire.

— Tu as vu ses rides ? fait Clem en soulignant les sillons qui marquent le front et les joues d'Annie.

Victoire opine en continuant sur sa lancée.

— Ses sourcils sont atroces. Regarde comme ils sont épilés, c'est d'un mauvais goût.

— Elle n'a pas de beaux cheveux. Elle semble chauve.

L'ongle de Clem indique un point près où les cheveux apparaissent clairsemés. Qu'ils soient fins et tirés en queue de cheval pourrait justifier l'impression de calvitie mais je ne suis pas d'humeur à être charitable. Cela me fait du bien de savoir qu'Annie est moche.

Très moche.

Un vrai pou, quoi.

En d'autres circonstances la féministe en moi s'érigerait contre la dictature de beauté imposée aux femmes. Mais là, pas de quartier. Mes copines l'ont bien compris, qui s'acharnent sur elle avec férocité.

— Marc me déçoit, conclut Victoire.

— Bah, fait Clem avec une moue désabusée. Elle lui aura couru après. Une phrase aimable, un sourire, et hop les hommes tombent dans le panneau. Des couples mal assortis j'en vois tous les jour. L'homme croit tenir les rênes et il se fait avoir.

— À toi de jouer, ma puce, conclut Victoire en m'embrassant.

Il est tard et nous sommes les dernières à quitter le restaurant. Sur le chemin du retour la phrase de Victoire résonne avec insistance dans mes oreilles

## DIMANCHE 20 MAI

Weekend tranquille, peut-être trop. Ces derniers temps j'aborde le samedi comme le cheval arrive à l'écurie.

D'une part le soulagement : durant deux jours Annie est coincée avec son mari, et Marc avec moi, même si la description me déplaît. De l'autre je suis exténuée par la semaine écoulée et le qui-vive permanent auquel je me contrains.

Samedi vers minuit j'atteins le point d'équilibre. La tension des jours précédents est dissipée par la présence continue de Marc à mes côtés et celle de la semaine prochaine est encore diffuse. Ce sentiment de bien-être s'émousse au fil des heures qui me rapprochent de lundi et d'un cortège de tromperies d'autant plus redoutées qu'elles sont imprévisibles.

Marc, tout psychologue qu'il est n'entend rien à mon cycle psychique. C'est pourquoi il choisit la soirée de dimanche pour discuter des vacances d'été.

— Au fait, ma chérie, demande-t-il, l'air innocent, levant à peine le nez de son livre, As-tu pris les billets d'avion pour cet été ?

Cette question je l'attendais.

— Tu n'y penses pas. Je ne peux pas laisser Sidonie.

— D'ici le mois d'août elle ira mieux.

Et toi, ma crapule, tu seras bien tranquille sans moi dans les pattes. N'y compte pas.

— Elle aura besoin de moi durant sa convalescence.

— Max sera déçu.

C'est l'argument qui fait mal.

Un été sur deux nous passons deux semaines à Hawaii dans la sublime villa de Kahlua Beach où s'est expatrié Guillaume, le frère de Marc. C'est l'occasion pour Max de revoir ses cousins et de se métamorphoser en as du surf et de la planche à voile, lui qui d'ordinaire rechigne à faire dix mètres à pied.

Seul hic, et de taille : Marc ne nous accompagne pas.

Deux séjours hawaïens lui ont suffi. Les vingt-quatre heures de vol ponctués de trois escales, la foule des aéroports et le décalage horaire — douze heures — qu'il met huit jours à surmonter ont mis un terme aux voyages transatlantiques.

Je rechigne à priver Max.

— Vas-y en mineur non accompagné.

— Non. J'ai pas envie.

— Réfléchis encore. Et tes cousins ?

— J'irai l'été d'après.

Les vacances de Max, nouvelles victimes collatérales d'Annie.

Avec Marc je m'en tiens à la version officielle. Sidonie.

## LUNDI 21 MAI

Ce matin je bosse sur quatre diplômes et deux C.V. Une famille irlandaise fraichement installée à Cagnes-sur-Mer. Elle est professeur de yoga, il est ébéniste et ils veulent goûter au « french way of life ». Bon courage à eux et à leurs futures déclarations d'impôts.

Depuis que j'ai traduit le C.V de « voix nasillarde » elle m'a envoyé une douzaine de clients. C'est une épidémie de jeunes qui quittent la France pour l'Angleterre ou le Canada. Même leurs parents s'y mettent.

Du coup j'ai augmenté mes tarifs. Il faut bien vivre.

**15h39.** Chez Archibald.

Voici soixante-neuf minutes que nous ne travaillons pas.

Les sujets de bavardage ne manquent pas. Sa démission qui fait la une des magazines financiers. Les journalistes qui le harcèlent. Les journées qu'il faut désormais meubler. Le golf et la lecture qui se révèlent insuffisants pour les combler. Le poids des ans, même s'il n'en ressent pas les effets.

Et Marc.

C'est Archibald qui met Marc sur le tapis, me rappelant avec une délicatesse qui m'empêche de rougir de honte les confidences arrosées de larmes du Carlton.

J'hésite un instant. Les mensonges, les filatures, la lettre, le mari d'Annie, encore des mensonges. Rien de bien valorisant. Archibald, qui devine mes hésitations, m'encourage du regard.

Du coup je me lance. Et je déballe tout.

L'historique depuis le déjeuner du Carlton. Les faits, mes soupçons, mes angoisses, ma stratégie.

Tout.

— Je vous comprends, dit Archibald. Vous êtes furieuse et blessée. Vous désirez qu'il rompe tout contact avec cette femme. Immédiatement.

Je hoche la tête en refoulant les larmes qui me montent aux

yeux. C'est cela. Il faut que Marc renonce à Annie. Tout de suite. Et qu'il s'y tienne.

La suite cependant me prend par surprise.

— Soyez patiente, Charlotte. Votre mari a besoin de temps pour renoncer à elle et revenir vers vous. Vous gagnerez, mais ne le brusquez pas.

Il sourit, se doutant bien de la difficulté de ce qu'il prône. Afin d'appuyer son propos il se livre à quelques confidences sur un passé tumultueux dont son épouse sortit victorieuse.

— Car voyez-vous Charlotte, m'explique-t-il, jamais en quarante-trois ans de mariage, elle ne cria ou menaça. Par petites touches elle me laissait deviner qu'elle savait et que je risquais de la perdre.

— Et ensuite ?

Cette femme était une sainte. Quarante-trois ans sans cri ou menace ? Ces derniers temps passer la barre des vingt-quatre heures sans explosion est un exploit. Quand j'y parviens je passe la nuit à m'en féliciter.

— Peu à peu ma maîtresse perdait son attrait et je la délaissais. Souvent c'était elle qui me quittait et m'épargnait l'embarras d'une rupture.

Les hommes. Même les meilleurs d'entre eux restent de grands courageux !

Malgré tout je vais suivre les conseils d'Archibald. Du calme et de la douceur.

Ça va être dur.

Je quitte Archibald les bras chargés de magazines américains. Une forêt de post-it jaunes signale les articles à traduire et je m'interroge sur la raison de cette montagne de travail.

À quoi vont lui servir les dernières statistiques sur la consommation U.S de glaces à la vanille aux pépites de chocolat s'il n'a plus voix au chapitre ? Ou l'évolution du prix du cacao s'il ne peut demander au laboratoire de tester sa recette de mousse aux trois chocolats ? Et que penser de ces fiches de cuisine tirées de *Country Cuisine* et de *Gourmet Magazine* ?

Je sais que, fidèle à la parole donnée, il n'a pas remis les pieds dans ses bureaux de la Croisette, laissant le champ libre à Junior, l'héritier dont les journalistes vachards prétendent qu'il n'a pas reçu le talent des affaires en héritage.

Alors pourquoi ? Parce qu'il s'ennuie, comme il me l'a laissé entendre ? Ou parce qu'il se doute du sérieux manque à gagner que m'occasionne sa démission ?

J'essaierai d'en savoir plus vendredi.


En voiture je réfléchis au discours d'Archibald. Calme et douceur. Pourquoi ne pas essayer ?

L'attente au feu rouge du boulevard Poincaré se prolonge alors qu'aucune voiture ou piéton ne pointe à l'horizon. Pas question de le griller, il est coiffé d'une caméra radar. J'en profite pour réfléchir au menu du diner, qui je l'avoue, manque de piment.

Un coup de volant à gauche et me voici inaugurant mes bonnes résolutions chez Picard. Poulet basquaise, ratatouille à l'italienne, gaspacho, tians de légumes, filets de turbot, sauce à l'oseille, fondants au chocolat, je suis au paradis de la cuisine sans effort. Vite je remplis à ras bord un chariot. Ce n'est qu'une fois sur le parking, en train d'entasser mes victuailles dans le coffre de ma voiture que se pose la question : toutes ces appétissantes denrées vont-elles entrer dans un congélateur qui déborde d'esquimaux glacés ?

À peine arrivée je me précipite vers le congélateur et j'en déloge trois sacs de glaçons inutiles. Vite je retire les emballages en carton et j'empile tout au fond les tajines de poulet, blanquettes de veau, boulettes de boeufs et autres moussakas. Viennent ensuite les ratatouilles, les mini-gratins et les purées de courgettes et tout devant, formant une barrière impénétrable, une montagne d'esquimaux glacés et de mini-Mars.

Et voilà. Officiellement le congélateur est toujours squatté par les glaces de Max. Et je suis devenue une fée du logis. Ni vu ni connu tous les emballages filent dans un sac poubelle. Vingt pas vers le container extérieur et le tour est joué.

J'ai toujours été soucieuse des détails. Au lycée les professeurs louaient mes devoirs impeccables. Désormais ma copie est raturée car aucun effaceur ne pourra gommer Annie.

Mon sang bouillonne. Je ferme les yeux et me concentre sur Archibald et mes bonnes résolutions. Calme et douceur. Calme et douceur. Calme et douceur. Voici désormais mon mantra.

Je rouvre les yeux, légèrement apaisée, sentant un regard sur moi. C'est Max tout juste rentée et qui et m'observe.

À cet instant le congélateur s'entrouvre et expulse les trois derniers Magnums aux amandes ayant forcé son hospitalité. Je les attrape au vol pour les offrir à Max.

— Trois Magnums ! fait-il, l'oeil gourmand en les dépiautant de leurs emballages.

Voici mon ado boudeur et mal dans sa peau transformé d'un coup d'esquimau magique en un gamin ravi. Stratégie gagnante et à renouveler. Tant pis pour la diététique !

Je crains une arrivée intempestive de Marc, notre terroriste familial de la santé, celui qui avale sans flancher ses cinq fruits et légumes par jour, refuse de tartiner de beurre sa tranche de pain d'épeautre et se délecte de goji et d'Oméga 3. Il transformerait un moment de bonheur transgressif en une crise existentielle.

Je conseille à Max de rester sur ses gardes.

— Dépêche-toi. Papa va arriver.

— T'inquiète, Maman. S'il arrive, je cache tout.

Il a tout compris, ce petit.

Inutile d'entamer la soirée par un sermon sur la nutrition dont, malgré bien des entorses, je connais le raisonnement par coeur.

Deux heures plus tard Marc est attablé devant un filet de loup au beurre blanc accompagné d'une julienne de légumes et de boulghour à l'huile d'olive comme il n'en a jamais dégustés en vingt ans de mariage.

L'entrée n'était pas mal non plus : un flan aux légumes accompagné d'une salade au vinaigre de framboise. Et en dessert je lui réserve un fondant au chocolat qui a reçu l'approbation de Max.

— Tu as cuisiné tout cela ? demande Marc, étonné, en attaquant le loup avec enthousiasme.

J'acquiesce en pensant aux emballages Picard ensevelis dans la poubelle.

— Ça te plaît ?

— Mais oui, c'est délicieux.

Je m'en tiens à Archibald. Calme et douceur. Calme et douceur.

Je me réjouis de damner le pion aux quiches d'Annie, mais... Reconquérir mon mari par ses papilles gustatives ? Après vingt ans de mariage ?

En vaut-il la peine ?


## MERCREDI 23 MAI

— Fais marche arrière. Jamais je n'irai là-dedans.

Nous sommes devant le portail rouillé de la maison de convalescence Les Bruyères. Autour de nous, rien. La cambrousse. Des champs d'herbes hautes, le chant des grillons et une chaleur étouffante.

— Tu te rends compte, insiste Sidonie qui ne mesure pas l'état de fatigue post-opératoire qui sera bientôt le sien. C'est mortel ici. Je veux pouvoir sortir acheter le journal ou aller au restaurant.

J'acquiesce. L'endroit est sinistre. Un vrai mouroir, et sans climatisation, une fournaise.

Malgré tout c'est la septième maison de soins que nous éliminons. Il ne reste que deux possibilités et je doute qu'elles lui conviennent.

— Tant pis, dit Sidonie, feignant de faire mauvaise fortune bon cœur. Je rentrerai chez moi.

Le bip insistant de mon radar de recul m'informe que je suis à deux doigts d'encastrer mon pare-choc dans un tronc d'arbre. Je me concentre sur la manoeuvre afin d'éviter la catastrophe.

Du coup Sidonie en profite pour élaborer.

— Emile m'a proposé de faire mes courses tous les jours.

— Moi aussi je peux faire tes courses, ma Sidonie. Mais tu as besoin de quelqu'un qui t'aide à te déplacer. Au moins au début.

Sidonie se tait. Tout cela elle le sait, même si elle refuse de l'admettre.

— Et les Amaryllis ? s'enquiert-elle d'une petite voix.

— Toujours rien.

Sidonie s'est mise en tête d'aller aux Amaryllis. Probablement parce que Marc y travaille et que c'est près de chez moi. J'imagine que ça la rassure. Je la comprends.

Seulement les Amaryllis affichent complet. Pas une chambre de disponible dans la section court séjour. À croire qu'il y a une épidémie de hanches cassées chez le troisième âge antibois.

Sidonie est sur la liste d'attente.

— Tu es la première sur la liste d'attente.

Un maigre prix de consolation, l'opération ayant lieu dans deux semaines.


Il est dix-sept heures lorsque, après avoir ramené Sidonie, je téléphone à Marc. Ostensiblement pour lui rappeler que Sidonie espère séjourner aux Amaryllis. En réalité pour savoir où il est, le mercredi étant le seul jour où il ne consulte pas au cabinet.

Le portable sonne. Pas de réponse.

Quelques minutes plus tard je rappelle. Pas de réponse.

Je sens monter mon thermostat interne.

Je me gare sur le bas-côté et patiente dix minutes. Je rappelle. Toujours rien.

Je suis en nette surchauffe.

Deux essais plus tard Marc décroche, l'air trop nonchalant.

— Je suis à la plage près de Golfe-Juan. Viens me rejoindre.

— Ok. J'arrive.

Dix minutes après je suis en train d'esquinter mes escarpins sur le sable à la recherche du parasol de Marc. Bleu marine à rayures blanches, il ne brille pas par son originalité, ce qui me complique la tâche.

Il fait chaud. La plage déborde de marmaille avide de châteaux de sable et de baigneurs en quête de bronzage. Mon jean et mon chemisier en soie détonnent dans ce cadre quasi estival.

Tant pis. J'aperçois au loin les jambes de Marc, dépassant de son parasol. Elles sont longues et fuselées, de vraies jambes de nageur.

Je traverse les cent mètres qui nous séparent dans la douleur. Mes vêtements sont collés à ma peau, je transpire, mon brushing se délite et le sable envahit mes chaussures.

À peine arrivée, je m'effondre sur un coin de sa serviette. De l'eau, de l'eau.

Bien entendu, il n'a pas d'eau.

Ma présence ne l'enchante pas.

— Je dois partir, annonce-t-il. Pour rencontrer le nouveau directeur des ressources humaines de DigitalPlus.

Ai-je joué les trouble-fête ? Ma venue a-t-elle obligé Annie à s'éclipser ?

Cinq minutes plus tard il se lève et rassemble ses affaires.

— Si tu veux rester, je te laisse le parasol, propose-t-il.

Non merci. Je me lève à mon tour et nous quittons la plage. Arrivés devant ma voiture nous nous séparons. Comme des étrangers.

**18h11.** En arrivant à la maison je suis accueillie par un bruit de ruissellement et nuage de vapeur. J'ouvre toutes les fenêtres et fonce vers la salle de bain.

— Alors, mon poussin, tu as terminé ta douche ?

— Je dois rincer mes bras et nettoyer mes ongles.

Traduction : encore trente minutes. Minimum.

À travers la paroi vitrée j'observe sa peau anormalement blanche. Ses mains semblent recouvertes de farine. Je n'ose lui demander la durée de son lavage, de peur de détruire un équilibre que je devine précaire.

— Tu m'amènes un jus d'orange ? J'me sens pas bien.

On se sentirait mal à moins. Au moins une heure qu'il étouffe dans sa prison savonneuse. De quoi faire un malaise.

En lui tendant la boisson je prends mille précautions pour ne pas l'inquiéter ou le frôler.

Je suis devenue complice de son TOC.


## VENDREDI 25 MAI

Le cauchemar des parents.

Pour moi c'est aujourd'hui à 13h30.

Je suis convoquée par le professeur principal de Max. Un mot dans son cahier de liaison il y a trois jours, une proposition de jour et d'heure que j'ai immédiatement ratifiée et me voici à l'accueil.

Mme Sanders arrive. Sourire bref, poignée de main énergique, tailleur pantalon marine et blouse bleu ciel. Je la suis dans l'escalier en me félicitant pour ma tenue vestimentaire. Jean gris clair, chemisier blanc, bracelet en argent et brushing impeccable. Un look casual chic que j'ai passé deux heures à élaborer mais qui est raccord.

Nous pénétrons dans une minuscule pièce aveugle et Mme Sanders entre dans le vif du sujet. Les notes de Max sont en chute libre. Sa moyenne générale a baissé de deux points.

— Il ne participe plus, ne fait pas ses devoirs et semble malheureux. Avez-vous une explication ?

J'ai prévenu Marc que je ne mentirai pas. J'embraie donc sur le lien entre sa liaison extra-conjugale et le TOC de Max.

— Je vois, répond Mme Sanders qui, de fait, n'y comprend pas grand chose.

Elle me bombarde de questions sur la phobie des germes de Max, son TOC, ses rituels. Je la sens moins concernée par la liaison de Marc. Diderot compte mille deux cents élèves. Parmi eux combien de parents infidèles ? Dix, vingt, trente pour cent ? Suffisamment pour que la situation soit banale. Un mariage sur deux ne se solde-t-il pas par un divorce ?

Rien que de très commun tant que l'on n'est pas concerné.

Mme Sanders dévie sur les qualités de Max, son fort potentiel. Elle le soupçonne d'être surdoué.

Je la trouve sympathique. Bien plus que son professeur de français, l'odieux M. Broyon, qui cherche constamment des noises à Max.

À son nom elle soupire.

— La direction est au courant du problème mais nous sommes impuissants.

À quatre ans d'une retraite ardemment souhaitée M. Broyon est devenu la terreur de ses élèves. Remarques déplacées à la limite de l'insulte, souffres-douleur choisis à tour de rôle, notation arbitraire, colles injustifiées, la liste de ses manquements est longue.

— Nous sommes impuissants, à moins que des parents ne portent plainte, explique Mme Sanders.

Porter plainte ? Merci j'ai ma dose de soucis. Et puis, l'an prochain Max sera débarrassé de M. Broyon, n'est-ce-pas ?

— C'est exact, il ne fait pas les secondes.

Ouf.

Mme Sanders se lève. Le rendez-vous s'achève.

Je me sens... soulagée ?


L'entretien avec Mme Sanders n'a duré que trente minutes. Il m'en reste cent dix-huit avant de rencontrer Archibald. C'est trop court pour rentrer chez moi et bien trop long pour traîner dans la voiture.

Un dicton américain dit « *when the going gets tough, the tough go shopping* ». Quand ça commence à être dur, les durs vont faire du shopping.

Comme mot d'ordre ça me va. Ma balance accuse encore moins deux kilos et depuis trois jours je me balade avec la carte de crédit de Marc dans mon sac.

La vengeance passant aussi par le porte-monnaie, ça va chauffer.

J'entame les festivités par Zara et Mango, avant de monter en puissance. Pour la première fois Sandro, Maje et Gérard Darel vont séjourner dans mes placards. Je découvre avec bonheur que le jean slim m'est autorisé. Les petites robes sans manches s'accordent à ravir avec ma nouvelle silhouette. Et je fais le plein de ceintures fines et de T-shirts moulants.

Au diable l'avarice. Surtout quand le compte ponctionné n'est pas le mien.

Le miroir des cabines d'essayage me renvoie une image inconnue, fine, plus assurée, un brin sexy. Bref, pas mal du tout. C'est délicieux pour le moral.

Je garde sur moi ma dernière acquisition, une robe trois trous couleur crème qui souligne joliment ma taille mais qui impose de nouvelles chaussures.

Vite un saut chez Minelli, et une paire de sandales compensées plus tard je suis prête à rejoindre Archibald.

**18h03.** Je meurs de curiosité. Depuis deux heures je suis scotchée devant l'ordinateur d'Archibald et je traduis des recettes de cuisine. De la pâtisserie américaine. Chocolate chip cookies aux noix de pecan, brownies, apple pies, cheesecake, fudge, scones aux myrtilles.

Avant la vue de ces tentations m'enverrait direct vers le frigo, ou à la pâtisserie la plus proche. Là rien. Aucune envie de croquer dans les muffins au maïs placardés en première page du blog *À table with Susan* . Ni même dans la tarte au citron couronnée de meringue.

Rien. Estomac verrouillé.

Ce n'est pas le cas d'Archibald. Il surfe avidement de sites en blogs, imprime des recettes, me demande de traduire par écrit.

Que se passe-t-il ?

La réponse provient d'un coup sec frappé à la porte, suivi d'une dame replète et joliment ridée portant un plateau couvert de cupcakes multicolores.

— Ah, Maryse, voyons les merveilles.

Tandis qu'Archibald échantillonne les friandises j'apprends que Maryse est sa cuisinière depuis cinquante-deux ans

— Avant même que monsieur ne se marie, précise-t-elle fièrement.

J'en reste bouche bée. Plus d'un demi-siècle dans le même emploi. Pour moi qui volète d'un client à l'autre cela ressemble à un exploit. Même si Archibald est un patron modèle j'ai du mal à concevoir qu'on ne puisse ressentir l'appel du large.

Comme Marc avec Annie ? susurre insidieusement une petite voix.

La ferme, toi, lui dis-je avant d'en revenir à Maryse.

— Avant de démissionner, explique Archibald, je comptais développer une ligne de desserts provenant du monde entier. D'abord les Etats-Unis. Ensuite l'Amérique du Sud, le Moyen-Orient, l'Asie. L'Europe, bien sûr. Peut-être même l'Afrique.

— La semaine dernière nous avons cuisiné des gâteaux à la banane et aux carottes, ajoute Maryse avec un sourire indulgent. Aujourd'hui ce sont ces drôles de choses. Des coupe...

— Des cupcakes. Maryse est une cuisinière hors pair et mon fils ne s'intéressant pas à mon idée, c'est avec elle que je teste des recettes. Pour le plaisir.

Maryse quitte le salon tandis qu'Archibald poursuit à mon intention.

— Et puis cela m'amuse. Savez-vous qu'en un demi-siècle j'ai nourri des millions de personnes sans savoir cuisiner. Vous vous rendez compte, Charlotte, j'ai fait fortune dans l'industrie alimentaire et je ne connais rien à la cuisine.

Il mord dans un cupcake jaune bouton d'or.

— Alors à quatre-vingt-deux ans je veux apprendre. Comprendre ce qu'il y a dans mon assiette. Et ce que je mets dans celles des autres.

Je peine à imaginer l'Archibald qui me fait face, impeccable dans son pantalon de lin crème et son polo bleu pâle à rayures crème, les mains dans la farine. C'est une lubie, une manière d'effriter le temps après une vie de rendez-vous calibrés à la seconde près.

Pour confirmation mon regard balaye le salon, s'attardant sur les cadres à photos qui encombrent le guéridon. Parmi les visages souriants je reconnais des têtes couronnées, des hommes politiques, des hommes d'affaires connus et même quelques stars du show business.

— C'était pour le business, commente Archibald qui a suivi mon regard. Des relations publiques de luxe. Maintenant c'est au tour de mon fils de s'ennuyer dans les vernissages et les concerts de bienfaisance.

— Vous êtes sollicité.

— Pour des passe-temps de vieux. Une croisière musicale, un tournoi de bridge, encore et toujours du golf. Combien de parcours de golf croyez-vous que je veuille faire par semaine ? Un loisir agréable devient vite un pensum.

Je peine à répondre.

Apprendre la cuisine, en l'occurrence la pâtisserie, pourquoi pas. Mais pour quoi ? Et pour qui ? Quand on a nourri des millions de consommateurs peut-on se contenter d'un public réduit à Maryse et quelques employés ?

Pour preuve il suffit d'ouvrir le coffre de ma Scénic. À droite se pressent deux boites débordant de cupcakes, au centre un bocal de fudge et à gauche des pancakes frais du matin.

Les vieilles habitudes sont difficiles à perdre, Archibald a besoin d'un groupe de test pour ses réalisations. Son choix s'est porté sur ma famille.

— Un ado et un homme d'âge mur, c'est parfait, décrète-il. Et quelques femmes. Vous avez bien quelques amies gourmandes dans votre entourage ? Puisque je ne peux pas compter sur vous.

Il jette un regard expert à ma nouvelle silhouette et conclut :

— En tous cas, cela vous va très bien. J'espère que votre mari n'est pas aveugle.

Aveugle, je ne sais pas. Mais bête... Jugez par vous-même.

Il est minuit. Nous sommes au lit, Marc et moi. En tout bien tout honneur.

Alors là, pas de problème. On pourrait être frère et soeur. Aucun risque d'inceste.

J'ai enfilé ma nuisette blanche à pois roses. La dernière fois Marc l'avait remarquée favorablement.

— Ça change de tes infâmes T-shirts extra-large, avait-il dit.

J'étais contente pour ma nuisette, mais assez vexée eut égard aux T-shirts qui, depuis notre mariage, avait l'exclusivité de ma lingerie nocturne. Il pouvait se manifester plus tôt, non ? M'offrir des dessous affriolants ?

Bref, je suis au lit, du côté gauche, dans la jolie nuisette qui ne lui fait aucun effet. Et je lis.

Je lis car c'est l'unique activité au menu. Marc est allongé sur la moitié droite. Entre nos deux corps il a bâti un rempart de magazines.

— Sois charmeuse, a conseillé Victoire. Séduis-le.

Clem, elle, n'a pas tourné autour du pot.

— S'il bande avec toi, ça ira.

La colère stimule. Je tempête, il promet. Je le harcèle, il se défend. Je menace de partir, on se jette l'un sur l'autre. Alors oui on baise. Férocement. Comme aux premiers jours.

Mais par intermittence. Et pas ce soir.

Ce soir Marc interrompt sa lecture, et me prend pour plus idiote que je ne suis.

— Guillaume me demande votre date d'arrivée à Honolulu. Pour inscrire Max au stage de surf avec Tom et Mary.

Je suis soudainement affligée de surdité.

Marc poursuit calmement, ce qui m'exaspère. Je ne suis pas une patiente récalcitrante que l'on mène à la reddition.

— Max fera du surf. C'est mieux que de traîner sur le canapé.

Retrouver un Max bronzé, riant, heureux. Lui offrir une échappée magique à Hawaii, quel bonheur.

Cependant l'addition risque d'être salée.

Un divorce contre un mois de vacances ?

Le combat est inégal.

Ma réponse à Marc est brève et sans appel. C'est non.

— Dommage, répond-il.


## SAMEDI 26 MAI

— J'peux avoir encore un pancake ? demande Max le museau dégoulinant de sirop d'érable. Ils sont trop bons.

Il est devant son ordinateur, ne trouvant aucune contradiction à manier la souris d'une main poisseuse tout en évitant de toucher son assiette pour cause de « saleté ». Au moins il fait honneur aux provisions d'Archibald, ce qui n'est pas le cas de Marc.

— Je te réchauffe un pancake ?

— Non, merci.

Tout en mâchonnant ses céréales Marc lance un regard réprobateur au pancake.

— C'est plein de graisses ces machins.

Je hausse les épaules. Il a le droit de se nourrir, ce petit. Et puis la cuisine déborde de sucreries, car les cupcakes d'Archibald n'ont pas trouvé preneur hier soir.

À la première bouchée Max a fait la grimace.

— Beurk, c'est trop sucré. J'aime pas.

Marc n'a pas goûté car il s'était brossé les dents.

Depuis toujours c'est un maniaque de la dentition.

Qui est resté quatre heures sur la chaise du dentiste pour blanchir les quenottes, avec écarteur de mâchoires, jet décapant surpuissant ? Lui.

Qui alterne entre trois dentifrices et gels blancheur pour éviter l'effet d'accoutumance ? Encore lui.

Et qui...

La littérature féminine est unanime. Un homme soudainement coquet est un homme qui trompe sa femme. Marc s'est toujours bichonné mais depuis quelques temps, il atteint des sommets.

Défrisage de mèches rebelles sur les tempes, épilation du dos et du torse... Shopping...

Marc étant rebelle au shopping c'est moi qui me charge de renouveler sa garde-robe. En général ça se passe bien. Je connais ses goûts ( pantalons blancs ou marine, chemises claires, T-shirts pastel ) et sa taille ( mannequin ). Pas de problème.

Sauf que ces derniers temps il m'a semblé apercevoir des intrus. Une chemise dont les rayures sont suspectes, un T-shirt d'un rose éclatant... Hum.

Fidèle à ses règles masticatoires ( manger lentement, mâcher longuement ) Marc est encore devant son bol de céréales bio sans sucre. J'en profite pour m'éclipser, direction le dressing.

Vestes, manteaux, anoraks. Rien de suspect. Pantalons, joggings. Non plus. Chemises. J'attrape la chemise rayée douteuse à la sauvette. Couleur sympa, qualité nulle. Idem pour le T-shirt rose.

Je ferme le placard et attaque les tiroirs. Chaussettes, ceintures, slips. Tiens, qu'est-ce que ce flash de couleur parmi la pile de slips gris et noirs ?

Je farfouille pêle-mêle. Je tire.

Et j'obtiens trois boxers dernier cri. Rouge et noir, rouge et gris, orange et blanc. Des imprimés « jeunes ». Rien à voir avec les slips classiques qu'il affectionne.

Je repars au salon avec mon butin.

— Tiens, mon canard, regarde ce que Papa t'a acheté.

— C'est pour moi ? fait le canard en écarquillant les yeux.

L'un après l'autre je déploie les caleçons en prenant soin de n'effleurer ni Max ni son bureau.

— Qu'est-ce-qu'elle va être impressionnée Zazou tout à l'heure !

— Parce que tu te déshabilles devant Zazou ?

Si j'apprends que Max, mon bébé, mon petit poussin, a concrétisé alors là c'est l'overdose.

— Bien sûr que non.

Max me jette un coup d'oeil apitoyé qui me vieillit de vingt ans.

— Mais le boxer il dépasse du jean. On voit l'imprimé, c'est la mode. Et là elle va trop aimer Zazou.

C'est le moment que choisit Marc pour interrompre sa lecture et revenir parmi nous.

— Dis Papa, merci pour les boxers. J'adore.

Le regard de Marc effleure les caleçons, puis Max, avant de s'arrêter, interrogateur, sur moi.

— Tu as bien choisi. Ils sont parfaits. Pour un jeune.

Mon ton est sucré, je souris. Marc se sait battu, il opine en silence.

Calme et douceur. Je suis fière de moi.

Au même moment le téléphone sonne.

C'est Victoire. Hystérique. Elle rit, elle bafouille. Je saisis quelques bribes.

— Je suis convoquée. Au concours.

— Quel concours ?

— LE concours.

— Nicolas Droud ?

— Oui. L'épreuve éliminatoire locale.

— J'arrive.


Je suis tout excitée pour Victoire. Du coup je manque de renverser un cycliste. Je lui fais un geste d'excuse de la main et il me renvoie un doigt d'honneur.

Tant pis. Ma bonne humeur reste au zénith.

Nicolas Droud !

Même une profane de mon espèce connaît. C'est LE chef du siècle. Des restaurants étoilés sur tous les continents, des bistrots, des hôtels de charme, des palaces. Pas un concept gastronomique qu'il ne décline avec succès.

Son championnat de cuisine a lieu tous les deux ans. Une vrai rampe de lancement pour cuisiniers amateurs.

Une moto me double par la droite en klaxonnant. Je fais une embardée et heurte le trottoir de ma roue avant. Aïe. Vite je rattrape la boite de cupcakes qui s'apprête a décoller du siège passager. Encore un virage, un stop et me voici arrivée.

Victoire est dans sa cuisine où règne un fouillis indescriptible. Le robot vrombit, elle s'affaire sur une farce et Léa découpe des rectangles de pâte feuilletée.

— Je teste des recettes, explique-t-elle en guise de bonjour.

— Et Rémi ?

— Il est à son cabinet.

Il est réglé comme du papier musique, celui-là. Un samedi sur deux il travaille. Les autres il chine. Avec retour immuable à quatorze heures pour monopoliser Victoire.

— Il est au courant ?

— Maman, je peux aller jouer ? interrompt Léa.

— Mais oui, vas-y. Je prends le relais.

C'est moi qui réponds malgré l'air courroucé de Victoire qui n'y gagne pas au change. Léa, treize ans et une beauté de diablesse brune, a des doigts de fée en cuisine.

Ce n'est pas mon cas. J'ai à peine taillé cinq rectangles, certes assez inégaux, que Victoire m'enlève le couteau des mains en déclarant une pause.

Tout en préparant deux cappuccinos saupoudrés de cacao comme en Italie, elle se livre.

— Je n'en parle pas à Rémi. Il me mettrait les bâtons dans les roues.

Victoire qui s'émancipe. Je n'en crois pas mes oreilles. Je veux les détails.

— J'ai été sélectionnée pour l'épreuve locale. Tu te rends compte ? Je m'étais inscrite en novembre et depuis pas de nouvelles. J'en avais conclu que c'était raté. Et aujourd'hui, une lettre.

Je me souviens du dossier d'inscription. Quatre pages de questions, un C.V culinaire détaillée et deux recettes originales à composer, une salée et une sucrée. Après des semaines d'essais Victoire s'était décidée pour un éminçé d'artichauts aux anchois et noix de Saint-Jacques que je trouvais immonde ainsi qu'un pain perdu à la cannelle et aux fraises des bois qui m'avait à peine plus enthousiasmée. Comme quoi...

— Nous sommes trente à nous affronter dans deux semaines. L'épreuve a lieu dans les cuisines de La Baie Marine.

— On peut y assister ?

Elle acquiesce avec empressement et j'inscris aussitôt la date dans ma tablette mentale.

— Que cuisineras-tu ?

— Aucune idée. Le jury impose un ingrédient autour duquel il faut créer un plat. Salé ou sucré. Impossible de savoir à l'avance.

Quel courage. Pour des oeufs brouillés hier soir j'ai cherché la recette sur Internet, et je l'ai suivie à la lettre. C'était une idée de Max, des oeufs brouillés pour changer des sempiternelles omelettes. Conscient de l'effort accompli il m'a chaleureusement félicitée.

— Tu n'as pas peur ?

— À mort. Mais je vais m'entraîner à fond.

— Et si tu gagnes ?

— Le gagnant est convié aux épreuves de sélection régionales. Puis les vainqueurs des régionales vont en finale à Paris.

Ses yeux brillent. Je l'imagine à Paris, à la télévision, la finale étant retransmise en direct. Faire partie des huit finalistes assoit une réputation et ouvre le champ des possibles. Jusqu'à lancer un restaurant ou même...

Je divague et le vrombissement d'un moteur interrompt ma rêverie. Un coup d'oeil à ma montre. C'est l'heure de Rémi. Le début du sacrosaint weekend en famille. Cet après-midi deux antiquaires sont au programme. Demain un vide-grenier les tirera du lit à l'aube. Pour débusquer l'affaire du siècle, l'objet rare.

Quelle excuse Victoire inventera-t-elle pour s'éclipser à La Baie Marine dans deux semaines ?

La porte d'entrée claque. Des pas se rapprochent. Je me lève, sachant que je ne suis plus la bienvenue et au même moment mon téléphone sonne.

Marc me propose de l'accompagner dans un magasin de sport à Nice. Il veut essayer des combinaisons de plongée sous-marine.

J'accepte bien que j'en baille d'ennui à l'avance. Au moins je l'aurai sous la main.

## MARDI 29 MAI

**7h03.** Le téléphone sonne. C'est Clem. Un client de l'hôtel harcèle le concierge de nuit depuis trois heures du matin pour obtenir un traducteur. Immédiatement.

À New York, se plaint-il, on trouve des traducteurs à tout heure.

Ici on est sur la Côte d'Azur, a répondu le concierge à bout de nerfs.

— Viens vite, supplie Clémentine. C'est un excellent client mais il est infernal.

Vite je bacle ma toilette et réveille Max en le prévenant qu'il ira au collège en train.

— J'me sens pas bien.

Il s'enfouit sous le duvet.

— Allez, dépêche-toi mon canard ou tu seras en retard.

Je me sens submergée de fatigue. Pendant ce temps Marc dort. Il n'est pas du matin et prend rarement des consultations avant neuf heures.

À moi de me débrouiller avec Max.

— Allez, allez, en plus tu as un test d'histoire ce matin.

— Justement, si j'suis pas en forme j'aurai une mauvaise note.

Je hausse le ton.

— Max, tu te lèves et tu t'habilles.

— S'il te plaît, Maman chérie, juste une fois. Dis que j'suis malade.

Je le sens au bord des larmes.

Énervement et compassion bataillent en moi. Je tiens bon.

— Max, tu te lèves tout de suite.

J'ouvre les volets en grand et je quitte sa chambre.

Quelques minutes plus tard il arrive dans la cuisine. Il avale son jus d'orange, attrape son cartable, deux tartines de pain grillé avec de la confiture et quitte la maison.

Ouf. Première victoire de la journée. Un retour fragile à la normalité.

Direction le Riviera Palace Cap d'Antibes et la suite du client pressé. Il s'avère qu'il a commandé deux tapis de Cogolin sur mesure et à prix d'or. Maintenant qu'ils sont quasiment terminés il veut en modifier le dessin.

Impossible.

Je lui traduis le contrat de vente signé voici trois mois. Toute modification doit être effectuée dans les quinze jours suivant la signature.

Le client peste contre le marchand de tapis, la France et les français.

Il souligne son propos en me désignant le tracé incriminé. C'est un dessin géométrique dans un chatoiement de bruns et de beiges mordorés. Je le trouve magnifique.

— *Really, you think so ?*

Radouci, il examine la photo avec attention.

— *You're right*, dit-il enfin. *It's quite beautiful.*

Je souris. Il insiste pour m'offrir un café. Nous bavardons, j'apprends qu'il se partage entre New York, Los Angeles et sa résidence d'hiver de Vail à laquelle sont destinés les tapis.

— *Please come visit with your family,* me dit-il en partant.

C'est bien américain ça. On se connaît depuis cinq minutes et on est les meilleurs amis du monde.

Il me tend sa carte de visite que je fourre dans mon sac après un rapide coup d'oeil.

Richard Morley, P.D.G de Morley & Co. Ça ne m'évoque rien.

Mais les U.S.A en famille ? Pourquoi pas ?

En quittant la suite je ne peux m'empêcher de scruter les

couloirs et les salons au fur et à mesure que je les traverse. Il y a peu de chance que j'y croise Annie promenant le fameux caniche. Et puis, que ferais-je ?

L'ignorer ? L'insulter ? L'inviter à discuter de la situation devant un café, en personnes civilisées ?

Je ne me sens pas d'humeur civilisée à son égard. Si je la rencontrais je...

Ouf, je suis devant le bureau de Clémentine. La porte est entrouverte et Clem est au téléphone, semble-t-il avec Théo.

La conversation est houleuse.

— Je ne vais quand même pas le mettre dehors. C'est mon fils.

Je m'assieds en face d'elle. Elle me regarde en haussant les yeux au ciel.

— On en parlera ce soir. Je te laisse, on m'attend.

Elle raccroche sèchement.

— C'était Théo. Tigre est à la maison depuis trois jours et Théo ne le supporte pas.

Le fils de Clem, vingt-trois ans, de son vrai nom Benjamin, surnommé Tigre pour cause d'attachement juvénile passionnel à une peluche du même nom, est en master de droit à Aix-en-Provence.

— Il a quitté Aix ?

— Les examens sont terminés et sa petite amie Stella, que tu as rencontrée, l'a viré de leur appartement. Résultat il est à la maison.

— Bah, il n'a rien perdu. Elle était très pête-sec.

— Oui, mais depuis que Tigre habite chez nous Théo fait la gueule. Tu sais qu'il est maniaque. Or Tigre laisse tout traîner. Bref, hier soir Théo lui a fait une scène pour ne pas avoir rangé le beurre et Tigre l'a envoyé sur les roses.

Clémentine ébauche un sourire. Je la soupçonne d'être plutôt satisfaite du coup d'éclat de Tigre.

— Raconte.

— Tigre a répondu qu'il est chez lui et que je suis seule autorisée à le critiquer.

Aïe. Connaissant Théo ça a dû faire mal.

— Tu t'en es sortie comment ?

— Je me suis tue et Théo est sorti, furieux. Il est rentré à trois heures du matin, puant l'alcool.

À cet instant la porte s'entrouvre et apparaît Jean-Loup Vernet.

— Désolé, fait-il en me voyant et en me faisant un signe de tête Je te croyais seule. C'est toujours d'accord pour ce soir ?

— Oui mais juste pour un verre. Je ne peux pas rester diner.

— Pas de problème.

Aussitôt Jean-Loup parti j'interroge Clem du regard.

— Réunion de travail, justifie-t-elle succinctement avant de revenir sur Théo.

— Le problème est qu'il a moins de travail. Lancia et BMW ne l'ont pas réengagé. Et il n'a pas décroché le contrat Renault.

J'imagine l'ambiance chez Clem. Tigre en congé sans petite amie, Théo sans travail et de mauvaise humeur... Pas étonnant qu'elle accepte l'invitation « professionnelle » de Jean-Loup Vernet.

Lui il a de l'énergie et de la bonne humeur à revendre.


Je fonce à Nice chez Topazéo. Trois heures à traduire des descriptifs de maillots de bain. Ce sont ceux de l'année prochaine, m'explique le patron lorsque je lui demande où me procurer un modèle particulièrement seyant.

Au moment de partir il m'entraîne dans les réserves et, après m'avoir jaugée d'un oeil expert, pioche dans les rayons et me tend trois bikinis chatoyants. En taille 38.

Je le trouve bien optimiste. Verdict ce soir devant le miroir de la salle de bain.


**16h19.** Archibald dépose mes traductions sur le guéridon de l'entrée et m'aiguille vers la cuisine.

Les quatre fours professionnels tournent à plein régime, Maryse s'affaire autour de l'îlot et deux jeunes femmes s'affairent à remettre de l'ordre.

— Aujourd'hui c'est journée cheesecakes, annonce-t-il en pointant vers les fours. Cheesecake nature, aux myrtilles, aux framboises et aux noix de pécan. L'idée m'est venue hier soir.

Il déborde d'énergie. Maryse paraît exténuée et je me dis qu'elle n'a probablement jamais autant travaillé. La retraite d'Archibald n'est pas de tout repos pour tout le monde.

Une sonnerie retentit. Maryse se précipite vers un four, suivie de près par Archibald. Le premier cheesecake est extrait et placé cérémonieusement sur l'îlot. Trois autres sonneries se déclenchent et c'est l'affolement général.

Un peu à l'écart j'observe le ballet jusqu'à ce que les trois cheesecakes aient rejoint leur congénère sur l'îlot.

— Il faut qu'ils refroidissent, déclare Maryse alors qu'Archibald s'empare d'un couteau.

— Dans ce cas, avance-t-il imprudemment, j'aimerais tester une nouvelle recette de gâteau au citron meringué.

Du haut de son mètre cinquante-cinq Maryse rétorque d'un ton sans réplique.

— Les recettes de Monsieur attendront demain. La cuisine est fermée jusqu'au diner.

Archibald acquiesce et j'en profite pour lancer des compliments.

— Une amie, qui est une cuisinière hors pair, a adoré vos cupcakes.

Le visage d'Archibald s'éclaire d'un franc sourire et même Maryse ne peut cacher son contentement.

— Tenez, fait Archibald en ouvrant un placard, ces biscuits à la noix de coco sont tout frais. Emportez-les, ainsi que pour votre sympathique amie.

Quelques minutes plus tard je repars chargée de biscuits ainsi que de cheesecakes aux myrtilles et aux noix de pécan. Avec mission d'obtenir le verdict de Victoire.


## MERCREDI 30 MAI

Ce matin dans la salle de bain, opération maillot de bain.

Pour une fois je dispose d'atouts : pas de lumière glauque de cabine d'essayage, pas de vendeuse taille zéro qui passe sa tête dans la cabine en brayant un « ça va ? » d'autant plus agaçant qu'en général ça ne va pas, et pas de passage en caisse avec un rapport prix-centimètres carrés de tissu inversement proportionnel.

L'esprit sceptique mais dégagé je me hasarde dans mon premier bikini depuis plus de vingt ans. Un soutien-gorge balconnet turquoise et jaune assorti à un slip noué sur les côtés. Le genre même pas en rêve, qui fait ressortir les bourrelets et qui déprime durablement.

Je ferme les yeux, je tire, je pousse, je tourne, j'agrafe. Je respire un grand coup, j'ouvre les yeux, et là, miracle. Pas un bourrelet à l'horizon. Le bikini me va parfaitement Je suis bien plus mince que je l'imaginais. Le régime femme trompée a fait ses preuves.

Vite je répète l'opération avec deux autres maillots et j'en sors heureuse et toute ragaillardie.

À moi plage et natation. Au diable les complexes. Et Annie.


Je suis toujours sur mon petit nuage lorsque deux heures plus tard mon portable sonne. C'est Clem.

— Elle est là, m'annonce-t-elle sans ambages.

Je tombe des nues.

— Qui donc ?

— Annie. Elle est en train de toiletter le teckel d'une cliente.

— Tu l'as vue ?

— Non, mais Jean-Loup me l'a dit.

Silence. Je digère la double information.

Jean-Loup Vernet, chef concierge du Riviera Palace Cap d'Antibes, est au courant de mes problèmes de couple. Et Clem est suffisamment proche de lui pour se livrer à des confidences.

Sentant mon malaise Clem tente de me rassurer.

— Ne t'inquiète pas. Il est très discret.

Bon. Si elle le dit.

— Je voulais juste te prévenir, ajoute-t-elle avant de raccrocher. Afin de t'éviter une mauvaise rencontre.

Nous sommes mercredi. Cet après-midi Marc ne consulte pas au cabinet et Annie rôde dans les environs.

Un cocktail de circonstances explosif !

Ma bonne humeur s'est envolée et je suis tendue, dans l'attente d'un mauvais coup. Bien sûr Sidonie, fine mouche et que j'accompagne visiter la maison de convalescence Terre de Soleil remarque mon état de tension.

— Tu as bien énervée, ma chérie. Tout va bien avec Marc ?

Vite, faire dérailler ses antennes.

— C'est Max qui me cause des soucis.

Une réponse qui à le mérite d'être fausse tout en étant vraie.

Sidonie mord à l'hameçon et le trajet se passe à élaborer des stratégies pour empêcher Max de se laver, ce qui est tout de même un comble.

Arrivées devant la grille de Terre de Soleil sa bonne humeur défaille.

— Et si on allait d'abord prendre un thé ?

— Tu plaisantes ? Nous avons déplacé la visite trois fois. À ce train-là ils refuseront de nous recevoir.

C'est évidemment ce qu'elle souhaite. Me mettre devant le fait accompli. Ce n'est pas de chance, on n'a rien trouvé. Je vais devoir passer ma convalescence chez moi.

À ces fins elle sabote toutes les visites. Trop calme. Trop bruyant. Trop déprimant. Trop fatigant. Trop grand. Trop petit. Quand rien n'est à redire elle se découvre des exigences incongrues. Un lit de deux mètres de large. Un frigo américain. Des tagines au déjeuner deux fois par semaine.

Cette fois-ci j'ai pris mes précautions et prévenu la directrice, Mme Devoisin. Du coup elle acquiesce en souriant jusqu'aux demandes les plus extravagantes de Sidonie. Celle-ci rend les armes, même si elle ne semble qu'à moitié dupe.

Ce sera la grande chambre d'angle du deuxième étage avec vue sur la mer.

Ouf.

## JEUDI 31 MAI

Une sonnerie me tire d'un brouillard comateux. Le temps que j'émerge péniblement et que j'attrape mon portable elle s'est arrêtée.

Neuf heures douze.

Zut. Le réveil n'a pas sonné et personne ne m'a réveillée.

Aussitôt on sonne à la porte. Deux sonneries marquées qui m'interdisent de jouer la surdité.

Je me hâte vers l'entrée tout en enfilant un pull sur mon T-shirt. Je déteste être surprise au saut du lit, même tôt le matin, même par le facteur ou un livreur. Je me sens coupable de fainéantise alors que d'autres bossent déjà.

Mais non. C'est Clem.

— Ça n'a pas l'air brillant, décrète-t-elle en entrée en matière.

Je hausse les épaules, avant de la scruter à mon tour.

Elle non plus n'est pas en grande forme. Malgré sa robe bleu roi et une couche de maquillage impressionnante je remarque de profondes cernes noires.

— Et toi ?

— Tigre est parti.

— Il s'est remis avec Stella ?

— Non, il est juste parti. Crise avec Théo qui, en ce moment, n'est pas à prendre avec des pincettes.

Tout en parlant Clem va dans la cuisine et c'est elle qui prépare le café.

— Donc hier soir prise de bec qui a commencé au sujet d'une bouteille de shampoing mal fermée, enchainé sur le remplissage du lave-vaisselle et dégénéré en règlement de comptes carabiné.

Je vois le tableau. Je ne veux pas semer la zizanie dans son couple mais intérieurement je prends parti pour Tigre. De tous les maris ( deux ) et amants ( j'ai perdu le compte ) de Clem, Théo est le seul avec lequel je n'accroche pas.

— Résultat ?

— Tigre est parti dormir chez un copain.

Clem fait une grimace au moment où son portable vibre. Un texto.

— C'est Jean-Loup, annonce-t-elle en se levant. Je dois y aller.

Comme si le texto était d'ordre professionnel. Sauf que j'ai aperçu l'écran. Et que Jean-Loup a signé « bisous partout ».

Hum.


— Dis bien au psy tout ce qui te préoccupe, ai-je rappelé à Max dans l'ascenseur.

C'est ma première visite chez un psychiatre. Qu'en attendre ? Une solution miracle ? Un remède express ? Une prise en main rassurante et efficace des problèmes de Max ?

Max et moi sommes assis devant le docteur Fouls et il n'y a que moi qui parle. J'expose la situation familiale aussi objectivement que possible. Je décris les rituels de Max ainsi que les problèmes qu'ils lui posent.

Et j'attends. Une réponse. Un début de piste vers le salut. Quelque chose.

Au lieu de quoi je vois bouger les lèvres du monsieur rondouillard confortablement installé dans son fauteuil rembourré. Et je n'entends rien.

La pièce est calme. Je n'ai pas de problème d'audition. Mais on se croirait dans un film muet.

— Pouvez-vous répéter, s'il vous plaît ?

Trois minutes plus tard.

— Pardon ?

De nouveau.

— Je n'ai pas saisi ce que vous venez de dire.

Mais il est débile ce psy. Il n'a pas compris qu'il est inaudible ?

Il le fait exprès, pour que le patient remplisse les vides comme il l'entend ? Une sorte d'autosuggestion ?

En tous cas il me tape sur les nerfs. Je me retiens de lui indiquer vertement que ses conseils sont inutiles si on ne les entend pas. Mais bon, pour qu'il me targue de mère hystérique... C'est ça le hic avec les psy. Avec eux le combat est perdu d'avance.

Perchée sur ma chaise en bois je m'interroge. Suis-je en train de rater l'énoncé du mode d'emploi ? La recette qui va apaiser Max ?

— Maintenant je vais recevoir Max seul.

Miracle, je l'ai entendu.

Je me carapate dans la salle d'attente. Des murs blancs, de banales chaises marrons. Pas de tableaux, aucune tache de couleur, rien qui accroche l'oeil.

Il y a de quoi devenir dingue.

Pas un magazine à l'horizon. Ici on n'est pas chez le dentiste. Dans la salle d'attente d'un psy on ne se distrait pas en lisant des âneries. On cogite sur ses problèmes.

Ça ne me réussit pas. En dix minutes je me repasse le film des turpitudes de Marc.

Self-diagnostic : énervement maximal.


À peine dans la rue j'interroge Max.

— Pourquoi étais-tu muet ?

Chuchotement du psy en partant : s'il ne parle pas, je ne peux pas l'aider.

— J'le comprends pas.

— Malgré tout tu pouvais lui expliquer tes problèmes. Moi, je lui ai parlé.

— Et puis j'le connais pas.

Ça y est, il a son air buté. Il avait le même à trois ans quand il voulait une glace avant le diner.

— Je prends rendez-vous pour la semaine prochaine ?

— Ah non. Pas lui. Trouves-en un autre.

Pas si simple. Les psychiatres recommandés par notre généraliste ou des amis étaient complets. J'ai déniché le docteur Fouls dans les Pages Jaunes. Rubrique psychiatrie. Une vingtaine de noms au départ. Après avoir éliminé ceux qui ne traitent que les adultes, puis bataillé pour obtenir un rendez-vous il ne restait qu'un unique candidat.

Le docteur Fouls.

Où vais-je en trouver un autre ? Sur quels critères le choisir ? Sa bonne bouille ? Sa poignée de main ? Sa puissance vocale ?

Tout en marchant avec Max je m'interroge.

Comment suis-je passée d'une existence paisible que seuls troublaient quelques problèmes scolaires ou professionnels vite résolus à une vie rythmée par des rendez-vous psychiatriques et des filatures maritales ?

Comment? Pourquoi ?

Et surtout, jusqu'à quand ?

# JUIN

---

**ESSAYÉ :** *jean slim dans lequel je n'imaginais pas entrer une seule fesse, robe en stretch qui me donne mauvais genre, et pratiquement tout le magasin suite à l'enthousiasme de la vendeuse ( elle travaille à la commission )*

**ACHETÉ :** *deux robes moulantes taille 38, un jean slim taille 27 et six T-shirts taille S.*

**TEMPS PASSÉ SOUS LA DOUCHE PAR MAX :** *2 heures 20 minutes par jour. Ai reçu un appel du fournisseur d'eau s'inquiétant du bon état de marche de notre compteur.*

**NOMBRE DE LINGETTES UTILISÉES PAR MAX :** *375 par jour et autant de mouchoirs en papier.*

## SAMEDI 2 JUIN

Heureusement il y a le boulot. Grâce au patron de Topazéo qui est devenu mon meilleur VRP trois autres entreprises m'embauchent pour traduire leur site en anglais. Pour l'une j'assume aussi le suivi de clientèle en anglais et ainsi que l'écriture quotidienne d'une newsletter.

Côté finance je comble le creux créé par Archibald mais c'est côté mental que j'apprécie. Tout moment de travail n'est pas consacré à me tourmenter au sujet de Marc. Ou de Max dont les problèmes sont omniprésents.

C'est pourquoi lorsque le commissariat d'Antibes me requiert pour une garde à vue, je fonce. Il s'agit d'un anglais cueilli sur la route du bord de mer en état d'ivresse à six heures du matin. Sa victime, un cycliste en goguette, est à l'hôpital avec deux jambes cassées et de multiples contusions.

L'anglais minimise une consommation d'alcool qui a pourtant fait exploser l'éthylotest et son épouse blâme l'éclat aveuglant du soleil matinal. Le policier, qui a dû en voir d'autres, prend les dépositions sans sourciller et renvoie l'anglais cuver ses whiskies dans son hôtel.

Il est quinze heures lorsque je quitte le commissariat et je n'ai rien avalé depuis... Et bien depuis hier midi. Deux cafés au lait et une tranche de pain de seigle. C'est la disette et pourtant je n'ai pas faim.

Même la savoureuse vitrine de la pâtisserie Craquot échoue à réveiller mon appétit. J'y achète un millefeuille pour Max et un flan pour Marc, leurs gâteaux préférés, pour lesquels je n'ai aucune attirance. En temps normal je céderais aux chants des religieuses au café.

Là rien.

Je me demande juste où est Marc. Et ce qu'il fait.

Afin de retarder le retour au bercail je m'arrête au supermarché. C'est sensé être rapide, juste quelques bricoles qui manquent. Du lait, des yaourts, de la salade.

Sauf que j'en ressors quarante-cinq minutes plus tard avec un caddie débordant de lingettes et de produits d'entretien en promotion qui m'ont allégée de cent dix-huit euros.

À ce prix-là autant rester sales. Surtout que j'ai oublié la salade et le lait.

— Il n'y a plus de salade, remarque Marc en mastiquant consciencieusement sa tomate-mozarella.

— Il ne restait que de l'iceberg.

La salade qu'il déteste. Je ne suis plus à un mensonge près. Et puis la ratatouille Picard que je m'apprête à servir complète son quota de cinq légumes.

Une paix gardée s'est établie entre nous. Je ne le harcèle plus de questions et de reproches sur Annie. Je sais qu'il ment. Et il le sait. À moins d'être borné.

L'urgence c'est Max.

Aujourd'hui il a refusé une sortie au cinéma avec des copains pour s'épargner l'épreuve de la douche. Demain c'est l'anniversaire de Zazou qui le perturbe.

— Dis, maman, tu crois que j'peux y aller sans que personne me touche ? demande-t-il en astiquant sa fourchette à l'aide d'une lingette.

Je réponds en esquivant.

— L'eau de la piscine est chlorée. C'est un désinfectant.

Il me lance un regard navré tout en soulevant son assiette à l'aide de six feuilles de papier essuie-tout.

— J'veux pas y aller.

— Et Zazou ? Elle est va être triste.

Pas de réponse. Il est occupé à négocier le trajet entre la cuisine et le canapé. Surtout ne pas s'assoir à table. Et ne frôler aucun meuble sous peine de retour immédiat sous la douche.

Malgré tout j'ai bon espoir. Sous ses airs bourrus c'est un tendre qui ne voudra pas décevoir sa grande copine.


— Il faut que ça cesse, déclare Marc au moment où, épuisée, je me glisse sous les draps.

— Cela ne tient qu'à toi. Cesse de la voir.

Depuis toujours Marc s'exprime de manière détournée. Il balance une phrase absconse pouvant s'appliquer à quinze sujets différents. Libre ensuite à l'autre de décoder.

En l'occurrence je choisis le sujet qui m'obsède.

— Je parle de Max et de sa douche.

— Et moi je parle de l'Autre.

— Concentre-toi sur Max. Son avenir est en jeu.

Calme et douceur, me chuchote la voix d'Archibald.

Non, désolée Archibald. Impossible.

— Tout est de ta faute.

Ma voix est montée de deux octaves.

— Là n'est pas la question. C'est Max qui prime.

— Tu aurais pu y penser avant.

— Il faut qu'il consulte. Quand retournez-vous chez M. Fouls ?

J'hallucine.

— Tu n'as pas compris ? Qu'il refuse de le revoir ?

— Il faut en trouver un autre.

Bravo. Six années d'études de psychologie n'ont pas été totalement inutiles.

— Occupe-t-en. C'est ton domaine.

Il acquiesce, promet de gérer dès demain.

— Tu la vois toujours ?

Les vannes de ma colère sont ouvertes. Difficile de la contenir.

Marc soupire.

— Arrête. Cela m'empêche de dormir.

Pauvre chéri.

— Tu avais promis de cesser tout contact.

— Mais oui, c'est fini. Ne t'inquiète pas.

— Ok. Dors bien.

Menteur, va.


## DIMANCHE 3 JUIN

Je viens d'enfourner des scones, une des trois recettes que je maitrise, les deux autres étant le tiramisu et le cake marbré, lorsque le téléphone sonne.

C'est Clem.

— Théo m'a quittée et Tigre est rentré à la maison.

Elle semble d'excellente humeur. Comme quoi toutes les crises ne se ressemblent pas.

— Ne petit-déjeunez pas. Je fais un brunch à la maison et Sidonie nous rejoint.

Clem, qui ne s'est jamais entendue avec sa propre mère, adore Sidonie.

— J'apporte quelque chose ?

— Surtout pas. Victoire s'en occupe.

Elle rit. C'en serait vexant si... Mes scones.

Dix minutes au four à 220. En général je les laisse douze minutes pour faire plaisir à Max qui les préfère croustillants.

J'ouvre le four. Une fumée noire se dégage.

— T'as fait des brownies pour le petit dej ? demande Max dans mon dos.

— Heu, non. C'est rien. Va plutôt dire à Papa que l'on déjeune chez Clem.

Je balance tout dans la poubelle


Nous arrivons chez Clémentine avec une heure de retard. C'est le temps qu'il nous fallu pour convaincre Max de sortir.

— J'préfère rester à la maison,

Il est réfugié derrière son bureau, l'écran de l'ordinateur formant une barrière que personne n'a le droit de franchir.

— Je ne te laisse pas seul. Tu viens chez Clem ou je te dépose chez Zazou.

— C'est trop tôt pour aller chez Zazou. Et puis j'veux pas sortir.

— À cause de la douche ?

— Non. C'est juste que j'préfère rester ici.

Il me regarde d'un air suppliant qui me paralyse.

Par chance Marc s'en mêle.

— Tu dois sortir. C'est important pour ton équilibre.

— J'supporte plus la douche. C'est trop long.

— Ce n'est pas grave, la douche, minimise Marc. L'important est que tu sortes.

Max n'est pas convaincu. Je m'approche. Je voudrais le prendre dans mes bras, le consoler, même si c'est interdit.

— Allons poussinet. Tu ne peux pas décevoir Zazou. Qu'aurais-tu dit si elle avait raté ton anniversaire ?

Max hésite. Je crois que j'ai tapé dans le mille.

— Tu resteras dans la salle de bain avec moi ?

— Promis.

Il s'approche, m'embrasse, me serre dans ses bras. J'en profite pour faire le plein de tendresse et déverser tout mon amour sur ce grand bébé qui me dépasse d'une tête.

Un dernier câlin, puis la réalité reprend ses droits.

— Dis, maman, tu laveras mon pyjama maintenant qu'il est contaminé ?

— Tout part dans la machine, mon poussin.

La contamineuse, c'est moi.


Je n'ai avalé que trois bouchées de terrine mais je frôle l'indigestion visuelle.

Sur la desserte du salon de Clem trônent une salade de pâtes au basilic et aux olives, une terrine de légumes safranés, un plateau de mini-choux à la mousse de saumon et à la crème de foie gras, des muffins aux courgettes et même un coulibiac.

Victoire s'est dépassée.

— C'est moi qui ai préparé la salade de pâtes, précise Clémentine, très fière. Ainsi que la tarte aux pommes.

— Ta salade est délicieuse, ma chérie, interjette Sidonie. Je vais en reprendre.

Loin de la déprimer, l'imminence de son opération semble la ragaillardir. Je lui ai rarement connu un tel appétit et c'est avec plaisir que je vois trois mini-choux rejoindre les pâtes dans son assiette.

— Mange donc, Charlotte, m'exhorte-t-elle avant de rejoindre Jean-Loup et Marc en grande conversation sur le canapé d'angle.

Tiens donc, Jean-Loup. Bizarre, bizarre.

D'autant plus que je le trouve sacrément à l'aise chez Clem.

Lorsque Sidonie demande du sel, c'est lui qui va le chercher à la cuisine. De même il s'emploie à remplir les verres et à ouvrir une nouvelle bouteille de vin. Et lorsque Rémi semble désœuvré il l'invite à rejoindre leur conversation.

Le parfait hôte, quoi.

Voyant Clem qui débarrasse les plats je la suis dans la cuisine pour lui demander des comptes.

— Alors, tu nous expliques pour Jean-Loup ?

Victoire, qui est en train de peaufiner les desserts, lève un œil interrogateur.

— Il est parfait ce garçon. Tu as bien fait, ma chérie.

La réponse vient de Sidonie, arrivée derrière moi.

Clem rougit comme une pivoine.

Oh la cachottière. Tandis que Victoire et moi déballons ouvertement nos problèmes, elle fait ses coups par dessous. Avec Sidonie comme confidente.

J'ai l'impression de me retrouver en 5ème alors que nous étions toutes les trois amoureuses de Thierry Bellion et que Clem nous avait coiffées au poteau en allant au cinéma avec lui. Ils avaient vu *La Boum* et nous l'avions appris trois semaines plus tard.

— Bon, on amène les desserts, fait Clem pour se donner une contenance.

Elle empoigne un plat de macarons multicolores tandis que Victoire se lamente sur son mille-feuille au praliné.

— Je crois que je l'ai loupé, déclare-t-elle en l'examinant sous toutes les coutures.

— Mais non, renchérit Sidonie, toujours boute-en-train. Il est magnifique, et puis quelle importance ? Nous sommes entre nous.

— Il y a le concours, rétorque Clem en oubliant que c'est top secret.

Sidonie réclame des détails tout en jurant discrétion.

— Evidemment que je ne dirai rien à Rémi, assure-t-elle de sa voix perçante.

La porte de la cuisine est ouverte et j'aperçois Rémi, près de la baie vitrée, discutant avec Tigre. Même s'il a entendu, il ne bronche pas.

— Nous viendrons te soutenir, promet Sidonie.

J'applaudis. L'épreuve de cuisine ayant lieu la veille de son hospitalisation ce sera le palliatif aux angoisses pré-opératoires.

Les miennes, en tous cas.

## LUNDI 4 JUIN

Bilan de la soirée d'hier : deux heures trente dans la salle de bain pour tenir compagnie à Max qui a sangloté pendant quarante minutes.

Résultat : je passe la matinée à chercher un pédopsychiatre.

Premier appel au docteur Allard, notre généraliste, qui me fournit deux noms dont l'un est à la retraite et l'autre complet jusqu'en septembre.

Visite à la pharmacienne qui compatit et m'envoie vers le beau-frère de sa cousine qui ne fait que de la thérapie de couple ( j'ai conservé ses coordonnées ).

Rencontre avec le dentiste qui habite dans notre rue et me conseille son frère, lequel exerce à trois cents kilomètres d'ici.

Et pour conclure, causette avec la marchande de légumes qui préconise un des ses clients, psychiatre, dont elle a oublié le nom mais qui exerce « quelque part dans le vieille ville ».

Je laisse un message sur le portable de Marc lui intimant de dégotter un psy au plus vite. Qu'il se débrouille. Après tout c'est lui le pro. Ainsi que le faiseur de troubles.

Une pile de C.Vs m'attend sur le bureau. Tout en travaillant je m'interroge sur le parcours de l'une ou de l'autre, je tente de percevoir ce que cachent des revirements inattendus. Une ingénieur se réinventant en professeur des écoles. Un infirmier qui se rêve agent immobilier.

Que des candidats à un exil qu'ils s'imaginent doré.

Et moi ? Si je partais loin d'ici, si je laissais mes problèmes au bord de la Méditerranée et que j'embarquais vers un autre pays. Anglo-saxon, de préférence. L'avantage de ma profession. Anglais-français, français-anglais.

Un nouveau départ, avec Max dans mes bagages.

Et sa phobie ? Qu'en ferais-je dans un pays étranger ?

Le téléphone sonne.

Marc ne s'est pas débrouillé. Il me renvoie la patate chaude.

— Demande à Rémi. Je crois qu'il a un ami psychiatre.

Il raccroche, prétextant un patient.

Est-il avec Annie ?

Afin d'éviter de penser je compose le numéro de Rémi. Un barrage administratif m'accueille. C'est pour vous ou votre mari ? C'est pour un premier rendez-vous ? C'est à quel sujet ? Je peux prendre un message ?

— C'est pressé et personnel.

La pauvre, c'est elle qui hérite de ma mauvaise humeur. Un temps de pause, puis elle transfère l'appel.

D'ici qu'elle s'imagine des choses...


**14h19.** Le hall d'entrée du Riviera Palace Cap d'Antibes est vide. Derrière un bureau en acajou Jean-Loup bavarde avec un collègue en feuilletant *Nice-Matin*. En me voyant il quitte son poste pour m'entraîner vers le bar.

À peine sommes-nous attablés devant deux cafés serrés qu'il attaque.

— C'est Marc le problème ?

Il est direct. De toute évidence je ne respire pas le bonheur.

— Non, c'est Max. Avec Marc, c'est... autre chose.

Je lui explique pour la douche. Ma vaine recherche d'un pédo-psychiatre.

— Tu aurais dû m'en parler, interrompt-il. Je connais quelqu'un de formidable à Cannes.

— Quel est son nom ?

Je n'ai pas grand espoir. Même l'ami de Rémi, psy à Monaco, ne peut nous recevoir avant fin juillet.

— Gourdan. Il a soigné une ancienne copine dépressive. Je suis quasiment certain qu'il traite les ados.

Sans attendre il brandit son portable et appelle.

— Non madame, ça ne peut pas attendre septembre.

Sa voix est chaleureuse mais ferme. Le ton de quelqu'un habitué à ce qu'on obtempère.

— Le jeudi 21, à seize heures.

Il lève un sourcil interrogateur tandis que je m'empresse d'approuver.

Dans deux semaines. Je n'en reviens pas.

Est-ce parce qu'il est chef concierge ? Clé d'or, a un jour glissé Clem. Ou cela tient-il à sa personnalité ?

Jean-Loup est bel homme. Il émane de lui une force tranquille, rassurante. C'est tellement agréable de se sentir épaulé.

Alors oui, je comprends pourquoi Clem l'a choisi.

— Si tu veux voir Clémentine je t'installe dans son bureau, propose Jean-Loup en me tendant un chèque.

C'est le règlement de ma prestation de la semaine dernière. Richard Morley.

— N'oublie pas qu'il t'attend à Vail, en famille. À moins que tu ne préfères Los Angeles...

Je souris. Tout cela me semble si léger et si gai. Sous le regard amical de Jean-Loup des vacances aux USA, en famille, deviennent envisageables.

C'est un magicien, cet homme.

Et par ailleurs... Pour un détective, je sais à qui m'adresser.


## MERCREDI 6 JUIN

J'ai à peine bouclé ma newsletter quotidienne pour Voyages d'Azur que la corne de brume sonne.

C'est Sidonie. Elle ne trouve plus sa valise noire.

— Aurais-tu un moment pour m'aider ? Elle doit être à la cave.

Un frisson me parcourt. La cave de Sidonie c'est la caverne d'Ali Baba. La recherche de valise va me valoir un tour de rein. Rien que d'y penser je suis épuisée.

Malgré tout j'accepte. Un dernier coup d'oeil à la newsletter tout juste traduite ( la description d'un lodge de rêve en Tanzanie, photos à l'appui ) et je presse la touche envoi.

En passant devant le miroir de l'entrée je décide de me changer. Le jean délavé c'est parfait pour travailler à la maison, mais pas pour Sidonie. Je me glisse dans un slim beige clair ( taille 26, c'est l'avantage des douze kilos délestés ), une chemise Ralph Lauren achetée trois fois rien en déstockage sur Internet et je rajoute une ceinture beige foncé.

Le bonheur de glisser une chemise dans un jean et de ne pas être boudinée. La jouissance de passer nonchalamment la ceinture dans les passants du jean et de ne rencontrer aucun bourrelet. Pour apprécier pleinement il faut être une ex-ronde à qui ce n'est pas arrivé depuis au moins dix ans.

Comme moi, quoi.


Je ne trouve pas la valise noire.

— Tant pis, se résigne Sidonie au bout de vingt minutes de recherches. Je me débrouillerai sans.

Ça ne devrait pas poser de problème. Sa maison est envahie de sacs et de valises. On croirait une entreprise de déménagement.

— Ceux-ci sont pour l'hopital, fait-elle en pointant vers un amas de sacs entassés près de la porte d'entrée. Et les autres là-bas, pour la maison de convalescence.

La grimace qui accompagne ces dernières paroles évoque son peu d'attrait pour cette perspective.

Je m'approche. Parmi les valises je découvre un sac d'oreillers, des draps, des serviettes éponge, des biscuits, du thé, des produits d'entretien.

Des produits d'entretien ?

Je sais bien qu'elle ne voyage pas léger. Mais tout de même, il y a de l'abus.

— Tu n'as besoin de rien d'autre ?

J'essaie de gommer le côté ironique de ma question.

— Si, justement. Je voudrais des chemises de nuit. Les miennes sont démodées pour l'hôpital.


Il est quinze heures lorsque nous sortons des Galeries Lafayette les bras chargés de paquets.

En plus des chemises de nuit ( « des couleurs gaies, mademoiselle », insiste Sidonie auprès de la vendeuse qui s'en tient aux classiques blanc et rose pale ) elle a fait provision d'eaux de toilette ( « je déteste l'odeur des hôpitaux » ), de livres ( « surtout rien de déprimant » ) et de pantoufles assorties aux chemises de nuit ( « on reconnaît une femme élégante à ses chaussures » ).

J'ai échappé à un relooking complet façon Sidonie qui croit que j'ai toujours quatorze ans ( « tu devrais mettre de la broderie anglaise, ma chérie » ) en prétextant un mal de pieds invalidant.

Direction le troquet situé directement en face de la sortie.

Une pizza reine pour Sidonie et un double espresso pour moi.

Pendant que Sidonie bavarde avec la serveuse je consulte ma messagerie. Dans le brouhaha des Galeries Lafayette j'ai raté trois appels.

Un de Marc qui me cherche ( pourquoi ? ). Un de Victoire qui peine sur des choux à la crème récalcitrants et stresse pour le concours. Et le dernier d'Archibald me demandant si je peux passer cet après-midi au lieu de demain.

J'accepte en lui précisant que je suis avec Sidonie.

— Je ne veux pas incommoder votre tante, s'excuse Archibald.

Tu parles. Depuis qu'elle sait qu'elle va rencontrer Archibald Deschanel dans sa propriété cannoise Sidonie frétille.

Un coup de poudre par ci, un coup de rouge à lèvres par là, on croirait qu'elle se prépare à passer à la télévision.

— Si j'avais su j'aurais mis ma robe saumon, regrette-t-elle en tentant de défroisser son chemisier de soie.

Quelle coquette. Je me retiens d'éclater de rire.

— Ne t'inquiète pas. Tu es très belle. Et puis tu verras, il est adorable.

Bien sûr je m'y attendais. Mais là cela dépasse tout.

Depuis une heure je fais tapisserie.

Archibald et Sidonie sont installés sur le gigantesque canapé blanc avec vue sur le parc et ils bavardent non stop. Impossible d'en placer une. Entre les connaissances qu'ils se découvrent en commun et les discussions sur la politique et le monde en général je suis reléguée à l´écart, enfouie dans la profonde bergère d'angle d'où je les observe avec, sur les genoux, le nouveau dossier à traduire.

Cette fois c'est du costaud qui me rappelle un passé pas si lointain.

Des statuts de sociétés américaines, des modèles de baux commerciaux à New York et à Los Angeles, des études de fréquentation. Et pas la moindre recette de scones...

Je pourrais m'installer commodément et entreprendre la traduction mais je suis mandatée par Victoire d'une mission délicate : obtenir de Maryse sa recette du cheesecake aux noix de pécan. Une merveille que Victoire a goûtée la semaine dernière et s'évertue à reproduire sans succès.

Avec un degré de frustration décuplé par l'échéance prochaine du concours.

— J'annule, a-t-elle annoncé ce matin. Je suis trop nulle pour concourir.

— Pas question que tu te décourages pour un cheesecake, ai-je répondu. Je vais demander de l'aide à Maryse.

Je m'éclipse du salon sans que Sidonie ou Archibald daignent jeter un regard en ma direction et je traverse le long couloir qui mène vers la cuisine.

Maryse n'est pas ravie de ma visite. Et encore moins de ma requête.

— C'est que je ne donne jamais mes recettes, m'oppose-t-elle d'un air buté.

Je la prend par la flatterie. Je lui expose les doutes et les craintes de Victoire.

Rien à faire. Toute cuisinière hors pair qu'elle est, elle est têtue comme une bourrique.

Je tente un dernier argument.

— Ne pouvez-vous faire une exception ? Après tout ce n'est qu'un cheesecake.

Elle hésite. Je m'engouffre dans la brèche.

— Ce serait différent pour une recette française transmise de mère en fille.

— C'est vrai, consent-elle. Mais il faut demander l'accord de Monsieur.

Merci, merci.

Je fonce au salon et je m'invite dans la conversation.

— Si Maryse est d'accord je n'ai pas d'objection, répond Archibald qui est visiblement plus au fait que moi des sensibilités de sa cuisinière.

Aarrgh !

Je repars à la cuisine. Derrière moi j'entends Sidonie qui se lance dans des explications.

— C'est pour Victoire, l'amie de Charlotte....

Quelques minutes plus tard j'ai la précieuse recette.

— Il y a un tour de main à prendre, ajoute Maryse qui entretemps s'est radoucie. Que votre amie me téléphone si elle n'y arrive pas.

Une idée me traverse aussitôt l'esprit et je propose à Maryse d'assister à l'épreuve de samedi.

— Ah non. Je déteste la foule. Et puis la cuisine j'en ai assez.

Finalement je la trouve très sympathique.

— Votre tante est charmante. Vous n'auriez pas dû la cacher si longtemps, décrète Archibald au moment de partir.

— Mais oui, Charlotte, tu aurais pu nous présenter.

Je crois rêver. Je suis traductrice, moi, et non pas une agence de rencontres.

— À samedi, très chère Sidonie, renchérit Archibald. Je vous prendrai à onze heures. Je lève un sourcil perplexe auquel répond Sidonie.

— Archibald viendra encourager Victoire. N'est-ce-pas une bonne idée ?

Excellente ! Surtout pour Victoire qui est stressée et que la présence d'un des plus grands industriels de France devrait contribuer à pétrifier d'angoisse.

Cela dit, la bonne humeur d'Archibald, et celle de Sidonie qui chantonne sur le chemin du retour, sont contagieuses. J'arrive chez moi d'excellente humeur, ce qui ne m'était pas arrivé depuis longtemps.

Flairant la bonne aubaine Marc essaie aussitôt d'en abuser.

— As-tu songé aux vacances d'été ? s'enquiert-il au moment du diner.

J'en profite pour me lever et cogner une casserole contre l'évier.

— Tu devrais aller à Hawaii avec Max, poursuit-il.

— Je ne peux pas laisser Sidonie.

— Dis plutôt que tu as peur de partir.

Je perçois nettement mon sang en train de piquer un sprint dans mon corps.

— Je t'ai expliqué qu'avec l'opération de Sidonie je ne peux pas m'absenter.

— C'est un prétexte.

Je le gratifie d'un regard noir.

— Tu m'as donné des raisons de te faire confiance ?

— Je t'ai dit que c'est fini, soupire Marc.

Comme si sa parole était digne de foi.

Du coup je n'arrive pas à dormir. Je me lève et m'eclipse au salon. Marc ment, j'en suis certaine.

Je vérifie sur Internet ses relevés téléphoniques. Rien à signaler. Le numéro d'Annie est absent et je ne relève aucun appel suspect. Je traverse le salon, pénètre dans le garage et vérifie le kilométrage de sa Golf. Là non plus, rien d'anormal.

Je ne suis pas convaincue pour autant.

Je continuerai à chercher la preuve. Que je ne perds la raison.

Que mon instinct, lui, ne me trompe pas.

## SAMEDI 9 JUIN

Victoire passe la journée avec moi. C'est du moins le programme officiel présenté à Rémi.

— Charlotte va mal. Nous passons la journée en Italie.

En rentrant de sa séance de golf Rémi se coltinera les activités du samedi : danse et goûter d'anniversaire pour Léa, kung fu pour Jules et vermifugation chez le vétérinaire pour Buddy. La totale, quoi.

Pas sûr après cela qu'il soit toujours aussi friand du samedi en famille... sans Victoire.

Je m'apprête à la rejoindre à la Baie Marine. Marc est parti à l'aube plonger sur une épave au large des îles de Lérins et Max dort encore. Dans la cuisine un jus d'orange frais et des scones attendent son réveil. Je griffonne un petit mot câlin que je place devant son assiette, puis j'attrape ma besace et mes clés de voiture.

— Où vas-tu ?

Max est en pyjama, le visage encore chiffonné de sommeil.

D'instinct je m'approche pour l'embrasser.

— Ne me touche pas.

Pas de bisou. Pas de contact. Je suis « sale ».

— Je pars au concours de Victoire.

Visiblement il avait oublié.

— Ça va, poussin ?

— Oui.

Non, ça ne va pas.

— Allez, dis-moi.

— J'te dis que ça va.

Il m'évite du regard et s'installe devant les scones qu'il ne touche pas. Il avise la feuille de papier, lit le message et fond en larmes.

— Et bien, mon poussin, parle-moi.

— C'est à cause de Papa, hoquète-t-il entre deux sanglots.

Aïe.

Je m'emploie à le rassurer en mettant dans ma voix une conviction que je ne ressens pas.

— J'te crois pas. Il ment. Il va partir.

Les pleurs redoublent.

— Mais non, mon poussin. Tout va s'arranger.

Il n'est pas convaincu.

— Et puis c'est à cause de lui qu'on va pas à Hawaii.

— C'est pour rester avec Sidonie. Elle est malade.

— Elle va pas mourir, hein ? demande-t-il, angoissé.

Zut, voilà que je lui rajoute un stress.

— Elle est increvable Sidonie. Tu n'as rien à craindre.

— Promis ?

— Promis.

Semi-rassuré, il enchaîne.

— J'aimerais bien aller à Hawaii.

Je ne réponds pas. De toutes façons c'est trop tard pour les billets d'avion. Achetés à la dernière minute ils sont hors budget.

La matinée qui avait bien commencé s'est assombrie. Je suis contrariée. Les pleurs de Max. Ses vacances à l'eau. Marc. Annie. Mes soupçons. Tout remonte à la surface.

— Tu vas être en retard, me rappelle Max.

Je ne peux pas le laisser seul avec ses angoisses et sa vie que nous, ses parents, avons malmenée.

Je lui propose de m'accompagner même si je devine sa réponse.

— Pas envie.

— Alors je reste avec toi. On va se faire une journée DVDs.

Son visage s'illumine.

— Tu ferais ça pour moi ? Et Victoire ?

— Elle comprendra.

— Dis, alors, tu m'aimes, maman ?

C'est une question, ça ?


— Ils étaient six et elle les a écrasés comme des mouches.

C'est Sidonie qui, la première, m'annonce par téléphone le succès de Victoire.

— En une heure trente elle a préparé vingt-quatre verrines de tartare de saumon au coulis d'aubergines et crème de parmesan. Tu imagines ?

Non, je n'imagine pas du tout.

— Même Archibald était bluffé. Chaque candidat reçoit un panier avec huit produits locaux qu'il utilise comme il veut.

— Et les autres ?

— Il y avait un émincé de poivrons au curcuma, une mousse de saumon aux carottes qui ressemblait à une bouillie de bébé et un velouté d'aubergines qui est arrivé deuxième après Victoire.

Elle s'interrompt et je perçois un brouhaha, des éclats de voix, des rires. Je l'entends dire « au revoir, ma chérie », puis « j'arrive, j'arrive » à quelqu'un d'autre.

À Archibald ?

— Mais, au fait, pourquoi n'es-tu pas venue ? On t'attendait.

— Max est débordé. Je l'aide à réviser ses contrôles.

Je ne suis pas convaincante, je le sens, mais Sidonie ne relève pas.

— Bon, dans ce cas je te laisse car Archibald m'attend. Je l'ai invité à prendre le thé.

— Tu n'es pas trop fatiguée ?

Demain elle entre à l'hopital.

— Mais pas du tout, ma puce. Je suis en pleine forme.

Un baiser rapide, et elle me raccroche quasiment au nez.

## LUNDI 11 JUIN

Ne pas penser. Surtout ne pas penser à Sidonie en train de perdre ses deux seins. Deux seins magnifiques qui longtemps furent sa fierté et qu'elle adore mettre en valeur dans des décolletés plongeants.

— Pour la reconstruction je vais demander plus gros. Ce sera ma récompense, dit-elle hier en allant à l'hôpital.

Ne pas penser à Sidonie qui plaisante avec les infirmières à son arrivée. Qui veut à tout prix me masquer la crainte qui perle dans ses yeux. Qui abrège les au revoir en prétextant un livre à terminer, les encombrements qui me guettent, le diner à préparer.

Ne pas regarder ma montre toutes les quinze secondes en scrutant le mouvement imperceptible des aiguilles. Ne pas guetter l'appel du chirurgien m'annonçant la fin de l'opération.

Bref, ne rien faire de ce que je voudrais.

Je ne suis pas à l'hôpital.

— Ça ne sert à rien, explique Sidonie, toujours pragmatique. De toutes façons je serai dans le cirage.

— Ça ne sert à rien, reprend le chirurgien qui préfère ne pas avoir la famille dans les pattes. Après l'opération votre tante sera en salle de réveil. Je vous appellerai à sa sortie du bloc.

Pour ne pas penser je me suis concocté une journée bien remplie.

D'abord à Mouans-Sartoux, chez Maître Lecarré. Son client est un irlandais qui veut ouvrir un pub sur le vieux port de Cannes. Il a préparé un business plan, trouvé le local et décidé de la décoration. Ne manque que la paperasserie.

Au bout de trois heures de formation accélérée sur le droit du travail français ainsi que les charges fiscales qui l'accompagnent, notre brave irlandais remise son projet aux oubliettes.

— Tant pis pour le soleil, se résigne-t-il. En Irlande c'est bien plus simple.

Il n'est que midi. Je décide de passer à la maison avant mon rendez-vous de quatorze heures et là, surprise, je tombe sur Marc.

— Tu ne nages pas aujourd'hui ?

— Je prépare un sandwich et j'y vais.

C'est fou ce qu'une phrase anodine engendre comme questions. S'il amène son sandwich puis-je en conclure qu'Annie, la fée des pique-niques, ne le rejoint pas à la plage ? Fait-elle grève des Tupperware ? A-t-il vraiment rompu ?

Autant de questions que je ne poserai pas.

— Veux-tu m'accompagner ? demande Marc.

Sa voix est légèrement ironique, son sourire moqueur. Il n'en faut pas plus pour que mon humeur vire au noir.

Il est à peine parti que je vais sur Internet vérifier ses dernières communications téléphoniques. Toujours rien, mais cela ne me calme pas.

Quelque chose ne tourne pas rond, je le sens. Je le saurai.

Heureusement un appel du chirurgien sauve la journée. Sidonie va bien et c'est le plus important.

Je me raccroche à la bonne nouvelle et chasse Marc de mes pensées.

Qu'il aille au diable.


## VENDREDI 15 JUIN

— Je n'y arriverai pas, serine Victoire au téléphone.

Tous les matins c'est la même chose. À croire que son triomphe de samedi dernier l'angoisse, au lieu de la rassurer.

Cette fois-ci je la prends au mot.

— Tu as raison. D'ailleurs tu ferais mieux d'abandonner tout de suite.

Silence au bout du fil.

— Ben oui, c'est vrai que tu es nulle. Vaut mieux laisser la place aux autres.

Le silence s'épaissit. Puis j'entends un grattement de gorge

— Bon, ça va, j'ai compris. Je vais bosser.

— Qu'y a-t-il au menu aujourd'hui ?

— Galantine de volaille et soufflé à la pistache avec des croquants aux amandes.

Humm. Dommage que je n'ai pas faim.

J'ai l'après-midi libre. Voyages d'Azur dont je traduisais le newsletter quotidienne a déposé son bilan. Je n'ai rien vu venir. Je planchais sur leur nouveau site lorsque j'ai reçu le mail annonciateur de mauvaise nouvelle.

Est mentionnée une adresse où envoyer ma facture qui rejoindra la cohorte de fournisseurs impayés. Je n'ai pas grand espoir mais ayant encaissé mon dernier chèque il y a deux semaines je ne suis pas la plus mal lotie.

Et puis j'ai d'autres soucis. Notamment Sidonie.

Aujourd'hui elle dort lorsque je pénètre dans sa chambre.

— Elle souffre, me confie l'infirmière, mais elle refuse de l'admettre. Si bien qu'elle n'est pas assez médicamentée.

Je m'installe près d'elle. Elle respire doucement, par moment ses mains tressaillent. Enfoncée parmi les oreillers, percée d'aiguilles, elle me paraît bien fragile.

Enfin elle ouvre les yeux et me sourit.

— Tu es là depuis longtemps ?

— Je viens d'arriver.

Je lui montre les magazines posés sur la table, mais elle se rendort déjà.

Je la contemple un long moment puis je m'en vais sur la pointe des pieds.

Après ma journée en demi-teinte je voudrais me changer les idées.

— Et si on allait au cinéma ? dis-je à Max en arrivant à la maison.

Il vient d'arriver et n'a pas pris sa douche.

— Pour voir quoi ?

— Ce que tu veux. Le dernier Batman ?

Il hésite.

— J'aimerais bien le voir, fait-il.

— Je regarde les horaires et on y va. On se fait même un resto italien.

— J'aimerais bien, répète Max. Mais y'a la douche.

— Tu la prendras après.

— Ce sera trop long.

Il n'a pas tort. Fin du film à 22h. Douche jusqu'à... minuit ? Dans le meilleur des cas. Mais je ne veux pas laisser son TOC dicter sa vie.

— Ce n'est pas grave. Demain c'est samedi.

— J'peux pas, maman.

Il est au bord des larmes.

— Demain, peut-être ?

— Peut-être, répond-il, soulagé.


Du coup j'entreprends Marc pour le cinéma.

— Désolé, dit-il. Mais je suis attendu aux Amaryllis.

Il est dix-huit heures trente. Ces derniers temps il est souvent aux Amaryllis en fin de journée. Que fait un psychologue dans une maison de retraite le soir ?

C'est louche.

En un quart de seconde, tandis qu'il téléphone à un patient j'attrape mon iPad et je fonce au garage. Sa Golf n'étant pas verrouillée j'ouvre le coffre et hop, je fourre la tablette sous un sac Carrefour vide.

Ni vu ni connu je referme et repars au salon.

Marc ne s'est rendu compte de rien. Il termine sa communication et sort aussitôt.

— Je file, je suis en retard.

Trente-deux secondes plus tard il allume le moteur.

Je démarre mon ordinateur car... Localiser mon iPhone ça marche aussi pour l'iPad.

Au début tout va bien. Il tourne à droite, puis à gauche, de nouveau à gauche. Il s'arrête au feu. Et là ça déraille. Pour aller aux Amaryllis il devrait continuer tout droit. Puis tourner à gauche.

Sur l'écran je fixe le voyant qui embraye à droite. Dans le Cap d'Antibes. Il traverse tout le Cap par le milieu avant de tourner à droite dans la traverse des Nieilles.

Puis il s'arrête.

Pour se garer ?

Max est sous la douche.

— Je sors, mon canard. Tout va bien ?

— Ça va.

Je jette un coup d'oeil dans la douche. Il est en train de s'astiquer, mais il sourit.

Je peux m'absenter sans crainte.

Arrivée à la porte une idée me traverse et me fais revenir sur mes pas. Dans le premier tiroir de la commode je trouve ce que je cherche : les clés de secours de la Golf.

Deux secondes plus tard je suis en voiture.


Elles sont l'une derrière l'autre. La Golf noire de Marc et la Coccinelle jaune d'Annie.

Comme si c'était normal. Comme deux parfaits inconnus se garant au gré des emplacements libres. Ou deux amants affichant leur connivence jusqu'à se garer côte à côte.

Après tout qui va les contrarier ? Pas Renaud Tillac, le mari paillasson et aveugle.

Ni Charlotte qui est débordée par le quotidien. Un enfant en souffrance, une tante chérie gravement malade, ça vous plombe la vie. Alors bien sûr elle lâchera prise, elle gobera les mensonges maritaux pour s'acheter un peu de paix, pour ne pas transformer son existence en enfer.

Et bien, non.

Quelque part je suis soulagée. Mon instinct ne m'a pas trahie, je ne sombre pas dans la paranoïa. La confirmation est devant moi.

Je me gare derrière la Golf et mitraille les deux voitures. Des preuves. Pourquoi, pour quoi faire ?

Je ne sais pas.

J'appelle Clémentine. Ma voix tremble. C'est bien beau d'avoir la confirmation de ses doutes, d'être fière de ses capacités de déduction, de son talent de limier.

Après il faut encaisser.

Une minute suffit à Clem pour comprendre que j'encaisse mal.

— Ne bouge pas, j'arrive.

La traverse est déserte. Tout au bout j'aperçois la mer et, en bordure, une langue de sable blanc mourant sur des rochers.

Je pourrais partir à leur recherche. Ils ne sont pas loin.

Je ne veux pas les voir. Ensemble.


Clem rapplique avec Jean-Loup qui bondit hors de la voiture.

— Si tu veux je lui casse la gueule, propose-t-il.

Clem hausse les épaules, impuissante.

— Il a insisté pour venir. J'ai fini ma journée mais il doit repartir.

— Alors, qu'en dis-tu ? reprend Jean-Loup.

— Embarque sa voiture.

Je lui tends les clés de la Golf. Tout à l'heure j'ignorais à quoi elles me serviraient.

Maintenant je sais. On va subtiliser la voiture de Marc.

Que fera-t-il face à la disparition de sa Golf ? Pensera-t-il qu'elle a été volée? Pèsera-t-il les explications à me fournir ? Pour justifier de la disparition du véhicule sur la déclaration de perte ?

— Comment, mon chéri, tu te gares traverse des Nieilles pour aller aux Amaryllis ?

Je jubile en regardant Jean-Loup qui s'éloigne. Il va l'entreposer au fond du parking de l'hôtel. Aussi longtemps que nécessaire.

— Tu comptes attendre Marc ? demande Clem.

Je voudrais. Je pourrais. Mais, non. Je n'attends pas.

— Moi, je reste, annonce Clem. Je me gare un peu plus haut, en retrait, et je te tiens au courant.

Les larmes me montent aux yeux.

— Allez, va, insiste-t-elle en me poussant vers ma Scénic.


Vingt heures et toujours pas de Marc à l'horizon.

— N'attends pas, dis-je à Clem. Tu dois être crevée.

— Je ne lâche pas si près du but.

Cela fait cinquante-deux minutes que nous échafaudons des scénarios, elle dans sa voiture et moi faisant la navette entre le salon et la salle de bain occupée par Max.

— Ça y est. Le voilà.

Mon coeur fait un bond.

— Alors ?

— Il marche à côté d'elle, sans la toucher. Ils portent leurs sacs de plage. Ils parlent.

Elle s'arrête, avant de reprendre un ton plus haut.

— Ils sont devant la Coccinelle. Marc cherche la Golf. Il regarde tout autour. Il est perplexe.

— Et alors ?

— Je crois qu'il m'a vue.

— Tu es sûre ?

— Oui. Il lui parle et elle aussi me fixe. Il m'a reconnue.

J'entends le bruit du moteur qui démarre.

— Je vais leur parler. Je te rappelle.

Clic.


## SAMEDI 16 JUIN

— Elle m'a aussitôt agressée, me relate Clem. De quoi vous

mêlez-vous ? Nous sommes deux adultes consentants et nous ne faisons rien de mal. Voilà ses mots.

— Et Marc ?

— Il était gêné. Lorsque que j'ai insisté sur la peine qu'ils vous causent à Max et toi elle a répondu : s'ils vont mal qu'ils aillent chez un psychiatre.

Cette phrase, elle reste coincée dans ma gorge.

— Elle est amoureuse de Marc, ajoute Clem. À mon avis elle veut quitter son mari pour lui.

Ça jamais.

Que cette femme devienne la belle-mère de mon fils. Que Max passe des weekends avec son père... et cette femme.

Jamais.

Jusqu'à présent je voulais préserver notre couple, notre famille.

Désormais le combat s'est déplacé entre elle et moi.

C'est officiel : je la hais.

Marc, en psychologue émérite, n'a pas conscience de mon état d'esprit.

Hier soir il s'est longuement excusé ( « je sais, j'ai tort »), justifié (« on n'a fait que nager » ) et étonné ( « tu es sacrément maligne » ).

Il a ensuite promis tout ce que je voulais (« c'est terminé, tu peux remettre la géolocalisation sur mon iPhone, je ne la verrai plus »).

Mais il n'a pas intégré la rage que j'éprouve envers Annie.

— Fais-moi confiance, argumente-t-il. J'ai besoin de temps, de régler cela en douceur.

L'incohérence de son propos ne m'échappe pas mais une analyse logique serait inutile. Je sais d'expérience que, pris au piège de ses propres contradictions, il s'énervera ou se murera dans le silence.

Je fais mine d'acquiescer. La trêve du weekend est à ce prix.

## MERCREDI 20 JUIN

**13h39.** Depuis la sortie de l'ascenseur et tout le long du couloir j'entends des rires et la voix de Sidonie qui domine les bruits de l'hôpital.

J'entrouvre la porte et tombe sur un grand gaillard coiffé d'une toque blanche, debout près du lit. Assis sur une chaise un peu en retrait Archibald observe la scène d'un air amusé.

— Comme dessert je vous prépare une charlotte aux pommes. Une recette familiale transmise par ma grand-mère.

— Boris, vous êtes un amour, répond Sidonie.

« L'amour » de près de deux mètres de haut, format armoire à glace, rougit jusqu'à la racine des cheveux avant de discourir sur les menus du lendemain. Coquelet rôti aux herbes et tarte tatin chaude, sauté de veau aux champignons, mousse glacée au café.

— D'après les recettes de ma mère, bien entendu.

— Vous la complimenterez de ma part.

— C'est que, sans Mme Sidonie, je ne serais pas né, explique Boris à mon intention. Juste avant leur mariage ma mère avait surpris mon père embrassant la fille des voisins. Elle voulait rompre leurs fiançailles et a téléphoné à Mme Sidonie à la radio pour avoir son avis.

— Je lui ai conseillé de le sermonner vertement mais de lui pardonner, termine Sidonie qui prétend se souvenir de l'épisode.

— Ils se sont mariés et neuf mois plus tard j'étais là, complète Boris avec un sourire reconnaissant avant de retourner à ses fourneaux.

La magic Sidonienne bat son plein. Archibald est sous le charme.

— Vous êtes privilégiée, ma chère Sidonie. Et vous le méritez.

Pour de récentes connaissances ils semblent très à l'aise ensemble. D'ailleurs les voici qui échangent un regard complice, puis, comme gênés, détournent les yeux vers moi.

Je prends l'air neutre de celle qui n'a rien vu.

Mais j'ai le coeur qui chantonne.

Sauf que une heure plus tard je trouve son téléphone caché.

Comme ça, par hasard.

Juste en passant devant son sac de sport, en voyant la serviette sale qui dépasse et en décidant de l'ajouter à la machine à laver.

Autrement dit, même pas en fouillant dans ses affaires.

La moindre des choses quand on trompe sa femme est de s'appliquer, de couvrir correctement ses arrières. Le comportement de Marc frise la désinvolture.

Non seulement je lui en veux de me tromper.

Et en plus de le faire mal.

Le portable est petit, rouge, basique. Max a le même, qu'il utilise au collège afin de me prévenir d'un changement d'emploi du temps ou d'un retard. C'est un portable bon marché. Pour ne pas attirer les convoitises et se faire agresser dans le bus.

D'ailleurs lorsque je le découvre dans le sac de sport de Marc, presque sur le dessus, juste sous la serviette éponge, j'ai un moment d'arrêt.

Ce n'est pas possible, me dis-je. C'est le portable de Max, qui a atterri dans le sac de son père par un de ces mystères inexplicables. Parmi la pléthore de téléphones existants Marc n'a quand même pas choisi ce portable. Celui de Max. Pour communiquer avec sa maîtresse.

Et bien, si. Il a choisi le même.

Pour m'en assurer je compose mon propre numéro à partir de l'intrus. Mon portable sonne et je découvre, affiché sur mon écran, un numéro inconnu.

Un numéro qu'Annie doit chérir puisqu'il lui permet un accès illimité à Marc. Puisqu'il scelle leur complicité.

Et mon exclusion.

Un examen approfondi de l'objet ne révèle pas de surprises. Les appels reçus proviennent d'un unique numéro. Idem pour les appels envoyés. Marc-Annie. Annie-Marc. Le courant fonctionne dans les deux sens.

Un seul SMS ( les autres ont été effacés, comme si Marc s'attendait à être pris la main dans le sac ), reçu il y a quelques minutes.

<Je te tel dès que je sors. Bisous.>

Ce n'est pas franchement chaud, mais ça me fait le même effet que trente minutes passées dans un sauna.

Le dîner auquel je ne suis pas conviée, ce soir, aux Amarillys ? Il compte l'y amener ?

Je suis brûlante.

De rage.


Je fonce sous la douche mais le ruissellement d'eau sur mon corps ne m'apaise pas.

Tout en me savonnant je décide de quitter Marc. Je vais faire ma valise et celle de Max et nous allons partir tout de suite.

En me shampouinant les cheveux je décide de déchirer tous ses cahiers. Ses précieux cahiers soigneusement annotés au fil des ans. À la poubelle.

En me rinçant les cheveux je me demande si je vais refaire ma vie à Londres ou à Paris.

En me séchant les jambes je décide de monter en voiture et d'aller à l'hôtel.

En faisant mon brushing je décide d'aller dormir chez Clem.

En m'habillant je résous d'occuper le terrain. Je reste chez moi.

Quand Marc claironne depuis l'entrée son habituel « c'est moi », je me lève du canapé. Fourreau crème accentuant ma nouvelle silhouette longiligne ( taille 38, une première ), sandales vernis beige et marron à talon de 8cm ( achat récent ), rouge à lèvres rosé sur maquillage léger, cheveux flous sur les épaules.

Prends ça, Annie.

Moi qui suis mon critique le plus impitoyable, je reconnais que... je ne suis pas mal.

Je lis la surprise dans le regard de Marc

— Où vas-tu? me demande-t-il en m'embrassant.

— Aux Amaryllis, avec toi.

Et je lui tends son portable rouge.


Elle n'est pas venue.

C'est un diner pour célébrer le départ de la plus ancienne pensionnaire, Mamie Laurélie, arrivée à l'époque où les Amaryllis n'était qu'une simple maison de retraite pépère, avant sa transformation en coquette maison de convalescence. Sa fille déménage en Allemagne avec sa famille et sa mère les accompagne. Ils vont habiter tous ensemble, dans une grande maison au bord du lac Constance.

— Les prix de l'immobilier y sont bien plus raisonnable, se félicite sa fille, une dame replète et grisonnante qui affiche une soixantaine décomplexée dans un jean trop serré et un top doré.

Son mari renchérit.

— Nous échangeons notre petit trois pièces contre une maison de deux cents mètres carrés. Avec tout un étage pour Mamie Laurélie.

Mamie Laurélie sourit béatement. Plus de maison de retraite pour elle, un fait suffisamment rare pour être souligné. Plus de règles de vie imposées, plus de menus insipides ( la crème de volaille dans laquelle je trempe mes lèvres est particulièrement infâme ). Mais aussi plus de voisins, de ragots, de faits et gestes dument disséqués qui alimentent le quotidien des pensionnaires.

Je ne suis pas inquiète pour elle.

Sa fille, bruyante et volubile, abreuve son voisin d'informations. Ses deux fils sont mariés. L'un deux vit à Munich, il a trois enfants. Ils désirent se rapprocher de lui. Elle va s'occuper de sa mère, de son mari et de ses petits-enfants. Elle est heureuse.

Pendant ce temps je serre entre mes doigts le portable rouge de Marc. Va-t-elle téléphoner ? Envoyer un SMS ? Apparaître ?

— Je ne l'ai pas invitée aux Amaryllis, insiste Marc, le premier choc passé.

Possible.

Comptait-il faire une courte apparition aux Amaryllis, embrasser Mamie Laurélie, puis s'éclipser en prétextant un autre engagement.

Avec sa maîtresse.

— Elle est fragile, avance Marc. Elle s'apprête à passer son certificat de toilettage canin et félin. Elle est stressée.

— Un examen comme shampouineuse de chiens ?

Ma voix a un ton ironique que je ne réprime pas.

— Pour ouvrir son propre salon. Et se spécialiser dans les toilettages d'expositions. C'est très technique, explique Marc aussi sérieusement que si elle préparait l'entrée en médecine.

Je souris.

— Je l'aide pour son examen, poursuit Marc qui peine à gérer ses priorités. Elle est vraiment gentille.

Oui, je connais le refrain. Elle est comme sa soeur.

Incestueuse.


## JEUDI 21 JUIN

Il est à peine huit heures lorsque la corne de brume sonne pour la première fois. Appel masqué. Je décroche.

— Allo. Allo. Allo.

Personne.

Je reprends mon travail. Un dossier compliqué dont s'occupe Maître Vergot et que je traduis en anglais pour la court suprême de New York. Chaque mot compte.

Le dossier me tient d'autant plus à coeur que j'ai rencontré la victime. Une américaine victime d'un AVC alors qu'elle était en villégiature à Nice et désormais incapable de parler ou d'écrire. Son aisance financière aggrave son sort puisqu'elle est devenue l'enjeu de deux branches opposées de sa famille, l'une vivant en Floride, l'autre à New York, chacune désireuse de mettre la main sur le magot de leur tante.

Tout ceci est nauséeux. Mary Crawford m'a clairement indiqué par des hochements de têtes qu'elle désire vivre en Floride. Mais sa fortune entrave sa liberté de choix.

M'énerver sur une situation autre que la mienne me soulage. Je traduis rageusement, choisissant les formules les plus aptes à influencer le tribunal dans le sens voulu.

J'ai quasiment fini lorsque la corne de brume m'interrompt.

Je réponds.

Personne.

Rares sont ceux qui m'appellent sur cette ligne. Tous, amis et contacts professionnels, privilégient le portable.

Deux appels en une heure. Personne au bout du fil.

Hum.

Et ce n'est pas fini.

Tout au long de la matinée la corne de brume retentit. À intervalles de plus en plus courts.

À chaque fois je réponds. Calmement. À chaque fois un silence m'accueille.

Ma réponse est immuable. Allo, allo, allo.

Clic.

Pas d'énervement. Pas d'insultes à l'égard de celle qui, muette à l'autre bout du fil, tente de me provoquer et guette ma réaction.

Chaque appel me conforte. Annie se sent mal. Très mal.

Et c'est tant mieux.


**14h06.** Max refuse de m'accompagner chez son nouveau psychiatre.

— J'préfère que tu le vois une première fois. Pour me raconter.

Cela fait huit jours qu'il refuse de sortir. Heureusement le collège est fermé depuis lundi. J'étais à court d'excuses pour mes appels quasi quotidiens à la vie scolaire.

— Max a une gastro.

— Max a une angine

— Max a une otite.

Et pour conclure, la vérité.

— Max se sent mal.

Trop mal pour affronter l'inconnu.

C'est donc seule que je pénètre dans la salle d'attente de M. Gourdan. Un îlot de bien-être composé de larges canapés beiges posés sur une épaisse moquette géométrique, de tables basses transparentes et de hautes plantes vertes dont j'ignore les noms. Aucun magazine *people* en vue mais des livres de photos d'art.

Au bout de vingt minutes d'attente, bercée par le pépiement des oiseaux qui me parvient du jardin sur lequel s'ouvrent les baies vitrées, je me sens autre. Relaxée, apaisée. Hors du temps.

— Vous avez de la chance, me rassure M. Gourdan, lorsque je pénètre dans son bureau ( même ambiance que la salle d'attente mais version pénombre ). Les TOCs sont ma spécialité. Dans trois mois votre fils sera guéri.

Il me sourit, sachant qu'il a prononcé les mots que je rêvais d'entendre.

Son voix est douce, enveloppante, mais claire. Avec lui et contrairement à son prédécesseur, M. Fouls, inutile de prévoir des appareils auditifs.

— Je comprends parfaitement ce que vit votre fils. Son rituel de lavage lui procure une seconde peau dont il a besoin pour survivre.

Suivent des allusions philosophiques et des explications psy qui me dépassent, malgré ma bonne volonté et celle, manifeste, de M. Gourdan.

De notre rendez-vous je ne retiens que l'essentiel : Max va guérir.


— Ce n'est pas son style, rétorque Marc lorsque je lui fait part des appels silencieux.

Ah bon. Son style c'est juste de voler les maris des autres ?

— Des faux numéros, ça arrive souvent, insiste-t-il.

Pas chez nous. C'est suffisamment rare pour que je n'en ai aucun souvenir.

Et puis, toutes les demi-heures ? Juste après la découverte de son portable secret ?

Marc n'en démord pas et, à bout de nerfs, je dévie la conversation sur le psy.

Soulagé, il me demande moult détails et précisions que je suis incapable de lui fournir.

— En tous cas il y a des TOCs bien pires que le sien, conclut-il, comme si cela arrangeait nos affaires.

J'apprends qu'il y a des TOCs de comptage, qui imposent de dénombrer les pas effectués entre deux destinations A et B. Et de refaire le parcours en sens inverse si le compte est faux.

Des rituels de répétition de certaines phrases ou gestes. Des personnes qui ne peuvent marcher que sur un côté bien défini de la chaussée. D'autres qui ne peuvent se déplacer qu'en longeant un mur et sont incapables de traverser une rue ou même une pièce en diagonale.

La liste des afflictions dont on espère être épargné est longue. Marc est intarissable.

Assez. Assez.

J'ai besoin de paix. Et de réconfort.


## VENDREDI 22 JUIN

— Comment a-t-il fait ? s'interroge Sidonie, radieuse, lorsque je lui apprends qu'elle va séjourner aux Amaryllis.

Marc m'a annoncé la nouvelle par téléphone alors que, en chemin vers Topazéo, je naviguais entre voitures limaces et camions de livraison mal garés.

— Tout est plein, mais je me suis débrouillé.

S'il attendait à des félicitations de ma part il a été déçu. Je me doute de la difficulté. L'établissement est complet, la liste d'attente comprend une vingtaine de noms et la chambre qu'occupait Mamie Laurélie a aussitôt trouvé preneur.

J'ai vaguement écouté ses explications. Une pensionnaire se

faisant opérer, ou bien partant en cure. De longues tractations avec la directrice, Angèle Duchemin, qui n'est ni commode ni adepte du favoritisme.

J'ai oublié et d'ailleurs ça m'est égal. Marc me doit bien cela.

Le bonheur de Sidonie contre un portable dissimulé. Un marché équitable ?

C'est en la voyant si heureuse, si visiblement soulagée, que je mesure à quel point elle redoutait son séjour à Terre de Soleil.

Elle annonce la nouvelle à son infirmière préférée, Brigitte, la trentaine sexy, en mal de relation stable, et dont Sidonie pilote à distance la vie amoureuse. Celle-ci lui narre ses dernières rencontres sur la Toile tout en changeant son pansement.

— Je passe à la fin de mon service vous montrer les mails, Et la photo de Robert.

À peine Brigitte sortie j'interroge Sidonie.

— Elle fait des rencontres sur Internet ?

— La pauvre n'a pas de chance avec les hommes. Alors je l'ai encouragée à s'inscrire sur Meetme.

Ça alors. Je la croyais plus traditionnelle.

— Mais c'est dangereux. Elle ne sait pas à qui elle a affaire.

Sidonie me lance un regard apitoyé.

— Mais enfin ma chérie, elle n'est pas stupide. Elle fait attention, ne donne rendez-vous que dans des cafés, à l'extérieur.

Je suis dubitative et puis...

— Ce n'est pas très romantique

Sidonie éclate de rire.

— Tu n'es pas dans le coup, ma puce. Il faut vivre avec son temps.

Je ne suis pas vexée. Mais c'est tout juste.


Le reste de la journée file à tout allure. Demain a lieu l'épreuve régionale du concours Droud et je passe la journée à Marseille. Victoire est sur les nerfs et m'appelle toutes les dix minutes. Elle a le trac. Elle ne sait pas comment s'habiller. Elle veut annuler. Elle ne veut plus jamais toucher une seule casserole.

Bref elle frôle l'hystérie.

J'ai toutes les peines du monde à la rassurer. Au bout de vingt minutes je raccroche en espérant qu'elle est durablement calmée.

Je consacre l'heure qui suit à éponger la salle de bain que trois heures de douche de Max ( dont une avec la porte coulissante grande ouverte ) ont transformée en lac. Le miroir est dissimulé sous la buée, le plafond craquèle sous l'action de la chaleur, même le couloir menant à sa chambre est trempé.

Je m'abstiens de râler. Sa routine est son geôlier. Et le nôtre.

À vingt heures, nouvel appel de Victoire. Catastrophé.

— Tout est à l'eau, chuchote-t-elle. Rémi a annulé son weekend.

La télévision hurle dans le salon ( Max en train de massacrer des ennemis sur Call of Duty ) tandis que je prépare le diner. Au départ j'ai voulu une cuisine américaine pour pouvoir profiter de chaque instant en famille.

Mauvaise pioche.

— Je ne peux pas crier, murmure Victoire qui a compris la situation. Attends, je vais dans le jardin.

J'en profite pour changer de pièce.

Enfin du silence.

Puis, de nouveau, la voix de Victoire. Angoissée.

— Le professeur Cromstein a annulé sa venue. Du coup Rémi ne va pas à Monaco.

Je mets un moment à comprendre.

— Mais alors, demain... Il sera ici.

— Oui.

Tout s'était agencé miraculeusement. Par un heureux hasard l'épreuve régionale coincidait avec une conférence médicale à Mona-co. De nouvelles techniques d'implants capillaires révolutionnaires dont les journaux se gargarisent depuis des semaines. Rémi devait partir dès le dernier patient expédié.

C'est dire la surprise de Victoire lorsqu'il est rentré, elle qui s'est débarrassée des enfants pour la nuit et qui avait prévu une soirée relaxante entre un bain bouillonnant aux sels marins et une série télé.

Là, patatras.

— Il veut que je l'accompagne demain au salon des Antiquaires et que nous déjeunions ensuite chez sa tante, à Manosque

— Et...?

— J'ai dit ok. Il m'a prise de court. Je n'ai pas su quoi répondre.

Je détecte un flottement dans sa voix.

— Mais enfin, tu ne vas pas renoncer au concours... Invente une excuse... N'importe quoi.

Pour préserver l'équilibre familial et s'épargner les récriminations de Rémi qui tempête comme un gamin de trois ans, elle est capable de se sacrifier.

Et puis c'est un saboteur de projets hors pair, qui agit insidieusement, par petites touches. C'est ainsi que Victoire a renoncé à écrire un livre de cuisine ( ma pauvre chérie, il y en a des milliers ), à avoir un blog ( qui va le lire? ) et à ouvrir un salon de thé ( à notre époque c'est dépassé ).

Sans oublier le coup fumant du bail du restaurant. Rue Thuret. Le mois dernier.

Je fais une piqure de rappel à Victoire et je la sens se ragaillardir.

— Ne t'inquiète pas, répond-elle d'un ton décidé. On se retrouve demain. Comme prévu.


## SAMEDI 23 JUIN

Je passe une très mauvaise nuit. Dans mon esprit engourdi par un sommeil médicamenteux les évènements des dernières semaines se mélangent à ceux d'hier. Je rêve d'Annie, de Rémi, de Sidonie, de Jean-Loup. Nous sommes tous aux Amaryllis. Je cherche Marc. Victoire a disparu. Max pleure...

Ouf. Je me réveille. Il est cinq heures huit. J'ai le temps de boire deux cafés avant le départ. Voire trois.

Marc trouve que j'ingurgite trop de caféine. C'est mauvais pour le coeur, dit-il.

Peu m'importe. D'ailleurs Balzac buvait cinquante cafés par jour. À vérifier sur Wikipédia : cause décès Balzac. Et âge.

Dehors il fait sombre. J'éteins les deux réveils programmés pour sonner à dix minutes d'intervalle, puis toutes les deux minutes jusqu'à l'arrêt complet. C'est mon côté *anal retentive*. Pas de traduction précise en français.

Tu es méticuleuse, suggère Victoire qui partage ce trait avec moi.

Maniaque, assène Max qui en connaît un bout sur le sujet.

Psychorigide, diagnostique Marc, très sûr de lui.

Vraiment chiante, décrète Clem qui est bordélique.

En tous cas je suis réveillée. Un coup d'oeil sur mon portable ne révèle aucun appel ni texto de Victoire.

Je croise les doigts et je m'habille.

**6h02.** J'arrive sur le parking de Carrefour avec huit minutes d'avance.

La Mini rouge de Victoire attend dans l'allée centrale.

Ouf. J'étais certaine qu'elle calerait. À la dernière minute. La main sur la poignée de porte. La moteur à peine enclenché.

Mais non. Elle est là. Seule. En m'apercevant elle ouvre la porte du côté passager et je m'installe à son côté. Malgré des efforts méritoires côté maquillage elle a l'air crevée et boit à petites gorgées une tasse de café sur laquelle je jette un regard envieux.

— Comment as-tu fait avec Rémi ? Il ne t'a pas trop embêtée ?

Victoire sourit. Un petit sourire stressé. Rien à voir avec son franc sourire habituel.

— Je suis partie en douce pendant qu'il dormait.

— Sans rien dire ?

Je n'en reviens pas. Victoire se rebelle.

— J'ai essayé hier soir. Mais il est parti sur son délire de journée en amoureux et n'a rien voulu entendre.

— Mais, au réveil, il sera fou d'inquiétude.

— J'ai laissé un mot expliquant que je passe la journée avec Clem et toi.

Merci bien.

— Tiens, poursuit Victoire en me tendant son portable. Je te le confie au cas où les enfants appelleraient.

Et avec Rémi, je fais comment ?

Alors que je m'interroge deux voitures se garent de part et d'autre de nous. Le 4x4 de Clem et la berline d'Archibald conduite par son chauffeur.

Archibald ! J'avais oublié qu'il venait.

En le voyant je me sens plus légère. Même Victoire semble rassérénée par son arrivée. Elle cesse de se mordiller la lèvre et esquisse un sourire.

Suit un moment de confusion où Archibald propose de laisser les trois « ravissantes » jeunes femmes entre elles.

— Je ne veux pas m'imposer, argumente-t-il en réalisant l'absence de Jean-Loup requis d'urgence au travail.

Un chœur de protestations s'élève et trois paires de bras le poussent fermement vers le 4x4 de Clem. En moins de deux il est à l'avant. Clem s'installe au volant, Victoire et moi nous engouffrons à l'arrière.

À nous, Marseille.

L'épreuve a lieu dans les locaux d'une école de cuisine. Huit candidats, venus de Nîmes à Menton s'affrontent devant une centaine de spectateurs silencieux, agglutinés sur les gradins de la salle de démonstration. Le jury consiste en un quinquagénaire barbu qu'Archibald reconnaît comme une star culinaire locale et une jeune femme blonde, souriante dont le visage me semble vaguement familier.

— C'est Ludivine Lavigne, m'informe Clem. Elle a vendu un million d'exemplaires de son livre *Les soufflés de Ludivine*.

Ça me revient. Dans ma précédente vie de gourmande j'avais acheté son livre. Et loupé toutes les recettes. Pas un soufflé qui ne s'était effondré à peine sorti du four.

Je devrais lui demander son truc pour les réussir.

— Génial, son livre, renchérit Clem. J'ai réussi toutes ses recettes.

Pouah. Je suis dégoûtée.

Je reporte mon attention vers les pianos où huit candidats s'affairent. Ils pèlent, coupent, émincent, avec des gestes rapides et précis qui me donnent le tournis. Moi qui peine à peler une pomme avec un couteau. Je la coupe en quatre, puis fourchette à l'appui je retire la peau, un quartier à la fois.

— T'en gâches la moitié, remarquait Max enfant.

Jusqu'à ce dimanche, où voulant essayer une nouvelle technique, je m'ampute d'un morceau de phalange et aboutisse aux urgences.

Les pommes pelées, ça existe chez Picard ?

À ma droite Clem prend des notes. Je jette un coup d'oeil sur sa feuille et je constate que nous avons le même jugement. La candidate numéro un nous agace par son côté petite souris première de classe. Toutes les dix secondes elle nettoie son plan de travail. Pas une pelure ne traîne. Elle se croit dans un concours de nettoyage ?

Numéro deux se la joue décontracté. Des grands gestes, des clins d'oeil à l'assistance. Sympa mais trop sûr de lui. Numéro trois est un jeune homme maigrichon qui transpire beaucoup et ne cesse d'essuyer ses mains sur un torchon. Le pauvre, je compatis.

Numéro quatre, Victoire. Elle a tout bon. Décontractée mais pas trop. Affairée mais pas trop. Stressée mais pas trop... Numéro cinq a terminé avant tout le monde, ce qui est favorable... Ou pas.

Numéro six est en retard et semble affolé. Numéro sept est une jolie trentenaire enlaidie par de grosses lunettes en écaille foncée et une salopette en jean trop large. En voilà une qui ne joue pas de son physique pour gagner. À moins qu'elle ne refuse d'entrer en concurrence avec Ludivine Lavigne, qui, elle, ne se prive pas de mettre ses formes en avant.

Quant à numéro huit c'est un quadragénaire, qui, suite à un coup de coude maladroit ayant fait valdinguer un récipient, reprend à zéro sa mousse de saumon. C'est mal parti pour lui.

À ma gauche Archibald bombarde la scène de photos.

— C'est pour Sidonie, m'explique-t-il. Elle regrette tellement de ne pas nous accompagner.

Vu la quantité de photos qu'il prend elle ne manquera pas grand chose. Je lance un regard taquin à Archibald, qui a le bon goût de rougir.

— Votre tante est exceptionnelle, renchérit-il. Elle irradie la joie de vivre.

Je m'apprête à répondre lorsque le portable de Victoire, que j'ai mis sur silencieux, se remet à vibrer.

— C'est encore lui ? demande Archibald, que j'ai mis au courant de la situation.

Eh oui. Toutes les cinq minutes.

Cinquante-trois appels depuis huit heures treize, moment où Rémi s'est réveillé et a trouvé le mot de Victoire. Dix-huit messages vocaux, que je n'ai pas écoutés et seize SMS que je n'ai pas lus.

Quatorze appels sur le portable de Clem, plus six SMS. Et dix-sept appels, quatre messages vocaux et huit SMS sur le mien. Autant dire que l'absence de Rémi se fait sentir. Clem et moi nous éclipsons de la salle à tour de rôle.

D'abord moi, pour répondre à un appel de Marc.

— Que se passe-t-il avec Rémi ? Il m'a appelé, fou de rage. Il pense que Victoire a un amant et que tu la couvres.

Je lui explique les faits.

— Dis à Victoire de l'appeler, dès que possible.

Je change de sujet.

— Et Max ?

— Ça va. Nous venons de rentrer.

— Et la douche ?

Je retiens ma respiration.

— Pas de douche. Il a pris soin de ne rien toucher dehors.

Pas de douche. Est-ce un progrès ?

Un peu plus tard C'est Jean-Loup qui appelle Clem. Même scénario qu'avec Marc sauf que Rémi est désormais furieux.

Pauvre Victoire.

C'est numéro huit qui gagne. Lui-même ne s'y attend pas si bien que lorsque Ludivine Lavigne appelle son nom, il sursaute, trébuche et manque de s'étaler de tout son long. Numéro deux le rattrape et en profite pour le féliciter d'une claque magistrale dans le dos. Pauvre numéro huit rejoint le jury en claudiquant et en toussant.

Applaudissements. Embrassades. Une partie du public se dirige vers la sortie, l'autre vers l'estrade où se tient le jury. Ludivine Lavigne distribue autographes et poignées de main sans retenue, son co-équipier, moins sollicité, bavarde avec les candidats malheureux. Archibald prend des photos.

Victoire est deuxième. Sur le chemin du retour l'ambiance est plombée.

— Tu as mon portable, s'enquiert-elle, coupant court aux félicitations désolées de Clem et d'Archibald.

Je lui tends à regret. L'écran affiche soixante-dix-neuf appels manqués, vingt-sept messages vocaux et trente-huit SMS.

— Tu devrais tout effacer et régler ça en rentrant, suggère Clem.

— Je suis d'accord.

— Moi aussi, si je peux me permettre, ajoute Archibald.

Victoire hésite, le portable à la main, avant de le porter à son oreille.

— J'écoute juste un message.

Je la comprends. J'aurais fait pareil.

Tout en écoutant elle se rembrunit. C'était à prévoir. Sûr qu'il ne lui a pas laissé un message d'amour.

Au lieu de raccrocher elle écoute les autres messages. Puis, les larmes aux yeux, elle lit les SMS.

Dans la voiture personne ne parle.

— Peux-tu mettre de la musique ? demande Victoire au bout d'un long moment.

Clem s'exécute. Pendant tout le trajet elle s'improvise DJ. Un CD d'Adèle. Un soupçon des Stones. Quelques tubes de Mariah Carey. Un concerto de Chopin.

Le tout très fort.

Installés à l'arrière Archibald et moi chuchotons. Je lui raconte pour Marc et comme toujours il déborde de bons conseils.

Et de délicatesse.

— Je me doute que Sidonie n'est pas au courant, précise-t-il. Tout ce que vous me confiez reste entre nous, ma petite Charlotte.

Dans l'obscurité de la nuit tombée sa main noueuse serre la mienne, avant de la tapoter gentiment comme une enfant que l'on rassure.

## DIMANCHE 24 JUIN

Pas de nouvelles de Victoire.

Rien.

Je n'ose l'appeler, de crainte de briser un éventuel armistice avec Rémi. Mais je passe une sale journée, l'oeil glué sur l'écran de mon portable.

À dix-huit heures, enfin, une sonnerie.

C'est Clem qui elle-aussi n'en peut plus.

— Il lui est peut-être arrivé quelque chose, suggère-t-elle.

Je n'osais le dire.

Du coup on se fait un cinéma.

— Il l'a peut-être frappée.

— Elle est blessée.

— Et si on allait voir ?

— Et si on appelait la police ?

— Vous pourriez lui téléphoner, enjoint Marc qui lit un magazine sur le canapé, près de moi.

Retour à la réalité.

Je calme le jeu.

— En fait Rémi l'adore.

— Mouais, répond Clem. Disons plutôt qu'il la cannibalise.

Il est possessif, est-ce si mal ?

Quelle femme ne serait enchantée d'être submergée de fleurs, de diners en amoureux et de voyages lointains ?

Une seule, peut-être. La sienne.

Ce n'est pas de chance pour lui.

Victoire veut un restaurant. C'est tout.


## MARDI 26 JUIN

J'ai l'impression de m'être fait avoir.

Depuis vendredi matin Marc téléphone à Annie de son portable.

Le vrai. L'officiel.

Et j'espère, le seul.

Sur le moment j'étais d'accord.

— Je l'appellerai de temps en temps. Elle est fragile. Je la soutiens pour son test.

Sauf que nous n'avons pas la même conception de « de temps en temps ».

Après vérification il l'a « soutenue » pendant vingt minutes vendredi matin ( dès qu'il a quitté la maison, ça fait plaisir ) et encore seize minutes ce matin. Personnellement un appel de trente secondes tous les quatre mois collait mieux à la définition.

Passablement énervée je débarque à son cabinet entre deux patients.

— Il faudrait savoir ce que tu veux, se justifie Marc. Tu préfères que je l'appelle ouvertement ou bien que je me cache ?

Traduction instantanée : de toutes manières je l'appellerai.

Je suis prise au piège.

— Si on joue l'honnêteté reconnais que tu as couché avec elle.

Marc hésite. Son visage traduit toutes les étapes de sa réflexion. Oui. Non. Peut-être. Un peu. Beaucoup.

Au bout de quarante secondes il se lance.

— Oui. Mais seulement une fois. Et ce n'était pas terrible.

La goujaterie masculine dans toute sa splendeur.

Dans un registre différent ça donnerait : je ne peux tomber enceinte car je n'ai pas joui.

L'un excusant l'autre.

Ben voyons.


— Tu t'en doutais, fait remarquer Clem, pragmatique. Cela ne change rien.

— Au moins il est honnête, ajoute Victoire, qui a le chic de ne voir que le bon côté des choses.

— Moi je le crois. Il a très bien pu ne coucher qu'une fois avec elle.

Je ne relève pas mais franchement je trouve qu'elles poussent l'amitié un peu loin.

Une seule fois.

Impossible.

— Tu ne sais pas, argumente Victoire. Ils sont tous les deux sportifs. C'est une amitié qui a dérapé.

Je les regarde, attablées avec moi au fond de *Jeannot*, près de l'aquarium aux mosaïques turquoises. Victoire chipote un plat de tagliatelles au saumon qui ne semble pas l'enchanter. Clem est au régime steak-salade depuis qu'elle a voulu s'offrir un nouveau maillot de bain.

Toutes les deux ont la noble ambition de me remonter le moral. Et elles en rajoutent une dose

— Je sais qu'il t'aime, insiste Clem.

— Il traverse une mauvaise phase. Ne le brusque pas, recommande Victoire qui, question patience, en connaît un bout.

Je m'interroge. Ai-je vraiment envie de rester avec Marc ? En vaut-il la peine ?

Il y a des sujets qui donnent la migraine.

Je change de problème.

— Parle-nous de toi, dis-je à Victoire.

Clem et moi sommes restées sur notre faim dimanche soir. Un court texto de Victoire nous a rassurées sur un point essentiel : elle est en vie. Puis un autre a fixé le déjeuner d'aujourd'hui.

C'est peu.

Victoire, qui n'est pas en veine de confidences, tripote une longue mèche de cheveux.

— Il n'y a pas grand chose à dire.

— Mais encore.

Elle esquisse un sourire.

— En fait j'ai tout raconté à Rémi.

Oh.

Clem me regarde, estomaquée.

La mèche de Victoire, triturée à mort, a piètre allure.

— Il a été adorable. Il a même promis de m'accompagner la prochaine fois.

Ouah! Je n'en reviens pas.

— Mais j'ai décidé d'arrêter la cuisine.

— Quoi ?

Clem et moi avons crié en même temps.

— Tu ne peux pas arrêter. La cuisine c'est ta passion.

— Et tu es super douée.

Victoire fait une moue penaude.

— Je continuerai pour mon plaisir. Je ne me sens pas capable de plus.

Je ne suis pas d'accord. Clem non plus.

— C'était ton premier concours. Seconde aux régionales c'est très bien.

Rien à faire. Une vraie bourrique, cette Victoire.

— D'ailleurs, conclut-elle, si toutes les femmes qui cuisinent correctement devaient ouvrir un restaurant...

Les bras m'en tombent.

Et surtout je constate que Rémi est passé par là.

## JEUDI 28 JUIN

Les Amaryllis ce n'était peut-être pas un bon plan.

Pas pour Sidonie qui est enchantée et a déjà entrepris de révolutionner l'établissement.

Mais pour moi. Et ma tranquillité.

Depuis son arrivée lundi matin, Sidonie a tout le temps besoin de quelque chose. Un pull qui est chez elle, sur la troisième étagère du placard de droite. Un livre qui se trouve parmi les six cents volumes non classés de sa bibliothèque. Une écharpe qui se niche dans le quatrième tiroir de sa commode.

Je ne compte plus les allers-retours que je fais entre sa maison et les Amaryllis. Aujourd'hui j'espère faire relâche.

Et bien non.

À sept heures zéro quatre. Premier coup de téléphone de Sidonie.

— Je ne te réveille pas, ma chérie ?

Je suis en train de boire mon café d'une main. De l'autre j'applique mon mascara, tâche rendue ardue par le portable qui est désormais coincé entre ma joue et mon épaule.

Elle enchaîne sans attendre ma réponse.

Depuis son emménagement elle épuise tout le monde.

Jusqu'à Mme Duchemin, la directrice, qui me croisant hier dans un couloir, bardée de sacs et de paquets, a laissé entendre son espoir de se débarrasser d'une pensionnaire encombrante.

— Votre tante déborde d'énergie, dit-elle diplomatiquement. Je ne suis pas certaine que les Amaryllis lui conviennent.

C'était suite à une descente de Sidonie en cuisine pour remanier les menus de la semaine. Juste après sa proposition d'une soirée karaoké pour samedi soir et d'une séance de relooking la semaine prochaine.

Telle une bourrasque elle balaye les habitudes de la maison. Son entrain se révèle communicatif et les pensionnaires, secoués de leur torpeur, emboîtent le pas. Le personnel aussi. Malgré un surcroit de travail et quelques grincements.

Sidonie égrène au téléphone les demandes de la journée. Du chocolat aux noisettes pour sa voisine. Un CD de France Gall pour préparer la soirée karaoké. Un parfum d'ambiance boisé pour masquer l'odeur de désinfectant de sa chambre. Et une écharpe orangée pour avoir bonne mine « je crois que tu trouveras cela à Cannes, dans la boutique qui se trouve en face du marchand de macarons. D'ailleurs si cela ne t'ennuie pas, quelques macarons à la pistache... »

Je suis épuisée. Mais je dis oui à tout.

Max et moi partons à Cannes après le déjeuner. Il va rencontrer pour la première fois le docteur Gourdan et je suis pleine d'espoir.

— Tu crois qu'il va me guérir ? s'enquiert Max en chemin.

— Bien sûr que oui. Avec l'aide de médicaments, si tu es d''accord.

— Je veux guérir.

L'ai-je déjà dit ? Je suis pleine d'espoir.

Quelques minutes plus tard nous sommes dans le salle d'attente qui est toujours aussi zen. Larges fenêtres ouvertes sur un jardin et le chant des oiseaux. Aucun bruit de voitures. La campagne à la ville.

Max est moins sensible que moi à l'ambiance. Il se promène de long en large.

— Ça va être long ?

— Mais non, poussin. Viens près de moi.

Il refuse, puis, l'attente se prolongeant, finit par s'assoir sur un coin de canapé dont il a pris soin d'inspecter la propreté.

Le psy arrive avec cinquante-cinq minutes de retard.

Pas un mot d'excuse. Impossible de savoir s'il était avec un patient suicidaire ou en rendez-vous amoureux.

Je suis passablement irritée mais je ne laisse rien filtrer. Je me remémore que je suis pleine d'espoir.

La consultation dure quarante minutes. Max ne desserre pas les dents. Je propose de les laisser seul, après tout le patient c'est lui, mais M. Gourdan m'enjoint de rester.

— Il a besoin de vous. Vous êtes sa seconde peau.

Allons bon.

Je fais l'historique des TOCs de Max. Je décris les difficultés qu'ils lui posent dans sa vie de tous les jours. Bref je répète ce que j'ai déjà dit la semaine dernière.

Max hoche la tête de temps en temps.

M. Gourdan part dans un délire philosopho-psychanalytique qui me passe carrément au-dessus de la tête.

— C'est un peu compliqué pour toi, dit-il à Max, mais ta maman qui est intelligente t'expliquera tout cela.

Il me regarde en souriant. Je souris en retour pour ne pas perdre la face et passer pour « une maman non intelligente ».

Quelques minutes plus tard nous sommes sur le trottoir, munis d'une longue ordonnance.

Max n'a pas dit un mot mais M. Gourdan est satisfait.

— Désormais Max sait que quelqu'un le comprend. N'est-ce-pas, Max ?


Le reste de l'après-midi file d'autant plus vite que j'ai trois dossiers qui languissent sur mon bureau. Et que je n'ai pas une minute pour travailler.

Tout d'abord je profite de la présence de Max dans les rues de Cannes pour renouveler sa garde-robe. Une paire de baskets, un jean, deux T-shirts, rien de plus simple, n'est-ce-pas ? En une heure c'est réglé.

Détrompez-vous.

Premier stop, les baskets. Max, que la mode indiffère, pointe vers deux ou trois modèles. Le vendeur les amène et là ça se complique.

Max ne peut enlever ses propres baskets ( elles sont sales ). Je m'y colle sous l'oeil abasourdi du vendeur. Dans la foulée Max refuse toucher les baskets neuves ( elles aussi sont sales ). Le vendeur s'approche pour aider et Max fait un bond en arrière de trente centimètres.

Le vendeur, qui est noir, regarde Max d'un air suspicieux. Je sens qu'il nous prend pour des racistes.

Du coup je me lance dans des explications.

— Ne faites pas attention, il a un TOC de la propreté.

Le vendeur sourit largement. Il comprend bien le problème. La belle-soeur du cousin de sa petite amie a aussi un TOC. Elle refait les mêmes gestes quinze fois, se lave les cheveux trois fois par jour...

Vite, je l'interromps de crainte que cela ne donne à Max d'autres idées de TOCs.

Je m'accroupis pour lui enfiler les baskets neuves. Et croyez-moi enfourner des pieds taille 45 dans des baskets ce n'est pas évident. Je pousse, j'appuie, je transpire. Et je sens sur moi les regards interrogateurs des autres clients.

— Ça va, fait Max, pressé d'en finir.

Je l'oblige à se lever et à faire quelques pas. Les autres clients nous observent du coin de l'oeil. J'entends le vendeur expliquer à l'un d'entre eux que Max a un TOC.

Dix minutes plus tard nous sortons de la boutique. Max a gardé les nouvelles baskets. Je porte un sac contenant les anciennes ainsi que deux autres paires. Le même modèle dans la taille supérieure. De quoi être tranquille au moins six mois.

Direction la voiture. Pour le jean et les T-shirts on verra une autre fois.


— C'est son psy qui lui a prescrit tout cela ? me demande la pharmacienne qui me connaît bien. C'est lourd comme traitement.

Deux antidépresseurs, un le matin et un autre le soir. Des doses faibles qui vont être progressivement augmentées.

La guérison à quel prix ?

Je me plonge dans les notices. Risque de suicide, crises d'angoisse exacerbées, colères, léthargie. Sans oublier la petite phrase, anodine : les effets secondaires peuvent être amplifiés chez les adolescents.

Pendant ce temps Max est sous la douche et ce n'est pas un bon jour. Je lui tiens compagnie tout en préparant le diner.

De temps à autre je l'encourage à émerger.

Calmement. Surtout ne pas m'énerver lorsque la peinture du plafond ( refaite à grand frais l'an dernier ) cloque sous l'effet de la buée et de la chaleur. Ne pas râler lorsque trois draps de bain ne parviennent pas à éponger le sol. Ne pas me plaindre lorsque je glisse sur ledit sol trempé et m'écrase le menton contre le bord du lavabo.

— Le psy t'a dit de ne pas me stresser, intime Max qui n'a retenu de la séance que ce qui l'arrange.

Calme et douceur. Calme et douceur.

À appliquer à toute la gente masculine de la maisonnée.

— Et puis j'suis pas encore propre.

Je lui assure que trois heures passées sous l'eau garantissent une hygiène irréprochable.

Oui, même dans le creux du coude. Même entre les doigts de pieds qu'il n'a frottés que treize fois au lieu de quinze.

Il hésite. Je retiens mon souffle. Il sort un pied de la douche, puis un deuxième.

— J'suis pas propre.

— Mais si, mon canard, tu es totalement propre.

— J'vais y retourner juste un petit coup.

Non. Non. Non.

Calme et douceur.

Discussion. Persuasion.

Il enfile son pyjama.

Ouf.


— Ce sont des psychotropes, avise Marc en lisant l'ordonnance. Tu as noté les effets secondaires ?

Je lui ai décrit la séance avec M. Gourdan. Nous passons en

revue les dernières semaines, le mal-être de Max, ses crises d'angoisse, les pleurs, les colères, la douche. Je me retiens de lancer des accusations qui feront glisser la conversation en terrain miné.

Marc est tendu, inquiet. Lancer son fils de quatorze ans dans la spirale médicamenteuse ne l'emballe pas.

Nous hésitons. Pour une fois nous sommes soudés, tous les deux tendus vers un seul but, la guérison de Max.

C'est Max qui clôture la discussion.

— Maman, ils sont où les comprimés du psy ?

Marc et moi nous regardons.

— Tu veux les prendre ?

C'est Marc qui lui pose la question. Max écarquille les yeux.

— Ben oui, moi j'veux guérir.


## VENDREDI 29 JUIN

La nouvelle tombe à 14h47. Archibald a acheté un restaurant.

À Los Angeles, ville où il n'a pas mis les pieds depuis plusieurs décennies. Lors de son dernier séjour fois Steven Spielberg n'était qu'un illustre inconnu et Marlon Brando n'avait pas tourné *Le Parrain*. C'est dire...

Alors un restaurant...

Il me tend un menu, sorte de grand dépliant plastifié et moyennement propre.

— Les pancakes sont leur spécialité, m'explique-t-il.

Goopy's Pancakes.

Pas de doute.

Au menu une trentaine de pancakes. Du classique au sirop d'érable à ceux aux pépites de chocolat et noix de pécan avec sauce au caramel. Plusieurs variétés originales de french toast ( autrement dénommé pain perdu ), des omelettes bien costaudes accompagnées de pommes sautées, quelques plats d'inspiration mexicaine ainsi que des tartes aux noix ou aux pommes dégoulinantes de glace à la vanille.

Bref, on n'est pas au royaume de la cuisine légère.

Et les photos...

Une famille de quatre personnes normalement constituées ne viendrait pas à bout d'une portion de pancakes. On est loin du rapport ( petite portion/prix élevé ) hexagonal.

Archibald rayonne.

— Grâce à Karl nous avons conclu en trois jours, m'explique-t-il.

Il se tourne vers le jeune maigrelet dont je viens de faire connaissance.

— J'ai fait un MBA à L.A et je connais bien le propriétaire de G.P. Lorsque il m'annoncé vouloir vendre j'ai aussitôt pensé à M. Deschanel. C'est une affaire en or.

Je tente de rester objective et de tenir dix secondes avant de me faire une opinion ( défavorable ) de Karl Niedamar.

Pas facile. Son penchant pour les abréviations m'horripile. MBA. LA. GP. Et moi il compte m'appeler comment ? CR ?? Son côté roquet ambitieux jappant au côté de son maître me chatouille désagréablement les nerfs.

Bref je l'avoue. Il me déplaît. Sans raison. Comme ça. Gratuitement. À vue de nez.

C'est d'autant plus regrettable que je vais me le coltiner.

— Karl part demain à Los Angeles et il vous transmettra les documents en anglais. Vous allez être très occupée, Charlotte. Il faudra aussi me traduire les devis concernant la rénovation du restaurant, les bilans comptables, etc. Vous serez en contact permanent avec Karl.

Charmante perspective qui ne semble pas ravir le jeunot plus que moi. Il m'adresse un large sourire mais son regard reste glacial.

Brrr. Non, décidément il ne m'emballe pas.

Je ne m'en ouvre pas à Archibald lorsque nous sommes enfin seuls. Cette affaire lui donne un nouvel élan. Ses yeux brillent, sa voix a retrouvé un éclat qu'elle avait perdu. Il déborde d'idées de décoration, de menus, de marketing, de créations de franchises...

Et il garde toute sa lucidité.

— Tout cela doit vous sembler précipité, ma chère Charlotte. Mais à mon âge je n'ai pas de temps à perdre. Il faut vivre pleinement, Charlotte. Il faut vibrer.

Il a raison.

Il faut vibrer.

Ah pour ça, moi je vibre.

Pas dans le sens où l'entend Archibald.

Malgré tout, à peine rentrée chez moi, je vibre.

Max qui braille de la salle de bain en réclamant un savon neuf. Comme tous les soirs. Depuis deux mois. Les savons « contaminés » alourdissent les étagères de la salle de bain et allègent mon porte-monnaie.

Sidonie qui appelle six fois. Pour demander un disque de Trenet. Une boule laser pour la soirée karaoké. Des haut-parleurs. Des posters pour égailler la salle.

Et qui insiste.

— Je compte sur Marc et toi demain soir. Il y aura Archibald.

Post-it mental : trouver une excuse en béton.

Marc qui continue d'appeler Annie « de temps en temps ». Trois appels en deux jours. Plus cinq appels de quelques secondes ( juste le temps de lui dire que le champ est libre ? )

Oui, je vibre.

Je vibre tellement que je suis quasiment en apnée.

# JUILLET

**ESSAYÉ :** *tout dans tous les magasins, les chics, les moins chics, les chers, les pas chers et les moyennement chers.*

**ACHETÉ :** *beaucoup et sans remords. Fuis les soldes d'été. Me félicite des économies réalisées et les réinvestis aussitôt dans la nouvelle collection d'hiver.*

**TEMPS PASSÉ SOUS LA DOUCHE PAR MAX :** *2h35 par jour avec des pics à 3 heures. Ai reçu une brochure avec les tarifs d'eau pour les entreprises.*

**NOMBRE DE LINGETTES UTILISÉES PAR MAX :** *732 par jour et bien plus de mouchoirs en papier. Vide les rayons trois fois par semaine dès l'ouverture du supermarché. Assume d'un air dégagé le regard furibond du magasinier.*

## MARDI 3 JUILLET

On le sait, la curiosité est un vilain défaut.

Malgré tout je voudrais savoir ce qu'ils se disent.

Pas leurs mots d'amour.

Mais les mensonges de Marc ? Les plans qu'ils échafaudent ? Ce que cachent ses promesses souriantes et son visage trop lisse ?

Ça oui, je veux le savoir.

Du coup, un soir de grande déprime insomniaque, je commande l'objet de ma convoitise : un mouchard espion.

Un petit boitier bleu roi, tout mignon, arrivé hier avec un chargeur et une minuscule notice écrite en un français incompréhensible. Visiblement traduite du japonais à l'anglais au finnois, avant d'arriver au français avec grosse déperdition de compréhension à chaque étape.

Bref je n'y comprends rien.

Et ça ne marche pas. Je l'ai collé sous le siège conducteur de la Golf. L'engin est censé se déclencher à la voix et enregistrer la conversation. Marc passant son temps à téléphoner sur haut-parleur cela me paraissait un bon plan.

Sauf que...

Rien.

Des grésillements. Un bruit de moteur qui étouffe quelques mots çà et là. Un long silence. Encore des grésillements.

Depuis vingt minutes Clémentine et moi testons à nouveau la bestiole. Sans succès.

— On fait un dernier essai, insiste Clem.

— Ok. Je le branche et on attend trente secondes avant de parler.

Silence.

On se regarde comme des gamines, en se retenant de pouffer de rire. J'ai à peine compté jusqu'à vingt que la porte du bureau s'ouvre avec fracas.

La voix de Jean-Loup est tonitruante.

— Que faites-vous les filles ?

— On fait un test, répond Clem en ajustant l'engin en mode écoute.

Bof.

On entend la voix de Jean-Loup de loin, de très loin. Celle de Clem est inaudible alors qu'elle se trouve à trente centimètres du micro.

— C'est de la camelote votre truc, tranche Jean-Loup en l'examinant. Le capteur est trop faible.

Il semble s'y connaître.

— Tu n'imagines pas les exigences des clients, m'explique ensuite Clem. Et puis il dispose d'une expertise acquise sur le terrain : sa femme le trompait.

— D'où leur divorce ?

— Au bout de deux ans de promesses non tenues. Il était raide dingue d'elle.

Je comprends. Notamment que j'ai un redoutable allié en la personne de Jean-Loup. Et si besoin un instructeur hors pair, en matière d'espionnage.

Pour l'instant je m'en tiens à mon instinct.


Clem me propose de déjeuner à la cantine de l'hôtel mais je préfère rentrer. Depuis le début des vacances Max n'est sorti qu'une seule fois. Pour aller chez le psy.

Son activité physique est réduite à des déplacements chambre-salon-cuisine et à la gymnastique des pouces : manettes de jeux, textos et télécommande. Marc voit rouge.

Cela commence au réveil.

— Que comptes-TU faire avec lui aujourd'hui?

Car c'est bien connu, occuper un ado durant huit semaines d'été est uniquement du ressort maternel. Surtout lorsque ledit ado pose problème et refuse toute proposition, aussi créative soit-elle.

J'avance un projet, sans doute peu convaincant, car au moment de sortir, il enchaîne.

— Il fait un temps superbe. Je ne vais pas supporter qu'il passe tout l'été à l'intérieur.

Ça c'est le désavantage d'habiter une région ensoleillée. En Finlande lorsque le soleil disparaît à quinze heures on peut se réfugier sous la couette en toute impunité.

Pas sur la Côte d'Azur.

— Il est tout blanc, c'est malsain.

Il n'a pas tort. En fait il a même raison.

Seulement voilà. À peine Marc parti je suis en proie aux arguments de Max, qui suivant leur logique tortueuse, m'enserrent comme autant de bras d'une pieuvre dont je ne parviens à me défaire.

Le principe de base est simple : Max refuse de sortir afin de s'épargner le calvaire de la douche. De son point de vue, c'est logique.

Aucun argument ne l'ébranle.

Certainement pas ceux de Marc ( après ce qu'il a fait, il n'a pas d'ordre à me donner ).

Ni même les miens.

Zazou, elle peut venir ici.

Les copains, ils peuvent jouer à la PS4 ici. De toutes façons, on joue en ligne.

J'aime pas le sport.

Ni la plage.

Ni le soleil.

Sans oublier l'argument suprême :

— M. Gourdan a dit qu'il ne faut pas me contrarier.

Ah oui. Je le retiens celui-là.

C'était jeudi dernier, en fin de consultation. Je voulais qu'il encourage Max à sortir avec des copains, à s'inscrire au club de voile.

À reprendre des activités normales.

— C'est à lui de décider, assène l'expert. Il ne faut pas le contrarier.

Bravo.

Max s'est engouffré dans la brèche.

Depuis impossible de le faire bouger. Aujourd'hui, malgré le soleil et les invitations de Jules et de Zazou, il ne mettra pas un orteil dehors.

Je m'installe à mon ordinateur. Trente-huit mails de K.N ( Karl Niedamar ! ) m'attendent.

Je traduis les contrats d'embauche, les devis de décoration, ceux de modernisation de la cuisine, la liste des fournisseurs, le ravalement de la façade... Archibald veut être au courant de tout, y compris du chiffre d'affaire quotidien de Goopy's Pancakes, avec répartition par plats consommés. K.N, avec l'énergie d'une jeunesse ambitieuse, me bombarde de mails, dont certains envoyés en pleine nuit.

Je suis débordée, et ravie.

Tous les jours je vois Archibald pour lui remettre les traductions. Des mails seraient plus efficaces, ai-je suggéré, mais il m'a ri au nez.

— Ce n'est pas pour moi ces engins-là. Je préfère le papier.

Je dépose donc les dossiers chez lui et il en profite pour me prodiguer des conseils.

— Votre époux est empêtré dans une situation qui le dépasse. Il a fait des promesses qu'il ne tiendra pas. Elle s'accroche. Donc, bien sûr, il lui téléphone.

Certes, mais je suis au bord de l'explosion, version cocotte minute.

— C'est classique, conclut-il avec la certitude de l'expérience. Ne le brusquez pas.

Je n'adhère pas. Je n'ai qu'une envie : secouer Marc, secouer Annie. Tout casser.

C'est pourquoi je préfère les jours où je retrouve Archibald aux Amaryllis, dans un coin du salon que Sidonie s'évertue à rafraîchir malgré le veto de Mme Duchemin.

Ce matin elle s'est attaquée au mobilier. Avec l'aide du kiné et du second en cuisine deux canapés se sont rapprochés de la cheminée, rejoints par des tables basses couvertes de magazines et de bonbons. Quatre fauteuils se sont installés devant les baies vitrées donnant sur le jardin, une table de bridge a fait son apparition et les chaises se sont regroupées.

Bref de froid et impersonnel, le salon est devenu convivial.

— Avec quelques coussins sur les canapés ce serait parfait, lance Sidonie.

C'est dit légèrement, l'air de rien, sans y toucher.

Archibald tombe aussitôt dans le panneau.

Une demi-heure plus tard il repart avec sa feuille de route : trois coussins bleu roi, deux blancs, un rose et blanc, deux rose pâle, trois à carreaux bleus et blancs. Et quelques jetés de canapés qui réchaufferaient la pièce, si possible écru, ou bleu clair, même si rose pourrait...

— Où vais-je trouver cela ? demande Archibald au moment de grimper dans sa voiture.

Je me creuse la mémoire. La déco, comme la cuisine, n'est pas mon fort. Une demi-douzaine de coussins fatigués orne mon canapé. Impossible de me souvenir d'où ils viennent.

Vite un appel au secours à Clem. Trois adresses plus tard je propose à un Archibald reconnaissant de l'accompagner.

Les magasins de déco ce n'est pas son truc non plus. Mais il apprend vite. Grâce au combiné porte-monnaie rempli - vendeur motivé nous ressortons les bras chargés d'objets inutiles qui vont faire la joie de Sidonie. Porte-revues, lampes de lecture, lampadaire à éclairage diffus, galettes de chaise, et même une télévision à écran plat taille XXL qui risque d'enthousiasmer les plus jeunes convalescents.

Que dira Mme Duchemin ?


## MERCREDI 4 JUILLET

Une audience m'attend à huit heures au Tribunal de Grasse.

J'échappe ainsi au courroux de Mme Duchemin dont Marc m'a donné un avant-goût hier soir.

— Elle veut te rencontrer. Elle est furieuse contre Sidonie qui s'est toquée de dépoussiérer les Amaryllis. Raisonne-la sans quoi elle sera virée.

Je prends l'air vague, bien décidée à ne pas m'en mêler. Marc, qui déteste les heurts, est contrarié. Il a insisté pour caser Sidonie et se sent coupable des perturbations.

Quant à moi... je laisse faire.

Après l'audience je file chercher Max qui a rendez-vous avec M. Gourdan.

Il refuse de m'accompagner.

— J'peux pas sortir aujourd'hui.

— Allez dépêche-toi. On va être en retard.

— J't'en supplie, ne me force pas.

Il fond en larmes.

— Tu lui expliqueras ce qui ne va pas.

— Pas aujourd'hui. J'peux pas.

Le temps passe. Il faut partir. Vite.

— J'suis triste. J'déteste ma vie.

Moi aussi, mais c'est normal. Par contre mon petit bout qui déteste sa vie ? Non. Non.

— Viens donc. Il t'aidera.

— Il a dit de ne pas me forcer. J'veux pas y aller.

Quatorze heures dix. Le rendez-vous est dans vingt minutes. Trop tard pour annuler.


Être bien élevée est un tort.

N'ayant pas osé remettre le rendez-vous je me retrouve en tête-à-tête avec M. Gourdan.

Et il m'énerve.

Au plus haut degré.

Dans mon ignorance je pensais qu'on allait chez un psy pour se sentir mieux.

Et bien, pas du tout.

Le bonhomme a le chic pour appuyer là où ça fait mal.

Au sujet d'Annie.

— Elle ne lâchera pas facilement. Les femmes sont ainsi faites qu'elle considère qu'il est son homme.

Au sujet de Marc.

— C'est un faible. Il est incapable de trancher. Vous devez l'aider mais cela sera long.

À mon sujet.

— Avez-vous envisagé une thérapie ?

Mais pour Max il reste optimiste. Convaincu de pouvoir le guérir.

— C'est un garçon brillant. Vous verrez.

Ouf. Car pour le reste je sors de la séance totalement déprimée. Mon avenir est bouché, ma vie sombre, mes problèmes écrasants.

Je suis énervée. Ma migraine revient au galop.

Et surtout je déteste les psys.

Tous les psys.


Dans l'état où je suis impossible de conduire. Une bonne marche le long de la rue d'Antibes, voilà ce qu'il me faut.

Je démarre d'un bon pas, mais... Ce sont les soldes...

Voilà bien quinze ans que je ne fais plus les soldes, excepté pour Max. Des baskets, des T-shirts. Rien de bien palpitant.

Mon allure ralentit. Je m'arrête devant les vitrines. Je flâne.

Premier stop, j'achète des sandales plates, genre spartiates.

Deuxième stop, je craque pour des sandales en vernis rose à haut talon.

Troisième stop, une robe moulante dos nu, taille 36.

Quatrième stop, deux jeans skinny blancs taille 25. Eh oui, j'ai encore minci. Sans régime. Il y a quand même une justice en ce bas monde.

Dernier stop, un adorable blouson en cuir gris clair Maje qui sera parfait pour l'automne.

Résultat des courses : les rabais consentis étant de quarante à cinquante pour cent, j'ai économisé trois cent trente-sept euros.

Si besoin, c'est ce que j'objecterai à Marc.


## JEUDI 5 JUILLET

**18h11.** Je suis chez Archibald en pleine conférence téléphonique avec son avocat californien lorsque mon portable sonne.

En le basculant sur silencieux j'aperçois sur l'écran la photo de Victoire. Rien d'urgent, je la rappellerai ce soir.

Sauf qu'elle rappelle. Encore. Et encore. Mon portable ne cesse de vibrer. Archibald me lançant un regard interrogatif je lui montre mon écran. Sept appels de Victoire en dix minutes.

— Appelez-la, insiste-t-il dès la communication terminée. Ce doit être urgent.

Ça l'est.

Victoire est dans un état de surexcitation avancé.

Le gagnant de Marseille. Numéro huit. Celui qui avait renversé sa mousse au saumon et trébuché lors de l'annonce de sa victoire. Celui-là même qui doit disputer la finale du concours samedi à Paris.

S'est cassé le poignet en faisant du trampoline avec son fils.

— Et donc...

— Je dois le remplacer.

Près de moi, Archibald trépigne d'impatience. Je mets Victoire en pause le temps de lui annoncer la nouvelle.

— Dites-lui que nous l'accompagnons, réplique-t-il.

— S'il y a de la place dans les avions, répond Victoire qui a entendu.

— Jean-Loup va nous arranger cela. Laisse-moi faire.

Seulement voilà, deux minutes plus tard, le principal intéressé est plutôt pessimiste.

— J'essaie depuis hier d'avoir des billets pour des clients. Avec les départs en vacances c'est mission impossible.

J'insiste.

— Fais quelque chose. Au moins un billet pour Victoire.

— Je vais essayer.

À sa voix je comprends que c'est perdu d'avance.

Zut et zut.

Que faire ?

Archibald tranche.

— Nous allons emprunter le Boeing de la société.

— ??

— C'est un 737. Même les enfants peuvent venir.

Pendant qu'Archibald s'occupe de la logistique, je rappelle Victoire.

Son emballement premier a laissé place au découragement. C'est ainsi qu'elle fonctionne. La joie face à la réalisation de ses ambitions, suivie de crainte face aux obstacles, puis de renoncement.

Le principal écueil se nomme Rémi.

Je joue à l'idiote et en rajoute carrément trois couches.

— Quel est le problème ? Puisqu'il a proposé de t'accompagner lors d'un prochain concours. Il sera heureux pour toi.

Bien sûr. Dans un monde idéal et dépourvu d'égoisme où les époux s'encouragent et se soutiennent mutuellement.

— En fait…, avance Victoire.

— Oui…

— Il préfère que je ne cuisine pas hors du cercle familial.

Nous y voilà.

— Autrement dit il te pourrit la vie si tu ne te plies pas à ses « préférences ».

Silence.

— À toi de décider, ma chérie. Mais tiens-moi au courant. Pour les billets d'avion.

Je repose mon téléphone au moment où Archibald termine sa conversation.

Il est livide.

— Il refuse de me le prêter. Mon propre fils, auquel je lègue une multinationale, m'interdit l'usage d'un avion dont j'ai moi-même ratifié l'achat.

— Il est peut-être indisponible, dis-je pour l'apaiser.

— Du tout. Ce serait de l'abus de bien sociaux, m'a-t-il dit. Alors que je suis prêt à régler le déplacement.

— N'y pensez plus Archibald. Nous trouverons un autre moyen.

Mais lequel ?

Je viens de recevoir un texto de Jean-Loup. Zéro place d'avion disponible. Zéro place de train disponible.

Aïe.

Archibald n'en démord pas.

— Et lorsqu'il utilise le Boeing pour une partie de golf à Saint-Andrews ? Ce n'est pas de l'abus de biens sociaux ?

Que répondre ? À part que Junior est odieux, ce que nous savons tous.

Au même moment appel de Victoire.

— Je vais à Paris. Avec les enfants.

— Et Rémi ?

— Il boude et refuse de nous accompagner. Tant pis pour lui.

Ou tant mieux. Un en moins à caser en avion.

— Tu as les billets ? L'épreuve débutant samedi à 10h, le mieux serait de partir demain soir.

Je l'informe du problème et aussitôt elle a la solution.

Que n'y avais-je pensé plus tôt ?


## VENDREDI 6 JUILLET

**5h58.** Le sac est bouclé, Marc s'assure qu'il a pris ses lunettes de vue, Max joue déjà à Angry Birds. Nous attendons devant la villa le mini-van qu'Archibald a loué.

C'était l'idée de Victoire.

— J'irai à Paris en voiture.

Elle qui n'aime pas conduire. Mille kilomètres avec les enfants à bord. Faut-il qu'elle soit motivée.

Puis Archibald s'en est mêlé. Ainsi que Jean-Loup. Et Clem.

Et même Marc qui a annulé ses consultations pour nous accompagner et se relayer au volant avec Jean-Loup.

Résultat : avec les enfants nous sommes neuf. C'est le ramassage scolaire version gastronomique. Jean-Loup et Clem sont montés à bord les premiers, avec des croissants chauds et du café. Victoire et ses enfants ont fait provision de sandwichs et de sablés aux amandes.

Archibald, que nous récupérons en dernier, est encombré de brownies et cupcakes.

— Et moi, ai-je demandé à Victoire, que puis-je préparer ?

— Heu…, des oeufs durs ?


Je ne suis pas vexée.

D'ailleurs tous mes oeufs trouvent preneurs. Les enfants en raffolent, surtout agrémentés de mayonnaise. En tube, évidemment. Celle que Victoire et Clem méprisent mais que les infortunées de mon genre bénissent.

Marc en profite pour badigeonner le sandwich au saumon et cresson de Victoire. Elle n'ose rien dire mais lance un regard noir à Léa qui fait de même. Jules attend que sa mère détourne son attention pour l'imiter.

Quant à Max je suis tellement heureuse qu'il nous accompagne que je suis prête à passer sur tous les écarts diététiques. Même les croissants et les brownies dont il se bourre depuis le départ.

Le voyage dure treize heures. Il est entrecoupé de huit arrêts-pipi ( deux par enfants, à déclenchement non-simultané, et deux autres pour Victoire qui commence à stresser ). De trois haltes dues à des erreurs de navigation ( les hommes refusent de brancher le GPS et planchent sur une carte routière périmée ). Ainsi que d'une pause forcée de quarante minutes sur le bas-côté pour cause de panne d'essence à trois kilomètres de la station.

À vingt-et-une heures nous faisons une entrée remarquée à l'Hôtel Bonaparte, cinq étoiles réputé de la rive gauche, où Jean-Loup a obtenu des chambres à prix cassé.

— On se retrouve dans dix minutes pour dîner, décrète Clem qui est increvable.

Marc me lance un regard suppliant.

Non merci, pour nous ce sera plateau-repas dans la chambre.

Idem pour Archibald. Ainsi que pour Max et Jules qui se réjouissent de passer une nuit blanche à jouer sur leurs téléphones. À son tour Victoire décline l'offre de Clem et, suivie de Léa, se dirige vers sa chambre en baillant.

— Quelle bande de mollassons vous faites, râle Clem tandis que Jean-Loup la tire vers leur chambre.

Au regard qu'ils échangent je me demande s'ils vont diner.

— Pardonne-moi, murmure Marc, la tête sur l'oreiller.

Je suis blottie contre lui. Notre fenêtre ouverte sur les toits de Paris, cette chambre d'hôtel au style Régence si éloigné de notre ameublement moderne, son éclairage tamisé, les draps de satin qui s'entrouvrent sur le lit...

Nous n'avons pas dîné.

Avec la fougue d'une passion retrouvée nous avons testé la bergère, le canapé, le tapis de l'entrée, et jusqu'à la baignoire. Avant de nous jeter, épuisés, dans le nid douillet des oreillers satinés.

— Je t'aime, ajoute-t-il avant de s'endormir. Je t'aime.

## SAMEDI 7 JUILLET

**8h01.** Nous arrivons au studio de télévision où sont filmées les épreuves jusqu'à celle, ultime, de demain.

Deux assistantes fébriles s'emparent de Victoire. Direction maquillage ( interdiction de fond de teint dégoulinant à l'antenne ), coiffure ( on n'économise pas sur la laque et les attaches de cheveux) et cabine d'habillage ( pas de clash de couleurs entre les candidats ).

Nous nous installons sur les gradins.

Et nous attendons.

Les enfants baillent.

Archibald lit. Marc aussi.

Clem et Jean-Loup bavardent à mi-voix.

Je m'ennuie.

Une foule de techniciens et d'assistants s'affaire sur le plateau. Cadrage. Essais d'éclairage. Les candidats s'installent devant les plans de travail. Un assistant étudie la scène, puis les déplace.

Victoire quitte le centre pour l'extrémité droite. Le barbu jovial qui était son voisin file de l'autre côté. Une grosse dame brune se décale d'un cran. Et ainsi de suite.

Tandis que les huit candidats jouent aux plans de travail musicaux les enfants s'endorment.

À onze heures Nicolas Droud prend enfin le micro. Les candidats sont priés de composer un plat à base de canard, les ingrédients devant être puisés dans le garde-manger improvisé au fond du studio.

— C'est encore long ? soupirent les garçons tout juste réveillés.

Je sens pointer le leitmotiv. Comme lorsqu'ils étaient petits. En voiture.

— Au moins deux heures, répond Marc qui devrait savoir qu'il y des mensonges pieux.

— J'ai chaud, avise Jules.

Un caméraman se retourne et nous foudroie du regard.

Je fais signe aux garçons de patienter.

Deux minutes plus tard mon portable vibre. C'est Max, assis à deux places de moi, qui m'envoie un texto.

&lt;G faim.&gt;

Réponse : &lt;attends.&gt;

&lt;Ta rien a boir ?&gt;

Merci pour l'orthographe.

Réponse : &lt;non.&gt;

&lt;On veu partir.&gt;

Je ne réponds pas. Le portable file dans mon sac.

Il vibre. Je le ressors.

&lt;C chian ici.&gt;

Marc, qui a lu l'échange, se penche à mon oreille.

— Je sors avec eux.

Excellente idée.

À quinze heures les bonnes nouvelles tombent : Victoire est

sélectionnée pour la demi-finale et nous avons quartier libre jusqu'à demain.

Cela tombe à pic car nous sommes tous sur les rotules.

Archibald, qui rechigne à s'admettre épuisé, s'engouffre malgré tout dans un taxi. Direction sa chambre d'hôtel où quelques comprimés devraient venir à bout d'un mal de dos tenace. À son âge le trajet en voiture d'hier n'était pas très raisonnable.

Clem et Jean-Loup disparaissent sans donner d'explication. Et Victoire est soumise au chantage de Léa.

— On va chez Uniqlo. Tu m'as promis.

Victoire fait la moue.

— Si, si, insiste Léa en secouant sa chevelure. Tu as promis hier matin, quand tu t'habillais.

Le genre de promesse arrachée à l'aube en échange de dix minutes de paix.

Ça ne devrait pas compter ce genre de promesse.

Eh bien, si. Ça compte.

Fière de son succès Léa adresse une grimace aux garçons qui refusent de se laisser entrainer « à faire des trucs de fille ».

Après concertation ils sont autorisés à explorer les rues de Paris en binôme, reliés au fil parental par leurs téléphones portables.

— Pas de bêtises, hein ? rappelle Victoire.

— Faites attention en traversant.

Je sais. C'est plus fort que moi.

En retour je reçois deux regards navrés.

— On peut aller au ciné aussi ? demande Jules.

Victoire acquiesce en soupirant et ajoute trente euros à leur pécule.

Les voilà partis, seuls dans Paris.

— Va falloir que tu t'habitues, Maman, ajoute Max en guise d'au revoir. Dans trois ans j'suis majeur.

Ah l'angoisse... Ne pas savoir où il est... En voiture... La nuit... Avec qui.. Les conducteurs sous influence... Ceux qui s'endorment au volant... Ceux qui prennent l'autoroute à contresens... Les maladies... Le sida....

Dans trois ans quatre mois et huit jours.

Ne pas y penser.


**18h22.** Marc et moi lisons au lit mais j'ai bon espoir d'enchaîner sur une activité moins intellectuelle.

Au moment où ma jambe entame un rapprochement stratégique, appel de Jules.

Mon sang ne fait qu'un tour.

Ça y est, Max a eu un accident. Il s'est fait renverser par une voiture. Il a été agressé. Son iPhone. Mon Dieu, je lui ai toujours dit de donner son iPhone, son argent, ses chaussures...

Je décroche, affolée.

— Allo Charlotte, c'est Jules. On a un problème.

Son débit est lent . Derrière lui j'entends Max qui l'enjoint de se presser.

— Vas-y, dis-lui.

Ouf, il est en vie.

C'est d'humeur bienveillante que j'écoute Jules.

— Ben voilà on est aux Champs et j'ai plus de sous pour rentrer.

Je me remets à respirer normalement.

— Et ton pass pour le métro ?

— J'l'ai perdu.

Comme ce n'est pas mon fils je reste calme.

— Max et toi n'avez plus d'argent ?

— Ben non. On a tout dépensé.

Ah, les sales mômes.

— Mais Max a son pass, ajoute Jules, comme si ça réglait le problème. On peut essayer de s'en servir tous les deux...

— Ah non. Sûrement pas. Vous allez vous faire arrêter.

J'ai crié si fort que Marc pose son livre et m'interroge du regard.

— J'ose pas appeler Maman, explique Jules. Elle est de super mauvais poil parce que Papa boude.

J'archive l'information et décide d'interroger Victoire plus tard. Pour le moment la priorité, c'est de rapatrier les garçons.

— Dis-leur de marcher, suggère Marc qui a tout compris.

— J'ai super mal aux pieds, argue Jules qui a entendu. J'ai des ampoules partout.

Bon, ça va.

— Restez où vous êtes. J'arrive.

Marc lève les yeux au ciel en riant.

Brave gourde. Oui, je sais.

D'autant plus que...

Max prend l'appareil.

— Y'a un super salon de thé à côté de la station. On t'attend là mais amène des sous.

Je rêve.

— Que veulent-ils d'autre ? demande Marc lorsque je raccroche.

Je lui explique tout en enfilant mes sandales et là je le vois qui s'étire et ferme son livre, à regret.

— Je t'accompagne, explique-t-il en se levant.

En ce moment il ne cesse de me surprendre.


Trente minutes de métro pour arriver aux Champs-Elysés. Dix minutes pour trouver les garçons installés au fond du salon de thé. Encore dix pour régler l'addition ( trente-neuf euros pour deux sodas, un macaron et deux religieuses au chocolat que Marc, plutôt radin, règle sans sourciller ). Puis deux mille quatre cents longues, très longues, secondes à chercher un taxi avant de nous résoudre, malgré un mal de pieds généralisé, à rentrer en métro.

Suis crevée mais la bonne humeur retrouvée de Marc est communicante. Malgré la chaleur et le wagon bondé de touristes il plaisante avec les garçons et ponctue le trajet de petites attentions à mon égard. Ma foi, Paris lui réussit.

Il est vingt heures lorsque nous croisons Archibald et Jean-Loup dans le hall de l'hôtel.

— Prenez votre temps, lance Archibald. Nous prenons un whisky au bar.

— Clem est chez Victoire, ajoute Jean-Loup en me lançant un regard éloquent.

Allons bon.

Quel est le problème ? Le concours... ou Rémi ?

Pile, face. Face, pile.

Trois étages plus tard j'opte pour Rémi.

Bingo.

Victoire et Clem sont en grand conciliabule près de la fenêtre. Victoire, l'air sombre, fixe l'écran de son portable tandis que Clem m'explique.

— Rémi fait le mort depuis hier. Elle lui a laissé plusieurs messages. Des textos. Deux mails. Rien.

— Il n'appelle même pas les enfants, coupe Victoire.

Léa ne semble pas en souffrir. La chambre est jonchée d'emballages vides, son iPod déverse une musique tonitruante et le lit est encombré de vêtements qu'elle enfile tour à tour avant de se photographier dans le miroir de l'armoire.

Cela donne Léa en micro-jupe et top pailleté se trémoussant sur des stilettos que je reconnais comme appartenant à Victoire, Léa en jean déchiré et top à bretelles spaghettis, gigotant sur le dernier single de Katie Price, Léa en mini-short et haut de bikini faisant la moue...

Et Léa qui ne perd pas une miette de la conversation des adultes.

— Papa il essaie de te culpabiliser. Tu vas quand même pas tomber dans le panneau ?

Un silence éberlué accueillant sa remarque, Léa poursuit.

— Ben oui, il veut que tu lui obéisses tout le temps. Moi, plus tard, je laisserai pas un homme me commander.

Et vlan.

— Tu as raison, ma chérie, répond Clem qui se remet la premi-ère de l'interruption. Mais ta maman est...

Je complète la phrase, Clem se trouvant à court d'inspiration.

— Trop gentille.

— C'est ça. Beaucoup trop gentille. N'est-ce-pas, Victoire ?

Victoire se réveille enfin.

— Vous vous rendez compte ? Mon premier concours, et il me pourrit la vie.

Qu'avait dit Marc au sujet de Rémi ? C'était il y a quelques mois, dans la période A.A ( avant Annie ).

Ça y est, je m'en souviens. Que Rémi a plus besoin de Victoire que le contraire.

Clem est emballée.

— Charlotte a raison. Sans toi Rémi serait perdu. Tu es son roc.

— Oui, ajoute Léa qui décidément est multi-tâches, Papa y peut rien faire sans Maman. Des fois même qu'il nous saoule.

Le roc esquisse un sourire.

— Il est raide dingue de toi et des enfants.

— Tu es en position de force, conclut Clem, Ne te laisse pas abattre.

— Ni manipuler.

Victoire est requinquée.

— Vous avez raison les filles, annonce-t-elle d'une voix forte. Désormais je m'affirme. Et tant pis s'il n'est pas content.

Elle empoigne son rouge à lèvres et, prenant la place de Léa devant le miroir, se dessine une bouche cramoisie.

Léa en profite pour me montrer ses selfies, dont certains sont un peu... Provocateurs ? Osés ? Que penser de Léa, treize ans, offrant une croupe avantageuse en mini-short ?

Je me sens dépassée, et même un peu... vieille.

— Que fais-tu de ces photos ?

— J'les poste sur Facebook et Instagram. Pour que mes copines voient mes tenues.

Ah.

— Ta maman est d'accord ?

Regard noir de Léa qui m'arrache le portable des mains.

— C'est mon compte Facebook. Ça la regarde pas.

Moi, je suis amie avec Max sur Facebook. Et je vérifie. Des posts sur des jeux vidéos. Des liens concernant des jeux vidéos. Des photos de personnages de jeux vidéos...

Les garçons sont reposants.

Pendant le diner Victoire ne consulte son portable que deux fois. La première alerte concerne un SMS d'une boutique offrant des rabais « exceptionnels ». Et la deuxième un appel d'une cousine qu'elle rappellera lundi.

Aucune nouvelle de Rémi mais elle savoure son carré d'agneau truffé et plaisante avec Clem. Archibald s'engouffre dans la conversation et la couvre de compliments. Sur sa cuisine, qu'il a échantillonnée discrètement à la fin de l'émission. Sur son sang-froid devant les caméras. Sur sa prestation lors de la courte inter-view des candidats au début de l'épreuve.

Victoire se détend, souriante, lorsque Archibald met les pieds dans le plat.

— Avez-vous songé à ouvrir votre propre restaurant ? Vous auriez beaucoup de succès.

Silence gêné autour de la table.

— Heu, non, pas vraiment, bafouille Victoire.

— Elle attend que les enfants grandissent, complète Jean-Loup, charitable, tandis que Victoire se rembrunit.

Le débat est clos. C'est sans compter sur Léa, qui, décidément, n'a pas la langue dans sa poche.

— Papa il veut pas qu'elle travaille, claironne-t-elle tandis que Victoire pique un fard.

— C'est dommage, répond Archibald sans se démonter. Vos amis vous auraient envoyé des clients.

— C'est-à-dire que..., amorce Clem.

Elle s'arrête et je surprends le regard interrogateur qu'elle échange avec Jean-Loup. Imperceptiblement il lui fait un signe de dénégation. Autour d'eux la conversation reprend. Les garçons décrivent leur après-midi, Léa énumère ses achats, Marc discute politique avec Archibald.

Je suis seule à avoir surpris leur échange.

De retour dans notre chambre Marc confirme n'avoir rien vu. Je n'épilogue pas.

Il est tard.

C'est le moment de reprendre les travaux pratiques préalablement interrompus.

## DIMANCHE 8 JUILLET

Le déroulement de la journée s'est décidé hier soir. Petit déjeuner à l'aube, chargement des sacs dans le minibus, puis départ pour le studio et la demi-finale. Ainsi que, peut-être, la finale... Un programme choisi lors du dessert, dans la bonne humeur, sous une douce euphorie alcoolisée ( les adultes, sauf Marc ) et sucrée (les ados, deux desserts chacun ainsi que la totalité des mignardises).

Un planning qui satisfaisait tout le monde et qui, ce matin à 5h37, déraille.

Léa a mal au coeur.

Victoire, le visage tendu, lui assène qu'elle aurait dû s'abstenir de jus d'orange. Léa fond en larmes et se fait traiter de bébé par son frère auquel elle balance un coup de pied.

Cris. Crêpage de cheveux ( au sens propre ). Coups.

Ambiance.

Nous arrivons au studio ravagés.

Léa boude. Les garçons refusent d'entrer.

— La cuisine, ça nous rase.

Clem pousse Victoire vers l'entrée.

— Laisse-les se débrouiller.

— Venez, on va se balader, propose Marc en réitérant l'exploit d'hier : soutenir Victoire sans se taper une séance de cuisine qui le barbe lui-aussi.

Je les regarde partir avec soulagement. Et une pointe d'envie.

Archibald profite de la demi-finale pour me chuchoter des nouvelles de Sidonie que j'ai odieusement négligée ces derniers jours.

— Elle a un protégé. Un jeune homme en ré-éducation pour accident de scooter. Hier soir ils ont organisé une soirée créole.

Je vois.

— Paraît-il que Mme Duchemin est au bord de la crise de nerfs, ajoute-t-il d'un air réjoui.

Il n'y a pas qu'elle. Sur le plateau les quatre candidats semblent désorientés. À cause des plats à base de calamars et de safran à concocter en un temps record ? Ou parce que Nicolas Droud les critique sans ménagement en déambulant d'un îlot à l'autre ?

— Est-ce bien nécessaire ? assène-t-il à Victoire alors qu'elle sale son court-bouillon.

— Curieux mélange, dit-il au candidat chauve concentré sur ses fonds d'artichauts.

Rien de dommageable. Mais qui déstabilise les candidats et divertit le public à leur dépens.

— Quel personnage antipathique, commente Archibald alors que Nicolas Droud s'en prend de nouveau à Victoire.

Victoire répond au chef étoilé par un mince sourire. Sa main droite lâche un couteau et file malmener la mèche de cheveux qu'elle tripote depuis le CE1 et les interros surprises de mademoiselle Sylvaine, institutrice de formation reconvertie en bourreau d'élèves.

Aïe, aïe. Pourvu qu'elle se qualifie.

Il le faut. Elle le mérite.

Rémi aussi le mérite.

Toute à mes pensées je prête à peine attention à Archibald qui a changé de sujet.

— Votre mari est charmant.

— Hum ?

Charmant n'est pas le premier adjectif que j'associe à Marc. Du moins en ce moment.

— Si, si. Il vous aime, Charlotte. N'en doutez pas.

— Comment expliquez-vous...

— Il vous aime, répète Archibald. Je le vois au regard qu'il pose sur vous.

— Mais...

— C'est un homme, poursuit-il.

Possible. Selon sa définition.

Qui n'est pas la mienne.


Silence de plomb dans le mini-bus. Victoire a perdu, les enfants sont fatigués, les adultes abattus. La joyeuse ambiance de l'aller s'est envolée.

Place au dégrisement.

Comme pour marquer la fin de la partie le portable de Victoire se réveille. Sonnerie, bip de messagerie, alerte de SMS.

C'est Rémi, mis au courant par sa fille de la défaite.

— Tu ne réponds pas ? demande Léa à sa mère.

Victoire fait un geste las.

— Plus tard.

— C'est Papa, insiste-t-elle en s'emparant de l'appareil.

En un clin d'oeil elle s'informe des divers messages.

— Il veut te consoler de ta défaite.

Victoire lève les yeux aux ciel et récupère le portable qu'elle enfouit au fond de son sac.

Auparavant elle lui a clos le bec en le mettant sur silencieux.

Ça promet pour les retrouvailles qui grâce au changement de programme lancé hier par Archibald auront lieu dans trois heures.

— Demain je repars en avion, annonce-t-il entre deux bouchées de soufflé au chocolat.

Son dos fait des caprices. Impossible de lui imposer dix heures de voiture supplémentaires. D'autant que le pic des départs passé, les avions sont quasi vides.

— Ça tombe bien, s'exclame Clem. Jean-Loup et moi sommes

attendus au plus vite. Réunion imprévue lundi matin avec le directeur.

J'ai l'impression que ces deux-là cachent quelque chose. Les questions devront attendre car voici Victoire qui se tâte, à contre-coeur.

— Moi aussi je devrais rentrer.

Clem hausse les épaules, estimant que Rémi peut attendre.

— Profite de Paris avec les enfants. Balade-toi.

Victoire n'a pas la tête à se balader. Son choix est fait. Celui du devoir et de la raison.

— Je préfère partir demain.

Et limiter la casse avec Rémi.

— Moi, j'me tape pas dix heures de route seul avec les parents, proteste aussitôt Max.

Merci.

Archibald propose d'abandonner le bus à Paris.

Finalement c'est Marc qui apporte la solution.

— Charlotte et moi ramenons le bus. Nous en profiterons pour faire une halte dans un hôtel de charme.

— Ce sera une mini-lune de miel, chuchote-t-il à mon intention.


**16h02.** Nous nous séparons à la dépose minute de l'aéroport.

Dernières recommandations hâtives à Max qui squattera chez Victoire. Pas d'embrassades car il recule, effarouché. C'est pas cool en public. Klaxonnements impatients parce que Clem cherche désespérément sa carte d'identité qui a glissé entre deux sièges. Appel au renfort de Léa qui grâce à ses doigts menus extirpe ladite carte de sa cachette. Renchérissement de klaxonnements tandis que la file de voitures derrière nous s'allonge.

Départ désordonné de la troupe et début officiel de la lune de miel.

Jusqu'à l'autoroute Marc tripote les boutons de la radio.

— Veux-tu que je t'aide ?

— Non. Ça va.

Il conduit d'une main. J'ai horreur de cela.

Bien entendu aucune chaîne de radio ne lui convient.

Il s'acharne sur le poste. Sans succès.

— C'est vraiment nul.

Vient ensuite le temps des regrets.

— On aurait dû amener des CDs. Ou en acheter à Paris.

Toute réponse étant vaine, je m'abstiens.

— Tu ne veux pas chercher une prise pour iPhone ?

Ça sent les complications à plein nez. Une fois la prise trouvée je serai en charge du raccordement. Avec tous les soucis qui ne manqueront pas d'en découler. Réglage du son, volume, équilibrage des hauts-parleurs...

Non.

Pendant dix minutes je fais semblant de chercher. Puis je renonce en bonne foi apparente et je m'attaque aux boutons de la radio.

En quinze secondes je tombe sur Radio Nostalgie. Sacha Distel s'époumone sur *Monsieur Cannibale*.

Marc est aux anges. Il pose une main sur mon genou et fredonne en même temps que Sacha. Le soleil brille, sur l'autoroute la circulation est fluide. Pendant un temps on se croirait revenus vingt ans en arrière, un jeune couple sans soucis sur la route des vacances.

Aux alentours de Melun nous faisons une première pause. Marc s'étire en sortant du mini-bus, il fait quelques mouvements de gym puis entame un parcours de marche rapide autour de la station-essence. Une famille déballant des sandwichs sur l'herbe, à deux pas des gaz d'échappement des camions, suit sa progression d'un air ahuri. Je me dirige vers la supérette et fait provision de chocolat noir pour Marc. Cela devrait lui permettre de tenir jusqu'au diner. Quant à moi le séjour parisien ne m'a pas ouvert l'appétit.

Nous arrivons près d'Auxerre. Marc m'incite à chercher un hôtel.

— Regarde sur Internet, m'enjoint-il avec la calme assurance de celui qui peine à relever ses propres mails.

J'entreprends la prospection. Au bout de dix minutes de contemplation de l'écran j'ai mal au coeur. J'entrouvre la fenêtre mais le filet d'air qui s'engouffre dans l'habitacle couvre le son de la radio.

Marc râle. Je remonte la fenêtre et, dûment rafraichie, me replonge sur l'écran.

Les panneaux d'autoroute indiquent Beaune.

Je déniche deux possibilités. La première est à Valence, une magnifique demeure du XVIème siècle alliant charme d'antan avec confort moderne. La seconde se situe à Montélimar, une auberge du XVIIIème restée dans le jus.

Deux appels plus tard nous sommes rassurés sur les disponibilités.

— On décidera plus tard, conclut Marc qui continue de fredonner et refuse que je le relaie au volant.

Bercée par la musique et la monotonie du paysage je me laisse aller à rêvasser. Sidonie, Archibald, Max, les vacances. C'est une bonne idée. Des vacances à trois. Marc, Max et moi. Une semaine en Bretagne. Ou à la montagne. Voilà qui nous changerait agréablement de la canicule méditerranéenne.

Je m'apprête à aborder le sujet lorsque le portable de Marc couine. Un SMS.

— C'est peut-être Max, dis-je à Marc en m'emparant de l'appareil.

C'est Annie.

<Tu me manques. Es-tu rentré? À demain comme d'hab. Plein de bisous.>

Nous venons de dépasser Mâcon.

Depuis trois jours Marc et moi avons réussi l'exploit de ne pas mentionner Annie.

La voici qui s'invite dans le voyage.

Jusqu'à Lyon je soumets Marc à une analyse de texto.

Au moment où nous dépassons Lyon je réponds à Annie.

<Il n'y aura pas de comme d'hab, pauvre pétasse ridée comme une vieille pomme.>

— Tu n'es pas charitable, commente Marc avec un demi-sourire.

— Ai-je des raisons de l'être ?

— Je lui ai laissé croire qu'entre toi et moi... c'était mort.

Le coup du mari incompris fonctionne toujours.

— Elle est fragile, reprend-il. Je ne peux pas la brusquer.

— Qu'elle se fasse soigner, comme elle l'a dit à Clem. Chez un psy. Autre que toi.

À Valence nous nous arrêtons pour faire le plein. L'hôtel du XVIème siècle est dans les parages mais Marc préfère continuer.

— On verra plus loin, ajoute-t-il en reprenant le volant.

Je remets Annie sur le tapis et j'en apprends.

— Elle veut que je te quitte avant de laisser son mari.

— Elle a une amie qui nous prêterait un appartement.

— Elle me met la pression.

— Mais je n'ai jamais eu l'intention de te quitter.

Non. Juste de me tromper.

Je suis en pleine digestion d'informations lorsqu'un panneau annonce Montélimar.

— Prends la prochaine sortie.

— Pourquoi ?

— L'hôtel.

Arrive la sortie. Il continue.

Sans commentaires.

Je reprends sur Annie.

— Quand a lieu son examen ?

— Début septembre, je crois. Ensuite elle sera occupée. Elle m'oubliera.

Et ça se prétend psy.

— Tu crois vraiment ?

— Oui, répond-il. Même si...

Il hésite un instant.

— Même si elle ne veut pas que tu gagnes.

Je digère.

Jusqu'à Avignon.

Elle ne veut pas que je gagne.

Je m'en doutais. J'en ai la confirmation.

Marc est comme une balle entre nous. Un coup à droite, un coup à gauche

Ping pong. Pong ping.

L'enjeu d'un combat à mort entre deux femmes.

S'en rend-il compte ?

Nous approchons d'Avignon. J'ai toujours voulu visiter le Palais des Papes.

— On s'arrête ?

— Tu as un hôtel ?

Il est près de minuit.

— Je cherche.

Je sors mon iPad.

— En voici un, interrompt Marc.

Je regarde.

— Là, sur la gauche, insiste-t-il en ralentissant.

Un Formule 1.

Je ne réponds pas.

Il accélère et nous dépassons la sortie.

Il remet la radio. Au bout de dix minutes je l'éteins.

On continue en silence.

À Aix j'insiste pour relayer Marc au volant.

— Ça va, insiste-t-il en baillant.

On ne se parle plus jusqu'à Fréjus.

Je lutte contre le sommeil.

Marc a le regard fixé sur la route. Sa mâchoire est crispée, il serre les dents.

Je crains qu'il ne s'endorme. J'ai le choix : conversation ou musique.

J'opte pour la musique.

Je remets Radio Nostalgie. Très fort.

Marc ne chante plus.

Il est quatre heures du matin lorsque nous nous garons devant la villa.

Je m'extirpe du mini-bus et file me coucher toute habillée.

Tu parles d'une mini-lune de miel.


**LUNDI 9 JUILLET**

Je dors.

À partir d'un certain âge une nuit blanche ça laisse des traces.

Marc aussi dort.

De temps en temps le téléphone sonne. J'émerge de ma torpeur un instant, puis je me rendors.

Sans avoir répondu.


Vers treize heures je m'oblige à me lever. Deux cafés serrés plus tard je suis prête à affronter ma journée. Ou le peu qui en reste.

La corne de brume mugit.

Je n'ai pas envie de répondre mais Marc est sous la douche.

Tant pis, je décroche.

— Allo.

Rien.

— Allo.

Silence. Puis clic.

On a raccroché.

Tiens donc.

Je consulte le journal d'appels.

Sept appels inconnus depuis ce matin huit heures.

Aucun message.

À mon avis Annie n'a pas apprécié la mini-lune de miel.


**MARDI 10 JUILLET**

Depuis aujourd'hui je nage en mer avec Marc.

Quatorze kilos en moins et sans effort, ça ne se refuse pas. Seulement ce qui reste est... Soyons honnête... Un peu mou.

— Il faudrait muscler tout cela, suggère hier soir Marc en palpant mes cuisses d'un geste tout sauf érotique.

Sur le fond il n'a pas tort.

Pour la forme... je lui balance un regard noir.

— Tu as une si belle silhouette, poursuit-il. Tu devrais nager pour te muscler.

Mes turbines tournent à plein régime.

Dix secondes plus tard j'ai la réponse.

— Ok pour la natation. Mais avec toi, mon chéri.

Il semble surpris. Agréablement surpris.

Moi aussi d'ailleurs.

Cela fait des années que je n'ai plus trempé un orteil en mer. Les foule, les méduses, la température de l'eau, trop chaude ou trop froide étaient autant de prétextes pour éviter l'épreuve du maillot de bain.

Aujourd'hui je suis très à l'aise dans mon micro bikini Topazéo. J'enfile mes palmes et je plonge dans une eau turquoise. Nous sommes à l'écart des plages fréquentées par les touristes. Marc m'indique le parcours, entre deux criques.

Je le suis.


Archibald approuve la natation.

J'arrive à notre rendez-vous de quatorze heures avec les cheveux en bataille. Impossible de faire un brushing après la baignade, j'y perdrais trop de temps.

Je justifie donc de ma tignasse bouclée.

— Cela vous va très bien, commente Archibald avec son tact habituel. Et puis c'est une excellente initiative. Vous devriez accompagner votre mari tous les jours.

Il sourit.

Nous nous comprenons.

C'est le double usage parfait.

Je me muscle.

Et j'occupe le terrain avec Marc.

J'ai l'intention de continuer.

Je sors de chez Archibald épuisée. Conférences téléphoniques avec Rusty, le chef de Goopy's Pancakes et avec les avocats américains. Traduction de fax et de mails qui ne cessent d'affluer. Recherches sur Internet.

Je découvre un nouvel Archibald, bien différent du vieux monsieur retraité qui essaimait les heures en testant des gâteaux dans sa cuisine. Ou du puissant industriel déléguant l'exécution de ses projets à une armée de sous-fifres.

L'Archibald nouveau vit une seconde jeunesse. À travers son insatiable énergie et son goût du détail je devine le tout jeune homme qu'il fut, celui qui voici un demi-siècle, entreprit de bâtir les Desserts Deschanel à partir de l'arrière-boutique d'une de ses tantes.

Car Archibald déborde d'idées.

Il envisage une chaîne de Goopy's Pancakes aux USA, des franchises en Europe.

Et, pourquoi pas, des variations de menu. Surfer sur la vague des cupcakes ? Ajouter des variantes de gaufres ?

Certes je le voyais mal se contenter d'un seul restaurant.

Mais là il vise le gigantesque.

Karl Niedamar le suit servilement.

Trouver un second local à Los Angeles. Pas de problème.

Et un troisième à Santa Monica. Bien sûr.

Développer un plan de franchise. Mais oui.

Embaucher. Certes.

Tout va vite. Très vite.

Trop, selon moi.

K.L est pressé. Il ne veut pas perdre de temps.

Archibald aussi est pressé. Il n'a pas de temps à perdre.

Résultat : une course éperdue.

Une foule de détails qui sont survolés. De problèmes qui ne sont que évoqués.

K.L seul en charge.

À dix mille kilomètres de Cannes.


## JEUDI 12 JUILLET

Je ne sais pas si Marc a revu Annie.

Archibald m'accapare. Maître Lecarré est assailli de clients anglophones et impatients. Topazéo remanie la version anglaise de son site en vue de la collection croisière. Et je suis débordée de requêtes de C.Vs que je refuse d'office.

Toute la journée je cours de l'un à l'autre. La nuit je peaufine.

Mais à midi je nage avec Marc.

Aujourd'hui nous sommes de nouveau à l'Olivette.

— Suis moi, propose Marc. Aujourd'hui je change d'itinéraire.

Au lieu de nous diriger vers le mouillage des pointus nous nageons vers la pointe du Cap d'Antibes. Marc me distance sans peine et au bout d'un moment je fais une pause.

Je suis seule, face à de magnifiques villas pieds dans l'eau. Quelques yachts sont ancrés au large. Mais personne en vue. Ni en mer, ni sur terre.

Je prends nonchalamment le chemin du retour. Une brasse par ci, une attaque de crawl par là. Le soleil est au zénith, je me sens bien.

Cela fait des mois que je ne sens pas aussi bien.

— C'est ainsi que tu te muscles ? se moque Marc en me rejoignant.

Impossible d'être tranquille.

J'accélère.

Quelques minutes plus tard nous sommes de retour à l'Olivette.

Devant nous, allongée près de nos affaires.

Annie.

Marc blêmit, esquisse un mouvement vers moi. Me saisit le bras.

Je me dégage.

Que croit-il ? Que je vais la frapper ? Me salir les mains à son contact ?

Elle est aussi surprise que nous.

Le sac et les serviettes de Marc ne trahissent pas ma présence. Je nage léger. Un bikini, des lunettes. T-shirt et sandales sont enfouis dans le sac.

Le sourire onctueux d'Annie s'évanouit. Elle se penche sur son magazine. Marc marmonne un rapide « bonjour » .

C'est la première fois que je les vois ensemble depuis que... Depuis que je sais.

Marc d'habitude nonchalant boutonne déjà son jean.

Quoi, pas d'étirements aujourd'hui ? Pas d'abdominaux au soleil ?

J'enfile lentement mon T-shirt, je noue mes sandales.

Certaines habitudes ne pouvant être sacrifiées, Marc se tartine le visage de crème solaire.

Je l'attends.

— Elle est encore plus moche que dans mon souvenir.

C'est parti tout seul. Comme ça. Sans préméditation.

Annie devient rouge comme une écrevisse.

Marc semble électrisé. Son regard passe d'elle à moi, de l'une à l'autre. Impuissant. Sachant que quoiqu'il arrive il aura faux avec au moins une d'entre nous.

Voire les deux.

Il s'en tire en bafouillant.

— Heu, heu...

Je lance le coup de massue.

— Il faudrait vraiment beaucoup de Botox. Et encore...

Mon ton est tranchant. Annie baisse les yeux. Son teint vire au cramoisi. Marc ébauche un pas en sa direction, aussitôt avorté.

Je ramasse sa serviette, il empoigne son sac.

Nous partons.

Où sont les copines lorsque on a besoin d'elles ?

Victoire est chez le coiffeur avec les enfants. Ensuite c'est pédiatre et fournitures scolaires pour la rentrée.

Je laisse tomber.

Clem est à l'hôtel.

Je fais un crochet avant de retrouver Archibald.

— À mon avis, dit-elle, elle est venue au culot.

— C'est ce que maintient Marc.

— Sans quoi il serait maso.

D'accord.

Marc n'est pas un téméraire.

La confrontation ne lui a pourtant pas déplu. Être l'enjeu de deux femmes, c'est plutôt flatteur.

Un point l'a chagriné. À peine en voiture il m'interroge.

— Tu la trouves vraiment si moche ?

— C'est un laideron.

Une pause.

— Tu es dure.

— Clémentine et Victoire partagent mon avis.

Il accuse le coup. Tromper sa femme avec un pou c'est moins valorisant.

Clem pouffe de rire lorsque je lui répète l'échange.

— Un point pour toi, conclut-elle avant d'accueillir un client VIP.

**VENDREDI 13 JUILLET**

**9h47.** Je traverse le hall d'entrée des Amarillys et je surprends Mme Duchemin en pleine discussion avec son assistante et trois employés d'entretien.

— Dès le départ de la 21, assène-t-elle, on remet tout comme avant.

La 21 c'est la chambre de Sidonie. Dans une semaine elle rentre chez elle et des deux, sans aucun doute, la plus heureuse c'est Mme Duchemin.

Elle exulte d'une impatience jubilatoire. Bientôt son mobilier retrouvera un agencement dénué de fantaisie. Son établissement reprendra un rythme de croisière pépère. Adieu cinéma, karaoké, récitals par des élèves du Conservatoire, sketches joués par les pensionnaires, repas à thème, ateliers de dessin...

Adieu Sidonie...

Sauf que...

— Ma chérie, je suis débordée, annonce-t-elle lorsque je pénètre dans sa chambre où règne un fouillis invraisemblable.

Mme Duchemin ayant refusé d'entreposer le matériel s'entassent ici, en sus du bazar sidonien habituel, stéréo, enceintes, DVDs, livres et matériel de dessin liés aux nouvelles activités.

Le va-et-vient est incessant. En vingt-huit minutes je vois défiler la moitié de la résidence, qui pour emprunter un livre, qui pour le rendre, qui simplement pour bavarder.

Sidonie est souriante, disponible, débordante de conseils.

Je crains le vide que créera son départ.

— Mais comment feront-ils sans toi ?

— Aucun problème, s'exclame-t-elle, ravie. Je vais déléguer. Ali s'occupera des DVDs.

Le jeune homme qui entre, appuyé sur des béquilles, acquiesce gaiement. Il est suivi d'une petite dame fluette, tout de rose vêtue et débordant d'enthousiasme.

— Je prends en charge la bibliothèque, renchérit-elle.

— Tu vois, conclut Sidonie, tout est réglé.

Pas certain. Débarrassée de son encombrante pensionnaire, Mme Duchemin risque de se rebiffer.

— Et puis, poursuit Sidonie qui a tout compris, je ne les abandonne pas. Je viendrai pour les ateliers, les soirées dansantes, les karaokés, les...

Pauvre Mme Duchemin...

**18h20.** Depuis vingt minutes je suis seule à parler. Max se tait. Et M. Gourdan nous observe, assis derrière son bureau.

Je n'ai plus rien à dire. Du tout.

Donc je tente.

— Je vous laisse seul avec Max ?

Max me foudroie du regard.

— Il a besoin de vous, ratifie le psy de sa voix douce.

C'est mon deuxième essai. Tout à l'heure j'ai eu droit à un « il n'est pas prêt » tout aussi suave.

Je désespère.

— À Paris Max ne passait que cinq minutes sous la douche.

M. Gourdan m'écoute avec son sempiternel sourire.

— C'est bien, Max. Donc à Paris tu te sentais mieux qu'à la maison ?

Max fait non de la tête.

Le psy, j'ai envie de le baffer.

Malgré tout je suis une mère compréhensive. Et prête à tout.

— Je suis disposée à déménager si cela peut aider Max.

Max lance un « non », furieux.

Premier mot prononcé devant M. Gourdan, qui en profite pour décrypter.

— Max n'éprouve le besoin de se laver à fond que lorsqu'il est chez lui. Pas chez des amis ou à l'hôtel. Si vous déménagez ce sera pareil dans votre nouvelle maison.

Max approuve de la tête.

M. Gourdan sort son stylo et écrit une nouvelle ordonnance.

— J'augmente les doses, explique-t-il. Afin qu'il guérisse d'ici la rentrée.

Une lueur d'espoir à l'horizon ?


## LUNDI 16 JUILLET

SMS matinal de Victoire : rv chez *Jeanno*t à midi car crise.

J'appelle son portable. Pas de réponse. Chez elle non plus.

Je téléphone à Clem qui m'envoie balader.

— Je sais. T'inquiète. Bye.

D'accord...

Les heures filent. Quatre mails de K.N. Autant de fax de l'avocat californien d'Archibald, Emory Stanford Jr, que j'ai mentalement raccourci à Junior. Un appel d'Archibald qui déplace notre rendez-vous de chez lui aux Amaryllis.

— Ça ne vous ennuie pas, ma petite Charlotte ? J'ai tellement de choses à faire avec votre tante...

Mais pas du tout.

Vraiment.

Sans façons.

Ayant passé l'après-midi d'hier à faire des aller-retours entre les Amaryllis et la maison de Sidonie en trimbalant des livres, des cartons pleins, des draps ( eh oui, c'est le système des vases communicants ) c'est avec joie que je passe le relais.

Midi. J'imprime les traductions pour Archibald. Je réveille Max en lui enjoignant de boire son jus d'orange. Et je sors en insistant sur l'importance du petit déjeuner, même tardif, tandis qu'il marmonne des protestations de dessous sa couette

En chemin je me laisse aller à des supputations. Qu'a manigancé Rémi pour contrarier Victoire ? Des réservations pour l'île Maurice à Noël ? Une croisière estivale dans les îles grecques ? Un cadeau somptueux ?

Et bien, non.

La crise ne concerne pas Victoire et Rémi.

La victime, c'est Clem.

Elle est virée.

— Je ne suis pas virée, corrige-t-elle, puisque l'hôtel ferme.

— Donc Jean-Loup aussi est... licencié, poursuit Victoire en prenant soin de choisir ses mots.

— Évidemment puisque les nouveaux propriétaires transforment tout. Ils prévoient un an de travaux.

Je tiens l'explication des mystérieux échanges surpris entre eux à Paris. La nouvelle était tombée deux jours avant le départ.

— On en a profité pour faire la tournée des palaces parisiens, montrer nos bobines, réactiver nos réseaux.

— Sans succès, termine à mon intention Victoire.

La nouvelle n'altère pas la bonne humeur de Clémentine. Je la trouve très en beauté avec sa robe moulante crème, son boléro de lin bleu nuit et ses sandales assorties.

— Un cadeau de Jean-Loup, précise-t-elle en voyant mon regard s'attarder sur son bracelet. Un superbe jonc en or et argent.

— Tu ne quittes pas la région ?

Douze ans au Riviera Palace Cap d'Antibes. Huit au Martinez à Cannes. Quelques années dans des palaces monégasques. Toute sa carrière s'est déroulée sur la Côte d'Azur.

Clem fait la grimace.

— Non. Mais il y a Jean-Loup…

Deux postes à dénicher dans le microcosme des cinq étoiles. Chef concierge et directrice des relations publiques.

Pas facile.

Clem le sait. Ses mains se tendent vers les nôtres et nous enserrent.

— Je ne veux pas vous laisser, mes chéries.

Je sens des picotements dans mes yeux.

Non, non, je ne pleurerai pas.

Si.

Ça coule.

Et en plus c'est contagieux.

À quatre jours du départ Sidonie met les bouchées doubles.

Tant pis pour Mme Duchemin qui assiste, impuissante, les bras croisés et les lèvres pincées, aux ultimes transformations de sa résidence. De la Mercedes d'Archibald, garée devant le perron, s'échappent des cartons de livres, des boules de croquet, une caisse de champagne et même une table de pingpong.

Une table de pingpong ?

— Non, pas au salon, indique Sidonie au chauffeur d'Archibald. Installez-la sous la véranda.

Mme Duchemin réprime un haut-le-coeur. La véranda, je le sais par Marc, est son jardin secret. Elle y bichonne des rosiers et chaque après-midi y savoure un thé.

En silence.

Jusqu'à présent.

— Le pingpong est excellent pour la coordination et la mobilité, insiste Sidonie. Archibald, vous êtes en charge de l'organisation du tournoi.

Elle est parfaite en maître d'oeuvre, Sidonie. Elle virevolte, passe de l'un à l'autre, dicte des instructions à Archilbald, supervise Ali et Yvan, le chauffeur d'Archibald, qui assemblent les panneaux de la nouvelle bibliothèque.

— Vous la mettrez à gauche, précise-t-elle en indiquant le fond du salon.

— Et les tableaux ? ose Yvan.

Trois paysages marins habillent le mur fraichement réquisitionné. Alors que Sidonie trahit d'un geste désinvolte le peu d'estime qu'elle leur porte Mme Duchemin s'en mêle.

— C'est moi qui les ai peints, révèle-t-elle fièrement.

— Bravo Mme Duchemin, applaudit aussitôt Sidonie

— Yvan, poursuit-elle, décrochez les tableaux de Mme Duchemin et portez-les dans son appartement.

La directrice qui ne s'attendait pas à la mise au placard de ses oeuvres, ouvre la bouche.

Et la referme.

En habituée des blancs radiophoniques Sidonie comble le vide.

— Il est temps que vous profitiez vous-même de vos oeuvres.

Large sourire à Mme Duchemin qui semble hésiter sur l'interprétation à donner au discours de Sidonie. L'arrivée de visiteurs l'arrache à son dilemme.

Je profite de la cohue pour m'éclipser après avoir remis ses dossiers à Archibald.

Je suis sur le qui-vive.

Mais j'essaie de le cacher.

À Max afin de le protéger.

À Marc afin de...

Certes Marc a changé.

Je le redécouvre affectueux.

Ouvert. Bavard.

Admiratif devant ma nouvelle silhouette, et les tenues vestimentaires qui l'accompagnent.

Amoureux. Charmeur. Flatteur.

Mais ce n'est pas suffisant.

J'ai passé au peigne fin chaque millimètre carré de son bureau, sa voiture, sa table de nuit, son sac de plage, ses poches de pantalons... et je suis rassurée sur un point. Un seul. Il n'a plus de portable secret.

Pourtant elle continue de lui téléphoner. Son portable recèle nombre d'appels masqués.

Alors ?

— Elle a des problèmes, relativise Marc. Je l'aide.

Calme et douceur. Dur. Très dur.

— Elle a été ma patiente pendant quelques mois.

Je prends l'air volontairement étonné.

— Une liaison avec une patiente ? Ça ne te pose pas de problème déontologique ?

Marc sourit d'un air gêné.

— Heu, non. C'était bien avant. Au début... Enfin...

Je suis heureuse de l'apprendre.

Mon mari me trompe. Mais il reste un psy au-dessus de tout reproche.

Si l'on veut.

— En tous cas elle a de la chance.

Il me regarde, interloqué.

— Que son mari soit un vrai crétin.

Marc m'énerve. Annie m'horripile.

C'est le b.a.ba. L'évidence même.

Mais celui qui gagne l'or aux olympiades de l'irritation charlottienne.

Qui grimpe sur la marche la plus haute du podium, me tape sur les nerfs, m'exaspère.

Et reste une énigme.

C'est le mari. Renaud Tillac.

Là où il devrait interdire à Annie de communiquer avec Marc, il accepte.

— Ça ne le dérange pas, avance Marc. Pour lui nous sommes des amis de randonnée.

Du coup, et Marc l'a saisi, mes menaces perdent de leur poids.

— Que lui dirais-tu ? Il ne comprendrait pas.

Sous-entendu : il ne te croira pas.

Le côté pile de ma performance digne d'un Oscar en mai dernier.

À l'époque j'ai sauvé son couple.

Ai-je aussi sauvé le mien ?

## JEUDI 19 JUILLET

**10h08.** J'ai à peine posé mes fesses sur le canapé lorsque Archibald m'annonce son départ à Los Angeles.

— Je pars dimanche, explique-t-il en prenant les mails que je lui tends. Une quinzaine de jours, afin de surveiller Karl.

K.N a pris au mot la soif d'expansion d'Archibald. Tous les matins ma boîte mail déborde. Locaux à louer, personnel à embaucher, propositions de menus, projets de décoration. Les heures manquent pour traduire ses flopées de documents.

Depuis plusieurs jours je trie. D'une part les infos méritant traduction, de l'autre celles que je résume en quelques lignes.

Archibald est ravi de mon initiative.

— Ce garçon, dit-il en parlant de K.N, manque d'esprit de synthèse.

Au vu des vingt-huit mails et douze fax reçus dans la nuit je ne peux qu'approuver.

— Et de jugeote, ajoute-t-il en brandissant un croquis proposant de relooker Goopy's Pancakes en salon de thé à napperons aubergine et crème.

Le dessin part au panier.

La consigne est au léger rafraichissement. Du cosmétique, sans bouleversement profond. Tout le contraire de ce que propose K.N.

— On n'achète pas une affaire qui marche pour la vider de sa substance, soupire Archibald en écartant trois autre propositions.

Agacé, il décide de contacter la décoratrice. Il me lance quelques phrases. Je développe en anglais. Trois minutes plus tard, c'est parti.

— Quel dommage que vous ne m'accompagniez pas à Los Angeles, déplore-t-il.

Moi aussi je le regrette. Allier travail et agrément. Quinze jours sous les palmiers avec la crème des boss. Pas de soucis. Pas de TOCs. Pas de stress.

Pas d'Annie...

Oui mais. Marc... Annie...

Lui laisser le champ libre ?

Ça jamais.

Archibald en convient lui-même.

— Non. Vous ne devez pas vous absenter.

Sa main, posée sur la mienne, est rassurante

— Ce sera pour une autre fois, Charlotte.

Je veux y croire.


Appel de Marc alors que je me rends à mon prochain rendez-vous.

— Où es-tu?

— Je sors de chez Archibald.

— Tu rentres ?

— Pas tout de suite. Je passe chez Maître Vergot.

— Ok. Bye.

Il raccroche. Vite. Trop vite.

Une autopsie de la conversation s'impose. La route qui descend des collines de Cannes étant dégagée j'en profite pour m'arrêter sur le bas-côté et réfléchir.

Rythme de la conversation : rapide.

Ton de voix : tendu ( au début ) devenant... soulagé ? Rassuré ?? Heureux ???

Et lui, où est-il ?

Je me félicite d'avoir remis en fonction la géolocalisation après la découverte de son portable caché.

— Remets la géolocalisation, avait-il offert.

J'avais répondu d'un haussement d'épaules laissant entendre que je n'en ferais rien. Le soir-même, alors qu'il était sous la douche, j'effectuais la manœuvre.

Réglages. iCloud. Localiser mon iPhone. Clic. Un jeu d'enfant. Sauf pour Marc. La moindre manipulation, telle que modifier le volume de sa sonnerie, le met en transe. Autant en profiter.

Quelques clics, et hop la position de Marc s'affiche : il est à son cabinet.

Hum.

Verdict de l'autopsie : louche.


Trois heures et quatorze minutes. Durant lesquels la cliente américaine de Maître Vergot déverse son venin sur son futur ex-mari.

C'est long. Trop long.

Il l'a trompée. Sa maîtresse est enceinte mais compte avorter. Il a bloqué leurs comptes bancaires. Elle a fait sauter le coffre-fort situé sur leur yacht pour s'emparer du disque dur de son ordinateur. Ils s'insultent mutuellement.

Bref le divorce dans toute sa splendeur version anglo-saxonne.

Je sors du rendez-vous énervée contre Marc. On est loin du « calme et douceur » d'Archibald.

Là c'est plutôt « arsenic et poignard ».

Une rapide virée chez Monoprix et deux rouges à lèvres plus tard je suis ragaillardie.

La shopping thérapie est mon arme secrète.

Un arrêt viande-fruits-légumes ( valeur thérapeutique nulle ) et je suis devant la villa. Le portail s'ouvre. Lentement.

Une vague sonore me frappe de plein fouet. Un truc dissonant, beuglant... À réserver au casque audio que Max a reçu pour son anniversaire. Migraine assurée dans les dix secondes.

Je fonce au salon. Des chips un peu partout. Un sac de bretzels éventrée. Des canettes de coca vides. Deux boites de biscuits ouvertes. On croirait un raz-de-marée.

C'est Zazou.

En me voyant elle se lève pour m'embrasser tandis que Max attrape l'enceinte reliée à son iPhone en Bluetooth.

— On s'casse dans ma chambre, profère Max en guise de bonjour.

Deux minutes plus tard il réapparaît.

— Dis m'man.

— Oui mon chéri.

Le chéri se dandine d'une jambe sur l'autre.

— Non. Tu vas pas vouloir.

Il fait mine de repartir vers sa chambre.

Attention. Requête pénible à l'horizon. D'office je suis sur la défensive. Et un poil culpabilisée. Suis-je si assommante que cela ?

— Dis-moi tout de même.

— C'est Zazou.

Silence. Dandinement.

— Qu'a-t-elle, Zazou ?

— Ben. Elle est toute seule chez elle. Sa mère est partie à Paris.

— Quand revient-elle ?

— Dans dix jours. Elle fait une formation. Elle pouvait pas l'amener avec elle.

Zazou nous a rejoints.

— J'lui ai dit de rien te dire, Charlotte. Y'a pas de problème. J'ai l'habitude de rester seule.

Zazou est fille unique. Son père s'est enfui avant sa naissance. Sa mère, Delphine, n'avait que dix-sept ans et depuis elle continue de profiter à fond de sa jeunesse. Boulot le jour, nouba la nuit, et quelques miettes d'attention à Zazou.

Une formule à retenir car à quatorze ans Zazou est l'opposé de sa génitrice. Bonne élève, polie, souriante, ambitieuse. Bien dans ses bottes de motarde roses et sa mini-jupe vert pomme. Et une habituée de notre chambre d'amie.

— Tu sais bien que tu es ici chez toi.

Je ne compte plus le nombre de séjours de Zazou.

Il y a cinq ans j'ai même redécoré la chambre d'amis selon ses rêves de petite fille. Murs roses. Rideaux mauve et rose. Lit rose et blanc. Sûr que ça la changeait de sa propre chambre, un cagibi blafard que même les posters de Lady Gaga ne parviennent pas à égayer.

Avec l'adolescence pointe une gêne nouvelle.

— J'veux pas déranger.

Max lève les yeux au ciel. Moi aussi.

— Alors c'est réglé. Tu restes.

— C'est que...

— On ira chercher tes affaires demain. Pour cette nuit je te prête un t-shirt.

Zazou me saute au cou.

C'est quand même chouette, une fille.

**20h13**. Zazou n'en revient pas de la fricassée de poulet au curry qui trône dans son assiette. À chaque bouchée elle répète en boucle.

— Whaou, Charlotte, c'est super bon !

— Désormais Charlotte cuisine, confirme Marc en reprenant du riz aux raisins secs et amandes.

Max rigole en louchant vers la poubelle pleine de cadavres Picard.

La venue de Zazou a du bon. Impossible d'aborder le sujet épineux devant elle. C'est reposant. Ça allège l'atmosphère.

Mais ce n'est que partie remise.

Marc attend que je sois au lit pour lâcher la bombe.

— Annie est venue au cabinet cet après-midi.

Je pose mon iPad. La lecture du *New York Times* attendra.

— C'est pour cela que je t'ai appelée. Elle s'est garée devant l'immeuble. Je voulais t'éviter un choc.

Traduction : il craignait que je ne pète un plomb.

— Pourquoi?

— Elle allait mal. J'ai préféré la voir au cabinet.

Il me regarde. On dirait un labrador attendant sa récompense.

J'inspire profondément.

Côté pile : il avait promis de ne plus la voir. Probabilité qu'il tienne ladite promesse ayant été estimée à 6,3%.

Côté face : il a avoué son forfait. C'est un ( faible ) progrès.

— Et alors ?

— Elle panique pour son examen de septembre. En juin elle l'a raté à cause du stress. À cause de nous.

Il accompagne ses paroles d'un grand geste enveloppant.

— Rater un examen de toilettage, il faut le faire.

— Elle panique lors des contrôles. Elle a raté son bac. Et n'a eu son permis de conduire qu'à la cinquième tentative.

— En fait, c'est une femme d'intérieur. Elle aime la cuisine, la décoration. Et les animaux. Maintenant que ses enfants sont adultes elle a envie de travailler.

Ce doit être sympa de travailler juste pour le plaisir. Tandis que le mari cocu bosse pour... vivre.

— Elle a une cliente importante la semaine prochaine. Un projet... Une véritable opportunité pour elle...

Je n'écoute même plus. Peu m'importe la vie d'Annie.

À condition qu'elle sorte définitivement de la mienne.


## VENDREDI 20 JUILLET

La journée est consacrée au déménagement de Sidonie.

Au moment du départ Mme Duchemin pleure quasiment de joie. Elle reste sur le perron, regarde la voiture s'éloigner. Soit elle craint que Sidonie ne rebrousse chemin. Soit elle désire profiter à fond de l'envol de sa plus envahissante pensionnaire.

Personnellement je penche vers la deuxième hypothèse.

L'après-midi tout entier est sacrifié au rangement.

Afin de ne pas abuser des bonnes choses je suggère de remettre au lendemain le tri des draps et des serviettes de toilette.

— Mais non, allons-y, proteste Sidonie du fond de son fauteuil. Je ne suis pas fatiguée.

Et c'est reparti.

Deux heures plus tard j'en sors fourbue et Sidonie en pleine forme.

Elle enchaîne aussitôt sur un restaurant avec Archibald

Je n'ai même pas l'énergie de cuisiner Picard. On commande des pizzas et tout le monde est ravi.

Même Marc.

Nous nous endormons l'un contre l'autre. Je sens sa main autour de ma taille, ses lèvres qui s'attardent sur mon cou.

Je suis trop exténuée pour penser.


## LUNDI 23 JUILLET

Je me sens en vacances.

Depuis le départ d'Archibald c'est la grève des fax et des mails.

K.N prend le relais en direct à Los Angeles. Ses courriers saturés d'abréviations ne me manquent pas.

Je n'ai aucun nouveau client. Aucun dossier en retard. Le tribunal fonctionne au ralenti. Ainsi que Topazéo dont la collection de maillots de bain de l'année prochaine est en gestation.

La paix.

J'ai la paix.

Même mon rendez-vous chez Maître Vergot tombe à l'eau.

Je m'apprête à sortir lorsque son assistante m'appelle.

— Désolée de vous prévenir si tard, Charlotte. Mme Sacks vient d'annuler le rendez-vous.

Aucun problème. C'est l'américaine future divorcée. Sa situation me rappelle trop la mienne. Par un système de vases communicants elle influe directement sur mon humeur.

Ce serait dommage car aujourd'hui je me sens légère.

En raccrochant se pose une seule question : que vais-je faire ?

Pas la lessive. Ni le repassage.

Encore moins le jardinage.

Rien.

Je ne vais rien faire.


Je n'y arrive pas.

Paresser le weekend, je peux.

Mais en semaine, ça ne passe pas. Mon compteur interne refuse.

Je passe donc la matinée à m'acquitter de toutes les tâches rébarbatives que j'esquive depuis des mois.

J'achète du désherbant.

Ainsi que des sacs-aspirateurs. Et pas n'importe lesquels comme je fais d'habitude. Cette fois-ci je vérifie la marque. Et le modèle.

Prise de perfectionite aiguë je ne recolle pas la poignée de la porte du sèche-linge avec de la colle forte qui se décollera dans deux jours. Je la laisse pendouiller misérablement et j'appelle le SAV qui me donne un rendez-vous lundi prochain entre huit heures et dix-neuf heures.

Impossible d'engueuler le téléopérateur à l'accent indéfini. Il débite mécaniquement son texte et se trouve probablement à mille kilomètres de mon sèche-linge.

Malgré tout je tente. Poliment. En prenant sur moi et la moutarde extra-forte que je sens grimper.

— Auriez-vous un créneau plus précis ?

— Le premier rendez-vous disponible est lundi 30 juillet entre huit heures et dix-neuf heures. Puis-je faire autre chose pour vous ?

Non. Surtout pas.

Je suis tellement dégoûtée que je ne change pas l'ampoule du spot de l'entrée. Et je bricole le cordon de la douche avec du scotch plutôt que d'en acheter un nouveau.

Tant pis pour les bonnes intentions.


SMS de Victoire qui passe deux semaines à Ciboure dans la famille de Rémi :

<M'ennuie à mort. Belle-famille indigeste. Repas ignobles. Mais soleil, enfants s'éclatent, Rémi gentil. Bizz.>


— C'est pareil tous les ans, commente Clem qui a reçu le même texto. Sa belle-mère ne supporte pas que Victoire se mêle de cuisine.

— Elle profite des vacances pour mitonner les plats préférés de son fils chéri.

— C'est-à-dire hachis parmentier et coq au vin.

— En pleine canicule !

— Sans oublier les tartes tatins et les mousses au chocolat.

— Souviens-toi, l'été dernier elle a pris quatre kilos.

— Et passé les trois mois suivants à pester pour les perdre.

Clem sourit. N'étant encombrée d'aucune belle-famille les mésaventures de Victoire l'amusent.

Un appel de la réception nous ramène au présent. Les clients de la suite royale partent cet après-midi. Prévoir de les raccompagner avec cadeau d'adieu.

— C'est calme, commente Clem en raccrochant. La fermeture est dans un mois.

À mes yeux de néophyte rien n'a changé. Le parking abrite toujours autant de Mercedes et de Porsches dernier modèle. La terrasse déborde de clients bavardant autour des fameux cafés gourmands du chef pâtissier. Et en traversant le hall j'ai surpris la conversation d'un couple se plaignant du manque d'intimité autour de la piscine.

— Les nouveaux patrons ont revu les travaux à la baisse, poursuit Clem. La piscine et le restaurant restent en l'état et la réfection des chambres devrait être achevée en huit mois.

Je lève un sourcil interrogateur tandis qu'elle enchaîne.

— La plupart du personnel est reconduit, y compris Jean-Loup et moi.

Enfin une super nouvelle. Clem garde son poste. Plus de danger de déménagement lointain. Je suis soulagée pour elle, et pour moi.

Malgré cela je lui trouve un air chiffonné. Elle est si dynamique, craindrait-elle de s'ennuyer.

— Pense à tout ce que tu pourras enfin faire. Voyager, faire du sport, reprendre la peinture, faire du tricot...

Pour le tricot, je plaisante.

— Le problème est que...

— L'argent ?

— Oui. Enfin, non...

— C'est oui ou c'est non ?

— C'est Jean-Loup. Son ex-femme lui ayant tout piqué, il n'a aucune économie.

Connaissant la nature généreuse de Clémentine je soupçonne que le vrai problème est ailleurs.

— Et ?

— Il refuse que je l'entretienne, comme il dit. Et il ne pointera pas au chômage. Par principe.

Je vois. Ce qui aurait pu être un congé sabbatique plus lune de miel vire recherche d'emploi frénétique.

— Du coup on cherche tous azimuts. Deux emplois, de préférence dans le même hôtel. Et pour moins d'un an.

Autrement dit la perle rare et introuvable. Je comprends pourquoi elle est inquiète.

— Tu as des pistes ?

Elle fait la grimace.

— Jean-Loup a reçu une offre pour Abu Dhabi. Et moi pour Oslo. Si c'est pour être loin de lui, je préfère rester ici.

— Il a accepté l'offre ?

— Non.

Une pause.

— Pas encore.


## MERCREDI 25 JUILLET

Depuis ce matin je ne me sens plus en vacances.

À huit heures appel de Sybille, l'assistante de Maître Vergot.

— Pouvez-venir rapidement ? C'est urgent.

Trente-cinq minutes plus tard ( un record toutes catégories confondues ) je franchis la porte du cabinet.

— Merci d'avoir fait si vite, souffle Sybille en me poussant vers le bureau de son patron.

Même pas le temps de donner à Oscar le biscuit que j'ai apporté. En me voyant il s'est précipité vers moi en remuant la queue, mais sa maîtresse l'a renvoyé vers son panier.

— L'heure est aux affaires sérieuses.

En effet.

Le mari de Vicky Sacks, l'américaine virulente, a été renversé hier soir par une voiture qui a pris la fuite. Il est décédé sur place et sa veuve est soupçonnée d'avoir commandité le meurtre.

Voire pire.

— Elle n'a pas d'alibi au moment du crime, explique Maître

Vergot. Par contre elle a un mobile. N'étant pas encore divorcée elle hérite de toute la fortune de son mari.

Une fortune colossale qui visiblement compense la perte d'un mari honni car la veuve arrive précédée d'un nuage de parfum et vêtue d'un jean slim blanc, un t-shirt de soie beige et des sandales à talon en vernis blanc.

Maître Vergot lui explique ce qui l'attend. Un interrogatoire de police, des recoupements entre ses déplacements et ses communications téléphoniques, une enquête auprès de ses connaissances.

D'un geste nonchalant elle balaie les questions. Explique qu'elle a passé la soirée à regarder un film en DVD. Pas d'appels. Pas de visites.

Pas d'alibi.

— J'aime beaucoup la tranquillité, affirme celle dont les soirées jet-set font les gros titres des magazines people.

Je traduis d'un ton neutre.

Maître Vergot ébauche un rictus vite réprimé.


Je quitte tout juste le cabinet, non sans avoir donné son biscuit à un Oscar reconnaissant, lorsque mon portable sonne.

C'est Max.

— J'me sens pas bien.

Il est midi. Il vient de se réveiller.

— Tu dois avoir faim. Fais-toi une tartine.

— C'est pas ça. J'arrive pas à faire pipi.

Celle-là il ne l'avait jamais faite.

— Tu feras plus tard.

— Non. J'ai envie mais j'arrive pas.

Allons bon.

— Où es Zazou ?

— Elle dort.

— Ne t'inquiète pas. J'arrive.

Vingt minutes plus tard je suis derrière la porte des toilettes.

— Alors ?

— J'peux pas.

Zazou qui entretemps s'est réveillée y va de sa théorie.

— Il a peut-être quelque chose de bouché.

Je lui jette un regard noir. Déjà que Max est aussi hypocondriaque que son père.

— Fais quelque chose, crie Max.

J'appelle Marc et lui expose le problème. Il offre plusieurs solutions. Faire couler de l'eau. Aller sous la douche. Boire un grand verre d'eau.

Max s'exécute.

Toujours rien.

Il commence à paniquer. Devant son insistance j'appelle notre médecin.

— C'est un problème de miction passager, diagnostique-t-il. Dans une heure ou deux tout rentrera dans l'ordre.

— Tu vois, dis-je à Max. Tu t'inquiètes pour rien. Ça va passer tout seul.

À seize heures ça ne va pas mieux. Il a de plus en plus envie. Et mal.

— Quels sont les médicaments prescrits par son psy ? s'enquiert le généraliste que je rappelle.

Je lis l'ordonnance.

— C'est une rétention urinaire due à l'une des molécules. Il faut l'amener aux urgences.

Pendant tout le trajet Zazou distrait Max en chantant et disant des blagues. Aux urgences, par fait extraordinaire, pas d'attente. Le diagnostic est confirmé et Max traité.

À l'aide d'une sonde urinaire.

Je vous passe les détails. Ainsi que la douleur. Zazou et moi sommes dans le couloir à nous tordre les mains. Marc, qui nous a rejoints, est au téléphone avec M. Gourdan, le pédopsychiatre.

— Oui.

— Je comprends.

— Très bien.

Il raccroche sèchement.

— Ce sont bien les médicaments.

— Et alors ?

— Ce sont des choses qui arrivent. Les effets secondaires.

— C'est tout ?

— C'est tout. Il n'est pas inquiet. Ni même concerné.

J'encaisse l'information tandis que Max nous rejoint.

Il est blême.

Nous aussi.


La soirée se passe sur le qui-vive. Au moindre mouvement de Max trois paires de yeux se braquent sur lui.

Où va-t-il ? À la cuisine ? Se laver les mains ? Ou...

Le médecin nous a prévenus.

— Si ça ne va pas, vous le ramenez demain matin. Il faudra refaire...

Ah non, pas la sonde.

À l'intérieur je maudis M. Gourdan et ses médicaments. En surface je la joue cool. Décontractée, pas inquiète.

Pas inquiète du tout.

Contrairement à Marc qui interroge son fils toutes les trois minutes.

Comment te sens-tu ? Ça va mieux ? Juste un peu ou beaucoup ? Sur une échelle de un à dix ?

Au quinzième round Max explose.

— Lâche-moi avec tes questions. Et puis j'en ai marre d'être toujours malade.

Il quitte le salon en trombe, suivi de Zazou qui, ayant manqué de se prendre la porte en pleine figure, la referme doucement en nous disant bonne nuit.

Marc me lance un regard navré. Je me blottis contre lui et nous lisons, d'abord sur le canapé, puis au lit.

Le temps passe. De temps à autre Marc vérifie l'heure sur son portable Je consulte ma montre. La tension monte. L'angoisse aussi, mais je ne dis rien. Marc non plus. La crainte, verbalisée, n'en serait qu'amplifiée.

À minuit onze un hurlement de joie nous parvient du couloir.

La robinetterie s'est remise en route.

Tout va bien. On peut dormir. Tranquilles.

## VENDREDI 27 JUILLET

À neuf heures je suis chez Sidonie qui du fond de son canapé entreprend un nettoyage de mi-été. Les meubles doivent être déplacés et le moindre grain de poussière pourchassé.

L'exécutante, c'est moi.

Tandis que je me démets les vertèbres elle s'inquiète pour Archibald qui selon elle s'épuise à Los Angeles.

— Hier il a visité neuf locaux à vendre, peste-t-elle. Tu te rends compte ? À son âge

Depuis son départ les seules nouvelles proviennent de Sidonie. Malgré le décalage horaire il lui téléphone tous les soirs.

— Il veut ouvrir un restaurant ici, ajoute-t-elle. Avec tous ces projets notre croisière semble compromise.

Croisière ? Quelle croisière ?

Sidonie rougit comme une gamine prise en faute.

— Tu n'es pas au courant ? s'enquiert-elle d'un air faussement innocent.

— Pas du tout.

— C'est une idée d'Archibald. Visiter les capitales nordiques. Oslo, Saint-Petersbourg.

Sidonie sourit, rêveuse, tandis que je prends note du « nous » assez révélateur.

Je m'apprête à la questionner lorsque on sonne à sa porte.

— Tu attends quelqu'un ?

— Non.

C'est sa voisine d'en face, venue discuter d'un problème de

gouttière. Tandis que la conversation s'éternise je délaisse les moutons pour consulter mes messages.

Le premier est de Victoire :

<Empoisonnement aux moules de Rémi !! Belle-mère toujours atroce. Temps pourri. Enfants au bord de l'implosion. On rentre dès que possible.>

La pauvre. Depuis hier le sud-est en alerte orange. Orages et pluies torrentielles ont remplacé le soleil. Ça tombe mal.

Je passe au message suivant.

<Pouvez-vous me rappeler dès que possible ?>

Maître Vergot.

Je compose aussitôt son numéro. C'est au sujet de sa cliente, Vicky Sacks. Afin d'échapper à la presse elle a quitté sa villa de Mougins et s'est réfugiée dans celle d'un ami au Cap d'Antibes.

— Je serai chez elle à seize heures, m'informe-t-il. Pouvez-vous m'y rejoindre ?

Je note l'adresse et, après avoir raccroché, prend connaissance d'un SMS de Marc.

<Vais nager. Tu viens ?>

L'égalité des sexes, j'y crois.

En tout.

Sans exception.

Sauf que... question baignade... l'avantage est indéniablement masculin.

Voilà. Marc et moi avons parcouru un kilomètre à la nage. Lui en vingt minutes, moi en quarante-six, mais, bon, passons.

Nous sortons de l'eau. Marc s'essuie, se tartine le visage de crème solaire, se rhabille. Et hop, il est prêt à l'emploi.

Un saut en voiture plus tard, le voilà à son cabinet, impeccable, à l'écoute de ses patients, seule une légère odeur d'iode trahissant son passage en mer.

Côté charlottien c'est autre chose.

Je sors de l'eau. Je m'essuie. Mes cheveux ( longs ) sont poisseux. Je les peigne et rencontre des noeuds sur lesquels je m'acharne avec l'effet désastreux que l'on imagine. J'essore, je tire, je coiffe. Au final, encouragée par la chaleur ambiante, ma chevelure triple de volume. Racines plates, pointes en folie, c'est du meilleur effet. D'autant que mon maquillage waterproof a coulé et que j'arbore des yeux de raton-laveur.

Que faire ? Me rendre à mon rendez-vous, en l'occurrence avec Maître Vergot et Vicky Sacks, en ressemblant à un chat de gouttière passé à l'essoreuse?

Ou consacrer quarante-cinq précieuses minutes à me redonner un aspect décent ?

J'opte pour la perte de temps.

Sans hésitation.

Calme et douceur, a prescrit Archibald.

J'y ajoute : allure et... sexe.

**18h09.** Malgré mon jean slim beige et mon top The Kooples ( acheté en me connectant à six heures du matin sur un site de vente privée ) je ressors de chez Vicky Sacks en me sentant moche. Mal fagotée. Grosse, malgré mes quatorze kilos en moins et mon petit 36.

Il y a des femmes comme cela. Trop minces. Trop belles. Trop impeccables. Vicky Sacks est de cette race. Le décès de son mari et le spectre d'une mise en examen n'entament en rien son allure folle, dans une mini-robe jaune pâle moulante mettant en valeur une poitrine trop parfaite pour être honnête et de longues jambes fines et racées.

Même Maître Vergot peinait à rester concentré et plus d'une fois j'ai surpris son regard s'aventurant là où il devait pas.

— À lundi, me dit-il en s'engouffrant dans sa voiture, soulagé d'échapper à l'emprise de sa cliente.

J'hésite à rentrer. Marc termine tard ses consultations. Max et Zazou sont à la plage.

Et si j'allais voir Clem ?

En montant les marches qui mènent à l'entrée du palace, je ressens l'agitation. Des voix haut perchées. D'incessants va-et-vient. Des clients bruyants.

Jean-Loup, assiégé derrière son bureau, me fait un rapide signe de la main tout en jonglant entre trois clients et deux téléphones. Son collègue fait de même. Deux grooms manquent de m'assommer en transportant de gigantesques cartons.

Que se passe-t-il ?

— Tu tombes bien, dit Clem alors que je pénètre dans son bureau. J'allais t'appeler.

Elle se lève, m'embrasse et ferme soigneusement la porte.

— C'est au sujet de ton boulot ?

— Non. Enfin, oui aussi. Mais d'abord...

Quelqu'un frappe à la porte et l'ouvre sans attendre la réponse.

— Vite, Clémentine, on a besoin de toi. Le photographe menace de partir car M. Loiseau lui interdit l'accès à la piscine. Pour des raisons d'hygiène.

Je n'ai rien compris.

Elle si.

— Merde alors, s'écrie-t-elle.

D'un bond elle est dans le couloir.

Je me retrouve seule dans le bureau. La pièce est grande, fonctionnelle, située tout au fond de l'aile droite du bâtiment. Un long bureau en verre coiffé d'un ordinateur, de deux téléphones et de plusieurs photos de Tigre enfant. Deux crédences dont s'échappent une multitude de dossiers en souffrance. Trois chaises relativement inconfortables. Un fauteuil. On est loin de l'opulence extravertie de la conciergerie et des salons de réception.

Malgré tout Clem est satisfaite.

— Ici je suis chez moi, sans devoir de représentation. Les clients, je les rencontre ailleurs.

Et puis il y a la vue sur le parc arboré et la majestueuse allée menant à la mer. Le tout ponctué du turquoise marin sur lequel flottent des bateaux, inondé du soleil qui s'invite par la grande baie vitrée.

Bref, une vue qui rend immatérielle la non-décoration du bureau.

Je m'approche de la fenêtre. Une jeune femme à la longue chevelure trempée, vêtue d'un paréo et de spartiates, se dirige vers la terrasse. Un couple, tenant en laisse un adorable westie, se promène nonchalamment. Un peu plus loin un labrador et son maître font leur jogging. Et puis…

— Ça y est, c'est réglé, annonce Clémentine en claquant la porte. Alors, tu as vu ?

Elle me rejoint près de la fenêtre et pointe vers le parc où un beagle batifole avec le westie.

Soit je suis bouchée, soit elle n'est pas claire.

Je coche la seconde case et j'attends.

— Annie. Je crois qu'elle est dans les parages.

C'est fou la réaction qu'un mot, un seul petit mot, peut avoir sur un organisme énervé.

D'un coup j'ai à la fois très chaud. Et très froid.

Clem déverse un flot d'explications. J'en retiens qu'au cours des trois prochains jours le célèbrissime Mickey Harrison met en scène quatre top modèles dans le parc de l'hôtel.

— Avec Douchka, la caniche de Mme Ostrogov, et trois autres chiens. Style la belle et la bête.

— Et Annie ?

— Elle s'occupe de Douchka car sa gouvernante attitrée est en vacances.

— Le chien a une gouvernante ?

— Sa toiletteuse, dame de compagnie… Appelle ça comme tu veux. Douchka est célèbre. Elle est un compte Twitter, un compte Instagram, une page Facebook et même une chaine sur Youtube. Je le sais par Jean-Loup.

— Elle a des followers ?

— Cent soixante-dix mille, m'annonce Clem en pouffant de rire. Et avec le *Vogue* américain elle va exploser.

— Parce que les photos... ?

— Sont pour le *Vogue* américain. Douchka photographiée par Mickey Harrison, tu imagines ? Mme Ostrogov est folle de joie.

Moi c'est Annie qui m'obnubile. J'ouvre la porte-fenêtre, je scrute.

Rien.

Vingt-trois minutes plus tard je passe en revue le parking avec ses luxueuses SUV auxquelles se mêlent quelques décapotables et dans un coin, deux voitures pourries.

Pas de Coccinelle jaune.

Où peut-elle bien être ?

Il est dix-neuf heures. J'appelle Marc.

— Je suis en consultation, annonce-t-il d'emblée.

— Ok, à tout à l 'heure.

Cinq minutes plus tard, j'aperçois sa Golf, sagement garée devant son cabinet.

Aucune Coccinelle en vue.


Nous sommes presque endormis lorsque Marc m'interroge.

— Au fait, pourquoi m'as-tu appelé tout à l'heure ?

Son ton est naturel, sans suspicion.

Mentir étant devenu une seconde nature, je débite le premier bobard qui me traverse l'esprit.

— Pour te proposer d'aller nager. Il y avait un magnifique coucher de soleil à l'Olivette.

Marc semble agréablement surpris.

— Quelle bonne idée, répond-il en m'attirant vers lui. Allons-y demain.


## SAMEDI 28 JUILLET

Je jure que ce n'était pas prémédité.

Du tout.

J'avais prévu tout autre chose. D'abord une manucure-pédicure (avec vernis semi-permanent pour éviter de rayer la carrosserie sitôt sortie de l'institut ), puis natation avec Marc, suivie d'une mini-séance de bronzage sur la plage en prenant soin de garder le visage à l'ombre selon les conseils des magazines féminins.

Une journée zen. Autant que j'en sois capable.

J'avais en tous cas décidé de me bichonner.

Sans complexes.

Autant dire que l'appel de Maître Vergot à neuf heures douze n'est pas le bienvenu.

Il se répand en excuses, et entre dans le vif du sujet.

— C'est au sujet de Vicky Sacks. Elle a donné sa version des faits au magazine *People Life*. L'interview sort aujourd'hui.

Grand soupir de Maître Vergot. Il est en chemin vers sa cliente pour lui passer un savon.

Au fait, comment traduit-on « savon » en anglais ?

Quatre heures. Quatre heures pour faire comprendre à Vicky Sacks ce qui tient en deux mots : shut up.

La ferme.

Silence.

Une heure d'attente car « Madame se prépare ». Une autre heure pendant que « Madame arrive ».

Et deux heures de discussion entrecoupées d'appels téléphoniques. À moins que ce ne soit le contraire.

En sortant Maître Vergot a l'air hagard. Il me serre la main, me remercie et se précipite dans sa voiture. Je le vois enlever sa veste, défaire sa cravate, s'essuyer le front, puis rejeter sa tête en arrière, contre l'appui-tête.

Une petite sieste ?

Tout en démarrant le moteur je réfléchis. Trop tard pour l'institut de beauté. Alors quoi ? Natation ? Bronzage ? Lecture ? Marche ?

Ce sera le Riviera Palace Cap d'Antibes.

Ça se fait tout seul. En quittant la villa de Vicky Sacks je tourne à droite comme prévu, puis à gauche, et de nouveau à gauche.

C'est là que cela déraille. Pour rentrer chez moi je dois aller à droite.

Au lieu de quoi la voiture tourne à gauche.

Toute seule.

Je jure que je n'y suis pour rien.

Un moment j'étais sur l'avenue de la Salis. Et deux minutes plus tard je me retrouve devant l'entrée du Riviera Palace Cap d'Antibes.

Comme ça. Bêtement. Sans le vouloir.

Bien sûr je pourrais faire demi-tour. Mais je suis arrivée. Face à la grille.

Je me dis que je mérite un café avec Clémentine.

Le samedi est son jour de congé. Mais, selon ses propres mots…

— C'est variable. En période de rush je suis sur le pont tous les jours.

C'est clair. Une vérification en personne s'impose.

Voilà pourquoi je pénètre à quatorze heures neuf dans le parking bondé de l'hôtel.

Première allée. Tournant à droite.

Deuxième allée.

Bing.

En plein milieu.

La Coccinelle jaune. D'Annie.

Et juste à côté une place vide.

Je freine. Je regarde. J'hésite.

Je passe mon chemin.

Je ne nie pas toutes les mauvaises idées qui me traversent l'esprit. Calandre rayée par une clé. Pneus crevés. Vitre brisées. Essuie-glace tordu.

Mais je ne dispose pas du matériel nécessaire. Sans oublier que le parking est sous surveillance vidéo.

La tête que ferait ce pauvre Maître Vergot si je le sollicitais pour me sortir de garde à vue.

Non.

Je pars à la recherche d'un emplacement non contaminé et me glisse près d'une Peugeot bleue située deux rangées plus loin

Et voilà.


Contre toute attente Clem est dans son bureau.

Débordée.

Au fond du parc règne un remue-ménage impressionnant. Deux assistants installent les caméras. Trois autres testent les projecteurs et les réflecteurs. Deux jeunes femmes poussent un portant chargé de robes. La maquilleuse déballe ses fards sur un tréteau. Mickey Harrison promène sa longue silhouette dégingandée de l'un à l'autre, donne des ordres, échange quelques mots avec une femme à la quarantaine très mode qui doit être la rédactrice mode de *Vogue*.

Pas un chien, ni un top model à l'horizon.

— Il me rend dingue, s'exclame Clémentine en pointant du doigt le photographe. Pas étonnant qu'il se soit fait virer du Grand Palace de Mougins.

— Comment ça, virer ?

— Le tournage était prévu au Grand Palace. Le premier jour Mickey Harrison a installé les chiens à table dans la salle à manger, servis par les mannequins. Les clients et le directeur n'ont pas apprécié.

Clem sourit. Moi aussi.

— Le lendemain il a voulu les photographier dans la piscine. Le directeur s'y est opposé. Mickey, très prima donna, est passé outre.

— Et le directeur les a virés.

— Précisément.

Le téléphone sonne. Clem s'affaire.

Je me poste à la fenêtre.

Rien. Ni chiens. Ni Annie.

Et puis que ferais-je si je la voyais ?

Probablement rien. Ou si peu. Un regard noir, lourd de mépris. Une salve sarcastique. Une méchante pique. Rien de dramatique.

— Ils ont donc atterri ici, reprend Clem. Grâce à Mme Ostrogov à qui M. Loiseau, ne peut rien refuser. C'est notre meilleure cliente.

Un coup d'oeil à sa montre et elle se lève.

— Attends-moi. Je vois un client mais ce sera rapide. De toutes façons je suis coincée ici jusqu'à la fin du shoot.

Elle accompagne ces derniers mots d'une grimace éloquente.

— Et le concert ?

C'est l'évènement de l'été. Diana Krall à la Pinède. Deux mille places vendues en ligne et en trente minutes. Clem en a arraché deux en surfant simultanément sur son ordinateur, sa tablette et son iPhone.

Elle était aux anges... Maintenant elle ébauche un geste d'impuissance vers le parc et Mickey

À peine est-elle sortie je reprends le gué devant la fenêtre. Deux silhouettes longilignes ne pouvant appartenir qu'à des mannequins descendent l'allée. La directrice artistique, tout de noir vêtue, les accueille, la maquilleuse effectue quelques retouches, Mickey Harrison les mitraille.

Toujours pas de canidés dans ma ligne de mire qui est, je le reconnais, tronquée.

Le bureau de Clem étant à l'extrémité gauche du bâtiment je n'ai aucune visibilité à droite.

Ouvrir la baie vitrée me paraît la solution évidente.

La réaliser est une autre paire de manches car, sécurité de palace oblige, elle est bardée de deux verrous anti-effraction. Je tire, je pousse, je cogne ( un peu ), je comprends le mécanisme, je cherche. Et je finis par trouver la clé dans le cendrier vierge qui traîne sur le bureau.

Me voici sur le gazon.

Au loin les préparatifs se poursuivent. Je perçois des éclats de voix, un tube de Beyoncé. D'après Clem Mickey Harrison ne travaille qu'en musique. Le directeur du Mougins Palace n'était pas fan.

Je tente quelques pas à droite, à gauche, encore à droite. J'hésite, je m'arrête.

Et j'entends sa voix.

— Mitzi, Mitzi, où es-tu ?

Le son est haut-perché, irisé de peur. Elle est hors champ mais les cris se rapprochent, avec des bruits de pas précipités.

Je suis paralysée. Que faire, que dire lorsque dans quinze, dix, cinq secondes elle sera face à moi dans ce coin isolé du parc, à l'abri des regards des clients et du personnel ?

C'est l'occasion rêvée pour...

À ce moment surgit d'un buisson une boule de fourrure blanche qui, lancée à vive allure, méjuge sa trajectoire et termine sa course dans mes jambes.

Alors que le temps presse la boule de poils frétille à mes pieds.

Vite je me baisse, l'empoigne et bats en retraite vers le bureau de Clem. Je jette mon fardeau sur le fauteuil et le dissimule hâtivement sous une écharpe de mousseline verte. Pas sûr que Clem appréciera l'usage que je fais du premier cadeau de Jean-Loup, mais tant pis.

— Mitzi, Mitzi, viens ici.

La voix est proche. Impossible de me cacher, je dois fermer la fenêtre et empêcher Mitzi de prendre la poudre d'escampette.

Huit secondes plus tard Annie déboule, le cheveux en bataille et l'air affolé.

— Vous n'auriez pas vu un...

Elle me reconnaît et s'interrompt, stupéfaite.

Je la toise en silence, un sourire moqueur aux lèvres.

Elle hésite, la peur l'emportant sur l'envie de s'esquiver.

— Avez-vous vu un petit caniche blanc ? Un chiot. Il s'est enfui.

— Pas du tout.

Mon ton est calme, détaché. Son regard interrogateur s'attarde sur moi, puis elle tourne les talons, se doutant qu'aucune aide n'est à espérer.

En la regardant partir je verrouille la fenêtre, puis tire les rideaux. Sur le fauteuil l'écharpe s'anime de soubresauts. Mitzi couine. Elle tente de se libérer, s'empêtre dans l'écharpe et se met à japper.

J'arrive à la rescousse, la désentortille et sens couler sur mes doigts un liquide chaud.

— Non, Mitzi, non.

Je la soulève. Trop tard. L'écharpe de Clem est trempée. Ainsi que le siège du fauteuil. Et le bord de ma jupe.

C'est une inondation. Sans rapport avec la mini-taille de la bestiole.

Mitzi se trémousse et me gratifie de coups de langue.

Elle est craquante malgré le noeud rose géant dont elle est affublée. Je lui caresse la tête, les oreilles. Ravie, elle bascule sur le dos, les quatre pattes en l'air, pour une partie de gratouille à laquelle je me soumets volontiers.

Dans le parc l'effervescence augmente. Annie repasse en courant. Les employés de l'hôtel s'affolent. Au bas de l'allée l'agitation gagne Mickey Harrison et son équipe. Les cris montent.

Il n'y a pas de temps à perdre. Vite, passons à l'opération camouflage. J'interromps les papouilles le temps de réparer les dégâts. D'une main je maintiens Mitzi tandis que de l'autre j'éponge le fauteuil. La boite de mouchoirs en papier y passe sans résultat probant.

Le coussin, qui macère dans l'urine, a viré couleur moutarde. Et je vous passe l'odeur.

Le remue-ménage gagne les salons. J'entends des ordres jetés d'une voix forte, des cris, des pas rapides. J'accélère le nettoyage. Au moment où je roule en boule l'écharpe ruisselante de Clem la porte s'ouvre.

— Clem, il faut que...

Jean-Loup stoppe net. En un coup d'oeil il saisit la situation.

Mitzi. Le fauteuil trempé. La poubelle débordant de preuves dégoulinantes. L'écharpe de Clem.

Et moi.

Je ne lui en voudrais pas de se fâcher. J'ai kidnappé la chienne de sa meilleure cliente et suis responsable du cataclysme qui semble s'être abattu sur l'hôtel. Telle une gamine prise en faute j'attends l'engueulade qui ne devrait s'abattre sur moi.

Au lieu de quoi il éclate de rire.

Un rire tonitruant qui part du plus profond de sa personne, secoue ses épaules, agite son ventre et creuse sous yeux une rigole de larmes. Un rire qui l'empêche d'articuler le moindre mot, le fait hoqueter, se reprendre, s'interrompre.

Et qui est contagieux. Lorsque Clem revient dans son bureau nous sommes dans les bras l'un de l'autre, pliés de rire.

— Je vois qu'on ne s'ennuie pas sans moi, dit-elle d'un air faussement pincé.

Entre deux gloussements je pointe vers Mitzi qui s'est réfugiée sous la table. À son tour elle est gagnée par l'hilarité.

On frappe à la porte. Trois coups secs qui nous dégrisent aussitôt.

— Une seconde, répond Clem.

— Vite, vite, chuchote Jean-Loup en empoignant Mitzi et nous poussant toutes deux dans le placard à vêtements.

Heureusement nous sommes en été. Mis à part un imperméable, quelques chemisiers et un tailleur de rechange la penderie est vide. Mitzi qui semble trouver l'interlude à son goût se tortille. Je la caresse tout en tendant l'oreille.

Une voix d'homme, ronde et puissante, teintée d'un fort accent étranger, domine la conversation. Il est question de Mitzi bien sûr. Je saisis quelques mots au vol.

Douchka, photos, catastrophe.

Et aussi Ostrogov, police, scandale.

Le ton monte, ainsi que la tension, malgré les appels au calme de Clem et de Jean-Loup. Dans l'obscurité malcommode de ma prison, coincée entre les porte-manteaux, peinant à contenir les ardeurs de Mitzi qui trouve le jeu long, je m'interroge.

Suis-je seule responsable de ce chaos ? Ai-je fourré mes amis dans le pétrin en m'emparant de Mitzi ?

Je dois faire face, les défendre face à ce cosaque.

J'empoigne Mitzi qui glousse de plaisir. Je tâtonne pour ouvrir le placard. Je pousse. C'est bloqué. J'insiste. Les battants résistent.

Du bureau me parviennent des bruits de pas, une porte qui claque, le grincement d'une clé verrouillant une serrure.

Puis rien. Le silence..

Ils sont sortis. Je suis seule. Et claustrophobe.

Un tsunami d'angoisse me submerge.

Je martèle les battants, je tambourine. La panique monte, se transmet à Mitzi qui geint doucement.

Impossible de faire céder l'armoire. Ne restent que les grands moyens.

Je rassemble mes forces, prend mon élan ( recul : trente centimètres ) et frappe le panneau de toutes mes forces, mon épaule droite servant de butoir.

Il lâche brusquement, dans un grand craquement de bois meurtri. Des fragments de porte tournoient dans la pièce. Dans la lancée Mitzi et moi nous écrasons près du bureau de Clem. Ma tête heurte un pied en acier, ma jambe gauche s'écrase contre la crédence, mon épaule est en feu et mon chemisier s'est déchiré. Devant. De haut en bas.

Je suis sonnée. Mitzi est indemne. Elle se dégage de mon emprise et lèche mon visage avec application.

— Mon Dieu, que se passe-t-il ?

La porte prestement déverrouillée s'est ouverte sur Clem. Elle se précipite vers moi et m'aide à me relever.

— Dépêche-toi, la police arrive.

— La police ?

— C'est trop long à expliquer.

Elle saisit une chemise dans l'armoire et me la tend.

Vite, change-toi. Et tâche d'avoir l'air innocent en répondant aux questions.

— Pourquoi moi ?

Je flotte dans le chemisier de Clem. Elle m'inspecte d'un oeil critique, défait sa ceinture et me la tend.

— Mets cela. Et puis...

En fourrageant dans un cabas oversize en cuir rose elle extirpe une pochette de maquillage dodue. Un coup de blush rose, du mascara *Hypnose Drama*, une touche de gloss et je deviens une nouvelle femme.

— Parfait, commente Clem en raidissant au fer vapeur ma frange rebelle.

Pas mal le look. C'est décidé, la semaine prochaine ce sera shopping maquillage. Mes trois misérables rouges à lèvres et fards à paupières ont fait leur temps. C'est l'occasion de renouveler une panoplie qui a largement dépassé sa date de péremption. Sans oublier que...

— Tu as fini de t'admirer ? interrompt Clem tout en apposant une chaise contre les battants déglingués du placard.

Je rougis en lui rendant son gloss.

— Mme Ostrogov veut porter plainte pour complot, sabotage et kidnapping. Tous les employés seront interrogés. Ainsi que les clients.

Je tombe des nues.

Clem balaie mes questions d'un revers de main.

— Les flics arrivent. Tu en dis le moins possible. En gros tu m'as rendu visite et tu as croisé Annie qui cherchait Mitzi. C'est tout.

Je m'approche de la fenêtre. À l'horizon le soleil rougit, prémisse d'un imminent et magnifique coucher. Mickey Harrison est derrière son trépied. Les mannequins sont en place, leurs co-vedettes aussi. Je distingue le labrador et le westie, mais pas de caniche.

Où est Douchka ?

— Douchka va bien mais... Il y a quelques problèmes...

Le téléphone de Clem retentit.

— Oui, oui, j'arrive.

Elle se tourne vers moi.

— Allons-y, les flics sont là.

— Que fait-on de Mitzi ?

Pelotonnée contre la corbeille à papier elle s'est endormie.

— Elle est crevée, estime Clem. On est tranquille un moment.

— Ensuite, continue-t-elle en me poussant vers la porte, je m'en occupe.

— Donc, vous n'avez rien vu, récapitule le jeune policier assis face à moi.

Il semble s'ennuyer terriblement. D'une main il tapote son portable et de l'autre il réprime un bâillement.

L'interrogatoire dure depuis cinq minutes. J'ai vite compris à qui je dois cette invitation.

— D'après Annie Tillac vous étiez sur la pelouse au moment où le chiot s'est échappé.

— Le parc est grand. Mi... le chien a pu s'enfuir dans une autre direction.

Ouh la... Concentre-toi ma fille...

À deux doigts près je disais « Mitzi ». Je rougis de peur rétrospective. Je suis censée tout ignorer de ces charmantes bestioles. Alors leurs noms...

— C'est probable, répond le policier d'une voix lasse.

— Je peux partir ?

— Allez-y. Nous vous contacterons si...

Deux policiers plus âgés fait irruption dans la pièce.

— Ça y est. On a le clébard. Oh, pardon Madame...

— Où était-il ?

C'est moi qui est posé la question.

— Le jardinier l'a trouvé au fond du jardin. Il a dû tomber dans la piscine car il est trempé.

Peuchère. Clem m'impressionne.

— Il aurait pu se noyer.

— Vous avez raison, renchérit le plus âgé des trois. D'ailleurs sa propriétaire est dans tous ses états.

— Elle veut porter plainte.

— Contre qui ? demande Jeunot qui se réveille.

— L'hôtel. Les propriétaires des autres chiens. Une dame à Monaco. Et surtout, la toiletteuse, Annie...

— Tillac, termine Jeunot.

— C'est cela. Annie Tillac. À mon avis elle va en baver.

En quittant les policiers j'ai envie de danser, de danser, de danser. Je sautille gaiement vers ma voiture en me répétant en boucle les mots du policier « elle va en baver, en baver, en baver ».

Je l'aurais volontiers embrassé ce brave homme. Qu'est-ce qu'il est sympathique, malgré son air bourru et ses dents jaunies par la nicotine. Je me suis retenue de lui sauter au cou. Ses collègues me sont apparus sous un jour nouveau. Jusqu'à Jeunot que j'ai gratifié d'un large sourire en partant et qui a répondu d'un rictus hésitant.

Depuis je plane.

Tout en conduisant je chante. Je me repasse le film de l'après-midi. Je ris. Je suis de si bonne humeur que je cède la priorité à toutes les voitures. À celles qui déboulent de la gauche. À celles qui s'affranchissent des limites de vitesse. Même à celles, tatillonnes, qui hésitent à accepter une priorité illégitime. Mais si, allez-y, la vie est belle, passez, mais passez donc.

J'ai fait une vacherie à Annie. Une grosse vacherie. Et j'en suis fière.

D'après mon code personnel ce n'est pas cher payé. Kidnapping de caniche contre... Cambriolage de mari.

Certes elle passe un sale moment. La rage de Mme Ostrogov. Les soupçons de la police. La perte de quelques clientes.

Ce sont des désagréments. Minimes.

Mitzi est rentrée au bercail. L'affaire est close. Les affaires d'Annie vont reprendre.

Je n'éprouve aucun remords. Pas la moindre culpabilité.

Je surfe sur une vague d'euphorie. Et je chante, je chante, je chante.

Rien n'entame ma bonne humeur. Ni la cuisine transformée en champ de bataille par les efforts culinaires combinés de Max

( explosion générale de popcorn ) et de Zazou (crumble aux pommes carbonisé ). Ni la poubelle qui déborde et à laquelle je suis visiblement seule préposée. Ni même Marc, relevant le nez de son bouquin pour s'enquérir du menu du diner.

Vite, un inventaire mental du congélateur. Poulet basquaise ? Non, dernière barquette liquidée avant-hier. Hachis parmentier ? Trop lourd pour un diner d'été. Lasagnes ?

*Yes.*

— Tian aux légumes, suivi de lasagnes et d'une salade. Et d'un fondant au chocolat ?

Sourire épanoui de Marc.

Aucun doute, la reconquête de mari volage passe par l'estomac.

Le reste de la soirée se déroule sans anicroche. La météo est à la gaieté, la présence de Zazou servant de garde-fou.

Piques et discussions poivrées sont réservées à la chambre conjugale. Quoique ces derniers temps Marc est d'humeur câline...

— Qu'as-tu fait aujourd'hui ? demande-t-il en se brossant les dents.

Son ton est naturel. Annie n'est pas passée par là.

— J'ai croisé Annie.

— Annie ?

Je lis l'appréhension dans ses yeux et devine les pensées qui le traverse. Tout contact entre Annie et moi égale soucis. Echange d'insultes. Bagarre. Ou pire.

Magnanime, je le rassure.

— C'était par hasard. Au Riviera Palace.

— Elle était à l'hôtel ?

— Pour s'occuper d'un chien.

Je lui sers une version expurgée des faits.

Tout détail compromettant est gommé. Seul reste le squelette d'une rencontre fortuite.

Peu à peu Marc se détend. Le nuage noir d'inquiétude se dissipe.

Il se glisse dans les draps, près de moi.

Le spectre d'Annie s'éloigne.

Passons à autre chose.

## DIMANCHE 29 JUILLET

— Je vous réveille, ma petite Charlotte ?

Marc ronfle doucement. Je me lève sans bruit, enfile mes pantoufles et file m'exiler au salon.

— C'est que... Il est trois heures.

— Du matin ? s'exclame Archibald, horrifié. Je me suis encore embrouillé avec le décalage horaire. Hier j'ai téléphoné à Sidonie à cinq heures du matin. La pauvre a été charmante. Bon, allez vite vous rendormir, Charlotte.

— Non, non, racontez-moi votre séjour.

Je suis totalement réveillée. Impossible de me rendormir sans un somnifère et une heure de lecture, de préférence ennuyeuse.

Sans compter que je refuse d'être moins charmante que Sidonie.

La bonne éducation d'Archibald le retient.

— Etes-vous sûre, Charlotte ? Je m'en veux de vous priver de sommeil.

— Certaine.

Il devient intarissable.

Sur les Américains.

— Quel dynamisme ! Nous avons trouvé un second local à Westwood et dans deux jours nous signons le bail.

Sur Goopy's.

— J'ai pris trois kilos en testant la carte. Les pancakes aux myrtilles sont indescriptibles.

Sur ses projets.

— Je projette d'importer Goopy's en Europe, en premier à Cannes. Je compte sur vous pour me seconder, Charlotte.

Sur Los Angeles.

— Une Côte d'Azur survitaminée. Des allées bordées de palmiers, le soleil, les décapotables, le signe Hollywood surplombant la ville. J'ai rencontré des gens adorables...

Sa voix me transporte loin de mon salon et de mon canapé aux accoudoirs râpés. Je me surprends à rêver, non pas de soleil, mais de dépaysement, d'éloignement. D'oubli.

— Et vous, Charlotte ? continue Archibald.

La maison est silencieuse. Aucune lumière annonçant un réveil intempestif de Marc.

Les conditions sont optimales pour un récit non censuré de l'après-midi.

Archibald est parfait dans son rôle d'auditoire unique. Il s'esclaffe, interjette quelques mots et ponctue le dénouement d'un rire tonitruant.

— Bien joué, Charlotte. Elle n'a que ce qu'elle mérite.

Je raccroche le sourire aux lèvres, trop revigorée par cet échange pour espérer me rendormir. J'attrape un magazine que je feuillette fébrilement. Je le referme et me lève, direction la cuisine.

Il y a trois mois j'aurais anéanti mon insomnie à coups de glaces à la pistache. Plus maintenant. En ouvrant les placards l'un après l'autre je ne suis pas à la recherche de conforts sucrés mais de... travail. Au bout de trois placards désespérément bien rangés je trouve mon bonheur : un placard bordélique.

Zazou et Max sont passés par là, et c'est tant mieux. J'astique les étagères, les plats, les assiettes, je remets en ordre les boites de biscuits et celles de conserve, je trie les épices, je range.

Enfin, fatiguée !

À travers les volets j'aperçois de faibles rayons de lumière. Le lever de soleil approche. Vite, je fonce vers notre chambre en évitant toute rencontre avec une horloge, un réveil ou un téléphone susceptible de me révéler l'heure exacte. Je grimpe dans le lit, tire la couette au-dessus de ma tête style igloo ténébreux et sombre dans le sommeil.

J'émerge à treize heures et suis aussitôt saisie de culpabilité. Jamais je ne dors aussi tard, même le dimanche.

Auprès de moi, un mot de Marc. « Je suis à la plage. Max et Zazou sont avec moi. Miracle ! On t'attend ». Signé M et un coeur.

Humm... Un coeur.

Cela fait des années-lumières que Marc ne signe plus d'un coeur. Ces derniers temps les missives étaient brèves, voire glaciales.

Serai de retour vers 19h. M.

Suis parti nager. À tout à l'heure.

Peux-tu passer prendre mon ordonnance. M.

Je note agréablement le changement et je m'étire avec gourmandise, une vertèbre à la fois. J'attaque la cervicale C2 lorsque mon portable bipe.

<Que fais-tu ? Appelle-moi.>

Un SMS de Clem. Le dernier d'une série de douze que j'ai loupés.

<Appelle-moi.>

<Telephone-moi asap.>

<Ne passe pas à l'hôtel mais tel moi...>

Clem décroche dès la première sonnerie, passablement énervée.

— C'est pas trop tôt. Où étais-tu ?

J'ai honte d'avouer que je traînais au lit alors qu'elle est au boulot.

— Au supermarché. J'ai oublié mon portable à la maison.

Sa voix se radoucit.

— Je dois te voir, mais pas ici.

— Il y a du nouveau ?

— Oui...

J'entends du bruit, une porte qui s'ouvre. Clem s'interrompt, répond à une voix de femme, puis reprend à mon intention.

— J'ai bientôt terminé. On se rejoint chez moi dans une heure ?

— J'ai ouvert la porte-fenêtre, explique Clem, profité d'un

moment de calme et poussé Mitzi dehors. Je pensais qu'elle irait vers la terrasse du bar car tout le monde l'appelait.

— C'était logique.

Seulement voilà. Les chiots ne raisonnent pas comme nous.

À peine dehors Mitzi s'est taillée à toute allure vers le fond du jardin. Et la piscine. Qui est à deux pas de la mer.

— J'ai eu la trouille de ma vie, reprend Clem, blême de terreur rétrospective. Je me suis carapatée derrière elle. Par chance elle n'a pas emprunté l'allée centrale qui était encombrée de Mickey Harrison et de sa troupe. Elle a foncé droit vers la piscine, fait un vol plané sur les marches mouillées et atterri dans l'eau.

— Il n'y avait personne ?

— Non. Avant le diner les clients sont au bar ou dans leur chambre. Quand aux plagistes ils se dépêchent de ranger et de partir.

— Alors ?

— Mitzi était près du bord, je l'ai repêchée facilement. J'ai ensuite attendu le départ de Mickey pour la déposer sur l'allée centrale où un jardinier ne manquerait de la découvrir.

— Les jardiniers travaillent le soir ?

— Ordre du *big boss*. Tout doit être parfait pour les balades nocturnes et les joggeurs de l'aube.

Cliente de palace, voilà un métier qui me plairait.

— Et toi où étais-tu ?

— Cachée derrière un buisson, l'oeil rivée sur Mitzi. Le tout en te maudissant.

Aïe. Tout ceci est de ma faute.

— Je suis désolée...

— Arrête donc, je ne me suis bien amusée. Et puis ce fut court. Comme prévu un jardinier l'a trouvée et ramenée à Mme Ostrogov. Elle était folle de joie et lui a filé deux mille euros. En espèces. Tu aurais vu la tête du directeur. J'ai cru qu'il s'étranglait.

Je regarde ma montre. Il est quinze heures.

— Je te quitte, dis-je en me levant. Marc m'attend à la plage.

— Tant pis pour la suite, répond Clem en se versant un café.

La suite.

Quelle suite ?

Je me rassieds.

Clémentine laisse choir un sucre dans son café. Puis un deuxième. Elle rajoute un nuage de lait. Part en quête d'une petite cuillère. Touille le tout. Lentement. Délibérément.

Dès qu'elle a des nouvelles croustillantes elle fait durer le suspense.

Les minutes passent. Les informations doivent être... délicieuses.

— Lorsque Mitzi s'est échappée, lâche enfin Clem, Annie était en train de shampouiner Douchka dans la baignoire.

— Oui...

— Elle est sortie en courant dans le parc et a abandonné Douchka. Toute seule. Mouillée. Dans la baignoire.

— Vu la canicule elle ne s'est pas s'enrhumée.

Clem me lance un regard commisérateur. Genre « peut mieux faire ».

— Douchka était seule, insiste Clem comme si elle me jetait un indice.

— Mme Ostrogov n'était pas dans sa chambre ?

Profond soupir de Clem qui lève les yeux au ciel.

— Tu n'y es pas du tout, ma pauvre. Ces gens-là réservent une suite pour eux et une autre pour les chiens.

Ouah !

— Lorsque Annie est revenue dans la chambre... Douchka était... rose.

Clem stoppe son récit pour jouir de son effet.

— Rose ? Comment ça rose ?

— Rose fushia.

— Mais...

— Annie venait de shampouiner Douchka lorsque Mitzi s'est enfuie. Elle jure avoir utilisé le shampoing idoine. Que lui avait remis l'assistante de Mme Ostrogov.

— Et...

— Mme Ostrogov ne la croit pas. Elle hurle au sabotage car Douchka, qui est allergique aux colorants, a développé un urticaire géant.

— ...

— Impossible de la photographier pendant un mois, minimum. Plus de photos avec Mickey Harrison. Pas de selfies sur Instagram et Facebook. Annulation du shooting pour le calendrier de l'Avent de Douchka. Bref, la disette médiatique.

— Et Annie...

— Est dans le collimateur des russes. Honey Queen, la grande rivale de Douchka, l'a remplacée auprès de Mickey Harrison. Comme par hasard, elle passait dans le coin... Mme Ostrogov est convaincue que c'est un complot pour empêcher Douchka de faire la couverture de *Vogue*. Et qu'Annie en est la main armée.

La pauvre. Je la plaindrais presque... si je ne la haïssais autant.

En quittant Clem je suis toute guillerette. Je chantonne dans la voiture. Je plane sur mon petit nuage... rose.

— Tu es très en beauté, applaudit Marc lorsque je débarque à la plage.

Quatorze kilos en moins.

Un bikini turquoise à pois jaunes.

Et une rivale en proie au péril russe...

Pas de doute, ça vous transforme une femme.


**LUNDI 30 JUILLET**

La corne de brume sonne à sept heures pile. Puis toutes les demi-heures jusqu'à dix heures.

Je décroche.

Clic. Clic. Et re-clic.

Pas de doute, c'est Annie.

— Pourquoi appellerait-elle ? objecte Marc.

Pour me manifester sa fureur ? Ses soupçons ? Pour me faire sortir de mes gonds ?

Raté.

Aujourd'hui le menu est à calme et douceur.

— Tu as raison, dis-je à Marc en l'embrassant. Ce n'est pas elle.

Sa stupéfaction est palpable, son soulagement évident. Ses épaules se relaxent, ses muscles se détendent.

C'est avec plaisir que je lui concède la victoire... d'une bataille.


**12h13.** Je quitte les bureaux de Topazéo lorsque je reçois un appel de Clem.

— Tu as vu *Nice-Matin* ?

— Non.

— Achète-le et rappelle-moi. Je suis à la maison.

Pas un marchand de journaux en vue.

Tant pis. Taraudée par la curiosité je franchis les vingt kilomètres qui me séparent d'Antibes en un temps record. Arrivée devant mon marchand de journaux habituel je freine bruyamment et me précipite vers le présentoir au moment où un paisible petit vieux tend la main vers l'unique exemplaire restant.

Hop ! D'un geste sec j'arrache le journal.

Le petit vieux reste la main en l'air, le propriétaire qui m'a connue plus civile me fixe, interloqué. Je lui tends une pièce, trop émoustillée pour me répandre en explications

En première page j'ai reconnu la rose Douchka. Et Annie.

En gros titre : Un toilettage d'enfer.

Mme Ostrogov a des amis bien placés. L'article qui suit assassine Annie, tout en offrant deux possibilités au lecteur.

Soit la toiletteuse est inepte aux soins canins. Soit elle est de mèche avec la concurrence. Dans les deux cas sa réputation est fichue. Adieu toilettage haut de gamme et d'exposition.

Bonjour aux promenades ramasse-crottes.

— Mme Ostrogov se fera justice, conclut Clem dans sa cuisine. Un des malabars s'en est vanté auprès de Jean-Loup.

— Non ?

Clem coupe un énorme morceau de tarte aux pommes qu'elle inonde de crème fraîche et que j'évalue au minimum à huit cent trente calories.

— Si. On va lui régler son compte à la blondasse, aurait-t-il dit. Avec leur accent ils sont durs à comprendre. Mais d'après Jean-Loup le malabar était féroce.

Oh, la douce musique des mots !

Ils vont lui régler son compte ! Oui ! Oui !

Je me surprends à rêver ( ils vont lui casser le nez ), à fantasmer ( lui faire éclater les genoux ), à délirer ( la liquider avant de la dépecer ).

Je me sens bien, je flotte.

— Bon, tu redescends sur terre ?

Paf. La bulle éclate.

Devant moi, Clem, qui a englouti sa part de tarte, ébauche un geste concupiscent vers le plat de brownies.

D'une voix hypocrite je m'arrange pour lui couper l'appétit.

— Tu as encore faim ?

Sa main repart en arrière, comme mue par un ressort.

— Non, non. Ça va.

Elle rit, bien consciente de ma manoeuvre.


**18h11.** Le soleil brille encore lorsque j'arrive chez moi.

Pourtant on dirait une maison fantôme. Tous les volets sont fermés. Pas de musique ni de bruit. Aucune odeur de popcorn cramé.

Où sont-ils ?

Je pénètre dans l'entrée, traînant derrière moi l'instrument de torture que j'ai acheté en quittant Clem.

La maison est plongée dans le noir.

J'ouvre la porte qui donne sur le salon.

Hurlements.

À mon tour je hurle. De surprise. Parce que c'est communicatif.

Zazou se reprend la première et allume la lumière. Max et elle se débarrassent de leurs casques audio.

— Mais enfin, que faites-vous dans le noir ?

— On regarde un film d'horreur, répond Max en pointant vers la télévision.

Je me tourne. Sur l'écran flashent des squelettes et des zombies sous un ciel d'orage.

Ambiance crépusculaire. Angoisses garanties.

— Il n'y a pas de son ?

— On met les casques. Ça fait plus peur.

Dans ce cas...

Je file dans ma chambre et je déballe l'instrument de torture : un step. L'allié incontournable des cuisses fermes et des mollets fuselés, selon les spécialistes.

Donc allons-y pour le step. Avec une altère dans chaque main. Parce que les bras aussi ça compte. Au bout de dix minutes j'ai mal partout, notamment à des muscles dont j'ignorais jusqu'à l'existence.

Stop. Je me jette sur le lit.

Repos.

Trente secondes plus tard on frappe à la porte.

— Oui ?

— M'man, on a faim.

— Et le film ?

— Fini.

— J'peux faire le diner, propose gentiment Zazou.

Une vision apocalyptique passe devant mes yeux. Casseroles brulées. Pâtes collées. Frites carbonisées.

Pitié.

— Ça vous dirait une soirée crêpes, les moustiques ?

— Yes !

Les moustiques plébiscitent.

Crêpes complètes, crêpes au nutella, crêpes à la gelée de framboise, crêpes au sucre. Ma parole, ce sont des estomacs à pattes, ces ados.

Lorsqu'ils sont enfin rassasiés il est vingt-et-une heure. Le temps a filé et Marc n'est pas encore rentré.

Je découvre un texto sur mon portable.

<Vais au Amaryllis. À tout à l'heure.>

Envoyé à dix-huit heures treize et perdu dans les hurlements de mon arrivée.

Je m'interroge.

Les Amaryllis ? Le soir ??

Annie ???

Et si...

Au même moment la porte d'entrée s'ouvre.

C'est Marc.

Il est d'humeur massacrante.

— Tu m'as menti au sujet de samedi, attaque-t-il d'emblée.

Je jette un coup d'oeil aux alentours mais Max et Zazou ont décampé à l'étage.

— Tu l'as vue ?

— Rapidement. Les quatre pneus de sa voiture ont été crevés devant sa maison.

J'essaie sans succès de cacher ma joie.

— Tu es contente ? Tu a manigancé tout cela ?

— Comment veux-tu que...

Que je mette à exécution mes fantasmes de vengeance les plus débridés.

— Tu es capable de tout, rétorque Marc en fourrageant dans les placards.

Je suis flattée, mais tout de même... Je ne vais pas endosser la responsabilité des turpitudes russes.

— Je n'y suis pour rien.

— Annie est au bord de la crise de nerfs. Elle est convoquée demain au commissariat. Sa réputation est en miette. As-tu lu *Nice-Matin* ?

Je hoche la tête.

— Six clients ont annulé leurs rendez-vous. Sa page Facebook déborde d'insultes.

Je saisis une poêle tout en enregistrant la nouvelle. Une page Facebook, tiens-donc...

— Tant pis pour elle. Veux-tu une crêpe complète ?

— Heu, oui.

Pauvre Marc. Lui qui supporte mal les tensions.

— Annie pense que tu as kidnappé Mitzi.

— Moi ?

Môa ?

— Elle est malade cette nana.

La salope. La sa-lo-pe.

— Tu étais à la fenêtre. Mitzi est forcément passée devant toi. Tu as pu la cacher dans le bureau de Clem.

— Et puis quoi encore ? Même si j'avais vu Mitzi je ne savais pas qu'Annie la cherchait.

Je suis véhémente. L'image de la probité offensée.

Marc me croit. Bien sûr.

— C'est ce que j'ai dit. Que tu ne ferais jamais une chose pareille.

— Tu as raison, mon amour.

Je l'embrasse.

— Ce n'est pas facile, conclut Marc.

M'est avis qu'il a passé un sale quart d'heure.


## MARDI 31 JUILLET

**7h.** Tout le monde dort et je suis à la cuisine devant mon premier café.

Je ne lis pas. Je n'écoute pas la radio et je ne surfe pas sur Internet. Car question catastrophes et mauvaises nouvelles, j'ai ma dose à domicile.

Tout en me dopant à la caféine j'établis la comptabilité la journée d'hier.

Côté positif j'additionne quatre pneus crevés ( calcul de CM2 : à dix euros la promenade ramasse-crottes, combien de déjections canines faut-il ramasser pour se payer un jeu complet de pneus ? ), une perte de clientèle et la vengeance russe.

Côté négatif : Marc l'a revue hier soir.

Gros coup de canif au contrat.

Un coup elle est stressée et passe le voir à son cabinet ( il y a dix jours ). Car, c'est bien connu, mon mari est le seul psychologue qualifié de la région.

Ensuite elle connaît des déboires professionnels... Et c'est encore Marc qui est de service. Hier soir. En heures supplémentaires.

Je ressens un énervement maximal.

Vite, un second café.

— C'est quoi ce téléphone qui n'arrête pas de sonner ?

Treize heure zéro trois. Après une matinée éreintante en compagnie de Vicky Sacks et Maître Vergot je suis accueillie par le raffut de la corne de brume ainsi que les récriminations de Zazou.

— Il sonne tous les quarts d'heure. Un vrai truc de ouf.

Zazou se déplie du canapé, traverse le salon et empoigne le combiné.

— Allo !

On croirait un aboiement.

— T'arrête de nous faire chier, sale pervers aux couilles rata-tinées !

Vlan.

Elle claque le combiné sur son support. En quatre enjambées elle réintègre le canapé qui couine, non pas sous son poids plume, mais sous la violence de l'atterrissage.

— Il va se calmer, ce taré du zizi, insiste-t-elle, en piochant furieusement dans le sac de chips format XL calé entre elle et Max.

Les faux numéros, ça arrive. Les appels silencieux, je connais. Mais l'obsédé sexuel, c'est inédit.

Prise d'un doute je cherche à m'informer.

— Heu, Zazou, le pervers...

Elle me lance un regard courroucé.

— Qu'a-t-il dit exactement ?

— Ben, il a rien dit.

— Comment ça rien?

— Ben rien. Il n'a pas parlé. Zip.

— Mais alors...

— Il a juste respiré, quoi. Avant de raccrocher.

Max lève les yeux de l'écran de son ordinateur et me regarde fixement. Lui-aussi a deviné l'identité du fameux pervers.

— C'est un malade sexuel, conclut Zazou, qui vient d'engloutir la dernière chip et se dirige vers la cuisine en froissant le sac plastique vide.

À peine s'est-elle éloignée que Max éclate de rire. Un rire joyeux, bruyant et que je m'empresse de partager.

Quand Zazou revient, les bras chargés de tortillas au fromage et de bretzels ( comment enfourne-t-elle tout cela dans son mini format de quarante-sept kilos ? ) elle reste interdite devant le spectacle qui s'offre à elle : mère et fils en plein fou rire, chacun dans un coin du canapé ( TOC oblige ).

Un vrai moment de gaieté. Le premier depuis des mois.

Merci Annie.


Une heure de paix. Je ne demande qu'une petite heure de paix pour boucler une traduction.

Et bien, non. À quatorze heures onze, appel de la comptable de Topazéo qui a besoin que je lui envoie ma facture. Signée à la main.

— Vous la scannez et me faites un mail. C'est plus simple.

Plus simple. Ça dépend pour qui.

La comptable est blonde, jeune et douée question technologie. Impossible d'avouer que je suis une handicapée du scanner.

Je commence donc par imprimer la fichue facture. L'imprimante bipe.

Bourrage de papier. Je soulève le couvercle, je tire, je remets.

Bip.

Ré-ouverture de la bête. Plongée dans les entrailles pour retirer des fragments de page coincée. Salissures d'encre sur mon bras que je m'empresse de transférer par inadvertance sur mon jean blanc.

Exaspération totale.

Enfin la page s'imprime. Je signe. Il ne reste plus qu'à la scanner.

Pas de problème.

Je sais faire. D'ailleurs je l'ai déjà fait.

Une fois. Il y a deux ans.

Quarante-neuf minutes plus tard Zazou passe la tête dans mon bureau.

— Ça va, Charlotte ?

Elle a dû m'entendre jurer contre l'imprimante et la terre entière.

— J'ai un petit problème avec le scanner.

— T'as qu'a utiliser ton iPad.

— Ouais, renchérit Max qui nous a rejointes, y'a des applis pour ça.

Merci.

Trente secondes plus tard la facture est scannée, enregistrée et envoyée.

J'appelle la comptable qui répond au bout de quinze sonneries.

— Ah oui, c'est gentil, répond-elle distraitement. Mais en fin de compte, ça allait aussi sans signature.

En raccrochant je n'ai qu'une certitude : je hais les blondes.

Un coup d'oeil sur ma montre m'informe qu'il est seize heures cinq.

Seize heures zéro cinq, bientôt zéro six !

Dans vingt-quatre minutes Max doit être chez M. Gourdan.

Vite, vite, qu'il se dépêche.

— T'as un problème toi, profère Max. Tu stresses tout le monde.

J'adopte un ton calme qui est à mille lieux de ce que je ressens.

— Ton rendez-vous est dans vingt minutes. On a juste le temps d'y aller.

Il me regarde, une main sur sa manette de PS4, l'autre sur le clavier de son ordinateur.

— J'aime pas me presser.

Et moi, tu crois que ça me plaît de galoper toute la journée?

— Et puis j'veux plus le voir, conclut-il.

— Allez, juste une fois. Pour faire le point.

— J'veux plus jamais voir sa tronche.

Zazou décide de s'en mêler.

— Il n'a même pas pris de nouvelles de Max après l'hôpital. C'est nul.

Max prend un air buté. Je n'en tirerai rien.

Seize heures treize. En me dépêchant je peux arriver au rendez-vous.

J'attrape mon sac, mes clés de voiture. J'ouvre la porte d'entrée.

Arrêt sur le seuil.

Je m'imagine dans le cabinet ouaté de M. Gourdan,

Je parle. Il m'écoute.

Je parle. Il distille quelques mots qui accentuent savamment ma déprime.

J'en ai marre.

C'est vrai qu'il est nul. Peu compatissant. Pas sympa.

Seize heures dix-neuf. J'appelle son cabinet et je décommande sous un prétexte bidon.

Au diable les bonnes manières.

Je boucle ma traduction en quarante-cinq minutes. J'enchaîne sur quatre mails de K.N qui prépare le retour d'Archibald, deux lessives et un texto en réponse à Victoire qui se plaint en vingt-huit lignes de sa belle-mère, des repas de sa belle-mère, des amis de sa belle-mère, du chat de sa belle-mère...

Tiens, pas de nouvelles de Clémentine.

Je m'apprête à l'appeler lorsque mon portable sonne en affichant le visage souriant de Sidonie.

— Je déménage les lampes du salon. Tu verras, c'est plus doux sans le lampadaire de l'entrée. Ça t'ennuierait de venir m'aider ? Je voudrais déplacer les tableaux.

— Maintenant ?

Sidonie réaménage son salon tous les six mois. La dernière fois, n'étant pas une surdouée du marteau, j'ai explosé mon index en plantant un clou dans le mur.

— Oui.

Non. Non.

— Désolée, mais je suis en chemin vers un client.

— Demain, alors ?

— Je suis débordée de rendez-vous.

— Ma pauvre chérie, compatit Sidonie, tu travailles trop.

— Et si tu demandais à...

— Emile Michel. Excellente idée, ma chérie. Je l'appelle.

Le tour est joué. Sans remords.

Les tableaux seront décrochés et ré-accrochés dans les règles de l'art. Sidonie sera comblée. Emile Michel partagera avec elle un moment privilégié. Et mes doigts échapperont au massacre.

Résultat gagnant-gagnant.

Dix-sept heures douze.

Je pousse un soupir de satisfaction, m'installe sur un transat dans le jardin et ouvre mon bouquin. Un polar suédois.

Dépaysement garanti.

À dix-huit heures six arrive Marc. Il m'embrasse, attrape un magazine qui traîne et s'installe près de moi.

On est bien tous les deux, dans le jardin, au soleil couchant.

Malgré tout... C'est bizarre, non, qu'il rentre si tôt ? Vous ne trouvez pas ?

Quoique... S'il rentrait tard, en plein été, ce serait louche...

Donc... Bizarre qu'il rentre tôt... Bizarre qu'il rentre tard...

Que penser ?

Je suis tourneboulée.

Marc se penche. Il m'embrasse de nouveau.

Un peu plus tard nous regardons un film de Lucchini. Quand ils ont vu que ce n'était pas un film d'action Max et Zazou ont déguerpi.

Marc et moi sommes blottis sur le canapé, ma tête repose sur son épaule.

On n'aborde pas le sujet qui fâche.

On est bien.

Rideau.

# AOÛT

---

**ESSAYÉ :** *tous mes pulls et affaires d'hiver. Conclusion : n'ai rien à me mettre. Essaime les boutiques et essaie tout.*

**ACHETÉ :** *un manteau noir taille 36, une veste bleu roi et noir, deux leggings taille S et une jupe en cuir noir taille 34. Décide d'attendre septembre et des rentrées d'argent pour m'attaquer aux pulls. Ainsi qu'aux robes. Et aux bottes. Peut-être aussi aux bottines...*

**TEMPS PASSÉ SOUS LA DOUCHE PAR MAX :** *2h45 quand nécessité de se « décontaminer » du sable de la plage. Seulement 1h58 lorsque Zazou pète un plomb et exige l'accès immédiat à la douche pour cause de cheveux poisseux.*
*Envisage d'héberger Zazou à l'année.*

**NOMBRE DE LINGETTES UTILISÉES PAR MAX :** *entre 284 ( les jours où Zazou l'entraîne à la plage ) et 803 ( les jours où, confiné à la maison, il astique chaque objet à la lingette )*

## MERCREDI 1er AOÛT

La horde des vacanciers s'est abattue sur Juan-les-Pins. Ce matin une simple virée boulangerie-pharmacie me vole une heure et quatorze minutes.

Trente-neuf minutes à chercher une place, deux autres à faire un créneau sur un emplacement réservé aux livraisons de fonds et quatorze à faire la queue au bureau de tabac pour acquérir un timbre-amende. Trente-cinq euros de PV pour deux baguettes trop cuites et... aucun croissant pour Max et Zazou.

— Il est trop tard, assène la boulangère d'un air réprobateur. À cette heure-ci on vend les sandwichs pour la plage.

Température extérieure : 30°.

Température dans la boulangerie : pas moins de 29°.

Dans la vitrine quatre pan bagnats en sueur, huit sandwichs jambon-gruyère en train de tourner de l'œil... Et je ne vous dis pas l'état des mille-feuilles.

Alors casse-croûte ou... gastro ?

**9h54.** Je franchis le seuil de la villa, déterminée à hiberner pendant au moins deux semaines.

— Ils dorment, m'informe Marc. Réveillons-les. Il fait si beau.

Depuis hier soir il est en vacances.

Plus de consultations au cabinet, plus d'Amaryllis, plus de séminaires. Rien. Le bureau est bouclé à double tour, les volets barricadés et la messagerie annonce la date de réouverture.

Cela vous semble clair, non ?

C'est même évident.

Le cabinet est fermé.

Le psy est en vacances.

Plus de rendez-vous. De divan. De parlotte. De conseils. D'écoute.

Plus rien.

*Niet. Nein. Nada.*

Et bien, le patient aoûtien en mal de psy ne comprend pas.

C'est une espèce redoutable, capable du pire et dotée d'une imagination débordante. Par exemple...

Dormir pendant trois jours sur le paillasson du cabinet ( jeune femme bipolaire il y six ans ).

Entrer en cassant une fenêtre ( homme hypocondriaque, voici quatre ans ).

Se faire passer pour un livreur ( mari trompé, il y a deux ans ).

Et bien sûr, déposer des lettres avec menaces de suicide ( patients de tous bords, tous les ans ).

Hier Marc a ramené les dossiers indispensables ainsi que des livres, trois piles de magazines et une douzaine de cahiers annotés. À l'heure du tout électronique il fonctionne à l'ancienne. Du papier, rien que du papier.

— Tu as pensé à tous ces arbres que tu décimes ? ai-je demandé un jour, sans obtenir de réponse.

Pour être honnête ce n'est pas la déforestation qui me peine, mais les montagnes de paperasses poussiéreuses qui s'étalent sur chaque surface plane de la maison. La table basse du salon est envahie. Et boire un café dans la cuisine requiert des talents d'équilibrisme qui me font défaut.

Les années précédentes je supportais difficilement ce désordre. Je faisais des piles que j'entassais en bout de table, je poussais, je rognais l'espace, j'allais même jusqu'à trier par le vide. Discrètement. Et uniquement les jours de grand vent. Un article sur Freud envolé. Et d'un. Un journal de psycho disparu. Et de deux.

Aujourd'hui c'est avec indulgence que j'accueille cette pagaille.

Marc croise mon regard et souris. À mon tour je souris. Je me sens pleine d'optimisme. Nous sommes une famille. Nous nous aimons. Bientôt ces derniers mois ne seront qu'un mauvais souvenir.

Une sonnerie retentit.

Ce n'est ni la corne de brume ni mon portable.

C'est *La Tendresse* de Gérard Lenorman.

La sonnerie de Marc.

Son portable étant niché sous un tas de feuillets éparpillés il perd plusieurs minutes à chercher. La chanson s'arrête à mi-refrain. Il vérifie le numéro, fronce les sourcils et fourre l'appareil dans sa poche.

Pas de doute, c'est elle.

Quinze secondes plus tard re-sonnerie.

Marc hésite, extirpe la bête, hésite.

— C'est Annie, annonce-t-il après un coup d'oeil vers l'écran.

Je me raidis.

— Je crois que c'est urgent, s'excuse-t-il en se levant.

D'un pas souple il se dirige vers la porte-fenêtre donnant sur le jardin.

— Oui, tu peux parler.

Il referme la fenêtre et me tourne le dos. Malgré le double-vitrage je n'en perds pas une miette.

— Quoi ?

— Ce n'est pas possible !

Les nouvelles sont mauvaises.

Je tends l'oreille.

— Tu crois ?

— C'est peut-être une coïncidence.

Ses épaules sont tendues, son cou crispé. Il se laisse choir lourdement sur une chaise.

— Ne te fâche pas.

— Oui, oui, tu as sûrement raison.

Il triture le bord du coussin, balance son pied de droite à gauche, de haut en bas, des mouvements saccadés qui trahissent son énervement.

— Je te quitte car Charlotte m'appelle.

Pardon ?

Une minute passe. Puis une deuxième.

— Oui, oui, je comprends... Non, bien entendu...

Il trépigne sur sa chaise.

Allez coco, un peu de nerf, raccroche, mais raccroche donc.

— Ne t'inquiète pas. Cela va s'arranger...

Une vraie pieuvre, cette nana.

Oui. Non. Hum. Oui. Humm. Non. Hummm. Hummmm.

Il s'empêtre, se trémousse sur la chaise.

Derrière moi une porte claque. J'entends des rires, des bruits de pas, de chaises, de casseroles.

Max et Zazou sont réveillés.

Un dernier coup d'oeil à Marc et je file vers la cuisine, le coeur léger.

— Alors, les moustiques, bien dormi ? Ça vous dit, des scones ?

Une heure et douze scones plus tard je n'y tiens plus.

J'appelle le portable de Clem. Pas de réponse.

À l'hôtel une standardiste m'informe que Mme Pols est absente aujourd'hui.

Chez elle le téléphone sonne dans le vide.

Où est-elle ?

En temps normal je comblerais le vide en travaillant. Seulement voilà. Aujourd'hui, 1er août, je n'ai pas la moindre traduction à me mettre sous la dent. Les dossiers en cours sont terminés, les cabinets juridiques sont en vacances ou fonctionnent au ralenti et Archibald n'est pas encore rentré.

Quelle plaie les vacances !

Et puis je suis toute émoustillée par les dernières mésaventures d'Annie. Pendant le récit de Marc j'ai gardé un visage de circonstances.

J'ai même réussi à articuler un « la pauvre » assez convaincant.

D'un ton neutre et dépourvu d'ironie.

Au prix d'un effort surhumain.

Maintenant ma joie explose.

Avec qui partager ces bonnes nouvelles ?

Clem. Il me faut Clem.

Je la rappelle.

Toujours rien.

Tant pis.

J'empoigne mon sac et cinq minutes de conduite nerveuse plus tard je suis devant chez elle.

Je sonne. Pas de réponse.

À travers la grille j'aperçois sa voiture.

Que fait-elle ?

Une sieste ?

Une sieste coquine avec Jean-Loup ?

Je me contorsionne pour obtenir un meilleure angle de vision. Pas de seconde voiture à l'horizon.

Je carillonne de nouveau. Je m'égosille.

Je m'apprête à abandonner lorsque Clem apparaît. Vêtue d'un sublime bikini violet, une tasse de café à la main.

— Tu tombes bien, annonce-t-elle. J'ai des nouvelles.

La maison de Clem est à son image : raffinée mais décontractée. Un mas provençal où cohabitent dans un décor blanc et bleu des fauteuils en osier et des tableaux minimalistes. Des bibelots kitsch chinés dans les brocantes et un gigantesque canapé d'angle Liaigre. Chez moi c'est décontracté. Chez Victoire c'est élégant. Mais chez Clem, comme en atteste la gigantesque gerbe de mimosas qui embaume le salon, c'est tout simplement parfait.

— Allons sous la tonnelle, décide-t-elle. Une minute de plus au soleil et je vais ressembler à un crocodile. Mais d'abord...

D'un geste énergique elle ramasse son paréo, ses lunettes de soleil, ferme son livre ( un policier juteux ) et se dirige vers la cuisine. Opération café.

Je vois venir le coup. Dix minutes pour concocter le breuvage. Dix autres pour s'installer confortablement sous la tonnelle. Et un quart d'heure de dégustation avant qu'elle consente à distiller son scoop.

Impossible d'attendre.

Tandis qu'elle tergiverse entre huit capsules d'expresso j'entame les festivités.

— Annie a téléphoné à Marc ce matin.

Clem se tourne brusquement vers moi. Deux capsules lui échappent et glissent par terre. Personne ne les ramasse.

— Il a répondu ?

Je poursuis en hochant la tête.

— Tu sais qu'elle fait du gardiennage, surtout en été. Les chiens sont logés chez elle, mais les chats, étant moins sociables, restent chez eux. Du coup les propriétaires lui confient...

— Les clés de leurs villas.

— Oui. Chaque jour elle change les litières, les nourrit. Bref elle s'occupe d'eux.

Nous sommes à la cuisine. La machine à café ronronne mais Clem, toute à mon récit, l'ignore.

— Et alors ? s'impatiente-t-elle.

— Deux villas dont elle s'occupe ont été cambriolées hier après-midi. En plein jour. Quelques heures à peine après son départ.

— La police...

— N'a trouvé aucune trace d'effraction. Si ce n'est que les portes étaient déverrouillées et que les chats ont disparu.

— Disparu ?

— Oui.

Nous nous regardons en silence, nos pensées à l'unisson.

— Elle était hystérique au téléphone. La police est convaincue qu'elle a oublié de verrouiller. Deux clients ont annulé leur contrat et envoyé des amis récupérer leurs clés. Trois autres reprennent leurs chiens. Et ce n'est qu'un début.

— D'ici quelques jours elle aura perdu tous ses clients, commente Clem en souriant.

Je lui rends son sourire. Version XXL.

— Elle maintient avoir fermé. D'après elle c'est un coup des russes.

— Ils sont partis ce matin. Je le tiens de Jean-Loup qui a dû dénicher deux limousines supplémentaires pour les bagages et les animaux.

— Mitzi et Douchka ?

— Mitzi et Douchka voyagent dans la Rolls de leur maîtresse. Mais Jean-Loup a remarqué deux cages avec des chats...

— Des chats ?

— Au moins deux. Ou trois.

Silence. Re-sourire.

— Trois chats sont portés pâles. Un chat persan de concours. Et deux braves matous.

Tandis que nous réfléchissons aux conséquences de ces révélations Clem exhibe deux assiettes et m'offre une part de quatre-quart aux pruneaux que je décline d'un mouvement de tête.

— Mme Ostrogov était furieuse contre Annie et ses malabars nous ont harcelés de questions à son sujet.

— Ils l'auront suivie dans ses déplacements et ensuite... Je doute qu'aucune porte leur résiste.

— Et à défaut de s'en prendre physiquement à Annie, quelle meilleure vengeance que de détruire sa réputation et son affaire ?

Quelque peu charitablement j'aurais préféré la première solution. Annie avec un nez cassé et deux genoux pulvérisés m'aurait tout à fait convenu. Invalide pendant des mois, en chaise roulante, puis en ré-éducation, avec des béquilles....

Bon, ne rêvons pas.

Son tsunami professionnel est malgré tout jubilatoire.

— Maintenant ils sont loin, conclut Clem. Leur avion privé décollait à onze heures.

— Et les chats...

Oui, qu'en sera-t-il des trois chats, victimes collatérales de cette vendetta? Ont-ils troqué leur vie pépère pour un train de vie de milliardaire ? Ou pour les poubelles de Moscou ?

— Et ce n'est pas tout, reprend Clem en se resservant du quatre-quart.


Il est dix-sept heures lorsque je mets la clé dans ma serrure. Le salon semble dévasté par une tornade. Des boites vides de DVD ( Max ), des emballages de bonbons ( Zazou ), des magazines qui traînent ( Marc ).

Comment vais-je survivre ce mois d'août ?

Heureusement ils sont sortis.

Ensemble ? À la plage ?

Je profite de l'accalmie pour ranger le salon. J'enchaîne sur la cuisine, les chambres, la lessive. Je jette un coup d'oeil à la terrasse et décide d'ignorer la couche de poussière qui s'y est installée en moins de deux jours. Un dernier tour dans les salles de bain et je m'effondre sur le canapé, aussi moite que sortant d'un sauna.

Au même moment arrive Marc. Il est au téléphone.

— Oui, oui, je comprends... Cela va s'arranger... Oui. À tout à l'heure.

Il raccroche, l'air excédé et m'informe aussitôt.

— C'était Annie. Ses clients la quittent. C'est une catastrophe.

Il semble contrarié.

Je prends sur moi pour ne pas répondre.

— Cela tombe mal. Son examen a bientôt lieu. Elle risque de le rater.

Je m'applique à contrôler mes muscles faciaux mais... un sourire m'échappe.

Très léger. À peine esquissé.

Suffisant pour que Marc me saute à la gorge.

— Ça t'amuse ?

— Bien sûr que non.

J'adopte une expression de circonstance. Marc me lance un regard furibond.

— Tu te moques d'elle parce qu'elle gagne sa vie en s'occupant d'animaux de compagnie. Je ne te croyais pas aussi snob.

En psychologie féminine je lui mets...

Deux sur vingt ?

Allez. Trois.

Je suis d'humeur généreuse.

Parce que la profession de Caniche m'indiffère. Elle est toiletteuse et je m'engouffre dans la brèche. Elle serait PDG de Danone ou neurochirurgien et j'en ferais autant. Je la traiterais de pousse-papier, de capitaliste sans coeur, de charcutier des méninges et autres gracieusetés.

Je la brocarderais, je la démolirais.

Je l'exterminerais.

Marc est obtus.

— C'est un métier comme un autre, renchérit-il. Elle adore les animaux. Et puis...

Il s'interrompt avant de faire volte-face.

— Je pense que tu mens.

— ?

— Je te connais. Samedi dernier tu as dû comploter avec Clémentine pour nuire à Annie. Vous autres femmes, et toi en particulier, êtes redoutables. Tu as voulu te venger.

Je n'en laisse rien paraître mais il remonte de trois crans dans mon estime.

— Tu plaisantes. Je ne suis pour rien dans cette affaire.

Je sens qu'il n'est pas convaincu.

— Je te le jure.

— Sur la tête de Max ? demande-t-il en s'approchant de moi.

Aïe.

J'hésite un instant.

— Oui. Sur la tête de Max.

Mes mains sont derrière mon dos, les doigts croisés. C'est Max qui m'a donné le truc.

— Si tu croises les doigts, ça ne compte pas. Donc tu peux mentir.

Par prudence je croise aussi mes doigts de pieds. Pas évident à réaliser...

Pourvu que ça marche.


Impossible de dormir.

Mon corps réclame le repos mais mon cerveau se prend pour un bolide de Formule 1. Il vrombit, accélère, se faufile, fonce dans une direction, vire vers une autre. J'en ai le tournis.

Assez.

Je ferme les yeux, m'oblige à respirer profondément. Surtout ne penser à rien.

Surtout pas à Annie.

À ma droite Marc dort. Son souffle est régulier. Son visage est animé d'un frémissement. Il rêve.

De quoi rêve-t-il ?

De qui ?

Son sommeil est paisible. Bientôt un léger ronflement ponctuera le silence de la chambre. Il est bien. Dans les bras de Morphée.

Et ça m'énerve.

J'ai envie de le secouer jusqu'à ce qu'il avoue.

J'ai envie de hurler dans son oreille : interdiction de rêver de Caniche.

Je me tourne et me retourne. Ce faisant ma jambe heurte la sienne, ma main frôle sa joue, mon bras cogne le sien. Il tressaille, se tourne, change de position.

Ses yeux restent fermés, mais j'ai bon espoir qu'il se réveille. J'approche ma jambe, prête à décocher le coup de pied involontaire qui viendra à bout de son sommeil lorsque...

Je suis prise d'un irrépressible fou rire.

M'apparaît le comique de la situation. Et me reviennent les révélations de Clem.

Si Marc savait...

Que ferait-il ?

Au vu des évènements il est trop tard pour sauver la réputation de Caniche.

L'altimètre de mon humeur repart en flèche à la hausse.

Tout va bien. Marc ne sait rien.

Ses traits sont détendus, il est entortillé dans le drap.

Dors bien, mon chéri.


## JEUDI 2 AOÛT

Ça commence mal.

Tous les matins je bois un premier café dans la cuisine. Très tôt. Seule. En silence.

C'est ma mise en route, mon rodage. Un sas impératif entre la nuit et le chaos quotidien, quinze minutes de paix durant lesquelles plongée sur mon iPad je lis mes mails, un roman en cours ou le récit des dernières catastrophes mondiales.

Ce matin la porte de la cuisine s'ouvre violemment. Le battant se fracasse contre le mur. Je sursaute, lâche mon iPad et note avec déplaisir les éclats de peinture qui se détachent de la paroi.

C'est Max.

Depuis deux mois il manœuvre les poignées à l'aide de son pied. Le geste est moins précis mais, selon lui, plus hygiénique. Les murs souffrent. Moi aussi.

— J'peux pas dormir, annonce-t-il. On étouffe dans ma chambre.

— Baisse le thermostat de la climatisation.

— Il ne marche pas.

Je sens pointer une migraine. J'engloutis mon café et me lève.

— Allons voir.

Dans sa chambre règne une chaleur torride. Moite. Poisseuse. Insupportable.

Je m'approche du climatiseur qui est en hauteur, près de la fenêtre. Pas un brin d'air ne s'en échappe. Rien. Silence total, si ce n'est le clapotement des gouttes d'eau qui ruissellent le long de la paroi. Une énorme flaque prend ses aises sur le parquet. Le bas des rideaux est trempé.

Zut.

Je file chercher une serpillère et j'éponge tant bien que mal tandis que Max sautille pour éviter d'être infecté par une goutte. J'effectue quelques manœuvres avec la télécommande. J'allume, j'éteins, je rallume, je monte la température, je la baisse.

Rien.

Pas d'air froid. Juste de la pluie. Chaude.

Faute de mieux je place un seau sous l'écoulement. Le clapotis décuple.

— C'est nul, juge Max. Faut un réparateur.

Un 2 août.

Je jongle mentalement entre les possibilités lorsque Zazou émerge de sa chambre, les yeux lourds de sommeil, les cheveux en vrille.

— Que se passe-t-il ?

— Ma clim est en panne, l'informe Max.

— La clim ? Ah, voilà pourquoi j'ai si chaud...

Deux tenailles agrippent mes tempes.

Je la suis dans sa chambre.

Même cause. Mêmes effets.

Serpillère. Seau.

Au moins Zazou m'aide. Sans râler.

Tout en épongeant je m'interroge sur l'état du dernier climatiseur de la maison. À peine l'inondation de Zazou enrayée je file dans notre chambre.

Marc est debout en train de trafiquer l'appareil qui répond par des bruits de mauvais augure.

— La climatisation s'est arrêtée.

Ton de voix bougon, geste excédé.

Marc n'admet pas que les objets tombent en panne. Surtout ceux qu'il juge indispensables.

— Rien ne marche ici, assène-t-il, tandis qu'il jette la télécommande de la clim sur le lit.

— Laisse, je m'en occupe.

Tout plutôt que l'entendre pester.

L'unité centrale des climatiseurs étant sur le balcon je sors la tripoter. Rien. Je lui file un coup de pied pour l'inciter à redémarrer. Toujours rien.

J'envisage d'escalader les représailles lorsque je vois qu'il est neuf heures.

Appel au SAV.

Cinq secondes plus tard un disque m'informe que le service est fermé jusqu'au 1er septembre.

Tant pis.

Je compose le numéro de l'électricien qui nous dépanne régulièrement.

Il est en Thaïlande et sa messagerie est saturée.

Idem pour celui qui s'est occupé de la porte du garage.

Je tape « électricien » et « climatisation » sur Google et j'obtiens trois pages d'entreprises dans un rayon de vingt kilomètres.

Deux heures d'appels infructueux plus tard j'élargis la liste à cinquante kilomètres.

Deux numéros sur trois ne répondent pas : vacances, décès, changement d'adresse... Ceux qui décrochent sont débordés.

Scénario invariable :

— Vous êtes cliente chez nous ?

— Heu, non, mais...

— Nous sommes désolés mais nous ne pouvons rien pour vous.

— Vous comprenez, m'explique une interlocutrice plus bavarde que les autres, nous n'avons déjà pas le temps de nous occuper de nos propres clients..

Mue par le désespoir je compose le dernier numéro de la liste. M. Battaglia. À Menton.

Je lui propose d'emblée de doubler ses honoraires.

Il hésite.

— C'est que vous habitez loin. Avec la circulation... Je suis débordé...

— Je triple vos honoraires. C'est une urgence. Je vous en prie.

Je n'ai aucune idée du prix de la réparation. Le triple est pour moi un montant... virtuel. D'autant que j'ignore ce qui reste sur notre compte depuis mes virées shopping.

— Puisque vous insistez, répond M. Battaglia à contrecoeur.

Je me répands en remerciements, en explications, en données logistiques.

Tournez à droite. Puis à gauche. La villa provençale. Après la californienne aux volets jaunes. Mais avant la co-propriété aux balcons bleus.

Je sens qu'il lui tarde de raccrocher. Je confirme une dernière fois.

— Donc demain, à 15h. Je compte sur vous. Je vous attends. À demain. Bonne journée...

Il a raccroché.

**15h04.** Marc me dépose à la villa après notre séance de natation et repart aussitôt. Un rendez-vous chez le garagiste. Son feu stop est en panne.

Je pénètre dans le salon transformé en fournaise. J'ouvre les baies vitrées pour avoir l'illusion d'un courant d'air et je me réfugie sous la douche. Je me rince à l'eau glacée.

Hum, que c'est bon.

J'en profite pour me laver les cheveux, laisser agir la crème, sous un froid sibérien.

Le téléphone sonne.

Une chance sur deux que ce soit Caniche.

Un jet frigorifié ruisselle sur mon visage. Je ferme les yeux. Je suis bien.

Le répondeur se met en route.

« Allo Charlotte, c'est moi. J'ai enfin quelques minutes seule et j'en profite pour... »

C'est Victoire.

Je me précipite hors de la douche, pose un pied trempé sur le carrelage, glisse, me rattrape in extrémis au porte-serviette, ne trouve pas mes sandales et me précipite vers le téléphone en inondant le couloir.

— Allo, allo, Victoire ?

— Alors, coquine, tu filtres tes appels ?

— Non, j'étais sous la douche.

Je l'interroge sur son séjour mais c'est Marc qui l'intéresse.

— Ça risque d'être long.

— Rémi est parti en ville avec sa chère maman pour acheter un écran plat. Il en a pour l'après-midi. Son père fait la sieste et les enfants sont sortis. J'ai tout mon temps.

Je m'installe dans le canapé et j'entame le récit. Je ne lui passe aucun détail. Surtout ceux que Marc ignore.

— À peine les russes partis une certaine Marita s'est confessée à Clem. C'est une des femmes de chambre. Pendant qu'Annie cherchait Mitzi elle a vu une femme entrer dans la suite. La porte était entrebâillée, probablement un oubli d'Annie. Sur le moment Marita n'y a pas prêté attention. Son service s'achevait, c'était l'anniversaire de sa fille et elle était pressée de rentrer.

— Et ensuite ?

— Elle a compris le lendemain, quand elle a su ce qui était arrivé à Douchka.

— Mais elle n'a rien dit.

— Non. Les russes la paniquent. Elle craint d'être tenue responsable et licenciée. Une étrangère s'est introduite dans la suite sans qu'elle n'intervienne. C'est une faute grave.

— Connaît-on la...

— Eve Lafoy, la propriétaire du westie. Les chiens posaient ensemble pour Mickey Harrison et passaient des heures ensemble. Sa présence dans la suite de Mitzi n'avait rien de scandaleux.

Sauf que...

— À coup sûr elle a teint Douchka en rose. La chienne est douce, elle la connaît. Quoi de plus simple qu'un jet de colorant rose sur sa fourrure ? D'après Clem les salles de bain des chiens-stars regorgent de teintures et de maquillages pour les besoins des photos.

— Donc Annie est innocente ?

— L'analyse du shampoing la disculpe. Et puis...Eve Lafoy est une proche de la propriétaire de Honey Queen, la doublure de Douchka pour *Vogue*. Elles sont cousines. En examinant leurs passeports Jean-Loup a découvert que leurs noms de jeune fille sont identiques.

— Non !

— Si.

— Elles ont tout manigancé. Mais alors, Mitzi... Vrai fuite ou escapade programmée ?

— Qui sait ? En tous cas Annie fait les frais de l'histoire.

— Marita ne parlera pas ?

— Clem lui a enjoint de se taire de crainte de représailles russes. À leurs yeux Annie reste seule coupable.

Enfin une bonne nouvelle.

Des portes claquent. Cela vient de chez Victoire.

— Les voilà, soupire Victoire. Ils ont fait plus vite que prévu.

— Courage.

— Encore trois jours avant le retour, conclue-t-elle en raccrochant.


J'ai oublié la douche. La salle de bain est inondée. Je passe trente-huit minutes à éponger et faire des aller-retours vers le jardin pour délester sur le gazon l'eau ainsi recueillie.

Une fois le carrelage sec je m'aperçois que je suis en nage. Retour sous la douche.

Aarghhh ! Elle est gelée. Dix degrés plus glacée que tout à l'heure.

Deux minutes plus tard j'émerge, tremblante et les lèvres bleuies par le froid. Je m'enveloppe dans une gigantesque serviette éponge qui malheureusement gratte et je retourne bien au chaud, au salon.

Dix-sept heures dix-neuf. Que fait Marc ?

Un petit coup de géolocalisation et hop, je suis fixée.

Il est chez le garagiste. Non, le voyant bouge. Il est... en chemin.

Dix minutes plus tard, la porte s'ouvre.

— Où sont les enfants, s'enquiert-il en m'embrassant.

— Au cinéma, je crois. Pour fuir la canicule.

— Alors, on est seuls..., conclut-il en faisant doucement glisser ma serviette.

## VENDREDI 3 AOÛT

À peine réveillé Max se prétend sale.

— J'vais sous la douche, déclare-t-il en avalant d'un trait son jus d'orange.

— Pas question. Hier tu as passé deux heures sous la douche. Tu es propre.

— Tu rigoles ? Sans clim on fait que transpirer. J'supporte pas.

Il se lève. Deux minutes plus tard il est sous le jet.

Zazou lève les bras en un geste d'impuissance. Tout en engouffrant un gigantesque morceau de croissant coiffé de beurre et de Nutella elle m'explique.

— Hier il a mis un K-way au ciné. Avec la capuche.

— Pendant le film ?

— Ouais, confirme-t-elle. Pendant tout le film.

Elle roule les yeux d'un air désolé.

Jusqu'à présent Max s'habillait et sortait normalement. Suivaient une décontamination corps et fringues digne d'un bloc opératoire et le tour était joué.

Une étape phobique vient d'être franchie.

Dans le mauvais sens.

— Il faut consulter, déclare Marc que je mets aussitôt au courant. Je contacte un collègue.

Avec plaisir.

Sauf que Max fait obstruction.

— J'ai ras le bol des psys. À chaque fois j'dois tout répéter depuis le début. C'est rasant.

— Patience, mon canard. Le prochain sera le bon.

Du moins je l'espère.

**14h33.** Je m'installe sur le canapé du salon avec mon iPad. À ma droite, le téléphone fixe. À ma gauche, mon portable. Et dans ma ligne de mire, la porte d'entrée.

J'attends M. Battaglia.

J'allume ma tablette et je lis.

D'abord les mails en retard. Des amis lointains qui ont troqué le téléphone pour l'électronique et dont je serais désormais en peine de reconnaître la voix.

Puis les journaux en retard. Je feuillette, je m'arrête, je lis. Et hop, poubelle virtuelle.

**15h27.** Mon portable sonne.

Vite, je décroche sans consulter l'écran.

— Allo, ma chérie.

Déception. C'est Sidonie.

— J'attends l'électricien pour la climatisation.

— Ouh la la. Je te laisse. Appelle-moi après son départ.

Je l'adore.

**15h43.** Prise d'angoisse, je sors tester la sonnette du portail. Le carillon répond présent.

Je repars au salon et j'appelle M. Battaglia.

Pas de réponse. Je laisse un message poli.

Vingt-six minutes plus tard, re-belote. Je laisse un message inquiet.

Trente-quatre minutes plus tard le désespoir s'installe. Accompagné d'un doute.

**16h43.** Je le rappelle du téléphone fixe. Un numéro « vierge ».

Il décroche. Dès la deuxième sonnerie.

— Allo.

Pas de doute, c'est bien lui.

— Bonjour, ici Charlotte Russo, je vous attends depuis...

Clic.

Il a raccroché.

Je rappelle et tombe sur sa messagerie.

J'hésite entre virulence et insultes. Cependant la canicule me fait pencher pour la mansuétude.

— Ici Charlotte Russo, nous avons été coupés...

Un ton neutre et poli ne trahissant pas l'énervement qui me gagne. Et qui monte, monte, monte...

Jusqu'à l'explosion.

Je mets mon portable en appel masqué et pendant une heure je me défoule. Façon Caniche.

J'appelle M. Battaglia. Et je raccroche. Je rappelle. Et je raccroche.

Ses « allo » évoluent, deviennent tendus, excédés, hargneux.

Tant mieux.

Lorsqu'il cesse de décrocher et que je tombe sur sa messagerie, je la sature de... silence. Bientôt une voix anonyme m'informe qu'elle est pleine.

Mission accomplie.

Résultat : je ne me sens pas mieux.

Et il fait toujours aussi chaud.


**17h52.** Pour me distraire j'accompagne Sidonie qui a décidé de se mettre à l'informatique.

— Je veux quelque chose de très puissant. Pour envoyer des lettres.

— Tu veux dire, des mails ?

— C'est cela, poursuit-elle. Des mails, des lettres... Je veux écrire dans l'ordinateur et l'envoyer. C'est possible ?

— Heu, oui. Bien sûr.

C'est louche.

Tout en conduisant j'essaye de lui tirer les vers du nez. Elle change de sujet, dévie sur une route de traverse, s'enquiert de la santé de Clem, du chien de Victoire. Tout sauf la vérité. Tant pis.

Arrivées au magasin je la laisse entre les mains d'un vendeur aussi charmant que qualifié et je fonce admirer les derniers joujoux informatiques que je ne m'offrirai pas.

Trente-cinq minutes plus tard le vendeur a réussi l'exploit de réduire les ambitions informatiques sidoniennes et nous sortons lestés d'une simple tablette.

— Vous verrez, ce sera parfait, conclut-il en lui adressant une oeillade complice.

Peu de choses m'énervent autant que d'être dans le brouillard et Sidonie le sait. À peine sommes-nous dans la voiture qu'elle capitule.

— Je n'ai rien dit car... Vois-tu ce n'est pas sûr et...

Je ronge mon frein.

— Tant que ce n'est pas signé...

— Ouiiiiii.

— J'hésite encore...

Mon regard quitte la route assez longtemps pour entrevoir son air épanoui. Je fais une embardée sur la gauche et me gare sur le bas-côté.

— Raconte. Ou je ne bouge plus.

— Je vais peut-être, enfin probablement...

Je vais la tuer.

— Reprendre *Sidonie et Nous*.

Elle éclate de rire et, malgré la ceinture de sécurité qui l'étreint, se penche pour m'embrasser.

Je l'adore.

Ai-je omis de vous préciser que, outre sa célébrissime émission de radio, Sidonie a répondu pendant vingt-huit ans au courrier du coeur de l'hebdomadaire *Elle et Nous* ? Jusqu'à sa mise au pâturage, voici sept ans, pour cause de jeunisme de la rédaction.

— Ta remplaçante ne fait plus l'affaire? Comment s'appelle-elle ? Miranda, Clara...

— Alicia. Les lectrices ne l'aimaient pas. Un homme l'a remplacée sans plus de succès.

Après le départ de Sidonie j'ai renoncé à la lecture de *Elle et Nous*, d'où mon ignorance.

— La suivante a tenu six mois et la dernière moins d'un an.

— Ils t'ont donc suppliée de reprendre du service ?

— N'exagérons rien, répond Sidonie avec un air satisfait qui dément ses paroles.

J'ai une pensée émue pour ma cave qui déborde de *Elle et Nous*, époque sidonienne. D'après Marc c'est du fétichisme. Même verdict pour les trois valises bourrées de chaussures et de chaussettes de Max ( une paire de chaque taille depuis sa naissance ), de tabliers d'écoliers, cahiers de dessins, bulletins scolaires...

— Alors l'iPad ?

— C'est pour répondre au courrier. La rédaction a aussi mentionné une page Facebook. Tu sais ce que c'est ?

## LUNDI 6 AOÛT

**17h08.** La route du bord de mer est encombrée de vacanciers épuisés par leur journée de plage. S'y ajoutent des milliers d'employés sur le chemin du retour et on aboutit à un bouchon de quatre kilomètres comme l'annonce un flash de Info Trafic.

On est parti trop tard. Je le savais.

Je n'ai rien dit.

Pour une fois Marc a pris le contrôle des opérations. C'est lui qui, après un samedi extrêmement pénible et un dimanche totalement insupportable, a verbalisé l'idée qui me trottait en tête depuis trois jours.

— Si on envoyait Max chez mes parents ?

Ça lui est venu hier soir, après la quatrième douche de Max. Six heures treize sous la douche samedi et sept heures vingt-quatre hier.

— C'est pas possible sans clim, a justifié Max. J'suis collant.

Or question climatisation, aucun salut en vue. Grâce à Jean-Loup le réparateur de l'hôtel est passé samedi soir. Deux heures treize minutes durant lesquelles il a démonté, testé, trafiqué. Sans résultat.

— Il faut changer une pièce. D'habitude je l'ai en une semaine, mais là comme l'usine est en congé...

— Y aura pas de clim avant décembre, ironise Zazou.

— En tous cas pas avant septembre, conclut le réparateur d'un air désolé.

La tuile.

Suivie, une fois n'est pas coutume d'une succession d'évènements favorables.

Max est partant pour Pornic. À condition que Zazou l'accompagne.

Zazou est d'accord mais sa mère est injoignable. Elle finit par donner son accord par texto : <suis en we à saint-trop ok pour pornic.>

— Et le billet ? s'inquiète Zazou. Comment j'vais le payer ?

— Laisse tomber, la rassure Marc. On s'en occupe.

Zazou se fend d'un large sourire. Max aussi.

Paolo et Paulette sont enthousiastes à l'idée d'accueillir les deux ados.

Et, miracle des miracles, il reste deux billets disponibles sur l'unique vol Nice-Nantes de la semaine.

Vol décollant dans cinquante-deux minutes chrono et que Max et Zazou vont rater.

Quoique...

La file de gauche accélère.

Marc déboîte d'un coup de volant sec. Il repart à droite. À gauche. De nouveau à droite. Il zigzague. Gagne une place dans la file. Puis deux, trois...

Il klaxonne. Se fait klaxonner. Accélère.

La bretelle de l'aéroport.

Enfin.

Dix-sept heures trente-huit. Marc nous jette devant le terminal.

Dix-heures trente-neuf, nous sommes à l'enregistrement.

— Vous avez de la chance, annonce l'hôtesse en prenant les cartes d'identité de Max et de Zazou. Nous allions fermer.

Dernières recommandations. Soupirs excédés des ados. Embrassades.

Vite, vite.

Ils sont partis.

Sur le chemin du retour mon portable couine. Aussitôt je pense au pire. L'avion a du retard. Le vol est annulé. Il est détourné vers une autre ville...

Non. C'est Victoire.

<Suis rentrée. Ai hâte de te voir. Café demain ?>

Oui, bien sûr.

Mais j'ai aussi rendez-vous avec Archibald, rentré hier soir.

Et je dois tenir Marc à l'oeil.

## MARDI 7 AOÛT

Archibald m'a ramené un cadeau. Je suis tellement touchée lorsqu'il me tend le paquet en rougissant que je manque de fondre en larmes.

— Allons, allons, mon petit, ajoute-t-il en me tapotant le bras. Ce n'est rien. Juste un petit souvenir.

En fait c'est un magnifique sac à main en cuir naturel d'une grande marque américaine inaccessible au commun des mortels. Un modèle simple mais intemporel que j'ai admiré dans les pages des magazines sans jamais, mais vraiment jamais, imaginer le posséder.

— J'ai pensé qu'il s'accorderait à votre nouvelle garde-robe, poursuit Archibald d'un ton inquiet.

Un simple merci serait insuffisant.

Je prends mon élan et lui saute au cou.

— Dans ce cas je vous offrirai souvent des cadeaux, plaisante-t-il tandis que je lui applique deux baisers bien sonnés.

Et Marc qui ne m'offre jamais une fleur. Ou un livre. Mes yeux piquent, ma gorge se noue.

Changeons vite de sujet. Archibald ne demande qu'à s'épancher sur son voyage, la Californie, Goopy's Pancakes. Le nouvel agencement proposé par la décoratrice Ghia Ray. Les ambitions de K.N. Le second restaurant, dans le quartier de Westwood, qui ouvrira dans deux mois et que Sky, le frère de Rusty, va gérer.

Il déborde de projets. J'en ai le tournis.

À côté de moi, sur le canapé, s'entassent trois piles de dossiers à examiner.

— Contentez-vous de les résumer, ajoute-t-il.

Résumer des devis, des contrats, des propositions immobilières, des études de marché... J'en ai pour des journées ( ou des nuits ) entières. Heureusement que Maîtres Vergot et Lecarré sont en vacances et que la société Topazéo tourne au ralenti...

Archibald lit dans mes pensées.

— J'ai réfléchi, Charlotte je sais que je vous monopolise. De plus je compte ouvrir un premier Goopy's à Cannes, puis à Nice...

Il s'interrompt à l'arrivée de Maryse, porteuse de jus d'orange frais et de sablés aux amandes et boit une gorgée avant de reprendre.

— Karl est capable de gérer l'expansion californienne mais j'ai besoin de vous à mes côtés et à temps plein. Pour garder l'oeil sur Karl et superviser le développement des Goopy's.

— Je ne suis apte qu'à traduire. Je ne saurai pas...

— Faites-moi confiance, Charlotte, interrompt-il.

Là-dessus il me fait une proposition.

Un salaire mensuel qui flirte avec les cinq chiffres.

Je suis sciée.

— Vous disposerez aussi d'une prime de fin d'année.

Cinq chiffres.

Cinq petits chiffres. Mais tout de même. Cinq chiffres.

J'ai le vertige.

En une seconde Archibald vient de... doubler... presque tripler mes revenus annuels.

— Pourquoi ? C'est beaucoup trop...

D'un geste il m'arrête.

— Croyez-moi, Charlotte, vous le valez. Et puis je serai un patron redoutable.

Il sourit.

— Réfléchissez pendant quelques jours.

Mon portable sonne alors que je pénètre dans ma voiture.

C'est Marc.

— Tu viens nager ? demande-t-il.

Ce matin j'ai fait un brushing que l'eau de mer va anéantir, je suis en sévère manque de caféine et trois sacs de dossiers américains posés sur la banquette arrière attendent traduction.

Malgré tout j'accepte.

Faire obstruction à Caniche.

Cela vaut bien un café et un brushing.

Malgré de bonnes intentions je nage mal.

Marc me dépasse de son long crawl métronomique. Un, deux, trois, respiration. Un, deux, trois, respiration. Je le regarde s'éloigner, méthodique, discipliné, comptant ses attaques de bras pour quantifier la distance parcourue.

Rien de cela pour moi. Mes respirations sont irrégulières. Dès que j'étouffe je lève le nez pour respirer. Une fois sur deux je récolte une vague d'eau salée dans les narines et je stoppe pour tousser. Au bout d'un moment je passe en dos crawlé. Une nage élégante. Sauf lorsque je me télescope contre un rocher.

Ouch.

Je suis tourneboulée par la proposition d'Archibald.

Tant pis pour les exploits sportifs.

Je fais la planche. Et je réfléchis.

Ou plutôt je fais semblant.

Je prétends peser le pour et le contre, être prudente, rationnelle. Je me mens à moi-même alors que je sais depuis qu'elle a franchi les lèvres d'Archibald que j'accepterai sa proposition.

Pour une fois, Charlotte la sage, la réfléchie, la cartésienne, envoie tout balader. Et hop, d'un revers de main imaginaire je balaie les CVs, les arrêts de Cour d'Appel, les actes de vente, les gardes à vue...

J'ose le changement de carrière.

Je prends un nouveau virage.

C'est un début...

**15h30.** Appel de Victoire qui annule notre pause café.

— Rémi m'attend à l'agence de voyage. Il veut repartir la semaine prochaine, en amoureux.

Son ton est las. Je tente de la motiver.

— Pourquoi pas ? Imagine, Prague, Barcelone, les musées, les restaurants... Sans les enfants qui râlent...

— Oui, peut-être...

C'est mou, sans conviction.

Je la pousse dans ses retranchements.

— Sauf que ?

— Je n'ai pas envie. Après quinze jours chez ses parents je veux rester chez moi. Et avoir la paix.

— Tu lui as expliqué ?

— Il me répond que c'est le premier pas qui coûte, qu'il nous concocte un séjour de rêves, que ce sera un beau souvenir.

Tout ce que j'aimerais entendre de Marc. Le monde est mal fait.

— Tu pourrais trouver une destination qui...

— Non.

Elle soupire.

— Je suis certaine que tout est décidé. L'agence de voyage c'est pour me faire croire que j'ai mon mot à dire, pour que le patron fasse son baratin. Chère madame, Dubrovnik c'est LA destination du moment. Le Palace Bidule est un sept étoiles. Vous allez a-do-rer...

Son ton est aigre. Elle est énervée.

Rémi lui a déjà fait le coup.

**22h11.** SMS de Clem.

<Rv chez moi demain à 17h30 avec Victoire. C bon pour toi ?>

C'est bon.

## MERCREDI 8 AOÛT

Ce matin j'ai convaincu Archibald de baisser mon salaire.

C'est à la suite d'une nuit épouvantable.

Archibald, K.N, Maître Vergot, Caniche, mes clients, un juge du Tribunal de Grasse, le patron de Topazeo... tout se mélange dans mon rêve et lui donne une tournure cauchemardesque.

Je me réveille en sueur. Marc ronfle doucement à mon côté et dehors il fait encore nuit.

Quelle heure est-il ?

Surtout ne pas jeter un oeil sur l'écran phosphorescent du réveil sous peine de passer les heures suivantes à faire le compte à rebours du sommeil encore disponible.

Je me tourne pour boire un verre d'eau et bien sûr je happe les chiffres fatidiques.

Il est deux heures dix-huit.

Je ferme les yeux tandis que les chiffres s'égrènent dans ma tête. Plus que six heures cinq minutes. Cinq heures quarante-deux. Cinq heures vingt-six...

La ronde infernale reprend dans ma tête.

Goopy's. Mes clients. Archibald. L'angoisse du changement, de ne pas être à la hauteur de ma tâche.

La crainte de ne pas mériter la confiance d'Archibald.

Ni, surtout, le salaire extravagant qu'il m'impose...

J'avale un Donormyl... et je me réveille à onze heures huit.

Horreur et désolation.

Une matinée gâchée.

Je me rue vers mon ordinateur. Vingt-deux mails nocturnes. Dix-sept proviennent de K.N qui s'est aussi fendu de huit fax.

Aussitôt mes deux cafés avalés j'appelle Archibald pour lui faire un résumé des mails.

Il est charmant mais pressé.

— Cela peut-il attendre demain ?

— Oui, mais Karl s'impatiente au sujet des menus.

K.N et Rusty, le cuistot de Goopy's, sont en conflit. K.N veut modifier le menu existant en y apportant une touche bio et mode tandis que Rusty prône le respect de la tradition.

À Archibald de trancher.

— Je verrai plus tard, élude-t-il.

Il veut raccrocher. Je le retiens un instant.

— Au sujet de votre proposition...

Je respire un grand coup avant de jeter, tout en vrac.

— J'accepte sauf que pour le salaire... C'est trop, je ne peux pas accepter. La moitié suffit.

Je me suis emmêlée, j'ai bafouillé. Je me sens rougir comme une tomate.

Silence.

À l'autre bout du fil je perçois un gloussement de rire, vite étouffé. Puis Archibald propose un chiffre. Les deux-tiers de la proposition d'hier. Un compromis.

J'hésite.

— Alors, Charlotte, c'est entendu ?

— Oui, oui. Bien sûr.

Je raccroche.

Un peu étonnée qu'il ait cédé aussi facilement.

Mais soulagée.

Vraiment. Je vous assure. Je respire mieux.

Je vous avais prévenus, je suis une gourde.


Je suis saisie de culpabilité. D'une part les dossiers d'Archibald. De l'autre... Sidonie.

J'ai promis de l'aider avec son iPad.

— Je reçois les mails du courrier des lecteurs. Mais je n'arrive pas à répondre, s'est-elle plainte il y a trois jours.

J'ai essayé de lui expliquer par téléphone. Lundi soir, en rentrant de l'aéroport et pendant trente-huit minutes.

Résultat de l'opération : elle ne reçoit plus ses mails.

Une visite s'impose.

Je l'appelle et lui propose de passer.

— Quand ?

— Tout de suite.

— Ma chérie, je préfèrerais demain. Là je suis dé-bor-dée.

Je n'y comprends plus rien. Hier elle était submergée de lettres qu'elle ne pouvait traiter. Et aujourd'hui, alors que je lui propose mes services, elle est débordée... par quoi ?

— Je suis en retard, poursuit-elle. Imagine-toi que j'ai écaillé mon vernis, sur le pouce, en préparant l'apéritif. Oh quelque chose de très simple. Des boules de melon au jambon cru, ainsi que des mini-tomates au thon. Tu crois que ça ira ? Ce n'est pas trop léger ?

— Heu...

Je suis complètement larguée. Ça ne l'inquiète pas du tout car elle embraye avec enthousiasme.

— Je l'ai écaillé en creusant le melon. Une catastrophe. J'avais fini le flacon de vernis beige. J'ai dû tout enlever. Et recommencer.

On dirait une tornade verbale.

— Comme tu le sais j'ai horreur de la pose de vernis... Le temps de séchage est insupportable. Quoique, ce rose framboise est plus flatteur que le beige... Ne crois-tu pas que...

On sonne à la porte. Chez Sidonie.

Sa voix grimpe de deux octaves d'excitation.

— Je te laisse, ma chérie, crie-t-elle en raccrochant. C'est Archibald.

Tout s'explique.


Il est quinze heures treize, les dossiers d'Archibald sont expédiés et je n'ai plus rien à faire. Ou plutôt, j'ai une tonne de tâches ennuyeuses à accomplir. Et aucune envie de m'y coller.

Je pourrais me lancer dans un grand nettoyage d'été qui remplacerait celui que je n'ai pas fait au printemps.

Ou ranger mes placards, ce qui aurait le double avantage de me débarrasser des rossignols taille XL et de déblayer le terrain pour mes futurs achats.

Voire exploiter l'absence de Max en bravant l'interdiction de pénétrer dans sa chambre. En profiter pour décrocher ses rideaux et les passer à la machine ainsi que le tapis, le couvre-lit, les oreillers, et absolument tout ce qui me tombera sous la main.

Bonne idée.

Je déserte mon bureau pour sa chambre et là, à cinq pas du but, je bifurque. Vers la cuisine et un café accompagné d'un délicieux verre d'eau glacé. Ainsi requinquée je résous de prendre des nouvelles du poussin. Cela fait dix-neuf heures et trente-six minutes que je n'ai pas entendu le son de sa voix.

Je compose le numéro de mes beaux-parents. Six sonneries plus tard je tombe sur la messagerie. Je recommence. Non seulement ils sont durs d'oreille mais ils cohabitent avec TF1 à plein volume.

Trois appels et quatorze sonneries plus tard Paulette répond d'une voix endormie.

Crotte de bique, j'ai oublié qu'ils font la sieste jusqu'à seize heures.

— Désolée de te réveiller. Je te rappelle plus tard.

— Non, non. Donne-moi plutôt des nouvelles.

J'ai appelé au sujet de Max et je me retrouve à monologuer sur Caniche.

Paulette rit de bon coeur du dernier épisode. Je sais qu'elle en fera profiter Paolo mais que Marc ne sera pas mis au courant. La solidarité anti-Caniche marche à fond dans la famille.

Au bout d'un moment je demande des nouvelles de Max.

— Le petit va très bien. Son amie Zazou est mignonne comme tout et puis, c'est extraordinaire mais...

— Quoi donc ?

— Il n'y a pas de problème pour la douche. Il y reste dix minutes, pas plus.

Hum.

Selon Max milieu d'habitation propre égale douche longue. Et vice-versa.

Je ne me vois pas expliquer à ma belle-mère qui est un as de la serpillère qu'aux yeux de son petit-fils sa maison est crade. Mieux vaut lui laisser ses illusions. D'ailleurs elle a embrayé sur la vague de froid qui déferle sur Pornic, les trombes d'eau qu'ils subissent depuis hier et les petits qui sont tout sourire malgré le mauvais temps...

— Le problème est à la maison, conclut Marc lorsque je lui fait part de la conversation. Pour moi il s'agit d'une pathologie du lien.

— C'est-à-dire ?

— Ta relation avec lui est trop fusionnelle. En allant mal il retarde la coupure inévitable avec la mère. Inconsciemment il t'oblige à t'occuper de lui.

La mère, encore la mère, toujours la mère. En psycho la coupable est vite trouvée.

Je fatigue, d'autant plus que Marc, tout à ses brillantes théories, pêche côté solutions.

— Il lui faut un bon psy, insiste-il.

L'oiseau rare que nous n'avons pas trouvé. Celui qui réunira les qualités d'écoute, de fermeté et de sympathie capables de ferrer un ado rétif. Ce devrait être élémentaire.

Ça ne l'est pas.

— On pourrait essayer l'hypnose, propose Marc. Ou un magnétiseur. Les résultats sont parfois remarquables.

Jusqu'où aller pour guérir Max ? L'aromathérapie, l'ayurvéda, l'héliothérapie, le qi gong, le shiatsu ? Toute la gamme des thérapies alternatives ?

— Pourquoi pas ?

Marc sourit. Je parie ma veste en soldes Maje qu'il ne s'attendait pas à cette réponse.

— Je connais une hypnothérapeute à Nice. Je prends rendez-vous.

Je balaie quelques miettes de la table du jardin où il a établi son QG de vacances. Dossiers, livres, articles de journaux épars, magazines professionnels... Il prépare une conférence pour le mois prochain. C'est son mode de travail.

Pour une fois je ne me plains pas. Qui a dit que le désordre c'est la vie... de couple...

Moi. Peut-être.


Clem ouvre la porte, je fais trois pas à l'intérieur et je hume l'arôme du changement. C'est une sensation diffuse, mais qui ne trompe pas. Une odeur reconnaissable entre toutes, le fumet de l'inconnu.

Pourtant rien n'a changé. Ni le magnifique canapé sable, ni les tableaux, ni même la sublime gerbe de mimosas que j'admirais encore la semaine dernière. Seules, sur la table basse, des brochures de vacances et des paperasses créent un désordre inhabituel.

D'où provient ce bouleversement ? me dis-je en embrassant Victoire.

— Alors les filles, clame Clémentine, vous préférez le jardin ou le salon ?

Trente-deux degrés à l'extérieur. Dix-neuf dans son salon climatisé. La question ne se pose pas. Tandis que Victoire et Clem s'affairent je m'affale dans un fauteuil choisi pour être dans la ligne de tir du climatiseur.

Le bonheur du froid polaire. Un air glacial souffle sur mes bras, dans mon cou. J'en ai la chair de poule et probablement une bronchite demain. Je m'en moque. Je ferme les yeux. Je revis.

Trente secondes et un cliquetis de talons plus tard plus tard je suis rappelée à la cruelle réalité.

— Regarde-la, se moque Victoire avec un regard narquois. On dirait un phoque sur la banquise.

D'un revers de main elle déblaie la table basse et y pose un gigantesque broc à orangeade. Elle s'assied en face du phoque qui, vexé, lui fait une grimace, puis, contrariée par la bourrasque qui décoiffe son brushing, migre à l'autre bout du canapé.

Clem, perfide adepte des climats arctiques, se déculpabilise à mes dépens.

— Charlotte n'a plus de climatisation chez elle.

Elle sort les verres du buffet et vérifie leur propreté d'un air critique tandis que Victoire fronce les sourcils.

— On peut vivre sans. Et puis ta clim est trop forte. C'est malsain et peu écologique.

Ah non, pitié, pas d'homélie verte.

Surtout venant de Victoire qui, pour éviter toute cohabitation d'effluves, récuse l'option multi-tâches de son four et vient de lui commander un petit frère. Un four La Cornue dont les prouesses techniques feront exploser l'empreinte carbone du ménage Baudon.

— La clim, rétorque Clem d'un air malicieux, tu ne t'en plaindras pas à Las Vegas.

Las Vegas ?? C'est donc ça le projet de Rémi. Merde alors, il y en a qui ont de la chance. Je suis aussi excitée que si j'étais du voyage.

J'assaille Victoire de questions.

— Quand partez-vous ? Et les enfants, qu'en fais-tu ? Si tu veux je les garde...

Elle interrompt ma diatribe.

— Oh, stop. De quoi parles-tu ?

Un doute me traverse.

— De ton voyage... À Las Vegas... avec Rémi ?

— Jamais de la vie. Il voulait partir à Istanbul mais j'ai refusé. D'où sors-tu ce voyage à Las Vegas ?

Je regarde Clem, rejointe par Victoire.

— Clem ?

— Clem ? renchérit Victoire.

Elle reste un instant silencieuse, son regard se promenant de l'une à l'autre.

— Bon, les filles, j'avoue. Je m'installe à Las Vegas...

— Quoi ??

On a crié en même temps. Clem fait un geste d'apaisement.

— Calmez-vous. Ce n'est que pour huit mois.

Huit mois, une éternité.

— Et puis vous viendrez nous voir. Malgré la clim, glisse-t-elle à Victoire.

— Et Jean-Loup ?

— Il a reçu l'offre en premier. Concierge au Versailles Marquis qui, comme vous l'imaginez, est une réplique de...

— Versailles, complète Victoire.

— Oui. Très kitch. Mais bon... L'accent frenchie ayant la côte on m'a proposé un poste à la comm.

— Quand partez-vous ? s'informe Victoire, toujours pragmatique.

— Le 29. Et on commence le 1er.

— Septembre ? Le 1er septembre ?

Non, non, c'est trop proche. Je ne suis pas prête. Je suis une lente, moi, une conservatrice, il me faut du temps pour m'habituer, pour apprivoiser la nouveauté.

— Pas de panique, tempère Clem qui me lit à livre ouvert. Cela passera vite. Et puis vous viendrez me voir. Rémi sautera sur l'occasion. Quant à Marc... il te doit bien cela...

Las Vegas... Avec Marc et Max... Un nouveau départ symbolique ?

Cependant huit mois sans Clem... Je sens mon moral descendre dans mes chaussettes. Afin de masquer une attaque de blues galopante j'attrape une poignée de magazines que je feuillette avidement. Ceux que j'avais mépris pour des brochures de voyagistes sont des plaquettes immobilières.

— On hésite entre une location de maison ou d'appartement, renseigne Clem qui me surveille du coin de l'oeil.

Les maisons proposées sont baignées de soleil, spacieuses, modernes. Ici pas de climatiseur qui lâche en plein mois d'août ou de sèche-linge aux poignées capricieuses. C'est le royaume du confort, de l'efficacité, du consommateur-roi. Les résidences rivalisent en piscines à débordement, jacuzzis et salles de sport. Le paradis.

Je me prends à rêver d'un séjour à Las Vegas, loin des problèmes, de Caniche, des TOCs de Max qui disparaîtraient comme par magie..

Un long, un très long séjour. Ce serait le rêve.

Et d'ailleurs... c'est un rêve.

## JEUDI 9 AOÛT

Je suis réveillée par un SMS matinal de Victoire.

<Départ Ajaccio avec Rémi demain... Dîner adieu Clem le 28 chez moi. Ok ?>

Mon pouce textote un <ok>machinal tandis que mon moral vire au négatif.

Clem s'exile au Nevada. Victoire file en Corse. Max s'est évadé à Pornic. Sidonie se partage entre Archibald et son courrier du coeur. Et Marc...

Terrain miné. À éviter.

Ce matin je me sens abandonnée. Sans doute est-ce injustifié, voire irrationnel, mais je subis de plein fouet une attaque de blues.

Que faire ?

Ou, dans mon cas précis, que ne pas faire ?

En dépit de tous les panneaux avertisseurs, c'est dans la route coupée suite à éboulements que je fonce tête baissée en allumant mon ordinateur.

L'écran s'allume, Google apparait et tout naturellement je tape « Facebook Annie Tillac Antibes ».

Vlan ! Sa toute nouvelle page Facebook surgit et avec elle, une flopée de photos. Des chiens et des chats, bien sûr, mais aussi des hamsters, une tortue, deux lapins, des canaris... Pas de doute elle diversifie ses prestations. Et affiche, n'ayons pas peur du mot, sa... sale bobine.

Je zoome à fond sur ses rides, les recense, m'adonne à une expertise pointue de son état de délabrement.

Pouah. Elle est hideuse.

Deux minutes plus tard les photos déclenchent le contrecoup :

j'oscille entre dépression et rage. J'ai envie de lui foutre mon poing sur la gueule. Je souhaite qu'elle meure d'une mort atroce. Déchiquetée par des teckels, dépecée par des siamois, désossée par des perroquets..

Je me prends à envisager l'étape suivante. Une nuit noire, une voiture qui jaillit ( la mienne ), un corps gisant au bord de la route ( le sien ). Ou alors une rencontre fortuite, au bord d'une falaise ( problème logistique : où dénicher ladite falaise ?? ), une bourrade, et hop, une femme à la mer.

Alors... Meurtre avec préméditation ou crime passionnel ?

Ça pèse combien en années de taule ? L'instinct de préservation et les séries télé policières me retiennent de poursuivre sur Google.

Pas de recherches internet égale nicht préméditation.

Le téléphone sonne.

Je reviens brutalement à la réalité et je me dis... tu débloques à fond, ma fille.


Le téléphone c'est Sidonie qui a oublié la démonstration du vendeur et se trouve incapable de répondre aux mails de *Elle et Nous*.

Elle refuse que je passe chez elle.

— Non, non ma chérie. Je ne veux pas te déranger.

Je passe donc cinquante-trois minutes et vingt-huit secondes à lui expliquer par téléphone ce qui aurait pris dix minutes en face à face.

Elle répète mes instructions, effectue les manipulations.

Tout fonctionne. Elle est enchantée. Moi aussi.

Je m'apprête à raccrocher lorsqu'elle me demande...

— C'est normal, ma chérie, une fenêtre affichant « mot de passe invalide » ?


**12h02.** Je suis en micro-short bleu ciel et t-shirt imprimé de nounours vanille, le cheveu en bataille et le teint brouillé.

Vite je m'habille. Une robe trois trous en coton cerise qui met en valeur mon bronzage et ma silhouette.

Une vue panoramique de ma garde-robe m'informe que je ne dispose d'aucun vêtement d'automne à ma taille. Juste des pantalons en lainage gris et noir, un manteau gris foncé, une veste gris souris, une demi-douzaine de pulls col cheminée dans des coloris sinistres, le tout trois tailles trop grand.

Beurk ! Dire qu'il y a quelques mois je m'habillais en croque-mort. Un renouvellement s'impose, en accord avec mes nouvelles statistiques : silhouette XS et salaire XL.

Canicule oblige, je me lance dans une thérapie shopping virtuelle.

Objectif simple, clair et précis : une jupe en cuir noire.

Soixante-dix-sept minutes plus tard mon panier web comprend un pantalon slim en cuir fauve ( une promo à moins quarante pour cent ), un perfecto en laine bouclée rouge, un pull en cachemire marine à profond décolleté en V ( une autre promo ) et un manteau en lainage noir style militaire à épaulettes et boutons dorés.

Évidemment j'ai brisé la règle cardinale des fashionistas : créer un style cohérent. Prise séparément chaque pièce m'emballe. Ensemble c'est la catastrophe.

Le manteau ne s'accorde pas avec le slim. Le slim jure autant avec le perfecto qu'avec le pull. Le noir du manteau n'apporte pas la touche flashy qui fait défaut à ma garde-robe. Et je ne dispose d'aucune chaussures pouvant cohabiter avec du marron.

Je clique fermement sur la touche Achat. En dépit de ses illogismes mon nouveau look me ravit. J'entre mon adresse, les chiffres de ma carte de crédit, mon code de sécurité et hop, l'affaire est dans le sac.

J'ai claqué...

Non...

Si !!!

Je ne suis pas dans le rouge ( grâce à Archibald ) mais la rentrée approche. Mon cerveau m'envoie un listing en accéléré : frais scolaires de Max, assurance voiture, taxe d'habitation, taxe foncière, climatiseurs ( ?? ), sèche-linge ( ??? )...

Je calme mes angoisses en me renseignant sur la politique de retours du site.

C'est inscrit noir sur blanc sur la page d'accueil. Satisfaits ou remboursés sous trente jours. Retours gratuits.

Je respire. Rien n'est irréversible. D'un coup de souris j'annulerai tout, mon compte sera recrédité, ma conscience soulagée.

J'éteins l'ordinateur, je me lève et tout en allant vers la cuisine, je me demande quelles bottes iront le mieux avec mon nouveau slim.

Je prépare une salade pour Marc. Thon, maïs, tomates, chèvre, olives, croûtons, le tout magnifiquement disposé sur une assiette Villeroy & Boch reçue en cadeau de mariage et rarement utilisée.

— Attrape-le par l'estomac, m'avait ( en gros ) conseillé Victoire voici trois mois.

— Et soigne la déco, avait ajouté Clem qui n'appréciait pas le look de mes assiettes bon marché.

Un soir de déprime je les ai toutes jetées. Puis j'ai sorti les plats en porcelaine du carton où ils sommeillaient depuis notre mariage. D'après mes calculs qui prennent en compte ma maladresse congénitale leur espérance de vie dépasse largement la mienne.

Il est indéniable que même trois feuilles de salade en jettent lorsqu'elle s'étalent dans une sublime assiette.

— Merci, sourit Marc lorsque je dispose le plat parmi ses magazines. Ça a l'air délicieux.

Je m'assieds et je grignote deux grains de maïs et une miette de thon. Assez pour sembler conviviale, juste ce que consent mon estomac noué. Caniche plane au-dessus de nous, silencieuse, taboue. Inéluctable.

Marc, bien sûr, redoute la discussion autant que la dispute qui s'ensuivra.

Quant à moi j'ai envie de crever l'abcès, de tirer un trait définitif sur le passé, de repartir ensemble, d'oublier.

S'ensuit en silence gêné que Marc n'ose briser, sachant d'expérience que la moindre fausse note m'autorisera à lui sauter à la gorge.

Gérard Lenorman s'en mêle. *La tendresse.* Le portable de Marc.

— C'est un patient, s'excuse-t-il en consultant l'écran.

La conversation s'engage, traîne, s'éternise. J'attrape un magazine. *Psychologies d'Aujourd'hui.* En couverture : Augmentation de salaire : les dix commandements de la réussite.

Pas de conseils à l'horizon pour les gourdes qui négocient leur salaire à la baisse...

Victoire et Clem ne savent rien de la proposition d'Archibald. Ni de ma réponse.

J'ai refusé de l'argent. De l'argent dont j'ai besoin.

Pour payer ma garde-robe.

Ou... mes frais de représentation ??

Voilà qui sonne juste. Et nettement moins frivole.

Le départ de Clem a cannibalisé notre conversation d'hier. Caniche n'a pas été évoquée. Rémi est passé à la trappe. Archibald et son offre ont fait les frais d'une amnésie temporaire.

Peu importe.

J'ai tout raconté à Marc et il est resté neutre.

— Il n'existe pas de bon ou de mauvais choix. À toi de décider en adéquation avec toi-même.

C'est la voix du psy.

J'aurais préféré celle du mari.


**22h**. SMS de Max auquel je n'ai parlé que trente secondes depuis son départ.

<T où ?>

<À la maison.>

<Avec Papa ?>

<Bien sûr avec Papa.>

<Ok.>

<Bonne nuit, mon chéri.>

## LUNDI 13 AOÛT

À la onzième visite je suis sur les rotules. L'agent immobilier, une blonde rondelette perchée sur des sandales compensées masse discrètement ses chevilles. Malgré mes spartiates ultra-plates je sens un début d'ampoule au croisement des lanières.

Archibald, lui, est en pleine forme. Dès la voiture garée il bondit et fait les cent pas devant la porte tandis que Monique Gangeon s'empêtre avec son trousseau de clés.

Puis il passe en revue la salle de restaurant. Taille, luminosité, possibilité d'installer un comptoir, nombre de tables possibles, tout concorde. Dommage que la cuisine soit minuscule et reléguée derrière une muraille de briques.

— C'est un mur porteur, déclare-t-il en le frappant. On ne peut pas l'abattre.

Monique Gangeon confirme avec une grimace. Une cuisine visible de la salle est un critère impératif. Malgré tout elle préfère gaspiller le temps d'Archibald et proposer des produits non conformes.

— Le numéro sept reste mon préféré. Qu'en pensez-vous, Charlotte ?

Est-ce la crêperie située rue Hoche ? Ou l'italien rue du Commandant-André ? À moins que l'italien ne soit rue Hoche ? Les restaurants se livrent dans ma tête à une farandole endiablée.

— Et si on le revoyait ?

— Excellente idée.

Nous voici repartis.

Rue Hoche. Un chocolatier-salon de thé qui a fait faillite.

Évidemment, situé derrière Lenôtre et à cent mètres de Pelé la concurrence était rude. Les pancakes, eux, ne jouent pas dans la même cour. Aucun établissement de ce genre aux alentours. La rue piétonne est habitée de salons de thé raffinés, de restaurants méridionaux ou italiens et de boutiques de mode.

Goopy's sera remarqué.

— C'est parfait, se félicite Archibald en examinant le local. Je le prends.

Mur et fonds flirtent avec le million d'euros. Les yeux de Monique Grangeon brillent. Deux jours de visites intenses — vendredi dernier et aujourd'hui — sont récompensés d'une substantielle commission.

— Je contacte votre notaire, promet-elle.

Archibald la remercie d'un air distrait, l'esprit déjà engagé vers l'étape suivante.

**19h53.** J'aime beaucoup Archibald mais durant tout le trajet du retour il me saoule.

La liste de tâches à accomplir m'étourdit. Je me prends à regretter ma vie de traductrice, mes clients pépères, mon indépendance, mon salaire moyen…

J'aurais mieux fait de refuser. De réfléchir. De ne pas réduire mon salaire.

Quelle idée ! Une gourde, je suis une vraie gourde.

Loin de mes considérations existentielles Archibald poursuit sur sa lancée.

— Je compte sur vous, Charlotte, pour persuader Rusty de venir en France. Pour choisir le matériel de cuisine.

Ça commence bien. D'après Archibald Rusty est un yankee pur jus qui n'a jamais quitté le sol américain, même pour franchir les frontières voisines du Canada ou du Mexique. En plus il refuse de prendre l'avion.

Il faut arranger la venue de Ghia Ray, la décoratrice. Traduire en français le carnet de charges. Ainsi que les spécifications techniques. Le menu. Les recettes…

Dénicher un architecte français prêt à se plier aux ordres de Ghia. Engager une attachée de presse. Lancer les démarches administratives.

— Cela risque d'être long. On n'est pas à Los Angeles, ici, soupire Archibald. Mais j'ai un excellent conseiller juridique.

Depuis dix minutes je n'écoute plus. Mon ampoule a explosé. Un centimètre carré de chair à vif et mon pied est en feu. Je me trémousse sur mon siège, tripote ma sandale, tente d'étirer les lanières.

Et puis, zut.

Je tire un grand coup et extirpe mon pied de la spartiate. Dans la foulée je retire aussi l'autre. Le bonheur.

— Ça va mieux ? demande Archibald en souriant.

— Beaucoup mieux.

L'esprit dégagé j'attrape mon iPhone. Un clic sur Rappels. Mes doigts volent de pense-bête en pense-bête. La liste s'allonge, encore, et encore, au fil des réflexions d'Archibald.

C'est l'overdose.

Stop.

— Stop, dis-je d'une voix ferme.

Interloqué il s'arrête en pleine phrase.

Je lui montre ma liste.

— Goopy's n'est pas une multinationale. On ne pourra pas tout faire, vous et moi.

Enfin, surtout moi. Lui se contente de mitrailler les propositions. Comme au bon vieux temps où une armée d'employés s'affairait à les mettre en pratique.

L'effectif est désormais réduit à un : moi. Deux si l'on compte K.N.

D'ailleurs....

— Qui va gérer le restaurant si Rusty s'absente de Los Angeles ? Karl est-il au courant ?

— Ne vous inquiétez pas, rétorque Archibald au moment où la Mercedes conduite par son chauffeur s'engouffre dans sa propriété. J'en fais mon affaire.

— Et qui va s'occuper de...

Il ne m'écoute plus. À gauche du perron est garée une Fiat 500 crème à toit ébène qui ressemble furieusement à celle de Sidonie.

AZ 873 DS.

Jackpot.

Archibald, qui a suivi mon regard, s'empourpre.

Des éclats de voix ponctués de rires proviennent de la terrasse. J'aperçois Maryse et Sidonie, de dos, en grande conversation. Sidonie aide la cuisinière à redresser un coussin, déplacer un cendrier, aligner des magazines. Ses gestes sont naturels, elle est à l'aise.

Une vague de bonheur m'envahit. En m'extirpant de la voiture je me laisse aller à rêver. Et si tu avais tort, ma tante chérie ? Si tous les hommes n'étaient pas des salauds ? Si tu avais trouvé...

D'une quinte de toux Archibald interrompt mes pensées.

— Vous venez, Charlotte ? Un apéritif ?

— Non, je vous laisse.

Je fais une pause avant d'ajouter.

— Embrassez Sidonie de ma part.

Puis je souris, pieds nus sur le gravier de l'allée, mes spartiates à la main, à demi épuisée.

Mais heureuse.

**20h37.** Je pénètre dans la maison, joyeuse, débordant d'anecdotes, appelant Marc.

Il n'est pas là.

Mon euphorie s'effondre comme un soufflé.

Qu'a-il fait aujourd'hui ?

Dans la maison rien n'a changé.

Ses livres et papiers traînent au salon. Ses magazines squattent la table du jardin. Ses marqueurs bigarrés flânent çà et là. Être bordélique procure un indéniable avantage. Impossible de déterminer s'il a consacré son temps au travail ou à...

Caniche ?

Entre deux visites de restaurants j'aurais dû consulter la géolocalisation.

J'y ai pensé. C'était lors de la visite numéro quatre, au moment où la lanière de ma sandale a entrepris de se manifester négativement. Du coup j'ai balayé Marc pour me consacrer à Archibald et à mon pied.

À tort.

Maintenant je ne saurai jamais.

Dans la cuisine quelques miettes témoignent d'un bref passage. Petit déjeuner ? En-cas ? J'ouvre la poubelle. Elle est vide. Je tâche de me souvenir si je l'ai vidée ce matin lorsque la porte d'entrée s'ouvre, et se referme.

— Charlotte, tu es là ?

— Dans la cuisine.

La silhouette longiligne de Marc s'annonce dans l'embrasure. C'est vrai qu'il est beau,

— Tu es arrivée depuis longtemps ?

— Non. À l'instant.

— J'ai fait le tour du Cap à pied.

— Par cette chaleur ?

Presque deux heures de marche. Il devrait être en sueur.

Il s'approche sans répondre et m'enlace. J'en profite pour effectuer un état des lieux détaillé.

Cheveux : légèrement humides.

Visage : en sueur.

T-shirt : froissé.

Il m'embrasse.

Je le renifle.

Un relent d'Aramis. Une touche d'eau salée...

— Tu es de plus en plus sexy, murmure-t-il en passant ses mains dans mes cheveux.

À mon tour je le caresse.

Il embrasse le lobe de mon oreille.

Je triture la boucle de sa ceinture.

Il se dégage doucement.

— Tout à l'heure, objecte-il. D'abord je me douche.

**0h19.** On l'a fait. Après la douche. Après le diner. Et après le minutieux brossage de dents de Marc.

C'est romantique, dites-vous ?

Vous devez être célibataire, vous. Ou alors jeune, très jeune mariée.

Je vous souhaite bon courage. Et bien des illusions.

De fait il est minuit vingt-et-une. Marc dort.

Et je m'interroge.

Que faisait-il en début de soirée ? Le tour du Cap à pied ou... autre chose ?

J'allume mon ordinateur mais internet fait exploser le champ des possibles. En gros la période réfractaire d'un homme après l'orgasme peut aller de quelques minutes ( à dix-sept ans ) à deux jours ( quatre-vingt ans ). Entre les deux tout est jouable.

Me voici bien avancée.

Je repars vers la chambre et m'aperçois que mon iPhone est allumé.

Un SMS de Clémentine.

<Ça te dit un café demain ?>

>Ok. À ton avis quel temps de recharge entre deux orgasmes pour un homme ( Marc ) ?>

Clem : <T'es en pleine nuit torride ???>

<Du tout. T'expliquerai. Alors combien ??>

<Clem : Une heure ? Deux heures ?>

<Jean-Loup ?>

Clem: <Il est à recharge rapide.>

<??>

Clem: <C'est une bête...>

<!! À demain.>

À recharge rapide...

Me voici bien avancée.

## MARDI 14 AOÛT

Entre le décalage horaire ( neuf heures ) et le rush du matin en cuisine Rusty est injoignable.

À quinze heures ( six heures du matin en version californienne ) on me répond qu'il surveille les livraisons. À quinze heures trente il est en plein assemblage d'ingrédients. Et de seize à dix-neuf heures il virevolte entre les assiettes de pancakes et d'omelettes.

À vingt heures, il daigne venir au téléphone.

Nous avons échangé deux ou trois fois et je sais à quoi m'attendre. Une voix rocailleuse, un ton bourru, pas de fioritures, du droit au but.

Je ne suis pas déçue.

— *He's crazy your boss.* Qui va gérer si je m'absente ?

Trois cuisiniers et plusieurs sous-fifres opèrent sous ses ordres. Ça devrait suffire, non ?

Non.

— Dès que je tourne le dos ils font des conneries, réplique-il.

Ah.

— Et votre frère, Skye ? Il pourrait vous remplacer quelques...

La réponse fuse.

— *Him ? I sure don't want him messing up my kitchen.*

C'est mal parti.

Je résume : Rusty, quarante-huit ans au compteur dont vingt-trois à la tête de Goopy's, a vendu son affaire à Archibald sur un coup de tête. Les démarches administratives et comptables lui pesant il comptait vivre de ses rentes et se dorer sous le soleil californien jusqu'à la fin de ses jours.

Unique obligation de par l'acte de vente : accompagner la transition pendant un an et aider au lancement des bébés Goopy's. Une clause qui est devenue sa raison de vivre car, déchargé de toute paperasserie ( merci K.L ), Rusty se concentre désormais sur ce qu'il aime. La création de recettes. La cuisine. Son équipe. Les conversations avec ses clients.

Tout ce qui dépasse du cadre de ses intérêts est écarté.

— Je ne voyage pas, conclut-il d'une voix ferme.

— Vous découvrirez la gastronomie française. J'arrangerai des visites de restaurants...

— Sorry mais nous avons beaucoup de restaurants français à L.A et... je ne suis pas emballé par votre cuisine.

C'est bien ma veine.

Je me torture les méninges. Comment lui donner envie de découvrir la France ?

À moins que, tout simplement, il n'ait peur du saut dans l'inconnu. Un vol transatlantique comme baptême de l'air, un nouveau continent, une langue étrangère. Se peut-il que sous des dehors musclés il soit intimidé?

Je m'applique à trouver une solution de sortie honorable.

— Quelqu'un pourrait vous accompagner. Une amie, un ami..,

Je reste vague, voulant éviter un faux-pas.

Raté.

— Vous me prenez pour un gay ?

— Heu, non, pas du tout.

Un silence s'installe..

— C'était juste comme cela. Pour que vous ayez un compagnon, hum, que vous ne voyagiez pas seul. C'est plus gai.

Et merde. Et merde.

Au moment où je pense qu'il va me raccrocher au nez il part d'un gigantesque éclat de rire.

— *You are really something, lady.*

Je perçois un radoucissement sous la rocaille du ton.

— Alors, c'est ok ? Vous venez ?

— D'abord, enchaîne-t-il sans répondre à ma question, qui va cuisiner à Cannes ?

Une certitude : je ne serai pas le cuistot de Goopy's Cannes.

Je sens une odeur de brûlé.

Le riz.

Toute à ma conversation avec Rusty je l'ai oublié sur le gaz... Je me précipite dans la cuisine, j'aère, je largue le riz et la casserole carbonisés au fond de la poubelle.

Et je tombe sur Marc, à peine sorti de la douche, les cheveux encore mouillés,

— Tu as encore cramé une casserole, commente-t-il en souriant.

C'était la dernière rescapée d'une batterie en inox bleue. Désormais je n'ai que des ustensiles dépareillés et amochés. Cela évite les remords lorsque je les bousille. Et puis Marc est encore plus nul en cuisine que moi. Son avis ne compte pas.

Alors qu'il repart vers la salle de bain j'empoigne une vieille casserole, y verse le riz, l'eau, et hop, c'est reparti.

Cette fois-ci je fais attention. Interdiction de quitter la cuisine avant la fin de la cuisson. Tiens, une idée, je vais ranger les bocaux d'épices...

La corne de brume sonne.

Je décroche sans cesser de couver des yeux le riz.

— Qu'est-ce que c'est que cette histoire, profère une voix glaciale que je crois reconnaître.

— Pardon ?

— Ici Karl Niedemar et je vous préviens que Rusty ne viendra pas en France. J'ai besoin de lui ici. Cessez de le harceler sinon...

Je profite qu'il reprenne son souffle pour m'engouffrer.

— Sinon quoi ? Je ne fais qu'exécuter les ordres de M. Deschanels.

Sous-entendu, pas les tiens espèce d'échauffé du cerveau.

L'échauffé ne l'entend pas ainsi.

— Je suis en charge de la partie opérationnelle. Vous ne faites rien sans m'en référer.

Je ne tolère pas qu'on manque de respect à Archibald.

— Je n'ai aucun ordre à recevoir de vous.

Et je raccroche. Délicatement, afin d'épargner mon combiné, tout en sachant que le résultat pour K.N est le même : un clic vexatoire.

Un coup d'oeil sur le riz et je reprends du service téléphonique.

Ghia Ray, que je poursuis depuis des heures, décroche à la première sonnerie.

Sa voix est claire, rieuse. Je l'imagine longue, mince, bronzée. Californienne, quoi. Elle est emballée à l'idée de venir à Cannes où elle n'a pas remis les pieds depuis un lointain périple de jeunesse. Elle prévoit d'emmener ses croquis, son ordinateur avec les maquettes 3D, ses échantillons. C'est une tornade de bonne humeur qui me change agréablement de K.N.

J'en profite pour lui exposer le problème Rusty et elle éclate de rire.

— Il n'a jamais pris l'avion ? vérifie-t-elle d'une voix incrédule. Il a peur ?

— Je crois.

À l'entendre se gondoler je regrette l'avoir prise pour confidente.

— *Don't worry,* poursuit-elle en essayant de contrôler son hilarité. Il m'accompagnera.

Franchement j'en doute.

Mais il est vingt-et une heures treize. Le riz est...

Sauvé. Le riz est sauvé.

Un peu brûlé au fond. Et sur les bords. Mais le centre est tout à fait comestible. En grattant bien...

Et puis zut.

Demain je ferai des pâtes.


## MERCREDI 15 AOÛT

Hier soir j'étais trop fatiguée, mais ce matin, à peine sortie des brumes du sommeil, je passe à l'attaque.

Le premier moment de surprise passé, Marc, peu coutumier des ébats matinaux, coopère à fond.

Objectivement il met du coeur à l'ouvrage.

Je ne m'en plains pas mais... je m'interroge.

— Heureusement que je suis en vacances, commente-t-il. Je suis épuisé.

Ma tête squatte son oreiller, mes jambes sont entrelacées avec les siennes.

Mes yeux, eux, fixent l'écran LED du réveil.

Treize minutes se sont écoulées depuis la fin des festivités.

Est-ce assez ? Trop ? Trop peu ?

Ma main taquine sa poitrine, entreprend sa descente, et se fait harponner par la sienne.

Retour à la case départ. Bien au chaud sur sa poitrine velue.

Dix-neuf minutes. Nouvelle tentative. Nouvel échec.

— Tu es insatiable, plaisante Marc.

J'acquiesce, me blottis contre lui, planifie l'abordage.

Vingt-huit minutes.... Un portable sonne.

Le sien.

Bien entendu il décroche.

— Moi-même.

C'est sa voix à usage professionnel.

Il se redresse dans le lit, me repousse gentiment.

— Que s'est-il passé ?

Trente-sept minutes.

— Vous avez bien fait.

Tic-toc. Tic-toc. Trente-neuf.

— Vous seule pouvez décider.

Quarante-trois.

— Tenez-moi au courant.

À quarante-quatre il raccroche, s'étire et, ignorant mes mains baladeuses, s'élance hors du lit.

— Tout ça m'a donné faim, s'exclame-t-il, radieux. Tu prépares le pain grillé ?

Et voilà.

Il faudra repartir de zéro.

C'est au cours du petit déjeuner que je découvre le sujet de la prochaine conférence de Marc.

— L'infidélité dans le couple, marmonne-t-il d'une voix sourde.

— Pardon ?

J'ai dû mal entendre.

— L'infidélité dans le couple, répète-t-il à peine plus fort.

Il rougit et plonge le nez dans sa tasse de café.

Je résiste à l'envie de lui balancer la mienne à la figure, de maculer son superbe t-shirt bleu clair, souiller les dossiers rouges, noirs et bleus posés devant lui, faire valser ses tartines nappées de miel d'acacia.

Mais non, je reste calme, souriante. La jouer mégère n'entrant pas dans mon plan de couple je me contente d'une touche ironique.

— Un sujet que tu maitrises bien.

— N'exagère pas.

— Alors pourquoi ?

Il s'empourpre, part à la recherche d'un pot de confitures, l'ouvre, grappille quelques minutes. Je ne le lâche pas du regard.

— En fait, j'avais décidé avant…

— Oui ?

Ça y est il est rouge homard ébouillanté. Le pauvre, je décide de l'aider.

— Avant les travaux pratiques ?

— Non… Je veux dire…

Le service d'assistance fait grève.

— Enfin, tu sais, c'est un sujet banal…

Mon regard, s'il traduit le dixième de ce que je ressens, doit être furieux. Il stoppe net.

— Je veux dire que, cela arrive souvent. D'ailleurs dans ma clientèle…

Et il se lance dans un récit alambiqué. Une de ses patientes qui trompe son mari. Lequel s'en est aperçu et veut la reconquérir à tout prix. Elle-même ment, hésite, promet. Les enfants souffrent.

Je n'écoute plus.

D'ordinaire les récits de Marc sont croustillants, émouvants, tristes et à des années-lumières de ma réalité.

Ce n'est plus le cas. Et ça m'énerve.

## JEUDI 16 AOÛT

Premier mail de la journée.
De : Ghia Ray
À : Charlotte Russo
Objet : Voyage

Hello Charlotte, Rusty et moi avons hâte de découvrir la French Riviera !! Quelles dates vous conviennent ? Lundi 27 serait parfait pour nous.

À bientôt.
Ghia.

Yes !!!
Bravo Ghia.
Je me réjouis pour Archibald, pour le futur Goopy's de Cannes, pour Rusty, pour Ghia elle-même
Mais surtout, je l'avoue, c'est le flop de K.N qui me fait sauter de joie.
En découle un grave conflit intérieur: le gratifier d'un mail narquois et jubilatoire que je ne manquerai pas de regretter aussitôt la touche « Envoi » pressée. Ou la jouer froidement professionnelle.
Je hésite, j'hésite... et je choisis la seconde option.
Même polis certains mots se révèlent saignants.

Je ne fais rien, et pourtant le reste de la matinée file à toute allure. Le décompte est simple.
Quatre minutes de travaux d'approche auprès de Marc.
Vingt-deux minutes de bouderie suite à un abordage loupé.
Quarante-neuf minutes sur Google à rechercher les temps de recharge masculine.
Neuf minutes à...

La corne de brume retentit. Je pense aussitôt à un appel silencieux de Caniche et je décroche d'une voix revêche.

C'est Sidonie.

— Charlotte, c'est toi ?

— Oui, oui.

Je me racle la gorge.

— Tu es malade, ma chérie ?

Allons, bon.

— Bien sûr que non. Avec la température qu'il fait...

— La chaleur est le berceau des germes. Regarde à La Réunion...

Non. Pitié.

Tandis que Sidonie discourt sur l'épidémie de Chikungunya je me fais un Post-it mental : dès son retour demander à Max de remplacer la corne de brume par n'importe quoi... Une sirène de police newyorquaise. Une ambulance italienne. Un concert de ouistitis...

Tout sauf cette sonnerie de paquebot et le réflexe névrotique qu'elle réveille en moi.

Quatre interminables minutes plus tard, enfin rassurée sur mon état de santé, Sidonie en arrive au fait.

— J'ai un conseil à te demander.

— À moi ?

C'est une première.

— Ma première rubrique *Elle et Nous* paraît la semaine prochaine. J'ai choisi trois lettres de lectrices ayant des problèmes familiaux.

Un sujet inépuisable, comme le couple ou l'argent.

Les réponses de Sidonie allient bon sens et humour.

À celle qui, ayant troqué son mari pour son beau-frère s'étonne d'être persona non grata lors des réunions de famille, elle conseille d'aller au cinéma avec ses copines.

À l'autre, que les méthodes éducatives de sa belle-fille horripilent, elle prescrit une méga-dose de diplomatie ainsi qu'une journée spa et relaxation avec ladite belle-fille.

Quant à la troisième...

— Elle a la soixantaine et ils ne se connaissent que depuis quelques mois.

— Et alors ?

— Tu ne penses pas que c'est prématuré ?

Elle, soixante-huit ans, divorcée depuis dix ans, deux grands enfants. Lui, soixante-treize et même topo.

— Je ne vois pas le problème.

— Tout de même, vivre ensemble au bout de quatre mois, ce n'est pas raisonnable.

Raisonnable. Un mot qui franchit rarement ses lèvres. .

— Pourquoi perdre du temps ? À leurs âges, s'ils sont heureux autant qu'ils en profitent.

— Tu as raison. Je vais l'encourager à se lancer. Au fait, des nouvelles de Max ?

Je lui rapporte les derniers scoops de Pornic. Zazou fait du tuba dans l'eau à dix-sept degrés. Max a abandonné la voile pour cause de mal de mer. Ils ont visité Noirmoutier.

Tout en bavardant je ressens un drôle de sentiment. Comme si je m'étais faite avoir.

C'est vraiment bizarre. C'est lancinant.

Impossible d'en saisir le motif.


**11h07.** Je décide de nettoyer la chambre de Max. Dix jours que je passe devant sans ouvrir la porte. À J -3, puisqu'il revient dimanche, je ne peux reculer.

Je prends mon courage à deux mains et je pousse le battant...

Les analyses olfactives et visuelles sont formelles : récurage obligatoire

Problème : comment effectuer un coup de propre indétectable par fiston?

— Tu ne vas pas dans ma chambre, hein ? insiste-t-il avant son départ.

— Si. Juste une fois, pour nettoyer.

— Tu m'jures de pas toucher à mon bureau.

Je jure. D'après Max son bureau est propre. En m'en approchant je le « contaminerai » et il deviendra sale... Son TOC me dépasse. Son concept tout relatif de la propreté aussi. Outre un troupeau de moutons l'aspirateur engloutit des cadavres de chips, des emballages de mini-Mars et une demi-douzaine d'ours en gélatine rigidifiés par l'oubli.

Je suis tentée de donner un coup de serpillère. Imbibée de Mr.Propre. Oui, je sais, j'aime vivre dangereusement. Mais j'aérerai. Pendant trois jours. L'odeur sera imperceptible même pour Max le super limier.

Heureusement j'ai déjà lavé les rideaux et la couette. Reste le fameux bureau. Deux piles de livres. Trois piles de DVDs. Des crayons. Des figurines Dragonball et Star Wars. Le tout recouvert de quatre millimètres de poussière.

Que faire ?

Une photo. Je vais prendre une photo. Nettoyer. Et tout remettre en place à l'identique.

Un super plan.

Vite mon iPhone. Photo. Clic.

Sonnerie.

C'est Clem.

— Je suis en vacances, annonce-t-elle.

Au son de sa voix — lugubre — j'estime le temps de papotage à trente-neuf minutes. J'attrape la serpillère qui en profite pour dégouliner jusqu'à la cuisine et m'installe devant un café, le quatrième de la matinée.

— Déjà ?

— Ils me devaient des jours de congé. Je m'en sers pour préparer le départ.

Non. Non. Rien qu'à l'idée de les déposer à l'aéroport dans treize jours, deux heures et quatorze minutes, je sens mes vannes lacrymales sur le point de lâcher.

— Je me dis que... j'ai peut-être eu tort.

— De quoi ?

— D'accepter de travailler là-bas. Las Vegas, les paillettes, je ne sais pas si ça va me plaire.

Ouh la! Opération urgente rescousse de moral !

— Ce n'est pas très long.

— Huit mois quand même, rétorque Clem qui n'y met pas du sien.

— Tu seras avec Jean-Loup. En amoureux. Tu n'allais pas le laisser partir seul...

Sous entendu, le lâcher à la concupiscence des américaines avides de frenchies.

— C'est vrai.

Elle fait une pause. Je bois mon café.

— Malgré tout je n'avais pas aimé Miami.

Je rêve. C'était il y a des lustres. Avec son tout premier copain. Qui s'était fait coffrer pour excès de vitesse sur l'autoroute et insultes à un représentant des forces de l'ordre.

En gros il avait insulté le flic qui l'avait arrêté pour lui mettre un P.V.

— Tu te fiches de moi ?

Elle rit. Enfin.

— Tu as raison...

— Oui ???

— Je n'ai rien dit.

Une vie d'amitié et elle s'imagine que je ne la devine pas.

— Justement. J'attends que tu me dises ce qui te préoccupe.

J'ai vu juste. Elle soupire.

— Au sujet de Tigre.

— Je t'écoute.

— S'il a un problème tu t'en occuperas, hein ? Le temps que je revienne...

Je suis tentée d'éclater de rire, de me moquer. Tigre, grand gaillard de vingt-trois ans, solide, équilibré, en bonne santé. Que lui arrivera-t-il ?

— Tu sais bien que je m'en occuperai. Comme si c'était Max.

— Je sais, avoue-t-elle.

Cela lui fait du bien de l'entendre. Je la comprends, moi qui, voici quinze jours, ai passé cinquante-trois minutes au téléphone avec Paulette à préparer le séjour de Max et de Zazou. Jusqu'à ce qu'elle abrège gentiment en me rappelant qu'elle en avait élevé deux.

— Au fait, comment vas-tu t'habiller là-bas ?

Vaste sujet qui branche Clem sur un monologue concernant : la température du désert, la climatisation poussée à l'extrême, les codes vestimentaires U.S..., son désir d'exporter l'élégance française, tout en privilégiant le confort...

L'heure tourne. Je ne vais pas m'en sortir.

Tant pis. Je l'interromps.

— Je viens demain chez toi. Tu me feras un défilé.

Comme lorsqu'on était ados. Le samedi soir.

— Je prépare les tenues, s'enthousiasme-t-elle.

— Ok. Je préviens Victoire.

Je raccroche et aussitôt je presse la touche « Victoire ».

Elle est rentrée hier de Corse. Son ton est morose mais elle est d'accord pour demain.

Vite je raccroche avant qu'elle n'enchaîne sur Rémi.

Elles vont me casser le moral, les copines.

**13h03.**

— On va nager ? propose Marc alors que je cherche un spray dépoussiérant dans le placard à balais.

Un choix s'impose.

Ménage à risque dans la chambre de Max. Ou opération natation avec option surveillance de mon cher et tendre.

Oui.

Je suis d'accord avec vous.

**15h28.** J'arrive chez Archibald le cheveu encore humide et je me jette sur le jus d'ananas frais que m'offre Maryse.

Cinq cafés depuis le réveil et un jus d'ananas. Pas étonnant que ma balance poursuive sa courbe baissière. Sur la table du salon, deux assiettes de macarons — chocolat et pistache, mes préférés, faits maison par Maryse — s'offrent à moi sans déclencher la moindre concupiscence.

Et Maryse qui dépose un dernier plat, des mini-choux à la crème dont la simple vue, il y a six mois, m'aurait élevée au septième ciel gustatif.

Si ce n'est pas malheureux.

Me sachant observée j'attrape un macaron au chocolat et le porte à mes lèvres. Archibald s'empresse de m'imiter.

Maryse reste plantée devant nous.

— J'espère que ces pâtisseries FRANÇAISES satisferont monsieur, commente-t-elle d'une voix sèche.

— Je vous remercie, Maryse. C'est parfait...

Elle tourne les talons sans attendre la fin et claque la porte.

Je repose le macaron dont je n'ai croqué qu'une bouchée.

— Que se passe-t-il ?

Archibald rougit.

— J'ai eu un mot malheureux concernant des pancakes à la banane hier et elle l'a mal pris.

Il boit une gorgée de thé avant de reprendre avec force.

— Ce n'était pas grand chose. Ses pancakes étant trop épais je lui ai suggéré de demander conseil à Rusty. Et là...

— Elle s'est fâchée.

— Tout à fait, corrobore-t-il. Elle a pris un air pincé pour me dire qu'elle a passé l'âge de prendre des cours de cuisine, surtout auprès d'un américain et que dorénavant elle s'en tiendrait à la gastronomie française.

Il a l'air interloqué de celui qui n'a pas saisi l'étendue de sa bourde.

— Elle m'a menacé de démissionner si Rusty met les pieds dans sa cuisine.

— Ce n'est pas grave. Il ne vient que pour choisir le matériel du restaurant.

— Au fait, reprend Archibald, quand arrive-t-il ?

— Le 27 août.

Je lui narre la saga N.K-Rusty-Ghia qui l'amuse beaucoup.

— C'est parfait, conclut-il. Dites-leur de prévoir un retour à Los Angeles mi-septembre. Je m'occupe de l'hébergement.

Comment cela, mi-septembre ?

— Trois semaines pour choisir une cuisine ? Karl va exploser. Vous aurez une révolution. Et puis Rusty doit m'envoyer des informations concernant...

— Il n'y a pas que le matériel, interjette Archibald. Rusty doit former le nouveau chef.

— Vous l'avez trouvé ?

Archibald opine gaiement de la tête.

— C'est un jeune plein de talent et d'ambition. Il travaille au restaurant du Carlton, mais ne supporte plus la cuisine traditionnelle.

En droit les dossiers traînent. De rendez-vous en audience il se passe des mois, voire des années, avant qu'une affaire ne se clôture. J'ai l'habitude des hésitations, des remaniements, des volte-faces. En moins d'une semaine Archibald a transformé son projet en réalité, trouvé un local, un chef.

Et ce n'est pas tout.

— Croyez-vous que Victoire serait intéressée ? ajoute Archibald dont j'ai zappé les trois phrases précédentes.

— Victoire ?

— Ce serait pour elle un début, une occasion de tester le terrain. Même s'il ne s'agit pas de gastronomie.

Je dois avoir l'air ahuri — la faute aux trois phrases manquantes — car Archibald reprend, patiemment.

— Je souhaite qu'elle collabore avec Jean-Benoit, le jeune chef en question. Il ne pourra pas tout assumer. Qu'en pensez-vous ?

J'en pense... beaucoup de problèmes. Avec K.N, Rusty, Ghia qui n'a sûrement pas prévu une aussi longue absence.

Et avec Rémi. Oui. Sans aucun doute, je prévois muchos problemos avec Rémi.

— Je vous laisse lui en parler, conclut Archibald.


En longeant les plages en voiture je suis saisie par la luminosité, la beauté du coucher de soleil sur la mer.

À peine rentrée chez moi j'ai envie de ressortir.

— Si on allait au restaurant ? dis-je à Marc qui est penché sur ses dossiers.

Grimace de l'intéressé.

— En ce moment? Avec les touristes ?

L'été, d'après lui, n'est pas propice aux sorties à cause de la foule. La raison inverse s'appliquant l'hiver — exode touristique égale sinistrose — nous ne sortons jamais.

— Nous pourrions diner sur une plage. Il fait si beau.

Bien plus qu'une soirée à la plage, je recherche un effort, une preuve.

D'autant qu'il me le doit bien.

Marc se lève, s'approche, me prend dans ses bras.

— On est bien ici tous les deux, tu ne crois pas ? contre-t-il en enfouissant son nez sans ma chevelure.

Effort : nom masculin... qui ne s'accorde pas au masculin.


SMS de Max à vingt-trois heures treize.

<Ca va avec Papa ?>

<Tout va bien, mon poussin. Je t'aime.>

<Caniche ?>

<RAS. N'y pense plus.>

<Vous divorcer pas ?>

<Bien sur que non. >

<C vrai ?>

<Oui c'est vrai. Dors bien. Je t'aime.>

## VENDREDI 17 AOÛT

J'aurais dû dire non à Archibald. Refuser d'en parler à Victoire.

Car je passe une nuit infâme, peuplée de cauchemars dans lesquels Victoire se brûle en cuisinant des pancakes, Rémi pète un plomb, Rémi veut divorcer, Rémi met le feu au restaurant, les policiers m'accusent, je suis inculpée...

C'est tout le bien que je pense de la proposition d'Archibald. Une foule de problèmes en cascade.

Je n'ai qu'une envie : m'acquitter rapidement de ma tâche. Présenter la proposition discrètement. Sous un jour peu attractif. Au cours de la conversation, en passant, entre deux sujets passionnants.

De façon à ce qu'elle passe inaperçue. Qu'elle soit éliminée avant cataclysme.

C'est un bon plan. Je suis satisfaite, je me relaxe, attablée devant un expresso fumant dans la cuisine de Clem. Et dès que Victoire nous lance son habituel « alors, les filles quoi de neuf ? » je lâche le morceau.

— Quoi ?

Impossible de nier. Je l'ai dit, en regardant Victoire droit dans les yeux.

— Archibald voudrait que tu gères son restaurant de Cannes. N'est-ce pas génial ?

Je l'ai dit. D'une voix tonitruante. Et maintenant je voudrais tout ravaler. Surtout le « n'est-ce pas génial ? » digne d'une ado attardée des années 80.

— Répète, exige Clem.

— Archibald veut quoi ? insiste Victoire.

Je déballe tout. Goopy's. À Cannes. Le restaurant idéalement situé. Ghia. Rusty, la cheville ouvrière du projet et qui arrive dans dix jours. Jean-Benoit, fort de six années d'expérience au Carlton mais trop jeune à vingt-trois ans pour gérer Goopy's en solo.

Clem et elle sont suspendues à mes lèvres. Le visage de Victoire est balayé de joie, de crainte, d'envie, d'hésitation. Archibald lui fait un magnifique cadeau. Empoisonné.

La fin de mon récit est accueillie en silence. Je bois d'un trait mon expresso tiède. Victoire sirote le sien en tripotant nerveusement un napperon. Clem se lève pour lancer une nouvelle tournée caféinée, rassemble les tasses, s'affaire autour de l'appareil, redistribue les tasses, se rassied.

Et brise notre mutisme d'un grand coup de poing sur la table.

— Vous avez fini avec vos têtes d'enterrement touts les deux ? C'est un super projet. Merde alors !

— Oui, mais..., entame Victoire, avant que Clem la coupe.

— Qui s'occupera des enfants ? Et de Rémi ? Qui sera à sa disposition pour l'accompagner dans ses congrès et partir en weekend au débotté ?

— Rémi et les enfants entrent dans l'équation, dis-je pour calmer le jeu.

— Dis-moi Victoire, martèle Clem sans en démordre, tu es heureuse de te trimballer dans des congrès sur les implants capillaires ? Ils te branchent les voyages pompeux de ton mari ? Les palaces ? Les vieilles pierres ? C'est ton trip ?

Ouah. Est-ce dû à son départ imminent pour Las Vegas ? Je ne l'ai jamais vue aussi déchainée.

Victoire émerge de sa léthargie.

— Un Goopy's à Cannes, articule-t-elle avec un large sourire. Oui, ça peut marcher.

— Ça fera un tabac, insiste Clem. Des spécialités américaines et pas chichiteuses, des portions copieuses, une ambiance décontractée. Le tout à des prix raisonnables. Vous allez exploser !

J'adhère à son raisonnement. Reste un électron libre non négligeable : Rémi.

Comme si elle lisait mes pensées l'humeur de Victoire change de cap.

— Mais avec Rémi...

— Il n'a rien à dire. C'est ta vie.

Dixit Clem qui, heureusement, n'est pas conseillère conjugale.

— Discutes-en. Fais-lui croire que l'idée vient de lui.

J'ai lu cela sur Internet. Les douze commandements pour le faire manger dans votre main. Le titre est discutable. En tous cas c'est le commandement numéro six.

— Un restaurant... Je suis très tentée, se prend à rêver Victoire. Mais... pourquoi moi ?

C'est moi qui répond en riant.

— Demande-le à Archibald. Il voudrait te rencontrer... Si tu es intéressée bien sûr.

— Évidemment qu'elle l'est, tranche Clem. C'est une occasion en or. À ne pas laisser passer, tempête-t-elle en fixant Victoire droit dans les yeux.

Vous l'avez compris. Hors champ professionnel, Clem ne manie pas la subtilité. Je profite des valises qui encombrent le salon pour dévier sur Las Vegas.

— Jean-Loup insiste pour voyager léger, dit-elle. Il veut traverser les USA en décapotable en avril prochain, juste avant notre retour. Las Vegas-New York. Huit jours de route, beaucoup de poussière et un coffre minuscule.

— Tu sembles enchantée, ironise Victoire.

Clem lève les yeux au ciel.

— Je sais. C'est romantique mais...

En classe de troisième, lors d'un séjour de quatre jours à Florence Clem s'était trimballée devant l'école avec trois valises. Sous la menace du professeur de français elle avait opéré un tri cornélien, à même le trottoir et au pied du bus. Les affaires disqualifiés étaient restées dans l'école et elle avait boudé pendant la moitié du voyage.

— À moins de six valises je ne pars pas.

Je la connais. Elle ne plaisante pas.

— Envoie-les séparément, propose Victoire. En bagages non accompagnés.

— Mais oui, répond Clem en se frappant le front. Que n'y ai-je pensé ! Jean-Loup l'organise pour des clients. Dans ce cas inutile de me limiter. Je peux prendre sept valises.

Non. Elle ne plaisante pas.

— Après tout j'y reste huit mois, se justifie-t-elle sans que Victoire ou moi n'ayons fait le moindre commentaire.

— Et ta maison, demande Victoire en sautant du coq à l'âne. Tu la loues pendant ton absence ?

— Je ne préfère pas. Imagine que nous revenions plus tôt ? Et puis... Non. Je ne veux pas d'étrangers chez moi.

Une fois de plus je parle sans réfléchir.

— Je viendrai aérer, si tu veux, et arroser tes plantes.

— C'est gentil, remercie Clem. C'est surtout pour les ficus...

Suivent de tortueuses explications sur l'humeur fantasque des ficus, les heures propices à l'arrosage des yuccas, les bénéfices avérés de la conversation sur la bonne santé des philodendrons.

N'ayant pas la main verte je regrette déjà ma proposition. Et si, à son retour, elle était accueillie par un cimetière de plantes vertes ?

— Je t'aiderai, intervient Victoire.

Quelques minutes plus tard, nous nous séparons dans le jardin. Tout est réglé. Le jardin. Les plantes. Les valises. Les factures.

Même les clés.

— Je te les confie, Charlotte. Comme cela, si tu en as marre de Marc tu peux t'installer chez moi.

C'est une manière de voir les choses.

Peut-être pas celle que je souhaite.


## SAMEDI 18 AOÛT

J'ai prévu une journée parfaite. La dernière avant le retour de Max et de Zazou demain, et la reprise à plein gaz des consultations de Marc lundi. Son agenda est complet pour les trois semaines à venir. Les patients prévoyants ont bloqué leurs rendez-vous depuis des mois, les étourdis implorent sur sa messagerie et les plus hardis menacent de débarquer à l'improviste. Comme tous les ans à la même époque il va enchainer des journées XL.

— Et si on allait en Italie ? suggère Marc alors que, à peine réveillés, nous hésitons entre les plages du Lavandou et celles de Cassis.

Enfin une initiative, doublée d'une excellente idée.

J'applaudis.

Vingt minutes plus tard nous réussissons l'exploit d'être en voiture. Marc a hâté le départ avant que la routine, la paresse inhérente au mois d'août et la montagne de linge sale dégoulinant du panier de la salle de bain n'anéantissent le projet.

Une heure de route jusqu'à la frontière, une pause gourmande au marché de Vintimille pour faire le plein de tomates et de burrata, des heures de farniente sur le sable entrecoupées de baignades. Rien à signaler. Malgré le coup de soleil qui a vicieusement attaqué mes épaules et le hard rock déversé des enceintes portables de nos voisins de serviette la journée est une réussite.

Et là, évidemment, ça dérape. Tout doucement.

Sur le chemin du retour.

Nous atteignons Menton lorsque le portable de Marc, coincé entre ses genoux, sonne. Il jette un coup d'oeil sur l'écran, attrape ses oreillettes et décroche à la quatrième sonnerie et trois-quart, juste avant que la messagerie ne s'enclenche.

Dommage.

— Non, non, vous ne me dérangez pas, assure-t-il à un inter-locuteur dont je perçois le timbre grave, sans toutefois capter les mots.

— Je comprends.

— Bien entendu.

— Vous avez raison.

Nous dépassons Menton, puis Monaco. Je me laisse bercer par le paysage tandis que mon esprit vagabonde vers les tâches à venir. Max. Les révisions. La rentrée scolaire. Archibald. Rusty, K.N...

Nice est proche lorsque je prête attention à la conversation de Marc.

— Effectivement, vous ne pouvez accepter d'être traité de la sorte. C'est un manque d'honnêteté et de respect envers vous.

Honnêteté, respect. Voilà des mots qui me parlent.

Je tends l'oreille.

— Si elle reste avec vous elle doit quitter son amant.

Pause ( Marc ).

Bouffée de chaleur ( moi ).

C'est le mari de sa patiente. Celui qui est cocu. Et qui s'accroche.

— Elle doit jouer le jeu, insiste Marc. C'est primordial pour votre couple.

Ouah, la canicule soudaine dans l'habitacle. Une véritable fournaise.

Je me penche et, hop, j'enclenche la climatisation sur froid polaire.

— À vous d'imposer des limites, poursuit Marc.

Il me lance un regard interrogateur et m'indique qu'il a froid.

Je reste impassible.

— Elle se doit d'être honnête avec vous.

J'enclenche la soufflerie à fond. Une tornade glacée envahit l'habitacle.

— Je comprends ce que vous ressentez. Elle doit prendre une décision et s'y tenir.

Il éteint la climatisation.

— Oui. C'est une forme de maltraitance psychologique.

Je baisse ma vitre. Nous sommes pris dans une tornade d'air chaud. Marc fait de grands gestes que je m'applique à ignorer.

Un panneau sur la droite annonce une station-essence. Marc met son clignotant, prend la voie d'accès et s'arrête vingt secondes plus tard, mettant dans la foulée un terme à sa conversation téléphonique.

— Que se passe-t-il encore ?

C'est le mot « encore » qui met le feu aux poudres.

Un seul mot. De trop.

Depuis trois mois, vingt-neuf jours, sept heures et dix-neuf minutes je suis une grenade en instance de dégoupillage.

Alors la patiente qui trompe son mari. Le mari qui reçoit les conseils que Marc n'applique pas. Les gargarismes vains. Les mots « respect », « honnêteté ».

C'est trop.

Je pète un plomb sur l'aire d'autoroute. Autour de nous les gens font le plein, se dégourdissent les jambes, mangent un sandwich. Et font mine d'ignorer la scène de ménage qui se déroule à deux pas d'eux, derrière les vitres hermétiquement fermées d'une Golf noire.

— Je te l'ai dit, répète Marc ad infinitum. C'est terminé avec Annie. Je lui parle de temps en temps pour la soutenir jusqu'à son examen. C'est tout.

Je me sens vidée. Huit heures de route, de marché, de plage, de petites joies partagées… envolées en quelques minutes.

— Il n'y a que toi et Max qui comptent. C'est toi que j'aime. Crois-moi, insiste-t-il.

Nous reprenons la route.

— Fais-moi confiance, reprend Marc.

Je suis épuisée.

Je m'endors, la tête contre la vitre.


## MARDI 21 AOÛT

**11h32.** Depuis deux heures et cinquante trois minutes je suis devant mon ordinateur. Un à un j'ouvre les mails de K.N, je les parcours et je les trie. Direction corbeille ou dossier VIP. Il y en a trois cent vingt-sept.

C'est long.

C'est ainsi tous les matins depuis notre dispute de la semaine dernière. Tous les mails de Goopy's me sont transférés. Les commandes internet des clients. Leurs commentaires. Les ordres passés aux fournisseurs. Les factures les plus insignifiantes. Dix-huit dollars et onze centimes de gros sel. Trente-neuf dollars et cinq centimes de sacs poubelle...

Et noyés dans ce fatras, des mails importants qui, faute de signes distinctifs, manquent de passer à la trappe. Une lettre d'avocat. Un contrat de travail. Une proposition de bail commercial. Des formulaires administratifs à signer et renvoyer dans les plus brefs délais.

Impossible de faire l'impasse sur le moindre courrier. Le tout dernier, intitulé « *Ketchup orders* » contenait en pièce jointe les bulletins de salaire de tous les employés. De rage je l'ai renvoyé à K.N accompagné de trois lignes menaçantes dont je ne pourrai vérifier l'efficacité avant demain.

Au deux cent dixième mail je m'étire et mon regard tombe sur le post-it collé bien en évidence à droite de l'écran.

Prévenir clients.

C'est mon troisième post-it avec la même injonction, les deux autres s'étant décollés au fil des jours. Celui-ci en prend le chemin, le coin gauche est corné.

Il est temps d'agir.

Allez, allez, Charlotte. Assez de proscratination. Trois appels et le tour est joué. Maître Lecarré. Maître Vergot. Et Topazéo. Mes seuls clients récurrents. Avec Archibald, bien sûr. Pour les traductions de CVs, de diplômes et de documents officiels, pas de problème. Je refuse tout. Le bouche à oreille faisant son effet, je suis tranquille.

Je respire un grand coup, j'attrape mon portable et j'appelle Topazéo, ma dernière recrue, celle dont je me sépare le plus aisément. La conversation est chaleureuse mais efficace. Quelques regrets, des compliments sur une collaboration qui appartient déjà au passé et une question vrillée sur l'avenir.

— Avez-vous un remplacement à me proposer ?

Oui. Voici leurs coordonnées.

La conversation prend fin sur des promesses mutuelles qui ont peu de chances de se réaliser.

Je raccroche. Ouf. Et d'un.

Plus que deux appels et je suis libre.

Midi trois.

Je reprends mon portable.

J'hésite.

C'est l'heure du déjeuner. Indiscutablement je vais les déranger.

Oui. Mieux vaut appeler plus tard.

— T'as reçu trois gros paquets, m'informe Zazou que je rejoins dans la cuisine. J'ai pas voulu te déranger alors j'ai signé et j'les ai mis dans ta chambre.

Ciel, les vêtements. Pas de doute ce sont eux.

Je me sens coupable d'avoir succombé à des dépenses aussi frivoles.

Du coup je pique un fard sous le regard interloqué de Zazou. Elle risque de s'interroger sur le contenu desdits paquets. D'ici qu'elle envisage des accessoires érotiques...

Me sentant cramoisie je la plante là et je fonce à l'étage. Trois paquets sacrément bien emballés m'attendent. J'abîme mon vernis en ouvrant le premier et j'émousse la pointe de mes ciseaux à ongles sur le suivant. Les tenailles de cuisine seraient plus pratiques mais je me refuse à...

On frappe à ma porte.

C'est Zazou.

— T'ai amené des ciseaux.

J'entrouvre la porte, attrape la paire tendue, marmonne un rapide merci et referme le battant sur une Zazou hilare.

Trente secondes plus tard les paquets sont ouverts. J'en extirpe les factures et décide sur le champ de tout renvoyer. Assise sur le lit je remplis les bordereaux de retour.

Slim en cuir. Raison du retour ?

Je mordille mon bic en m'interrogeant. Trop grand ? Ce n'est qu'un 34. Trop petit ? Non c'est vexant. Inconfortable ? Vu la souplesse du cuir j'en doute.

Un seul moyen de savoir : l'essayer.

Je trouverai bien un défaut qui rendra mon retour crédible.

Je n'en trouve aucun.

Il est parfait, ce slim.

Vraiment parfait.

Doux, confortable, moulant mais pas trop, coloré mais de bon goût.

Une vraie perle.

Je le dépose sur le lit et j'extirpe du paquet suivant le pull en cachemire marine. Une véritable erreur ce pull. Il doit gratter. Sans oublier que le marine est une couleur...

Classique. C'est une couleur classique. À associer sans crainte avec les noirs, gris, beige, verts... Une couleur qui s'accorde avec tout.

Et le cachemire est une matière noble qui rehausse n'importe quelle garde-robe. Qui est douce, si douce...

Un vrai bonheur, ce pull.

Tout comme le manteau noir de style militaire et le perfecto en laine rouge qui me va si bien.

Mes emplettes sont étalées sur lit, à côté des bordereaux de retour.

Que faire ?

Mon regard oscille des bordereaux aux vêtements.

J'éprouve des remords... qui sont assez minimes eut égard à la somme dépensée.

Quand aux regrets ?

Honnêtement... je dois avouer...

Que je ne ressens pas l'ombre d'un regret.

Ça tombe bien. Je viens de déchirer les factures et les bons de retour.

**16h28.** Appel de Victoire qui est en voiture et sur haut-parleur.

— Je sors de chez Archibald.

— Parle plus fort. Je n'entends rien.

— Tu es chez toi ? s'égosille-t-elle. J'arrive.

**16h32.** Je reçois une photo de Clem en short blanc, t-shirt rose pétard et sandales compensées imprimées. En guise de légende, une question.

<Ok pour Vegas ou too much ??>

<Super ok !!!>

Deux secondes plus tard apparaissent sur l'écran trois autres photos prises devant le miroir de son dressing. Sur l'une elle porte un jean bootcut avec un top en dentelle parme transparent ( bof ! ), sur la seconde, une sublime robe verte et sur la troisième...

Mon portable sonne.

— Alors, qu'en penses-tu ?

— La robe est magnifique.

— J'en suis à huit valises. C'est trop ?

— Pas du tout.

Silence à l'autre bout du fil. Ce n'est pas la réponse qu'elle attendait.

— Tu es sûre ?

— Mais oui, huit mois c'est une éternité. Il fera chaud. Tu te changeras plusieurs fois par jour. Il te faut des tenues pour bosser, te balader, aller au restaurant, à la piscine, en randonnée...

— Tu as raison, renchérit -elle gaiement.

Dans la foulée j'en rajoute une couche.

— Prends aussi quelques valises vides. Pour tes futurs achats.

Il y a six mois je l'aurais encouragée à voyager léger. Depuis mes virées shopping m'ont rendue indulgente.

— Mais... tu as raison. Je vais faire un shopping d'enfer là-bas.

— J'ai vu des photos de magasins, à perte de vue. Le paradis de la mode, même si ça frôle l'overdose. Tu imagines le malheur que l'on ferait ensemble !

— Ben dis-donc. Tu as drôlement changé toi, commente Clem qui m'a connue allergique au moindre essayage en boutique.

Je ris.

Eh oui ! Être cocue ça vous transforme une femme.

Je viens de raccrocher lorsque Victoire sonne. Direction le jardin car Max et Zazou font des allers-retours entre le salon, où ils regardent un film d'horreur ( oui, encore un ! ), et la cuisine où l'un fait cuire du popcorn et l'autre des brownies aux noix.

À la consternation des ados j'ouvre le frigo et je réquisitionne la dernière bouteille d'orangeade.

— Ben et nous ? proteste Max. On a soif.

Près de l'évier sept cadavres de sodas nous contemplent.

— Après tout ça ? dis-je en pointant vers les bouteilles vides.

— Ben oui. Fait super chaud.

— Bois de l'eau mon canard. C'est excellent pour la santé.

Je quitte la cuisine en ignorant la grimace de Max et le sourire narquois de Zazou et je retrouve Victoire installée à l'ombre d'un arbre dont, malgré onze années de fréquentation assidue, j'ignore le nom.

— Qu'est ce qu'il est beau ton..., m'accueille Victoire, confirmant que je souffre de surdité sélective à l'égard dudit feuillu.

— Ah, oui ? dis-je d'un ton censé traduire mon manque d'intérêt pour le sujet.

Soyons clairs. La botanique ce n'est pas mon truc. Pour preuve, lorsque nous avons emménagé ici le jardinier voulait installer du gazon artificiel. Marc a crié au sacrilège et refusé net. Il lui fallait de l'authentique. Pour communier avec la nature.

Quant à moi... j'étais partante pour toute la gamme de produits dérivés. Les arbres, les parterres de fleurs, les rosiers, les buissons. La totale artificielle.

Résultat : nous sommes les heureux propriétaires d'un gazon authentiquement mal entretenu et de quelques plate-bandes tristounettes qui contrarient le perfectionnisme de Victoire.

Vite, un sujet porteur, avant qu'elle ne réquisitionne un sécateur.

— Alors, Archibald. Raconte.

Son visage s'éclaire.

— C'était...

Je n'en saurai pas plus car un hurlement interrompt son récit.

Nous nous précipitons dans la maison. Zazou se tord de douleur dans la cuisine avec, à sa droite, un Max tétanisé.

Elle s'est brûlée méchamment en extirpant du four les brownies.

## MERCREDI 22 AOÛT

Je me réveille avec un mal de tête de carabiné et aussitôt me revient à l'esprit la soirée d'hier. Quatre heures d'attente aux urgences avec Zazou pour un pansement XL, un pronostic plutôt rassurant ( brûlure au deuxième degré ) et une mise en garde sur les accidents domestiques.

— Trois fois plus de décès chez soi que sur la route, gronde le médecin en désinfectant la plaie.

— Désormais j'ferai comme toi, proclame Zazou sur le chemin du retour.

— C'est-à-dire ?

— Ben, des plats genre traiteur. Ou Picard.

Et voilà. Ci-gît une vocation gastronomique.

Quoi qu'il en soit ce matin elle est interdite de fourneaux. Assise devant un bol de café au lait elle mâchonne une tartine de Nutella, l'oeil rivé sur l'écran de son portable.

— Des nouvelles de ta mère ?

— Non.

Elle se rembrunit et je compatis en silence.

Depuis hier soir je consulte fébrilement mon portable. J'ai envoyé quatre textos et laissé deux messages à Delphine. Sans réponse.

J'ai été rassurante. Sa fille n'est pas à l'article de la mort. Malgré tout ma fibre maternelle est révoltée.

— Peut-être a-t-elle eu un accident ? suggère Marc que je croise dans l'escalier.

— J'en doute. Zazou aurait été prévenue.

— Ou son portable est en panne, insiste Marc que ses propres failles rendent indulgent envers celles des autres.

— Mouais...

Possible. Et nettement plus honorable que l'option « indifférence maternelle » que je subodore.

En vingt-sept minutes je prends ma douche, m'habille ( jean turquoise et T-shirt moulant blanc qui suscitent un commentaire salace de Marc ) et m'installe à mon bureau, bien décidée à téléphoner à Maîtres Lecarré et Vergot.

Cela fait une semaine que je traîne, je tergiverse, je trouve des excuses pour ne pas appeler.

Pourquoi ? Pourquoi ?

Pour ne pas couper le cordon ombilical, bien entendu. Mes deux meilleurs clients, hormis Archibald. Les plus anciens, les plus fidèles.

Je leur signifie mon départ et, hop, plus de filet de sécurité.

À moi les cimes.

Et le vertige.

Stop.

Stop.

Stop.

Franchement je peine à me supporter.

Je m'envoie une baffe mentale magistrale, avale mon café d'un trait et empoigne mon portable.

Répertoire. Maître Lecarré. Clic.

Des deux c'est celui que je quitte le plus aisément. À cause d'une froideur professionnelle dont, malgré les années, il ne s'est jamais départi.

Son assistante décroche. Maître Lecarré est en rendez-vous.

Je lui explique la raison de mon appel, qui malgré douze années de bons et loyaux services, ne l'émeut pas outre mesure.

— Très bien, répond-elle d'un ton sec. Je transmettrai.

Pas un mot de regret, même de façade. Aucune question sur mes projets professionnels.

Rien.

À ses yeux je n'existe plus. Rayée de la carte pour cause d'inutilité.

La sentimentale en moi accuse le coup et je me surprends à regretter les douze boîtes de chocolats que je lui ai offertes au fil des Noëls.

Du noir, son préféré. Que je commandais en Suisse, pour satisfaire son palais de connaisseuse et dont je vais effacer l'adresse de mon répertoire.

Je m'apprête à raccrocher lorsque l'ingrate hasarde une question.

Aurais-je une remplaçante à lui proposer ?

J'en ai deux.

Des grandes pros, déjà surbookées mais qui par amitié acceptent de récupérer mes clients et dont les numéros de téléphone figurent sur une feuille A4 étalée devant moi.

Ne reste qu'à lire les noms et les numéros et j'aurai rempli mon rôle de chic fille consciencieuse.

Sauf que, cette fois-ci...

Je ne les lis pas.


**14h.** Départ de l'opération fournitures scolaires.

— C'est nul de faire ça un mercredi, râle Max en mastiquant un biscuit au chocolat devant la télévision.

— T'as dit la même chose hier et avant-hier, proteste aussitôt Zazou, ce qui m´épargne de l'énoncer moi-même.

— Ouais, mais aujourd'hui y aura toutes les mères qui travaillent pas le mercredi.

— On est en août.

— Et alors ? demande Max.

— En août plein de gens sont en vacances. Donc il y a du monde partout et tout le temps.

Max, qui est encore en pyjama, ne semble pas convaincu.

Je m'apprête à intervenir quand Zazou explose.

— Allez, merde. Si on y va pas il n'y aura plus rien de sympa.

— J'peux pas sortir.

— Tu te fous de moi ? hurle Zazou tandis que je me faufile incognito vers mon bureau. À Pornic t'étais tout le temps dehors.

Silence. Suivi de bruits de pas.

— Bon, ça va. T'es vraiment chiante.

La méthode Zazou ? Je n'en pense que du bien.

**16h39.** Zazou et moi rendons les armes et repartons les mains vides vers la voiture où Max nous attend depuis quatre-vingt-quatre minutes.

— J'vous l'avais dit, triomphe-t-il. C'était nul votre idée.

Zazou et moi avons la défaite silencieuse.

Des hordes de mères excédées, des gamins hurlants dans tous les sens, des rayons dévastés, des vendeurs au bord de la crise de nerfs, des chariots-béliers se frayant un passage dans la foule, des caisses électroniques en panne, des caissières surmenées et sous-payées...

Plus jamais.

Zazou n'a rien trouvé.

Max n'a pas cherché.

Chou blanc sur toute la ligne. Ambiance pesante dans la voiture.

— Suffit de commander sur Internet, avance Max.

— Ça n'arrivera pas avant la rentrée.

La pessimiste, c'est moi.

— Mais si, regarde. J'ai trouvé un super site en vous attendant.

Heureusement le feu vient de passer au rouge car il brandit son iPad sous mon nez. Je jette un rapide coup d'oeil sur l'écran. Je vois des livres, des cahiers...

— C'est bien, hein ? renchérit Max. Les magasins c'est des trucs de vieux.

Et toc pour le moral.

## VENDREDI 24 AOÛT

Oui, j'en conviens. C'est bien fait pour moi.

Mon portable sonne alors que je suis dans la cuisine, pieds nus, les cheveux mouillés dégoulinant dans le dos, en train de ferrailler avec cette foutue machine qui refuse inexplicablement de me livrer mon petit noir matinal.

Le réservoir d'eau est rempli, la capsule expresso en place, la prise électrique opérationnelle, et rien ne sort. Ou alors, trois gouttes. Accompagnées d'un broutement qui m'ôte tout espoir de démarrer la journée en caféine.

Zut.

Un recours au SAV maison s'impose. J'agrippe la machine des deux mains et je secoue si bien que l'eau du réservoir inonde le comptoir et submerge les muffins aux myrtilles que j'ai décongelés hier soir.

Bravo.

De rage je décroche à la première sonnerie, sans vérifier sur l'écran le numéro d'appel et je tombe sur...

Sybille, l'assistante de Maître Vergot.

— Oh, Charlotte, quel soulagement, s'exclame-t-elle. Nous avons une urgence avec Mme Sacks.

— C'est que...

— Vous n'êtes pas en vacances, au moins ?

Je tarde à m'engouffrer dans la brèche.

— Puis-je compter sur vous à 17h ? Chez Mme Sacks, à Mougins.

Elle enchaîne sur l'adresse que je griffonne sur un coin de sopalin humide, se confond en remerciements et raccroche sans que j'ai eu le temps d'articuler deux mots.

Il est huit heures dix-neuf. La journée est mal barrée.


Idéalement je voudrais repartir au lit et ne plus en bouger jusqu'à demain matin, ou, a minima, jusqu'à ce soir.

Dans la vraie vie j'éponge la cuisine, je jette les six muffins devenus spongieux et je prépare du pain grillé que je m'empresse d'oublier dans le toasteur réglé sur 10 ( merci Zazou qui l'a utilisé hier pour chauffer un croque-monsieur ).

LE PSY, LE CANICHE... ET MOI

De rage je balance quatre toasts carbonisés dans un sac poubelle en plastique qui, choc thermique oblique, s'empresse de fondre et trace un sentier d'immondices de la cuisine au jardin.

Il n'est que huit heures quarante-sept.

En haut j'entends Marc qui siffle gaiement en s'habillant.

Sa bonne humeur m'horripile.


**10h11.** Fraîchement douchée et brushée je débarque au Café de la Mer pour une perfusion de caféine. Attablée devant un double expresso, j'établis mon plan de bataille de la journée.

Premier point noir : Victoire.

Elle meurt d'envie d'accepter la proposition d'Archibald mais n'ose se jeter à l'eau. Depuis deux jours nos conversations tournent autour de Rémi.

— Si je lui demande son avis il me dira de refuser.

— Et il trouvera tout un tas de raisons.

— Mais si je le mets devant le fait accompli il le prendra mal.

Le terme, à mon sens, est faible.

— Donc ?

Hier soir Victoire ne savait toujours pas.

Je compose son numéro pour lui rappeler quelques évidences : Rusty arrive lundi et Archibald a besoin d'une réponse. Rapide.

— Lundi ? Déjà ? s'étonne-t-elle pour gagner du temps.

— Oui. Et je rencontre Archibald aujourd'hui. À 14h.

Silence..

— Allo ? Tu es là ?

— Je réfléchis.

Misère de misère. Cela fait une semaine qu'elle réfléchit..

— Et toi, qu'en penses-tu ?

Rien. Je n'en pense rien du tout. J'ai assez de problèmes pour remplir mes six prochaines réincarnations. Je n'émets donc aucune suggestion qui pourrait me retomber dessus.

— J'en pense... comme toi.

Pas mal, hein ?

Victoire apprécie peu.

— T'es pas aidante.

On se protège comme on peut. J'ai encore en mémoire le rouge à lèvres fushia qui je lui avais prêté le soir de ses seize ans. Une heure plus tard elle développait un urticaire géant et surprenait son petit ami en train d'en embrasser une autre.

À ses yeux j'étais aussi coupable que lui.

J'insiste.

— À toi de décider. C'est oui. Ou non.

Elle hésite.

— Dis à Archibald... Que c'est oui.

— Oui ?

J'ai du mal à le croire.

— Et Rémi ?

— Je me débrouillerai.

— Sûre ?

— Certaine.

Je connais Victoire. S'étant engagée elle ne fera pas faux bond à Archibald.

Je ne suis pas inquiète pour lui

Seulement pour Rémi.

**16h29.** Je quitte Archibald sur les chapeaux de roues pour me diriger vers Mougins lorsque mon portable sonne.

C'est Marc.

— J'ai pris rendez-vous avec l'hypnothérapeute, m'annonce-t-il.

Je me targue d'avoir l'esprit ouvert. Je me suis renseignée sur wikipedia. L'hypnose médicale est une technique reconnue. Ce n'est pas David Copperfield.

Il n'y a que les idiotes qui ricanent.

Je ne ricane pas.

— Quand ?

— Lundi à 18h. Ça te va ?

— Impossible. Je suis bloquée avec Archibald et l'équipe de Los Angeles toute la semaine.

— C'est important tout de même. Tu ne peux pas te libérer en fin de journée ?

— Et toi ?

Ton de voix charlottien neutre. Sans récrimination. Sans sous-entendu type « mon temps de travail est aussi important que le tien ».

— Consultations jusqu'à vingt heures.

C'est sans appel.

— Zazou pourrait l'accompagner, suggère-t-il.

Excellente idée.

Delphine, avec laquelle j'ai enfin conversé hier, n'est pas pressée de récupérer sa progéniture. Permis de découchage sans limite de temps. Jusqu'à la rentrée scolaire. Mais oui. Pas de problème.

— Cool, a-t-elle conclu d'un ton léger.

En raccrochant j'étais en légère surchauffe.

Quant à Zazou j'ai un peu bricolé en lui faisant part de notre conversation.


**21h09.** Je quitte Maître Vergot sur le perron de la villa rose de Vicky Sacks.

Sur les quatre heures et seize minutes de l'entrevue soixante-treize minutes sont consacrées à attendre sa cliente tandis qu'elle fait des effets de toilette ( short fleuri et dos-nu jaune, suivi de robe mi-longue noire fendue jusqu'à la cuisse, suivie de mini-jupe en cuir blanc et haut pailleté ). Quarante-neuf à l'écouter nier l'évidence en bloc. Trente-six à m'interroger sur sa capacité à rester ravissante malgré un déluge de larmes. Et dix-huit à lancer des regards torves à Maître Vergot que lesdites larmes semblent apitoyer.

Je suis prête à exploser lorsque Vicky Sachs en vient au fait.

Amant. Grossesse. Mari suspicieux. Avortement. Détective ( celui-là même qui a contacté Maître Vergot pour vendre la mèche avant que la police ne l'évente ). C'est un déballage en règle.

Et un sacré pétrin dont je n'ai qu'une envie. M'extirper.

— Mais, comment vais-je faire sans vous? s'angoisse Maître Vergot sur le perron.

J'extrais de ma sacoche la liste de remplaçantes.

— Vous serez enchanté. Elles sont professionnelles. Rapides. Disponibles. Intelligentes. Débordant d'énergie et d'initiative.

J'en fais des Mary Poppins de la traduction.

Il fait la moue. Puis, bon joueur, il sourit et me souhaite bonne chance.


## MARDI 28 AOÛT

Tout va trop vite.

Depuis hier matin et l'arrivée de Rusty et Ghia, rien, absolument rien ne se passe comme prévu.

Ça commence à l'aéroport. Archibald et moi consultons le panneau des arrivées. Le vol en provenance de Los Angeles, via Londres, vient d'atterrir. Nous nous éloignons, certains de disposer de trente minutes de liberté. Archibald se dirige vers le magasin de presse, je cherche un café où nous irons lire les journaux.

Et soudainement, les voilà. Les portes du hall d'arrivée s'ouvrent et je les reconnais. Ou plutôt je reconnais Rusty, sa barbe couleur feu, sa toison en broussaille, telles qu'elles s'affichent sur la page web de Goopy's. Les mêmes mais en version live, surdimensionnée. Car... c'est un géant. À vu de nez, deux mètres dix et cent dix kilos. Pourcentage d'erreur : cinq pour cent dans un sens ou dans l'autre.

Ghia, à ses côtés, semble fragile. À tort. Bien à plat dans ses ballerines elle me dépasse d'une tête. Sa minceur elle se révèle tout aussi trompeuse. Sa poignée de main broie trois de mes phalanges tandis que celle de Rusty est étonnement délicate.

— Et vos bagages ? s'inquiète Archibald.

Ghia pointe vers son sac cabine à roulettes, Rusty vers le sac de sport fané qui pendouille sur son épaule.

Tout est là, ils sont prêts. Et c'est là que tout le programme dérape.

Archibald a prévu une journée de repos. À cause du décalage horaire dont lui-même avait mis huit jours à se remettre.

— Non, non, proteste Ghia, soutenue par Rusty. Nous sommes en pleine forme.

— Allons voir le restaurant, exige Rusty.

— Je vous présenterai ensuite ma maquette, poursuit Ghia.

— Puis nous irons choisir le matériel de cuisine.

— Et les matériaux de décoration.

— Ainsi que le menu.

Deux tornades. Archibald et moi sommes confrontés à deux tornades américaines qui peinent à comprendre les moeurs méridionales.

— Tout est fermé jusqu'à quatorze heures ? s'étonne Ghia.

— Oui, c'est l'heure du déjeuner.

À dix-huit heures la fermeture des boutiques sera une nouvelle source d'étonnement.

— *So early ?* s'agace Rusty.

Eh oui. *Sorry.*

Entretemps, rejoints par Victoire et Jean-Benoit, nous avons visité le futur Goopy's cannois. Toute l'équipe a plébiscité les locaux. Et surtout le courant passe.

Côté cuisine, Jean-Benoit et Victoire discutent recettes avec Rusty et se donnent rendez-vous demain dans la cuisine d'Archibald. Ou plutôt dans celle de Maryse…

Côté décoration, Victoire s'extasie sur les propositions de Ghia qui est tout sourire.

Restent les difficultés techniques.

Grâce à Rusty qui est allergique aux compromis, le choix du matériel de cuisine se transforme en casse-tête. Lorsque à dix-sept heures cinquante-et-une il s'estime satisfait du huitième cuisiniste visité le soupir de soulagement est collectif.

Et tant pis pour l'esthétique. Les gazinières seront noires plutôt que argent.

Tant pis aussi pour Ghia dont les plans doivent être modifiés, pour cause de dimension hors norme du matériel choisi.

Et pour Archibald qui se soumet au surcoût important avec le sourire.

Oui, tout va vite. Beaucoup trop vite.

Comme cette proposition d'Archibald, alors que nous venons de laisser Rusty et Ghia à l'hôtel.

— Il faut un cahier des charges. Avec les étapes à suivre. Les méthodes. Les recettes.

— Pour Victoire et Jean-Benoit ?

— Oui. Et pour les prochains Goopy's, répond Archibald qui voit grand.

Il fait chaud. Nous approchons de sa villa où attend ma voiture. Je calcule qu'il me reste moins d'une heure pour rentrer chez moi, me laver les cheveux, m'habiller et être chez Victoire pour le dîner d'adieu de Clem et Jean-Loup.

Archibald, Rusty et Ghia y sont attendus. Une invitation de dernière minute venue de Victoire et qui risque de contrarier Rémi.

— Tant pis, m'a répondu la principale intéressée.

Ouch.

Toute à mes pensées je ne prête donc qu'une oreille distraite à Archibald et c'est machinalement que je lui suggère de confier la préparation du dossier d'informations à K.N.

— Justement, poursuit Archibald. Je préfèrerais que ce soit vous.

— Moi ?

Je ne saisis pas tout de suite.

— Mais... Rusty repart vendredi Je n'aurai pas le temps.

— Je voudrais que vous alliez à Los Angeles. Deux ou trois semaines.

Bing.

Caniche s'affiche en vidéo-projecteur dans mon cerveau.

En une cacophonie de variantes.

À la plage. En randonnée. Avec Marc. Sans Marc.

— En famille, bien sûr.

Toute à mon trombinoscope de Caniches les paroles d'Archibald me parviennent de très loin.

— Pardon ?

— Je vous suggère de partir tous les trois à Los Angeles en octobre. À mes frais. Si mes souvenirs sont exacts ce sont les vacances scolaires ?

Les vacances de la Toussaint. Une spécificité bien gauloise. Deux semaines de repos pour des écoliers fraîchement repus de vacances estivales. Qui servent essentiellement à épuiser des parents tout juste remis de la « rentrée ».

D'ordinaire nous ne partons pas.

Mais là... Los Angeles... Avec Max... Et Marc...

S'il est d'accord.

— Vous consacrez une semaine au dossier d'informations. Et vous faites du tourisme, renchérit Archibald qui a peaufiné son projet.

Les palmiers. Les collines d'Hollywood. Sunset Boulevard en famille. Et en amoureux.

J'en rêve.

Impossible de refuser.

C'est pour le boulot...


## MERCREDI 29 AOÛT

Nous ne cessons de parler, Clem, Victoire et moi. Jean-Loup se fait oublier. Il regarde par la fenêtre, en silence.

Malgré l'heure matinale ( cinq heures trente-sept ), malgré les quatre valises qui s'entassent dans mon coffre et les deux sacs de voyage qui se partagent le siège arrière entre Clem et Jean-Loup nous n'abordons pas le motif du trajet.

Mieux vaut faire semblant.

Bavarder de tout et de rien pendant les dix-neuf minutes qui nous rapprochent de l'aéroport de Nice et de la séparation.

— J'adore la robe que portait Ghia hier soir, s'enthousiasme Clem d'une voix que j'estime un poil étranglée.

— Moi aussi, s'emballe Victoire. C'est un couturier américain. Tu le trouveras à...

Elle s'interrompt, mais les deux mots fatidiques flottent au-dessus de nous.

Las Vegas.

— À Las Vegas, reprend Victoire d'un ton oppressé.

Au même moment j'avise le panneau « Aéroport de Nice ». Je m'engage sur la bretelle de sortie. Une boule monte en moi, s'agrippe à ma gorge.

— Et voilà, nous y sommes.

Les mots me parviennent enroués. Je toussote, me racle la gorge.

— Bon, récapitule Clem d'une voix trop forte. Charlotte, tu t'occupes du courrier puisque tu as les clés de la villa. Jette tout, mis à part les factures. Et toi Victoire, tu surveilleras le jardin de temps en temps ?

— Ne t'inquiète pas, intervient Jean-Loup alors que je m'engage dans le parking de l'aérogare. Tu leur as tout expliqué.

À peine la voiture garée il prend en main les opérations, trouve deux chariots, y empile les valises, s'assure que rien n'est oublié, agrippe la poignée du chariot le plus lourd et tend l'autre à Clem qui l'attrape tout en mettant ses lunettes de soleil.

Des lunettes de soleil à cinq heures cinquante-six ? Pour marcher du parking au hall des départs ? Ça doit être contagieux car voici Victoire qui farfouille dans sa besace pour en extirper de gigantesques hublots noirs.

D'ailleurs où est ma paire d'aviateurs ? Dans la poche externe ? Non. Tout au fond ? Non plus. Ouf, la voici, coincée sous un paquet de mouchoirs en papier avant d'atterrir sur mon nez.

Notre procession s'achemine cahin-caha. Les roues des chariots se bloquent lors du franchissement du trottoir. Un des sacs tombe. Je le ramasse.

Personne ne parle.

Sauf Jean-Loup.

Un torrent de paroles qui meublent le silence et ne trompent personne.

Car aussitôt l'enregistrement terminé, les valises disparues, les cartes d'embarquement validées, les passeports en main, les barrages lâchent.

Des flots de larmes baignent nos joues, nous nous enlaçons toutes les trois, au pied de l'escalier roulant qui mène aux départs, bloquant l'avancée d'un groupe de touristes espagnols auxquels Jean-Loup se croit obligé d'expliquer la situation.

Les ibériques compatissent. Nous nous poussons vers à droite. Le groupe se faufile sur le côté. Deux grand-mères nous tapotent les bras en passant, avec des mots de réconfort dont je saisis à moitié le sens.

Victoire, Clem et moi nous séparons.

À côté Jean-Loup nous observe en souriant.

Les dernières embrassades.

Les dernières promesses.

Des mails.

Skype.

Un séjour à Las Vegas.

Promis. Promis.


De retour dans la voiture le quotidien reprend le dessus.

Il n'est que sept heures deux et nous avons rendez-vous chez Archibald dans trente minutes pour y retrouver Rusty et Ghia.

C'est Rusty qui a fixé l'heure, qu'il considère comme scandaleusement tardive. À Los Angeles il fait l'ouverture de Goopy's tous les matins. À cinq heures.

Ce matin il prend possession de la cuisine. Opération recettes.

Jean-Benoît et Victoire sont enthousiastes.

Et Maryse ?

Elle surveille le four avec Rusty. À l'intérieur cuisent une douzaine de muffins au beurre de cacahouète et à la banane. Sur l'îlot central refroidissent déjà des croissants, des chaussons aux pommes et des chouquettes que semble apprécier Rusty.

— Tout va pour le mieux, se réjouit Sidonie que je découvre contre toute attente tourbillonnant entre la machine à café et les viennoiseries.

— Non, laissez, je m'en occupe, dit-elle à Maryse qui fait mine de l'aider.

Elle me tend le sucrier, attrape le plateau à deux mains et m'invite la suivre au salon où sont installés Archibald et Ghia.

— Que dit Maryse ? s'inquiète Archibald.

— Elle a donné à Rusty sa recette de chouquettes, annonce-t-elle triomphalement. Et elle a complimenté ses chaussons aux pommes.

— Tu fais des miracles, ma chère, sourit Archibald.

Sidonie prend place sur le canapé auprès de lui. Sa main s'approche de la sienne avant de stopper. Subitement. Comme refrénée par...

Mon regard ?

Et puis d'abord. Depuis quand se tutoient-ils ?

Je réfléchis aux derniers moments partagés. Se tutoyaient-ils hier ? Il y une semaine ? Un mois ?

Sidonie me regarde d'un air malicieux et dégagé. Le cheminement de ma pensée n'a pas de secret pour elle. Elle en connaît tous les méandres. Et elle s'en amuse. Je le vois au pli de sa lèvre inférieure, au plissement de ses yeux.

Archibald... Vient de comprendre.

Le pauvre, il rougit, lance un regard désespéré à Sidonie, suivi d'un autre, confus, vers moi. Toutes les deux nous l'ignorons. Ce qui se passe est entre Sidonie et moi.

J'ai compris.

J'ai l'air cruche, comme cela, mais j'ai tout de même compris.

La lettre de sa lectrice qui a la soixantaine. Qui hésite à s'installer avec l'amoureux qu'elle ne fréquente que depuis quatre mois.

C'est elle et Archibald.

À quelques années près.

Il m'avait semblé étrange qu'elle demande mon avis. C'était bien la première fois, malgré des années de courrier du coeur. Je m'étais dit que l'âge venant elle voulait mon opinion.

Tu parles.

Elle tâtait le terrain.

Elle avait décidé de s'installer avec Archibald et elle voulait me préparer.

Sachant que je n'y trouverais pas à redire.

La fourbe.

Tandis qu'elle me sourit j'attrape l'exemplaire de *Elle et Nous* que je viens de remarquer, près du plateau.

C'est le tout dernier numéro. En couverture, en bas à droite, est annoncé en caractères gras le retour de *Sidonie et Nous*. Page 118.

J'y trouve sans mal la lettre que je cherche et lorsque je lève les yeux vers Sidonie, je sais qu'elle aussi a compris.


## VENDREDI 31 AOÛT

C'est la troisième irruption d'Yvan, le chauffeur d'Archibald, dans la cuisine.

La première fois Rusty exige cinq minutes pour peaufiner la recette des macarons au caramel beurre salé de Maryse. Deux jours qu'il s'acharne dessus. Un coup la meringue est trop molle. Un autre les macarons sont durs comme des galets. Ou la texture du caramel est caoutchouteuse.

— Votre pâtisserie est trop compliquée, vous les français, proteste-t-il.

N'empêche qu'il refuse de s'avouer vaincu.

D'autant que Maryse s'est révélée une as des muffins et des pancakes.

La deuxième fois ce sont Victoire et Jean-Benoit qui quémandent un sursis pour leur cheesecake au gianduia. Dix petites minutes pour en vérifier la cuisson.

Yvan ne se laisse plus intimider.

— Je m'excuse d'insister, dit-il d'une voix forte, mais il est temps de partir.

Archibald jette un coup d'oeil à l'horloge murale. Il est dix-sept heures. Le vol décolle dans moins de deux heures.

— Dépêchez-vous, renchérit Sidonie. Vous allez rater l'avion.

Galvanisée par ses paroles la troupe s'arrache aux fourneaux. Les adieux se font dans la précipitation.

Ghia me serre dans ses bras avec une affection que je lui rends volontiers. Les deux journées que nous avons passées en quasi tête à tête nous ont rapprochées. Tandis que Rusty, Jean-Benoit et Victoire s'affairaient en cuisine nous vaquions d'un magasin de décoration à un fournisseur de revêtement de sols, d'un grossiste à un artisan, d'un architecte d'intérieur à un maître d'oeuvre.

En voiture nous bavardions à bâtons rompus. De son ex-mari. De ses ados, une fille à problèmes et un garçon sans histoire. Pour l'instant.

En la quittant j'ai l'impression de perdre une amie.

Une sorte de Clem. Version nouvelle.

Sauf que Ghia, chantier oblige, revient dans quinze jours pour lancer les travaux. À moi de vérifier que les fournisseurs tiendront leurs délais. Si j'ai autant de succès que pour la réparation de ma climatisation, c'est mal engagé.

Nous voici tous sur le perron de la villa.

Rusty grimpe à l'avant de la berline. Ghia s'engouffre à l'arrière, suivie de Jean-Benoit.

— Cette fois-ci nous serons deux à te rassurer dans l'avion, lui lance Rusty.

Ghia acquiesce, en me jetant un clin d'oeil.

C'est sa prétendue peur de l'avion qui a convaincu Rusty de l'accompagner en France. Lors du décollage et de l'atterrissage il lui a tenu la main, pour la rassurer. Même si la seule main qui tremblait était celle de Rusty.

Oui. Je crois que je vais bien m'entendre avec Ghia.

Voilà. Ils sont partis.

Archibald et Sidonie sont retournés au salon, Maryse reprend possession de sa cuisine.

Victoire et moi sommes en voiture.

Nous discutons du départ de Jean-Benoit pour Los Angeles, décidé hier, à l'improviste alors que Rusty complimentait son cake au potiron et aux graines de sésame.

— Archibald voulait que je sois du voyage, annonce Victoire.

— Toi ?

Je peine à l'imaginer loin des enfants. Ou de Rémi.

— Juste une semaine. Pour voir Goopy's, son ambiance, son style U.S...

— Et alors ?

La réponse saute aux yeux : Rémi. La rentrée scolaire. Les obligations familiales...

— Rémi était d'accord.

— Tu plaisantes ?

— Pas du tout. Archibald l'a convaincu qu'une activité professionnelle m'épanouira et sera bénéfique à notre couple.

Je n'y crois pas.

Mais je fais tout comme.

— Dans ce cas pourquoi...

— C'était trop précipité. Il y a la rentrée. Les rendez-vous médicaux. Les activités des enfants. Je manquais de temps.

— Dommage.

— Jean-Benoit me racontera. Il y passe un mois .

Je sens une pointe d'envie dans sa voix. Un parfum de liberté qu'elle s'empresse de dissiper.

Elle ignore que je pars bientôt à Los Angeles. En famille. Car côté voyages Archibald n'a pas chômé mardi soir. Après Rémi c'est Marc qu'il a entrepris.

Depuis Marc m'en parle comme d'une seconde lune de miel.

— On louera une décapotable à Los Angeles pour remonter la côte jusqu'à San Francisco.

— Au moins jusqu'à Santa Barbara, continue-t-il face à ma moue sceptique.

— J'aurai du boulot.

— On traversera le désert en voiture. Las Vegas, le Grand Canyon.

Il me serre dans ses bras. Son souffle chatouille mon oreille. Il me semble l'entendre murmurer « mon amour », « un nouveau départ »...

Peut-être.

Je ne sais plus.

# SEPTEMBRE

---

***ESSAYÉ :*** *une multitude de jupes, pantalons et tops que je n'ai pas achetés. Grâce à mes achats des mois précédents reçoit une foule d'invitations à des ventes privées que je me sens obligée d'honorer de ma présence...*

***ACHETÉ :*** *cinq pulls en cachemire XS ( deux en promotion de fin d'été et trois autres en promotion pré-hiver ), une robe courte en maille noire taille 34 ( payée plein pot ) et une paire de bottes cavalières noires dans lesquelles mes mollets flottent. Décide d'attendre la fin du mois pour investir ( à ce prix ce n'est plus un achat ) dans un sac en cuir vert foncé dont je n'ose avouer la marque.*

***TEMPS PASSÉ SOUS LA DOUCHE PAR MAX :*** *1h57 les lundi et jeudi après cours de sport. 1h18 les autres jours suivis de 49 minutes de va-et-vient entre sa chambre et la salle de bain en se demandant s'il est propre. Gain de temps effectif : nul.*

***NOMBRE DE LINGETTES UTILISÉES PAR MAX :*** *1273 par jour pour cause de rentrée scolaire. Nettoie à la lingette son bureau, sa chaise, ses livres et ses cahiers. A tenté d'astiquer le bras de sa voisine de table et s'est pris une claque.*

## LUNDI 3 SEPTEMBRE

Chère Sidonie,

Je suis mariée depuis trente-quatre ans et j'ai tout pour être heureuse. Je m'entends bien avec mon mari, notre situation financière est confortable et nous avons trois enfants et sept petits-enfants que nous adorons. Seul problème : nous n'avons plus de vie sexuelle. Mon mari, qui est à la retraite, estime que ce n'est plus de notre âge. Je ne suis pas prête à renoncer aux plaisirs de la chair et envisage de céder aux avances de mon professeur de golf qui a dix ans de moins que moi.

Qu'en pensez-vous ? Ai-je tort de prendre le risque de briser mon couple et ma famille ?

Une grand-mère qui se sent jeune.

Réponse de Sidonie :

Chère grand-mère qui se sent jeune,

La vie est courte. Si votre mari a renoncé à sa vie sexuelle, rien ne vous oblige à en faire autant.

Sortez, amusez-vous avec votre professeur de golf et surtout... ne vous faites pas prendre !

Je manque de m'étouffer en lisant ses lignes. C'est sa deuxième rubrique pour *Elle et Nous* et elle donne des conseils... immoraux.

Je trouve sa réponse parfaitement scandaleuse.

Ni thérapie de couple ni conseils de séduction.

Juste la technique du pas vu, pas pris dans toute son insolence.

Que le mécréant soit... une mécréante ne change rien. C'est moche, moche, moche.

Je saisis mon portable et j'appelle Sidonie qui décroche à la première sonnerie.

— Ah ma chérie, s'exclame-t-elle, tu tombes bien. Je viens de retrouver tes livres d'enfant. La bibliothèque rose, le *Club des Cinq*, *Fantomette*, il y en a bien deux cents. Que veux-tu en faire ?

Je mets quelques instants à me transporter des conseils éhontés de *Sidonie et Nous* aux lectures innocentes de mon enfance.

— Heu, pourquoi...

— Je ne comptais pas déménager chez Archibald. Et puis je me suis dit, pourquoi avoir un pied chez moi et un chez lui ? Dans la vie il faut sauter à pieds joints.

Voilà une phrase très sidonienne. Elle la ressortira à coup sûr dans une de ses rubriques.

— Tu déménages toutes tes affaires chez lui ?

La cohabitation stylistique risque d'être périlleuse. Et surchargée.

— Juste l'essentiel, rétorque-t-elle, confirmant du même coup que mes souvenirs d'enfance tiennent du superflu.

Je ne lui en tiens pas rigueur. *Fantomette* et le *Club des Cinq* étaient destinés à une fille... que je n'ai pas eue. Qu'en sera-t-il des albums photos qui encombrent sa bibliothèque, et des babioles accumulées au fil des ans, dont vingt-sept au côté de son mari Pierre-André ?

Du coussin de velours gris qu'il écrasait de son coude gauche en lisant ? Du porte-revues qui recelait autant de magazines financiers que de revues féminines. Du pastel rapporté d'un voyage à Rome et accroché dans l'entrée...

— Je prends les albums photos ainsi que mes livres, poursuit Sidonie dont le sixième sens lui aurait valu, au Moyen-Âge, d'être brûlée pour sorcellerie. Ainsi que tous mes objets préférés.

— Même ceux...

— Surtout ceux qui me rappellent Pierre-André.

— C'est bien.

Ou pas.

Disons que je vote blanc.

— Tu n'es pas d'accord, traduit-elle.

— Non, mais...

— C'est bien ce que je disais. Tu n'es pas d'accord.

Pourquoi, pourquoi lui ai-je téléphoné ce matin ?

— Pierre-André t'aimait comme un père, ajoute-t-elle d'un ton de reproche.

Je m'empresse d'effacer le malentendu.

— Moi aussi je l'aimais. Justement.. tu ne crois pas que c'est... gênant ?

Tout du moins, encombrant

— Pas du tout, ma chérie. N'oublie pas que je m'installe chez Archibald. Dans la maison qu'il partagea avec sa femme.

Je me remémore le portrait en pied de son épouse toisant les invités dans le salon, les photos sur le guéridon, et je comprends Sidonie.

À quatre la cohabitation est symétrique.


Je raccroche quarante-huit minutes plus tard, ayant accepté de récupérer tous mes livres d'enfants ( « dépose-les à la bibliothèque d'Antibes » ), la collection de timbres de Pierre-André ( « j'ai toujours eu horreur de ces petits morceaux de papier » ), les trente-neuf aquarelles peintes par Sidonie au cours d'un lointain été ( « jette-les, ce sont des croûtes » ) et cinq décennies de lettres d'amour ( « sois gentille, attends mon décès avant de les lire » ).

Mon unique question ( « que vas-tu faire de ta maison ? » ) écope d'un discours dispendieux sur l'évolution du marché locatif, les difficultés de l'accession à la propriété, les temps qui changent, les jeunes qu'il faut aider et les vieux qu'il ne faut négliger.

Une réponse désordonnée, un brouillard volontaire.

Je connais Sidonie.

Méfiance.


Je m'installe à mon bureau, j'allume l'ordinateur et les mails déferlent. K.N, Ghia, le cuisiniste, deux peintres avec des devis faramineux, et Jean-Benoit qui réclame mon aide :

« Rusty m'a passé son cahier de recettes. Un vieux truc quasiment illisible qui part en morceaux. Je n'y comprends rien mais j'ai commencé à le scanner. Pouvez-vous le traduire et donner les recettes à Victoire. À moi aussi, SVP. Merci, merci. Jean-Benoit. »

Devant Archibald, au moment de son embauche, Benoit a prétendu parler couramment anglais.

Un peu plus tard il a avoué manquer de pratique.

La semaine dernière, en présence de Rusty et de Ghia, il a loupé l'oral en beauté.

L'écrit ne s'annonce pas meilleur.

Je me plonge sur les pièces jointes, écrites en caractères minuscules, parsemées de termes et d'abréviations culinaires inconnues. Soixante-douze minutes pour traduire une recette de hamburger.

Je butte sur « *chipotle* ».

Ainsi que sur « *pico de gallo* ». À moins que ce ne soit « *peca de gallo* ». Ou...

Zut. Zut. Et zut.

C'est incompréhensible.

Je ne parle pas espagnol.

Et nous sommes le 3 septembre.

Début septembre, a dit Marc. Annie passe son examen début septembre. J'ignore la date exacte mais j'y cogite ce qui, évidemment, nuit à ma concentration.

Vingt-huit minutes passées à googleriser « examen toilettage côte d'azur » ne révèlent rien. On trouve tout sur Internet. Mis à part les informations top secret.

Ou celles qui n'intéressent personne.

C'est la vérité. Je ne suis pas cruelle, ou vindicative ( le terme est de Marc ). Je lui souhaite même de réussir son examen. Et de disparaître de nos vies ( essentiellement de celle de Marc ) dans un nuage de shampoings canins, de tonte de poils et de nettoyage de coussinets.

Un diplôme de toilettage pour solde de tout compte.

Adieu chantage émotionnel, soutien psychologique, appels téléphoniques.

Goodbye Caniche.

## MARDI 4 SEPTEMBRE

Aujourd'hui je n'y pense pas. Honnêtement.

Même lorsque je suis en voiture, arrêtée à un feu, en panne de distraction pour cause de diffusion simultanée de publicité sur toutes les chaînes de radio. Même en faisant la queue aux caisses du supermarché derrière trois familles de six enfants. Même sous la douche.

Je n'y pense pas parce que je suis cannibalisée par Ghia.

Premier mail :

« Hello Charlotte, petite précision avant l'approbation des devis. Je n'emploie que des artisans ayant signé la Charte du Commerce Equitable. Pareil pour les fournisseurs de meubles... Please demandez à chacun de fournir une copie de leur engagement. Thousand thanks. Ghia. »

Il est huit heures vingt-sept. J'appelle le peintre.

Il me rit au nez.

— Ma peinture, je l'achète chez Casto. Voyez avec eux.

J'insiste.

— Regardez sur un pot. C'est sûrement inscrit.

Il marque son agacement en soufflant comme un boeuf dans l'appareil. Malgré tout il s'exécute.

— Y'a écrit « peinture universelle 100% acrylique en phase aqueuse »...

— Vous ne voyez rien avec « Equitable » ?

— J'vous l'ai dit. C'est de la peinture. Y'a pas de secrets, vous savez. On utilise tous la même. J'sais pas ce que la concurrence vous a dit mais...

Je m'en tire avec une vague explication sur la décoratrice californienne, je raccroche et je m'attaque au suivant.

Chou blanc.

Je fais chou blanc avec chaque fournisseur.

Il y a celui qui ne sait pas de quoi je parle.

— La charte du commerce quoi ? me hurle-t-il dans l'oreille.

Celui qui me raccroche au nez.

— Je suis en plein boulot. Z'avez qu'à lire le devis.

Celui qui le prend de haut.

— Qu'est ce que vous impliquez par là ? Je paie mes employés correctement, moi.

Et celui qui m'envoie sur les roses.

— J'suis débordé de travail. Si ça ne vous convient pas, allez voir ailleurs.

Entretemps Ghia m'abreuve de requêtes.

La peinture doit être 100% naturelle. Non, le label NF Environnement n'est pas assez restrictif. Puis-je vérifier l'origine du bois utilisé pour les tables ? L'éclairage proposé par l'électricien est-il écologique ? Est-il possible de...

Non, non et non.

Ce n'est pas possible.

Sept heures et quatorze minutes de discussions acharnées me permettent de cautionner cinquante-huit pour cent des matériaux utilisés. Question commerce équitable et/ou probité écologique.

Pour les quarante-deux pour cent restants...

— Dites n'importe quoi, suggère Archibald.

— C'est difficile. Elle veut les détails.

— Faites preuve d'imagination, Charlotte. Après tout elle ne parle pas français,

C'est ainsi que je passe la soirée à fabriquer, signer et traduire des faux. Que j'envoie par mail à Ghia.

Elle me répond aussitôt.

Super. *I am so happy.*

Moi aussi je suis *happy*. Pour elle.

## MERCREDI 5 SEPTEMBRE

Aujourd'hui non plus je n'y pense pas.

Même ce matin lorsque le portable de Marc sonne, qu'il jette un coup d'oeil sur l'écran, qu'il éteint la sonnerie sans répondre et qu'il quitte la maison plus tôt que d'habitude.

Je n'y pense pas car je suis gluée devant mon ordinateur et que j'essaie de démêler le brouillamini de mails reçus dans la nuit.

Une dispute entre Jean-Benoit, Rusty et K.N, s'est au fil des heures et des mails envenimée pour virer au conflit armé. Les noms d'oiseaux fusent, les mails s'entrecroisent, je les reçois tous en Cc ( pourquoi, pourquoi donc ? ). De toute évidence je dois arbitrer.

Quoi donc ?

Pas grand chose.

Et beaucoup.

Des inimitiés personnelles. Des incidents qui dégénèrent du fait de leurs protagonistes. D'une part Rusty. De l'autre K.N. Et au milieu Jean-Benoit

— K.N n'a pas à se mêler de cuisine, vocifère Rusty en refusant d'ajouter des plats « *light* » à sa carte hautement calorique.

— Rusty ne connaît rien à la gestion, rétorque K.N qui tente de moderniser le système comptable de Goopy's, réduit jusqu'à peu à des bloc-notes élimés et à des factures entassées dans un tiroir.

— Qu'ils se débrouillent, décrète Archibald, bien décidé à ne pas s'en mêler.

Je le comprends.

Aux Desserts Deschanels il n'avait pas à gérer les conflits. Le DRH s'en chargeait.

Chez Goopy's c'est moi qui récolte, et j'y passe l'après-midi.

Décalage horaire oblige je cueille Jean-Benoit au saut du lit et lui enjoint de se concentrer sur les recettes sans mettre la zizanie.

— Oui, mais..., tente-t-il.

— Pas de « mais », dis-je d'un ton ferme. Vous êtes là pour apprendre et non pour prendre parti.

— Oui, je comprends...

— C'est parfait.

Afin d'adoucir mon propos j'embraye sur sa vie à Los Angeles, Ghia, les travaux du restaurant de Cannes, la date d'ouverture prévue. L'enthousiasme perce dans sa voix, son énergie se recentre sur Cannes. Mission accomplie.

J'ai plus de mal avec Rusty et K.N qui se sentent chacun pleinement légitimes.

— Le petit jeune ne comprend rien, peste Rusty.

Goopy's est son bébé. Malgré la vente et sa supposée soif de liberté il peine à s'en détacher.

— Le vieux refuse toute modification, déclare K.N. Les chaises sont inconfortables, le menu n'a pas bougé depuis vingt ans et le site internet consiste en une seule page avec l'adresse et le numéro de téléphone. Il faut donner un grand coup de balai.

Pendant vingt-deux minutes je modère ses pulsions de nettoyage. J'ai à peine raccroché que mon portable sonne.

C'est Sidonie.

— Tu as une petite voix, ma chérie.

Je me lance dans un récit croustillant de ma matinée téléphonique mais... je tombe à plat.

Elle est déjà au courant. Par Archibald.

Quarante ans de confidences partagées et me voici court-circuitée.

Zut alors.

Et pour chapeauter la meringue elle veut s'en mêler.

— Je pourrais appeler Rusty, propose-t-elle. Nous avons bien accroché lors de son séjour.

Comme lorsque j'étais au primaire et qu'elle gérait les conflits de la cours de récréation. Comme lorsque *Au coeur de Sidonie* prenait en main la vie de ses interlocutrices.

Cela part d'un excellent sentiment. Mais...

— Je préfèrerais que tu ne t'en mêles pas.

Archibald. Sidonie. Mon travail. Leur cohabitation. Et si la fricassée se révélait indigeste?

Sidonie se tait, réfléchit un instant, puis éclate de rire.

— Que je suis bête, ma chérie. Je ne dis plus rien, jure-t-elle.

Une promesse qu'elle est incapable de tenir.

Elle sait que... je le sais.

## SAMEDI 8 SEPTEMBRE

Hier je n'y ai pas pensé. Ni avant-hier.

Ce matin j'y pense d'autant moins que c'est notre anniversaire de mariage. Marc dort et je me brosse les dents tout en débattant du planning de la matinée.

Vu la frisure de ma chevelure un séjour sous la douche suivi d'un brushing consciencieux serait souhaitable.

Réfléchissons.

Neuf minutes de shampouinage, vingt-neuf minutes de séchage, onze minutes de fer à lisser. Le tout pour une tignasse qui se rebellera dans les quarante-deux minutes suivantes. Avec en dommage collatéral l'assassinat d'un minimum de cent trente-huit cheveux

Opération coiffure reportée à ce soir, me laissant espérer une crinière impeccable en arrivant au restaurant et même plus, si climatisation polaire.

J'enfile un jean gris clair slim bootcut ( mon vocabulaire mode s'enrichit aussi vite que mon porte-monnaie s'allège ), un t-shirt blanc basique et de sublimes sandales compensées bleues achetées sur internet un soir d'insomnie. Un coup d'oeil dans le miroir ( pas un bourrelet ni une poignée d'amour en vue - merci Caniche ) et me voici prête à...

À quoi ?

Je suis dans la cuisine. Seule. Et Zazou me manque.

Le matin, alors que Max ronflait, elle sautillait gaiement entre le frigo et le four, partageait un café, testait des recettes de chouquettes au chocolat ou de brioches aux amandes et aux raisins ou se lançait dans des menus de petit déjeuners scandinaves ou orientaux. Depuis son départ le petit déjeuner est réduit à du pain carbonisé enduit de confiture. Même Marc a commenté le changement.

Prise de bonne volonté — après tout c'est notre dix-neuvième anniversaire de mariage — j'empoigne un bol ainsi que le batteur électrique, je pioche des oeufs dans le frigo et je m'attelle à la confection de pancakes. Aux myrtilles et caramel.

J'ai observé Rusty dans la cuisine d'Archibald. Ça ne semblait pas compliqué. Du beurre, du lait, des oeufs, un poil de farine. On remue, on ajoute les myrtilles et le caramel, et hop, le tour est joué.

Je suis en plein dedans lorsque mon portable bipe.

Un texto. Surement Victoire ou Clem.

Je colle deux pancakes-tests dans la poêle chaude, j'attrape mon iPhone et je lis :

<Il reste avec vous pour son confort car il ne vous aime pas et ne vous aimera jamais tout le monde le sait même vaut amies.>

Pas de signature mais un numéro de téléphone éloquent.

Caniche.

Je réponds aussitôt, sans réfléchir, attaquant la forme plutôt que le fond :

<Savonner les caniches ne vous a pas appris l'orthographe.>

Je savoure ma pique lorsque Marc pénètre dans la cuisine.

— Quoi de neuf ? s'enquiert-il en m'embrassant.

Je lui tends l'appareil.

Il le saisit en levant un sourcil interrogateur, parcourt l'écran et blêmit.

— C'est Annie qui t'a envoyé cela ?

— Voici dix minutes.

Il se laisse choir sur une chaise, sa bonne humeur matinale envolée.

— Mais enfin, pourquoi met-elle de l'huile sur le feu ?

— Pour me pousser à bout. Afin que je te quitte.

Il pose le portable en soupirant.

— Même si tu me quittais je ne cohabiterais pas avec elle.

— Tu lui as dit ?

Il hésite.

— Oui, mais... Pas en ces mots.

Ah.

D'un coup ça sent le brûlé. Et zut pour les pancakes.

Je me lève et j'éteins le gaz. Encore une poêle calcinée. Tant pis.

J'en profite pour faire un café. En silence. Marc me regarde, il compte sur moi pour combler le vide sonore. Je prends une tasse, ajoute un sucre, tourne avec la petite cuiller.

Et j'attends.

— En fait, elle a raté son examen.

De toilettage. Elle a raté son examen de toilettage.

Désolée d'en rire mais c'est si difficile de shampouiner un yorkshire et de toiletter un teckel ?

Je peine à garder mon sérieux.

— C'est compliqué. Les critères diffèrent pour chaque race et les juges sont pointilleux.

Je n'en doute pas. S'il s'agissait de Victoire ou de Clem je déborderais d'indulgence. D'autant que j'adore les chiens. Que Victoire a mis deux ans avant de dénicher une formidable toiletteuse pour Buddy. Qu'elle nous l'a présentée. Que nous sommes devenues très copines. Et que nous avons regretté son déménagement à Strasbourg.

En l'occurrence, je ricane.

— Que compte-t-elle faire, la pauvre chérie ?

— Elle est embauchée dans une boutique d'accessoires canins à Nice. Près de la rue de France.

Je hoche la tête. Le magasin est connu pour ses colliers en diamants à plusieurs milliers d'euros, ses laisses en cuir d'autruche et ses teintures canines avec possibilité de balayage.

— Et puis, m'explique Marc, c'est dur pour elle. Elle a compris que je ne partirai pas.

Une bonne nouvelle. À manier avec précaution.

— Elle accepte

— Elle n'a pas le choix, répond-il avec une grimace qui en dit long sur la capacité de renoncement de Caniche.

Quid du texto vengeur.

La journée est entrecoupée de textos plus sympathiques.

D'abord Victoire qui me rappelle notre diner au *Raphaello* ce soir avec maris et enfants.

Ensuite Clem. En anglais.

*Happy anniversary darling !!! Love u.*

Puis en français.

<Et si tu renouvelais tes voeux de mariage à Las Vegas en octobre ? Pense-y !!!!!!>

Et pour finir en franglais.

<On a une super *wedding chapel* dans l'hôtel et tu peux écrire tes *renewal vows*. Je connais le minister qui est très sympa. *So what do u say* ?????>

On verra.

Pour le moment je suis pressée. Il est quinze heures douze. Nous avons rendez-vous chez l'hypnothérapeute dans dix-huit minutes.

Avec Max. Qui refuse de sortir.

— J'y suis allé une fois et j'ai pas aimé.

C'était la semaine dernière avec Zazou.

— Encore une fois, insiste Marc.

Depuis la rentrée la phobie des germes de Max est repartie en flèche. Le soir, après une longue douche, il ne touche plus rien.

Du tout.

Et surtout pas ses livres et cahiers de classe. Je suis préposée au tournage de pages tandis qu'il revoit ses cours.

— Allez, mon chéri. Juste aujourd'hui.

Le chéri se renfrogne.

J'embraye sur le chantage affectif.

— Pour me faire plaisir.

Il me regarde. Je sens que j'ai fait mouche.

— Seulement si tu restes pendant la séance.

Tope là.

**16h16.** Nous sortons de la consultation hilares ( Max et moi ) et dépité ( Marc ).

— Elle pratique l'hypnose eriksonienne, conclut ce dernier. Ça ne convient pas à Max.

À n'en pas douter.

Quatre-vingt euros pour l'entendre répéter en boucle « Max, relaxe-toi, tu es un dauphin » et « Dors, ta maman t'aime, elle veut que tu sois heureux »...

Merci. Je sais faire. Tous les soirs. Comme toutes les mamans du monde. Gratuitement.

Assis à l'arrière Max se nettoie les mains avec deux, cinq, dix, vingt lingettes. La banquette de la voiture disparaît sous un nuage blanc et humide.

Tout comme moi Marc a remarqué le manège. Tout comme moi il se tait.

Nos regards se croisent et s'interrogent muettement.

Et maintenant, que faire ?

**22h42.** Le diner tire à sa fin. Sidonie se lève et réclame le silence. Assis en bout de table les ados grognent. Un discours, quel ennui.

Moi-même je gigote sur ma chaise. L'an dernier Sidonie s'est révélée intarissable sur mon parcours amoureux, précocement entamé en maternelle avec le fils de sa meilleure amie. Une oraison de dix-sept minutes. La liste complète de tous les crapauds ayant traversé ma route jusqu'à ma rencontre avec Marc, mon Prince Charmant...

Ce sont ses mots. C'était les miens.

Cette année Sidonie fait court. Quelques phrases sur l'amour, la famille, le chemin parcouru au cours de ces dix-neuf années, Max, notre plus belle réussite.

Des applaudissements. Du champagne. Un baiser appuyé de Marc.

Et moi qui m'interroge.

Caniche sait-elle qu'aujourd'hui est notre anniversaire de mariage ? A-t-elle espéré polluer cette date qui n'appartient qu'à nous en s'immisçant par texto interposé ?

Que veut-elle ?

Marc. Elle veut Marc. Sans aucun doute.

Mais Marc est ici. Avec moi. En famille. Célébrant le chemin parcouru, cahin-caha.

Dix-neuf ans. Une éternité partagée.

M'aime-t-il ?


## LUNDI 10 SEPTEMBRE

Chez Goopy's aussi le weekend fut chaud. En témoignent les dix-neuf mails que je découvre au réveil.

L'armistice péniblement établi vendredi entre Rusty et K.N a volé en éclats. Une famille de dix personnes, arrivée hier peu avant la fermeture, a mis le feu aux poudres. K.N s'apprêtait à les refouler lorsque Rusty s'est interposé.

Résultat : dix clients rassasiés, huit tweets dithyrambiques, trois photos de pancakes dégoulinant de fudge sur Instagram, deux commentaires Trip Advisor cinq étoiles.

Et un K.N furax d'avoir fermé avec soixante-treize minutes de retard.

Le règlement c'est le règlement, souligne-t-il dans un premier mail à mon encontre.

Le frenchie ne pige pas qu'ici le client est roi, réplique Rusty.

La prochaine fois je les vire illico, rajoute le premier.

Si c'est pas malheureux, tonne le second. En deux mois il va bousiller ce que j'ai mis vingt ans à bâtir.

Zut.

Il est huit heures neuf. En Californie minuit n'a pas sonné.

J'appelle Jean-Benoit sans hésiter. Il me confirme ce que je pressens.

— Karl veut tout diriger. Changer de fournisseurs, acheter moins cher, modifier les recettes à la baisse. Tout. Tandis que Rusty refuse de sacrifier la qualité pour le rendement. C'est ingérable.

— Et vous ?

— Avec Rusty c'est top. J'apprends des tas de choses mais...

— K.N ?

— Ben... Comme tous les deux se détestent et que je suis au milieu, c'est...

— Difficile ?

— Oui. On peut dire cela. C'est super difficile.

Tout en parlant je reçois deux autres mails furibonds de K.N. Je survole sa prose survoltée, déchiffre ses exigences, ses récriminations, ses menaces voilées.

Zut, zut et zut.

Archibald à la rescousse.


Mon portable bipe au moment où je sors de la maison. C'est Max.

<Suis mal vien me cherché>

Je réponds en faisant abstraction des fautes d'orthographe qui me rappellent désagréablement Caniche.

<Tu es malade ?>

<Angoisse viens svp>

<Appelle-moi à midi>

<Vai vomir>

<Je te téléphone à midi. Tiens bon mon canard.>

Je rajoute un smiley et un cœur, je ramasse ma besace ainsi que mes deux sacoches bourrées de documents et j'enfourne le tout sur la banquette arrière de ma voiture.

Il est onze heures vingt-quatre. Je déploie mentalement la carte interactive de ma journée. Un premier stop chez le peintre, à Cagnes-sur-Mer, afin de comparer son nuancier à l'échantillon fraîchement reçu de Ghia. Un arrêt à Villeneuve-Loubet chez l'électricien qui tarde à imprimer son devis. Suivi d'une halte chez l'imprimeur pour inspecter la maquette des menus.

Et pour terminer, rendez-vous à quatorze heures avec Archibald.

Je n'ai pas une minute à perdre et pourtant... en sortant du garage je tourne à gauche. Direction Cannes.

Ce pourrait n'être qu'une simple erreur de trajectoire, vite corrigée à la première intersection.

Je ne corrige pas.

Les rues défilent, ainsi que les rond-points et autres bifurcations possibles.

À onze heures cinquante-six je suis garée à vingt mètres de l'entrée du Collège Diderot.

Les élèves sortent, traînent en grappes sur le trottoir, consultent leurs portables ( tous ), fument ( pour certains ).

Je guette la silhouette dégingandée de Max. L'ai-je raté ?

Je sors mon iPhone. Aucun message.

Alors que j'hésite entre repartir bredouille ou l'appeler, je l'aperçois sur le trottoir d'en face, en conversation avec deux copains, se dirigeant vers l'un des snacks avoisinants.

Il passe sans me voir. Ses copains parlent fort, rient, font de grands gestes. Max est plus en retenue, mais il sourit.

Je redémarre.

Évidemment mon emploi du temps est gâché. Il est trop tard pour aller à Cagnes-sur-Mer ou à Villeneuve-Loubet. Du coup je compense en harcelant l'électricien par téléphone au sujet de son devis et... vingt minutes plus tard, à peine garée sur la Croisette, je le reçois par mail.

Post-il personnel : être désagréable s'avère payant.

Un coup d'oeil sur l'horloge de la voiture : il me reste une heure avant mon rendez-vous avec Archibald. Déjeuner est hors de question. Mon indice d'appétit est bloqué sur zéro et ce n'est pas le dernier SMS de Caniche qui le décoincera.

Je décide de marcher. Ce qui, à Cannes, revient à faire du lèche-vitrines. Ce qui, lorsqu'on a perdu quinze kilos et qu'on est un poil énervée, se traduit par un shopping effréné. Histoire de ne pas dilapider en vingt minutes les réserves destinées au paiement des multiples taxes dues le mois prochain j'emprunte pour rejoindre la rue d'Antibes une petite traverse dénuée de tentations.

Quelques restaurants, deux bijoutiers hors de prix, un magasin de vêtements d'enfants et là, à l'angle, un local en chantier qui se trouve être Goopy's.

La porte est ouverte et de l'intérieur me parviennent des voix que couvrent les rugissements d'une perceuse. Malgré la poussière et les débris de plâtre qui jonchent le sol je fais quelques pas et je m'écrase contre Victoire arrivant en sens inverse.

— Tu tombes bien, s'écrie-t-elle en attrapant mon bras et me tirant vers la sortie.

Au salon de thé voisin le serveur lance un regard réprobateur à nos tenues poussiéreuses mais se résout à prendre notre commande.

Deux noisettes et un verre d'eau.

Le menu déborde de suggestions gourmandes, la devanture exhibe trois rangées de macarons aux parfums exotiques et à une table voisine trois jeunes filles piochent dans ce qui ressemble à un crumble aux fruits rouges et une mousse aux trois chocolats.

Je m'attends à ce que Victoire craque pour la mousse, autant par gourmandise que pour jauger la concurrence.

Eh bien, non.

Au « ce sera tout ? » peiné du serveur, elle répond par un hochement de tête et l'esquisse d'un sourire. Quelque chose ne tourne pas rond. C'est...

Rémi.

— Il a fait une offre sur le Mas des Orangers, articule Victoire, au bord des larmes. Sans mon accord.

— Non ??

— Si, confirme-t-elle en un souffle.

Je croyais que...

L'imposante bâtisse située à trois cents mètres de chez eux n'était pas à vendre. Que les héritiers de la vieille dame qui l'habitait jusqu'à son décès voici quatre ans étaient en bisbille. Que Rémi s'était rangé à l'avis de Victoire sur l'impossibilité de financer des travaux de rénovation pharaoniques.

Victoire balaye mon raisonnement d'une main.

Je connais bien l'historique. Une promenade dominicale alors qu'ils venaient d'emménager dans le quartier. La découverte de la bâtisse quasiment en ruines située au fond d'un parc laissé à l'abandon. Le coup de foudre de Rémi pour son cachet d'époque, son amitié avec la vieille dame, d'abord méfiante, puis séduite par son enthousiasme. Les soirées passées à échafauder des plans de réfection et à redécorer une maison qui ne serait jamais la sienne.

Puis le décès de sa propriétaire à un âge fort respectable, suivi d'une bagarre entre héritiers tirée tout droit de Balzac. La propriété dépérissait au fils des procédures judiciaires mais Victoire était soulagée.

Jusqu'à hier.

— Le notaire l'a prévenu que la succession est réglée et il a fait une offre. Sans m'en parler.

Sa voix oscille entre pleurs et rage.

— C'est une ruine, un gouffre financier.

— Que dit Rémi ?

— Il la veut. À tout prix. Il est prêt à s'endetter jusqu'au cou pour l'acheter et lui rendre son « charme d'époque ».

Elle avale sa noisette d'un trait, en réclame une deuxième et y adjoint un macaron géant à la rose.

Je ne sais quoi dire. À une vague connaissance j'émettrais une de ces phrases toutes faites auxquelles on ne croit pas mais qui font office de pansement éphémère. Ne vous inquiétez pas. Cela n'est pas encore fait. Ce n'est pas si terrible

Avec Victoire c'est impossible. Inutile de nier que Rémi mettra tout en oeuvre pour satisfaire sa passion pour le Mas des Oliviers. Il s'endettera, se lancera dans de longs et coûteux travaux et attendra de sa femme qu'elle partage son enthousiasme.

Son esprit s'évadera des implants capillaires pour gambader vers la réfection des poutres apparentes de la cuisine ou des tommettes de l'entrée. Le Mas sera sa folie, sa danseuse, l'éperon qui rendra supportable le défilé de crânes dégarnis qui ponctuent ses journées.

Victoire le comprend, elle qui va se consacrer à la restauration.

Elle mâchonne son macaron d'un air pensif et m'interroge sur Caniche. Le SMS de samedi.

— Tu as du nouveau ?

Non. Mais au seul nom de Caniche je bouillonne.

Vite, une noisette.

J'en suis à combien de cafés aujourd'hui ? Cinq ? Six ? Sept ?

Beaucoup trop, à n'en pas douter.

Le café, ça énerve.

Mais pas autant que Caniche.


## JEUDI 13 SEPTEMBRE

Marc est plongé dans les guides touristiques. Un bien dodu pour la Californie et deux autres, plus minces, pour les états limitrophes du Nevada et de l'Arizona.

— Si on faisait un crochet par le Hoover Dam ? propose-t-il entre deux tartines beurrées.

Un barrage ? Bof, bof.

— Sept millions de tonnes de béton, poursuit-il pour m'allécher.

Je fais une grimace qu'il ne remarque pas, son attention papillonnant vers le dernier must touristique.

— Le Grand Canyon, bien sûr, de préférence par la rive nord. Et puis...

Tout en l'écoutant je me livre à un rapide décompte. Durée du séjour : quinze jours.

Moins deux jours en avion.

Passons sur le décalage horaire qui ne manquera pas de nous assommer.

Comptons sur sept jours de boulot.

Voire huit.

Treize jours effectifs moins huit... Cinq.

Cinq jours pour caser Las Vegas ( et les *renewal vows* ?? ), le Grand Canyon et...

— On pourrait pousser jusqu'à San Diego, reprend Marc, en proie à une voyagite aiguë.

San Diego ??

— Regarde, insiste-t-il en déposant un index poisseux sur la carte. On est quasiment à la frontière mexicaine. Ça te dirait de...

Stop.

Je ferme les écoutilles et je me concentre sur un savant calcul boulot/visites... et repos.

Je décide de rayer les mentions inutiles. Repos part directement aux oubliettes.

Puis-je boucler mon travail en sept jours ?

À moins que six ne suffisent.

Ou quatre ??

Quatre journées de turbin acharné et neuf jours de balades entre la Californie du Sud, Las Vegas et le Mexique ?

Trois grains de popcorn éclatent. C'est mon alerte personnalisée pour les mails VIP. En l'occurence deux mails de K.N que je relègue à plus tard et un autre de Ghia dont les multiples exigences torpillent ma matinée.

**13h09.** Je m'apprête à enfiler mon maillot de bain lorsque retentit la sonnerie de mon portable.

Encore un fâcheux. Ma bonne conscience me pousse à jeter un coup d'oeil sur l'écran.

Y est inscrit « Diderot ».

Zut.

J'appuie sur la touche « rappel » et c'est l'infirmiere qui décroche.

— Max est souffrant. Pouvez-vous venir le chercher ?

Max est vraiment malade.

— Une angine blanche, confirme notre généraliste qui le reçoit entre deux patients.

Tout en rédigeant l'ordonnance il le regarde enfiler ses baskets à l'aide d'une douzaine de mouchoirs en papier. Auparavant il a refusé de lui serrer la main. Lui a demandé de se savonner les mains et d'astiquer son stéthoscope. A recouvert la table d'examen d'une serviette éponge fournies par nos soins.

Bref, pour nous, la routine.

Pas pour le docteur Allard qui le voit peu.

— Il doit consulter sans tarder, conclut-il après écoute de mes explications.

Il griffonne un nom sur un morceau de papier qu'il me tend.

Docteur Villebreton.

— Appelez-le de ma part. Dites-lui que c'est urgent.

## VENDREDI 14 SEPTEMBRE

**7h49.** Max dort, assommé par la fièvre et les médicaments censés la combattre.

Je suis devant l'ordinateur en pleine conversation, lorsque Marc fait irruption dans le salon, une banane entamée dans une main, sa vieille sacoche en cuir débordant de journaux et de dossiers, dans l'autre.

Il est en retard, et de très mauvaise humeur.

— Je ne prends plus aucun rendez-vous avant neuf heures. Ter-mi-né, martèle-t-il en passant derrière ma chaise.

— Ouah la tête ! commente Clem en l'apercevant sur l'écran. T'as raison quand tu dis qu'il n'est pas du matin !

Vlan. Je coupe le son tandis que Marc me fixe d'un air interro-gateur.

— Tu m'as parlé ?

Non seulement il est dur d'oreille, mais il n'a rien pigé à Skype.

— C'est Clem. Elle trouve que tu as très bonne mine.

Marc me regarde comme si je lui parlais ouzbek. Le temps pressant je zappe les explications pour parer au plus pressé.

— Prends un parapluie. Dehors c'est le déluge.

— Pas besoin. C'est juste un crachin.

La porte claque. Et se rouvre quinze secondes plus tard.

Il pioche au hasard dans le porte-parapluie et repart avec mon pépin favori, un exemplaire unique à tige fushia et rayures jaunes et turquoise déniché sur un marché. Celui-là même qu'il a baptisé de parapluie pour mémère à chienchien...

J'attends qu'il réalise son erreur.

Une minute passe. Une portière claque, un moteur démarre.

Trop tard.

Il va être mignon sous mon parapluie vitaminé.

C'est le sourire aux lèvres que je retourne à Las Vegas.

— Alors, ça te plaît ? plaisante Clem en reprenant la conversation.

L'objectif de son téléphone balaie une magnifique chambre de palace, s'arrête sur le lit super-king size, la dizaine d'oreillers et de coussins qui le recouvrent, la station d'accueil pour iPhone, les hauts-parleurs sans fil Bose, l'écran plat digne d'une salle de projection.

— Tu es certaine que...

— Pas de problème. Je te fais attribuer une *comp room*.

Autrement dit une chambre gracieusement offerte aux joueurs les plus acharnés du casino. Ceux dont le budget dépasse largement les vingt euros que nous comptons allouer au bandit manchot.

Clem poursuit la visite par la salle de bain au décor pompéien, son jacuzzi en marbre rose ainsi que, ô vision enchantée, la gamme complète des produits La Prairie disposée en rang d'oignon entre les deux lavabos.

Je m'imagine barbotant dans le jacuzzi tout en me tartinant gratis de crème caviar et de sérum cellulaire et en visionnant le dernier épisode de *Downton Abbey* sur le miroir modulable en écran plat.

Le bonheur.

— Et voilà, conclut Clem d'une voix forte qui me tire de ma rêverie.

Elle s'est déplacée près de la baie vitrée. La vue plongeante sur le Strip avec ses néons festoyants sur fond de nuit noire me rappelle qu'il est près de minuit chez elle.

— Il est tard. Tu ne rentres pas ?

— J'attends un client VIP. Son avion privé vient d'atterrir.

Tout en me parlant elle éteint les lumières et quitte la chambre. Nous sommes toujours sur Skype et je reconnais la décoration désormais familière des couloirs de l'hôtel.

Depuis son départ nos conversations sont en video. Téléphone au poing j'ai arpenté à ses côtés le Strip, découvert des centres commerciaux dépassant la taille de trois stades de foot et me suis extasiée devant les fontaines de l'Hôtel Bellagio.

Malgré les huit mille sept cent vingt-deux kms qui nous séparent, notre complicité reste intacte. J'étais en direct lorsqu'elle s'est pris le bec avec un client texan éméché. Je sais que son chef se fait régulièrement porter pâle pour cause de tournoi de golf. Et que Jean-Loup a pris trois kilos grâce aux bagels au cream cheese qu'il engloutit tous les matins au buffet du casino.

Malgré tout lorsqu'elle m'interroge sur Caniche je réponds « rien de neuf ». Depuis quelques jours je ressens l'urgence de tirer un trait. De la rayer de ma vie. De ne plus lui octroyer de temps de parole.

L'oubli serait ma plus grande victoire. Alors j'essaie.

L'amnésie comme thérapie.

**9h22.** Je raccroche à peine avec Clem que l'on sonne à la porte.

Je suis encore en pyjama rose à pâquerettes pistache. Et si c'était un livreur ? La honte.

C'est Victoire qui s'engouffre, ruisselante, dans le salon.

— Je ne te dérange pas ? Dès que j'ai su je suis venue...

Sa voix s'étrangle d'énervement. Elle s'empêtre dans son imperméable, tire sur les manches et finit par le laisser choir sur le sol avec son parapluie.

Merci pour la mare d'eau et les gouttes qui éclaboussent mon pyjama. Je ramasse le tout et la pousse vers la cuisine et deux expressos.

Je me doute de la raison de sa rage.

— Le notaire a appelé mon portable, pensant joindre Rémi.

Je lui tends un café arôme chocolat-menthe qu'elle avale d'un trait.

— La proposition est acceptée. Nous signons lundi.

— L'acte définitif ?

Tout va si vite. Goopy's. Archibald. Sidonie. Clem. Je n'arrive plus à suivre.

— Seulement le compromis... Mais c'est tout comme, conclut-elle d'un air désespéré.

En bonne copine je la rassure.

Tu peux encore lui faire changer d'avis.

Ne perds pas espoir.

La signature n'est que dans deux jours.

Au pire il reste le délai de rétractation.

Sept jours. Avant d'être irrévocablement engagés.

Je mets toute mon énergie à la bercer d'illusions. Mais Victoire ne mord pas. Le regard morne, le geste las, elle boit son troisième café.

— Ne te fatigue pas, dit-elle en se levant pour partir. C'est cuit.

En quittant Clem le baromètre de mon humeur était à plus vingt. La visite de Victoire le fait chuter à moins quinze.

Me voici raccord avec la grisaille pluvieuse que j'aperçois de la fenêtre.

Je prends une douche et choisis dans ma penderie un jean skinny noir et un sweat framboise. Un coup de blush sur les pommettes, un peu de mascara, un gloss pétillant et je suis réconciliée avec la vie.

Le reste de la journée file à toute allure.

D'abord une conférence téléphonique avec Archibald et Ghia. Suivie d'une autre, plutôt musclée, avec Rusty et K.N.

Des appels aux fournisseurs. Des mails. Une avalanche de courrier.

Ainsi que des aller-retours vers la chambre de Max qui profite à fond de son statut de malade pour réclamer en guise de déjeuner des crêpes au nutella et du sorbet à la fraise.

Il fait sombre lorsque je lève les yeux de mon ordinateur, surprise par des bruits de pas et une porte qui s'ouvre.

C'est Marc, dégoulinant de pluie, qui traverse le salon.

— Au fait, lance-t-il en m'embrassant, je sors des Amaryllis. Tu es au courant pour Sidonie ?


## MARDI 18 SEPTEMBRE

Max espérait jouer de son angine pour obtenir un jour de répit supplémentaire.

Pas de chance, le thermomètre que je brandis devant ses yeux affiche 36°7.

— Allez, debout. Dépêche-toi.

Sept heures treize. En comptant trois minutes d'habillage et deux de brossage de dents il peut arriver à Diderot à l'heure.

C'est jouable.

— T'as qu'à dire que j'suis encore malade, supplie-t-il du fond de son lit.

— Impossible. Tu as déjà six absences depuis la rentrée.

Regard éperdu de Max que je me force à ignorer.

— Vite. Accélère.

Je fonce me faire un café pour ne pas craquer.

Sept heures dix-huit.

— J'y arrive pas. C'est trop sale là-bas.

Du calme. Restons calme.

L'heure tourne. Tout était calculé afin que je dépose Max au collège et que je file ensuite chez Goopy's pour une réunion de chantier.

Sept heures vingt-neuf.

Max enfile lentement, très lentement, son jean et son t-shirt.

Je bous. En silence.

— T'as pas besoin de t'inquiéter. C'est pas grave si je suis en retard.

Calme et douceur a dit Archibald.

Calme et douceur a répété le psy de Max.

Dur. Dur...

Sept heures quarante-et-une. Nous sommes en voiture.

Je slalome entre les camions de livraison arrêtés en double-file et les voitures anormalement respectueuses du code de la route. Je klaxonne deux cyclistes qui occupent le milieu de la route, décerne un doigt d'honneur à celui qui m'insulte, accélère au passage de deux feux orange et pile devant Diderot à huit heures douze.

Une étude récente à laquelle j'adhère pleinement a déterminé que le trajet maison-école est source d'intense stress maternel.

— Ben, moi, j'veux pas conduire plus tard, décrète Max en attrapant son sac à dos.

Allons bon. Et Marc qui a prévu de parcourir avec lui, dès l'an prochain, les trois mille kilomètres imposés par la conduite accompagnée.

Je tente d'en savoir plus.

— Pourquoi donc, mon canard ? Tout le monde conduit. Papa, moi, Sidonie. Même Paolo et Paulette conduisent.

Et dieu sait si Paolo est un danger public.

Max est sur le trottoir. Il claque la portière, se penche par la vitre ouverte et me lance,

— J'ai peur.

J'arrive chez Goopy's en retard et sur les rotules.

Dehors, aucun changement, mais rien d'étonnant. Comme l'a

expliqué Ghia, la rénovation extérieure a lieu en dernier, pour laisser le champ libre aux aller-retours des artisans, pour qu'ils se concentrent sur l'intérieur.

Et là, justement...

Toujours autant de plâtre et de poussière. À l'oeil nu, aucune amélioration.

Au fond, dans ce qui est censé être la cuisine mais qui ressemble à un amas de gravats, se trouvent Victoire, Archibald et Aldo Gigli, le chef de chantier, un brun baraqué et moustachu, d'origine calabraise, qui jusqu'à présent nous semblait aussi compétent que sympathique.

Face à la fureur de Victoire il semble se recroqueviller.

— Là, martèle-t-elle en brandissant un feuillet. Que lisez-vous ?

D'un doigt vengeur elle frappe le papier.

— Je vous écoute.

Aldo se penche sur la feuille à contrecoeur.

— Lundi 24 septembre.

— Précisément. Electricité et plomberie terminés lundi 24 septembre.

Elle marque un temps d'arrêt, balaie le local d'un geste et arrête un regard féroce sur l'infortuné entrepreneur.

— Pas de problème, marmonne Aldo d'un air qui laisse entendre le contraire. Ce sera fait.

— Alors, nous sommes d'accord, conclut Victoire d'un large sourire. Cela vous évitera de payer les indemnités de retard. Cinq cents euros par jour, il me semble...

Aldo blanchit. Il supplie Archibald du regard puis, aucune clémence n'étant à espérer, aboie des ordres à son équipe.

Une agitation nouvelle s'empare du chantier. Les ouvriers s'affairent. Les perceuses et les marteaux s'accordent. Nous sommes sur le trottoir lorsque nous parvient la voix nasillarde d'Aldo réclamant une deuxième équipe. En urgence.

— Presto, presto, vocifère-t-il.

— Bien joué, glisse Archibald à Victoire.

Le reste de matinée s'écoule dans le salon d'Archibald. L'ouverture de Goopy's est prévue pour mi-novembre et une multitude de détails reste à régler. L'inventaire qu'en fait Victoire m'affole.

Trouver des fournisseurs. Contrôler la qualité des produits. Gérer les stocks. Obtenir les autorisations administratives. Mettre en place la comptabilité. Embaucher le personnel. Mettre en place la communication sur les réseaux sociaux.

Etc. Etc.

Ouah ! C'est ça monter une affaire ? Un embrouillamini de problèmes à régler, une course d'obstacles sans fin...

Je suis submergée et je me dis, le quart d'une seconde, que j'étais bien tranquille avec mes traductions de C.Vs et d'actes juridiques. Pas de soucis, pas de responsabilités à outrance... Pas de...

Bon. Stop. On se reprend.

Victoire gère. Archibald aussi, mais là, rien d'étonnant. Penchés sur les feuillets noircis de l'écriture régulière de Victoire ils en étudient chaque point. Et y apportent des solutions.

Archibald connaît une comptable.

Il m'incombe de trouver une agence de communication.

Victoire est en charge du reste.

C'est énorme. Même si je la seconde. Même avec le retour prochain de Jean-Benoit.

— C'est trop, tranche Archibald. Il faut embaucher.

La discussion est interrompue par la sonnerie de son portable. Il consulte l'écran, décroche et se lève pour bavarder à l'écart.

C'est Sidonie.

J'en profite pour cuisiner Victoire.

— Alors, le mas des Orangers ?

Elle se rembrunit.

— On a signé le compromis hier.

Je lui épargne la ritournelle sur le délai de rétractation. Les carottes sont cuites. Reste à négocier la suite des évènements. C'est-à-dire les travaux, la vente de leur villa, le déménagement. Bref tous les « détails » pénibles qui dans l'esprit de Rémi incombent à Victoire et que, pour cause de Goopy's, elle ne pourra assumer.

Crise en perspective.

— Rémi voudrait..., commence-t-elle avant d'être interrompue par Archibald.

— Sidonie vous appellera, m'informe-t-il. C'est au sujet de son projet...

Il laisse la phrase en suspens. Ses yeux brillent. Un sourire s'attarde sur ses lèvres. Quelques minutes avec Sidonie et le voici tourneboulé.

L'amour...

Je me creuse le cervelle... Marc... Comment me regarde-t-il ? Et moi...

La voix insistante de Victoire me tire de mes pensées.

— Charlotte ? Tu es d'accord ?

— Oui, oui.

J'acquiesce sans savoir.

Victoire me lance un regard perplexe. Zut alors.

Je me concentre sur la discussion.

Pourtant j'aurais aimé connaître... ce que voulait Rémi..., le projet de Sidonie..., le regard que Marc pose sur moi...

Oui, c'est surtout son regard que je voudrais connaître.


— Lui, il me comprend, déclare Max en quittant le cabinet de Michel Villebreton.

Je veux y croire. Pourtant...

Installé derrière son bureau de verre son nouveau psy a écouté, promenant un regard acéré de l'un à l'autre. Il a posé des questions auxquelles, fait inédit, Max a répondu d'une voix basse mais néanmoins intelligible.

Et il a refusé de poser un diagnostic.

— Pourquoi embêter votre fils avec des tests? Pour lui apposer une étiquette ? Le principal est qu'il aille mieux.

Assurément.

— Mais...

Le regard d'acier s'arrête sur moi.

— Mais ?? Pour moi « mais » signifie « non ». Vous ne me croyez pas ?

— Si...

Je ravale le « mais » qui se forme sournoisement sur les lèvres.

— Si... Bien sûr.

— À moins que Max veuille passer des heures à répondre à des tas de questions barbantes. Qu'en penses-tu, Max ?

Pas besoin d'être médium — ou psy — pour deviner la réponse.

Max acquiesce.

— Allez, enchaîne M. Villebreton, on va te sortir de là, jeune homme.

Il me tend une ordonnance.

— Avez-vous des projets de vacances ? Un changement d'ambiance, une rupture, même temporaire, avec son cadre habituel lui ferait le plus grand bien.

— On va en Californie, interjette Max.

Le voici lancé dans un inventaire détaillé du voyage. Santa Monica. Hollywood. Le Grand Canyon. Newport Beach...

Je crois entendre Marc.

M. Villebreton sourit et nous pousse gentiment vers la porte.

Sur le chemin du retour Max continue dans son délire.

— Tu crois qu'on pourra aller à Universal Studios ? La nuit ? Ils font des soirées Halloween avec des vrais zombies armés de tronçonneuses qui te courent après.

— Quoi ?

— Si, si. Tu verras, c'est super. C'est dans le noir. Y'a des labyrinthes de morts-vivants. C'est trop bien.

Pas question de m'aventurer dans ce coupe-gorge. Même fictif. Ma tolérance zombie est... nulle.

— On verra.

À ma droite Max s'assombrit.

— Ça veut dire, non.

Je suis mue d'une inspiration.

— Demande à Papa. Il adore Halloween.

— T'es sûre?

— Certaine.

Tout à fait certaine.

Marc adore Halloween.

C'est juste qu'il ne le sait pas encore.

Max est aux anges. Pendant tout le trajet il me saoule de monstres et de fantômes.

La circulation est dense. Malgré tout je double une Coccinelle au raz du pare-brise. Qu'elle soit blanche ne tempère pas ma haine des Coccinelles.

De toutes les Coccinelles.

Tout à son récit Max ne remarque ni la Coccinelle, ni ma conduite à risque.

Ouf.

Reste à attraper Marc dès notre retour et à lui vendre Halloween.

## JEUDI 20 SEPTEMBRE

C'est une idée de Marc, chuchotée ce matin à l'oreille, tout en mordillant mon lobe et en caressant mon sein droit.

— Si on partait tous les deux ce weekend ? En amoureux ?

Six heures quarante-deux.

Aucun doute, il est à jeun.

Alors que se passe-t-il ? Est-il malade ?

— Ça te dit ? insiste-t-il avant d'étouffer ma réponse d'un baiser fougueux.

En guise de caresse je tâte son front.

RAS. Il est tout frais.

Il n'a pas bu non plus.

Alors ?

Je sors de la douche lorsque le téléphone sonne. J'hésite mais l'heure tardive ( neuf heures quatre !! ) m'incite à répondre. J'attends trois appels. L'avocat d'Archibald, la comptable. Et surtout l'électricien en charge des travaux de Goopy's, qui est aussi sollicité et injoignable qu'un chef d'Etat.

Je décroche.

C'est Sidonie.

— Allo ma chérie. Veux-tu déjeuner aujourd'hui ?

Impossible. Je dois sécher mes cheveux, trier une pile impressionnante de courrier, répondre à une douzaine de mails urgents, puis faire la tournée des potentiels fournisseurs avec Victoire.

— Tant pis, répond-elle d'un ton qui ne laisse filtrer aucune déception. Par contre...

Je sens l'os. Ça y est, mon nez me chatouille. Un os se prépare...

— J'ai besoin d'une matinée avec Ghia la semaine prochaine.

Instinct charlottien : 20 sur 20.

Je sais que Ghia et elle ont eu un coup de foudre amical. Qu'elles échangent des mails. Que Sidonie se découvre une âme de guide touristique : le vieux Nice, Saint-Paul de Vence, Grasse...

Mais... Non.

Ghia vient en visite éclair. Trois jours et deux nuits dont l'emploi du temps millimétré sera dédié à Goopy's, et rien qu'à Goopy's. Impossible d'en amputer une minute.

Sidonie ne se laisse pas débouter.

— Ou un après-midi, si cela t'arrange, insiste-t-elle d'une voix faussement conciliante.

Je sens s'envoler ma bonne humeur matinale.

— Mais enfin, tu dineras avec Ghia lundi et mardi.

Sous-entendu, c'est bien suffisant.

Ça ne l'est pas, si bien qu'elle se résout à m'éclairer.

— C'est pour la transformation de ma maison.

Pardon ?

— J'en fais une annexe des Amaryllis. Entre autre.

— Mais...

— Certains pensionnaires n'ont pas revu leur famille depuis des années. Parce qu'ils habitent loin et n'ont pas les moyens de séjourner dans la région. Tu imagines ?

Sa voix adopte le ton d'indignation bien connu des auditeurs de *Au coeur de Sidonie*.

— J'ai décidé de les héberger. À tour de rôle. Gratuitement.

Voilà à quoi faisait allusion Marc l'autre soir ( « Au fait tu es au courant pour Sidonie et les Amaryllis ? » ) avant qu'un Max affamé détourne notre attention vers des considérations plus terre-à-terre.

L'idée est belle, généreuse, sidonnienne. À l'inverse d'Angèle Duchemin qui gère les Amaryllis avec une froideur militaire.

Je commence à comprendre.

Sidonie déborde d'enthousiasme.

— Ghia s'occupe des aménagements. Plus de chambres. Un appartement indépendant. Des salles de bain. Tout doit être prêt pour Noël car j'ai invité deux familles. Celle de Mlle Rougemont qui descend de Lorraine. Et celle du jeune Ali qui vient de Lyon et du Maroc. Ils seront une dizaine, on se débrouillera pour les caser.

— Il n'a pas terminé sa ré-éducation ?

— Encore six mois. Le pauvre a une infection à la jambe. Imagine-toi qu'Angèle Duchemin voulait le renvoyer. Alors qu'il est bloqué au lit ! Je m'en suis mêlée et elle a obtempéré...

Je n'en doute pas.

Une Sidonie déterminée est une Sidonie... redoutable. Au détour de la conversation j'apprends qu'elle s'est arrogée l'organisation des fêtes de fin d'année. Père Noël et distribution de cadeaux aux enfants du personnel soignant. Messe de minuit. Thé dansant. Spectacle d'humour. Cantiques de Noël. Elle a tout prévu.

Reste une question.

À quoi sert Mme Duchemin ?

**9h57.** Victoire étant d'une ponctualité maladive il me reste deux minutes et cinquante-quatre secondes pour enfiler mon nouveau pantalon en cuir gris foncé ( 117 € en super soldes sur le site *j'suispasunegogo.com* ), une chemise en crêpe blanc, des boots plates noires, ma ceinture noire cloutée...

Je lisse mes cheveux au fer super brûlant. Pas terrible pour la tignasse mais parfaitement efficace. En vingt-deux secondes je passe du look hérisson à l'aspect saule pleureur. Suis enchantée et en profite pour me maquiller.

Blush, fard à paupière. Coup d'oeil sur ma montre. Il est neuf heures deux. Que se passe-t-il?

Mascara smoky. Rouge à lèvres foncé.

Mon portable sonne.

— Je suis devant chez toi.

J'ai à peine posé mes fesses sur le siège passager en cuir crème que Victoire démarre en trombe sans même me dire bonjour.

— Léa est malade, Rémi a mis notre maison en vente et on entame les travaux du Mas des Orangers dès le 1er décembre.

Le ton est énervé. La conduite aussi. Elle klaxonne un papy à casquette qui traverse hors du passage protégé, sa baguette sous le bras et elle traumatise durablement la jeune conductrice d'une Polo noire en la doublant au ras du rétroviseur.

Trois cents mètres et deux feux orange plus loin je comprends ce que ressent Max lors de nos trajets quotidiens.

— Attention !!!

Je hurle.

Le cycliste est épargné. De justesse. Il poursuit sa route en brandissant un doigt furibond.

Victoire ralentit, se gare sur le côté. Elle est livide et fond en larmes, la tête sur le volant, le corps secoué de sanglots que mes paroles cherchent en vain à apaiser.

— C'est trop, hoquète-t-elle. Je ne vais pas y arriver... J'en peux plus.

— Ça va aller. Calme-toi.

Je lui caresse les cheveux, comme lorsque, en quatrième, elle s'était disputée avec son copain et qu'il l'avait traitée de « boutonneuse à peau grasse », insulte suprême qui avait contribué à gonfler le chiffre d'affaire des marques de cosmétiques.

Les larmes cessent. Elle se redresse, se mouche bruyamment et annonce :

— J'ai une idée pour le poste de collaborateur.

Plaît-il? Mes méninges tourbillonnent et... Oui, le poste dont parlait Archibald l'autre jour.

— Raconte.

— Je le propose à Grégoire.

Aïe. Aïe. Aïe. Nuée de problèmes à l'horizon.

— Archibald m'a donné carte blanche. Et puis Grégoire sera parfait.

Humm...

— D'autant qu'il est libre en ce moment.

Traduction : il s'est encore fait virer.

— Il a travaillé dans la restauration.

Comme serveur. Pendant six jours. Avant d'être mis à la porte.

— Il s'intéresse à tout.

Mais pas plus de cinq minutes d'affilée.

— Surtout il est honnête.

Seul point objectivement avéré.

— Tu en as discuté avec Rémi ?

Les deux hommes se détestent.

— Non.

Une pause.

— Comme lui pour le Mas.

La logique saute aux yeux.

Sauf que je soupçonne Rémi de myopie sélective.

Les problèmes de couple, c'est contagieux ?


## LUNDI 24 SEPTEMBRE

J'adore chanter en voiture... sauf que je chante faux et ne retiens aucune parole de chanson. Peu importe. Je m'éclate en braillant « tra la la la » avec Rihanna lancée à plein volume.. Au diable les regards narquois des conducteurs voisins.

Je suis en plein *Four five seconds* lorsque mon portable sonne.

C'est Marc, la raison de mon excellente humeur pour cause de weekend radieux à Manosque.

Il ne trouve pas ses clés de voiture.

— Tu ne les as pas vues, ma chérie ?

— Non.

À moins que...

Je profite d'un feu rouge pour fouiller dans mon sac. Tout au fond, coincée entre ma pochette de maquillage et mon porte-monnaie je trouve... la clé de la Golf.

Zut.

Je m'attends à un aboiement courroucé, à une tirade sur les femmes étourdies qui empruntent des clés ( afin de récupérer mon pull favori, oublié sur la banquette arrière au retour dudit weekend idyllique ! ) et omettent de les rendre à leur légitime propriétaire.

Et j'entends...

— Ce n'est pas grave, ma chérie. Je prends le deuxième jeu dans le tiroir.

Le ton est tendre. Dénué de l'exaspération latente de ces derniers mois.

Je retrouve mon mari. D'avant Caniche.

À peine a-t-il raccroché j'appelle Victoire.

— Je te l'avais dit, pavoise-t-elle lorsque je lui décris notre weekend. Il est évident qu'il t'aime.

— Quand même...

Victoire m'interrompt aussitôt.

— Oublie Caniche. C'est une erreur de parcours. Rien de plus.

Oublier. En suis-je capable ?

Est-ce possible ?


Oui. Oui. Oui.

C'est possible.

Il est minuit, mes yeux se ferment, je sombre dans le sommeil, épuisée par l'arrivée de Ghia et le marathon de rendez-vous qui en a découlé. Marc dort et je me repasse le film de la journée. Les retrouvailles de Ghia avec Archibald, Sidonie et Victoire. La visite de Goopy's dont l'ouverture est fixée au 3 décembre. Les mises au point avec le maître d'oeuvre. La maquette du second Goopy's californien, à Westwood, le quartier étudiant de Los Angeles.

Qu'ai-je oublié ? Mon oreille droite me démange.

Imparable.

J'ai oublié quelque chose.

Quoi donc ?

Un rendez-vous ? Non.

Un dossier ? Non plus.

Mon esprit s'embrouille, me tire vers les bras de Morphée, tandis que mon oreille résiste et me chatouille de plus belle.

Soudain... Lumière se fait.

Aujourd'hui je n'ai pas géolocalisé Marc.

Pour la première fois... je n'ai pas pensé à lui.

Ou seulement ça et là, sans malice ou méfiance.

Des pensées normales, quoi.

Un mari lambda

Le bonheur.

Je soupire d'aise et glisse dans le sommeil quand une dernière pensée me traverse.

La clé de Marc. De sa Golf.

Je l'ai laissée dans mon sac.

Demain... Ne pas oublier... De la lui rendre...


**MARDI 25 SEPTEMBRE**

Petit mode d'emploi du comment bousiller des semaines de planning méticuleux en trente secondes:

Un. On prend une Sidonie déterminée.

Deux. On ajoute un Archibald amoureux.

Trois. On mélange avec une Ghia friande d'imprévu.

Et on obtient une matinée de rendez-vous qui tombe à l'eau.

C'est un Archibald penaud qui m'appelle à huit heures, alors que je suis prête à sortir.

— Ghia passe la matinée avec Sidonie. Pour son projet... Vous savez...

Je sais.

Et Sidonie sait que le planning est millimétré. Que chaque minute est comptée, calibrée, ajustée. Que je jongle depuis des semaines avec les entreprises et les artisans.

Je raccroche pratiquement au nez d'Archibald, pose mon sac, retire ma veste et fonce dans la cuisine d'humeur massacrante.

Trois cafés plus tard je m'attelle à la tâche. Appeler les fournisseurs, déplacer les rendez-vous, expliquer, supplier, menacer.

Tous les rendez-vous sont enfin recasés. Il est onze heures cinquante-trois. J'attrape mon sac et je fonce à Cannes.

J'ai eu tort de me presser car Sidonie et Ghia nous rejoignent à treize heures vingt-huit pour un déjeuner sur le pouce.

Maryse qui est visiblement de mèche n'a préparé que des plats froids. Saumon poché et sauce à l'oseille suivis d'une charlotte aux fraises. Ghia et Victoire se servent avec gourmandise, Archibald et Sidonie échangent des regards complices tandis que, l'oeil sur ma montre, je me livre à une série de calculs compliqués.

Vingt minutes pour se rendre chez l'ébéniste. En sautant le café c'est jouable. Sans quoi tout l'échafaudage s'écroule et...

— Que comptez-vous faire avec K.N et Rusty ? demande soudainement Ghia.

Archibald lève un sourcil perplexe. Il connaît la situation mais refuse d'admettre que ces deux-là se détestent. Et qu'il faut trancher.

— L'ambiance est épouvantable. Ils s'insultent et ont même failli se battre. Par ailleurs...

Ghia hésite.

— J'ai ouïe dire que K.N est sur le marché. Qu'il cherche

ailleurs. Un de mes clients, propriétaire de restaurants, a reçu son C.V. Je voulais vous prévenir.

Ça alors. L'ingrat.

Il envisage de nous lâcher en pleine expansion. Alors qu'Archibald lance le Goopy's de Westwood, que d'autres projets sont en gestion. Que nous comptons sur lui.

Je suis furibonde.

Le regard noir de Victoire est à l'unisson.

Archibald prend la nouvelle avec philosophie.

— Charlotte sera là-bas le mois prochain. Elle arrangera les choses.

— En une semaine ?

— Mais oui, Charlotte. J'ai confiance en vous.

— Et puis, intervient Sidonie, s'il part ce n'est pas la fin du monde. Il sera remplacé.

K.N est remplaçable.

Marc aussi ?


## JEUDI 27 SEPTEMBRE

— Demain tout le monde se repose, ordonne Archibald hier soir, alors que Ghia s'engouffre dans la limousine la conduisant vers l'aéroport et que nous poussons un soupir collectif d'épuisement.

La bonne blague.

Au réveil douze mails de Ghia encombrent ma boîte de réception.

Comment a-t-elle fait ?

Moi, dans l'avion, je visionne tous les navets que je n'ose voir au cinéma. Je lis la presse people ou les romans judicieusement qualifiés d'aéroport. Eventuellement je dors.

Unique certitude : je ne travaille pas, le bruit et la promiscuité étant des tues-méninges patentés.

Ghia utilise les onze heures de vol à planifier les travaux de la maison de Sidonie et me transmet le tout au fur à mesure qu'elle traverse l'océan, croquis et heure d'envoi à l'appui.

Non seulement elle bosse, mais elle a la wifi en vol.

Je la hais.

Et me sens obligée de consacrer les quarante-huit minutes suivantes, mal débarbouillée et le cheveu en bataille, à dépiauter ses douze... Non, treize mails... car un autre s'annonce.

Grrrrrrr.

**8h22.** La corne de brume retentit.

C'est Sidonie.

— Bonjour, ma chérie. Je ne te dérange pas ?

Nooonnnn.

Paaasss du tout.

Ou si peu.

Je termine à peine les mails de Ghia. Et j'enchaîne sur ceux de Rusty, K.N et Jean-Benoit qui étaient enfouis parmi les quatre-vingt autres courriers de la nuit, dont seize offres de Viagra à prix cassé et huit clubs de rencontre. Une nouvelle dispute entre Rusty et K.N, relatée en trois versions dont la plus objective est celle de Jean-Benoit.

— Une journaliste de *L'Express* te contactera. Au sujet d'un article sur *Sidonie et Nous*.

Sa voix est gaie, son ton léger. Archibald, *Sidonie et Nous*, son projet de maison d'accueil ont bouleversé sa vie. Malgré sa maladie elle vit une année magnifique et cela me réconforte.

— Pas de problème. Quels mensonges dois-je inventer ?

Juste que je suis une tante parfaite, déclare-t-elle en riant.

En plus c'est la vérité.

À peine raccroché je me jette sous la douche. Un jean, une chemise blanche, des ballerines, et je fonce vers la porte avant de me laisser happer par l'ordinateur et le boulot. Le frigo est vide, priorité à la famille, et surtout aux estomacs...

En trente-quatre minutes je remplis mon caddie et je passe à la caisse. Sur le chemin du retour, coincée dans un embouteillage dû à des travaux de voirie, je repère dans une vitrine un amour de veste rose pâle. Le genre boléro, avec deux gros boutons, qui ira parfaitement avec un slim blanc, ou noir, ou...

Bref, qui va avec tout.

Il me la faut.

Devant moi les voitures se remettent en branle. Pas une place à l'horizon.

J'aperçois une dame chargée de paquets, ses clés de voiture en main. Sûr qu'elle se dirige vers son véhicule. Si en plus elle a le bon goût de partir...

Je ralentis pour me calquer sur son rythme. Derrière moi un automobiliste klaxonne.

La dame rejoint un SUV bleu foncé. Je stoppe, je mets mon clignotant et j'attends. Derrière moi je reconnais le même son de klaxon.

M'en fiche. Je ne bougerai pas.

Le feu passe au vert. La dame range ses paquets dans le coffre, enlève sa veste, la range sur le siège arrière.

Derrière moi c'est un concert de klaxon.

Deux feux et quatre minutes s'écoulent avant que la dame décampe.

Alors que je manœuvre deux automobilistes me dépassent et me font un doigt d'honneur.

Je reste sereine et me dirige vers la boutique.

La veste rose est parfaite. C'est la dernière dans ma taille et la propriétaire me consent un rabais de dix pour cent pour cause de mini-éraflure dans la doublure.

Je ressors du magasin mon paquet sous le bras en me disant que les embouteillages ont du bon.

Sauf que, ayant oublié d'apposer un ticket de parking sur mon pare-brise, je le trouve décoré d'un magnifique P.V. au nom de la République.

Trente-sept euros.

En gros, une demi-veste rose.

Sans commentaires.


Aussitôt rentrée j'apaise ma mauvaise conscience en m'attelant au travail. Six heures de mails, de traductions de devis, de contrats, de recherches ciblées qu'interrompent à dix-huit heures un appel Skype de Clem.

Elle est en manque de saucisson.

— Je t'en supplie. Amène-moi du saucisson sec, de la coppa, de la rosette. Et aussi du brie. Et un vrai camembert, bien coulant... Miam...

Misère de misère. J'imagine l'odeur dans l'avion. Sans oublier la police à l'aéroport avec leurs beagles entraînés à détecter les aliments interdits de séjour américain et à s'asseoir au pied du voyageur coupable.

— Tu ne trouves pas de fromage là-bas ?

— Beurk, répond Clem. Tout est pasteurisé. Je n'en peux plus de leur nourriture proprette. Moi il me faut du terroir, du rustique, du fermenté. Et mon courrier, tu n'oublies pas mon courrier, hein? Tu n'as rien remarqué d'urgent ?

— Non, non. Tout va bien.

Le courrier ! J'ai complètement zappé le courrier. La boite à lettres doit déborder. La dernière fois lettres et magazines étaient disséminées sur le gazon. Je m'étais promis de passer plus souvent. Tous les quatre ou cinq jours.

C'était il y a trois semaines.

— Et le jardin, ça va ?

— Victoire s'en occupe. Il est magnifique.

Mon ton est convaincant et Clem raccroche, rassurée.

Une voix intérieure me pousse à foncer illico chez elle. Pour aérer. Récupérer le courrier. M'assurer que le jardin n'a pas dégénéré en jungle

Quoique... Il est tard.

Ce serait dommage de bâcler. D'oublier quelques lettres. De n'aérer que trois minutes.

J'irai demain. Promis. Juré.

Neuf minutes et trente-deux secondes plus tard je flotte dans un nuage de mousse parfumée à la lavande, au son de Diana Krall, en me délectant du dernier Katherine Pancol.

Le bonheur est... dans la baignoire.

## VENDREDI 28 SEPTEMBRE

Cinquante-neuf. C'est le nombre de dépliants qui jonchent la pelouse de Clem. Plus la douzaine de magazines dont elle a oublié de suspendre l'abonnement. Et une foison d'enveloppes contenant des factures qui, j'espère, sont prélevées automatiquement.

Je fourre les factures dans mon sac — quel super cadeau pour mon arrivée à Las Vegas — et j'entasse les magazines pêle-mêle dans un sac poubelle débordant de mauvaises herbes et de brins de gazon jaune.

— Tu m'aides ? appelle par la fenêtre une Victoire dégoulinante de sueur, les cheveux poisseux, un sécateur à la main.

Une heure cinquante et une minute et quarante-trois secondes plus tard le jardin a retrouvé son look habituel : fleuri, accueillant, soigné mais décontracté.

Victoire et moi sommes sur les rotules. Après un passage à tour de rôle sous la douche de Clem ( et nous être badigeonnées de toute la gamme de produits Nuxe ) nous nous effondrons sur le canapé beige du salon.

— J'adore cette maison, remarque Victoire.

La remarque est chargée car sa propre villa est vendue à un couple d'Italiens fraîchement retraités.

— Quelles nouvelles de tes Italiens ?

— Ils sont chez moi, répond-elle en consultant sa montre. Avec leur décorateur car ils veulent tout refaire.

— Sauf la cuisine, j'imagine.

La cuisine est un trésor de high tech dans un cadre chaleureux et dénué de prétention. C'est l'endroit où Victoire se sent le mieux, la pièce qu'elle mit sept mois à concevoir avec l'aide d'un architecte et d'une douzaine de magazines spécialisés. Le chef d'oeuvre dont elle est le plus fière et que lui envient ses amies.

Sauf moi, car deux plaques et un micro-onde suffisent à mes talents.

— Même la cuisine, rétorque-t-elle avec un pâle sourire. Ils la trouvent trop grande.

Zut. Je comprends qu'elle les évite.

— Et si nous allions déjeuner ? lui dis-je.

Victoire déborde de travail en retard et moi aussi. Tandis que nous jardinions les mails se sont accumulés, la messagerie vocale s'est alourdie, le courrier s'est entassé.

Tant pis. Le temps perdu se rattrapera ce soir. Cette nuit. Ou ce weekend.

— Pour moi ce sera un tartare de saumon et un risotto aux asperges, lance Victoire en rendant le menu à Serge, le propriétaire du restaurant.

— Ainsi qu'un verre de vin blanc.

J'hésite entre une niçoise toute bête et une salade printanière ( mozzarella, jambon Serrano, champignons à l'huile et aubergines marinées ) avant de faire volte-face pour des tagliatelles aux cèpes.

— À l'ail ? s'enquiert Serge.

— Parfaitement.

Quelques tic-tacs mentholés atténueront mes effluves ailées. Sinon, tant pis pour Marc...

Sur la terrasse ensoleillée les tables se remplissent. Des habitués échappés des bureaux voisins auxquels se mêlent quelques touristes attirés par l'ambiance bon enfant. Juste en face, le Café des Flots, avec ses serveurs revêches et sa terrasse baignée d'ombre, n'accueille que trois couples dont l'un abandonne le navire avant d'avoir passé commande, traverse la rue à grandes enjambées et s'installe à une table voisine de la nôtre.

Victoire, à qui le manège n'a pas échappé, se lance dans une analyse des facteurs de popularité d'un restaurant.

— Goopy's surfe sur la vague américaine. Tout ce qui est U.S est populaire. Surtout avec les ados et les jeunes adultes. Ça va marcher...

Les yeux mi-clos derrière mes lunettes de soleil, engourdie par le soleil et la fatigue, je l'écoute à peine. Son discours je le connais. C'est Victoire l'hyper-anxieuse se soignant à l'auto-persuasion. C'est Victoire touchant du bois ( d'ailleurs la voici qui tapote le pied de sa chaise ) et croisant les doigts ( comme ici les index des deux mains ).

C'est le perfectionnisme fanatique marié aux croyances irrationnelles et en plus... ça marche.

Aucune inquiétude quand au succès de Goopy's.

Par contre... Pour son installation au Mas des Orangers... Ça sent le roussi.

J'ouvre la bouche pour la questionner sur les travaux prévus lorsque mon portable sonne.

Zut.

Un coup d'oeil sur l'écran en me promettant de rejeter l'importun.

C'est Zazou.

Mon sang ne fait qu'un tour. Que se passe-t-il ? Jamais Zazou ne m'appelle. Il est arrivé un...

Je décroche.

C'est Max.

— Maman ?

— Max? C'est toi ? Tu vas bien ?

— Oui. Ça va.

Ça ne va pas. Je le sens, je l'entends.

— C'est Zazou ? Que se passe-t-il ?

— Non, non. Zazou ça va.

Victoire me lance un regard interrogateur auquel je réponds par un geste d'impuissance.

— Que se passe-t-il, mon canard ?

— Tu promets de ne pas te fâcher ?

Allons, bon.

— Promis.

— Promis, juré ?

— Mais oui.

— Dis-le.

Calme. Restons calme, même si la terrasse devient moins relaxante.

— Promis, juré. Je ne me fâcherai pas.

Hésitation de Max.

— Je t'écoute, mon canard.

— Ben, j'trouve plus mon iPhone.

— Ton iPhone ?

— T'es fâchée ?

— Mais non, mon poussin. Toi, tu vas bien ?

— Ben oui. Mais mon iPhone... J'crois que je l'ai perdu.

Avant j'aurais pris à coeur la perte de l'iPhone. Une petite bête qui est son cadeau de Noël, a coûté près de mille euros. Et n'est pas censé l'accompagner au collège.

Aujourd'hui... Savoir que Max va bien me suffit.

— On va le retrouver, mon chéri.

— J'ai cherché partout. J'ai aussi demandé au CPE et à la vie scolaire. J'sais pas où il est tombé. Peut-être dans le bus...

J'ai hâte de raccrocher, d'autant que Serge dépose sur la table mon jus de tomates et le vin de Victoire.

— J'appelle Orange pour bloquer ta ligne et on verra ce soir.

— Attends, j'ai une idée. Avec ton iPhone tu peux localiser le mien.

Eh oui ! Ce qui vaut pour l'un vaut pour l'autre.

J'ouvre l'application. Je tape les identifiants hyper-compliqués que Max me dicte et j'attends.

Quinze secondes plus tard l'iPhone apparait. À Ramatuelle.

— Ramatuelle, répète Max. C'est où ?

— Près de Saint-Tropez.

Une sonnerie stridente hurle derrière Max et marque la fin de la pause déjeuner.

— J'dois y aller, dit-il. Tu récupères mon iPhone, hein Maman ?

Il raccroche.

Que faire ?

D'abord une capture d'écran de l'emplacement de l'iPhone. En zoomant je découvre son emplacement précis, juste devant le restaurant l'Escalet.

— Le voleur est dans le resto, décide Victoire. La géolocalisation n'est pas au mètre près.

Je décide de téléphoner au commissariat de police de Ramatuelle. La policière est polie mais ferme.

— Vous pouvez déposer une plainte et y joindre votre capture d'écran. Sachez qu'on ne se déplacera pas pour le récupérer.

— Mais j'ai sa position exacte. Le restaurant l'Escalet.

— Madame, on ne va pas déclencher le plan Orsec pour un portable.

Elle raccroche tout en me précisant que le commissariat d'Antibes leur communiquera ma plainte.

En clair inutile de me déplacer à Ramatuelle. Ni de les déranger.

D'énervement je bois d'un trait mon jus de tomate avant de me ruer sur les mini-toasts à la tapenade verte.

— C'est scandaleux, commente Victoire en engloutissant son tartare de saumon.

Tandis que je peaufine un plan d'action une avalanche de SMS déferle.

<Alors ?>

<T'y vas ?>

<S'te plaît !!!>

<Y'a tous mes contacts et mes photos.>

<J'les ai pas sauvegardés.>

<J'vais tout perdre.>

<S'te plaît !!!>

Bon... Stop... Ça va. Nous nous levons quand Serge apporte le risotto aux asperges et les tagliatelle aux cèpes.

— Y'a un problème ? demande-t-il affolé en nous voyant bondir, nos sacs à la main.

— On vous expliquera, répond Victoire en louchant vers le risotto.

— Et on paiera demain, dis-je en courant derrière elle.

**12h42.** Nous sommes sur l'autoroute en direction de Ramatuelle. Le GPS annonce cent dix-huit kilomètres et une heure trente-trois de trajet.

À ma droite Victoire consulte la géolocalisation en boucle. Manquerait plus que le voleur disparaisse avant notre arrivée ! Ou qu'il s'avise de la géolocalisation et la déconnecte...

Pour le moment aucun changement.

— Une fois dans le restaurant, s'inquiète Victoire, comment savoir qui a le portable ?

Excellente question... dont se joue une experte en géolocalisation de mon calibre.

— On utilise la fonction Faire Sonner. C'est strident et imparable.

Victoire se montre dûment impressionnée. Reste un écueil. Comment récupérer ledit téléphone si le voleur est à la fois récalcitrant et baraqué ?

C'est un hic.

Surtout si les serveurs du restaurant et la police ne coopèrent pas.

— Je demande Marc, dis-je en appuyant sur la touche mémoire du téléphone de voiture.

La sonnerie retentit six fois avant de basculer sur la messagerie.

Zut. Pour une fois que ses talents de psychologue m'auraient été utiles.

Je ré-essaye dix minutes, puis trente minutes plus tard, sans résultat.

— Il doit être en mer, raisonne Victoire qui le connaît bien.

Tant pis pour les conseils psy. On naviguera à vue. D'ailleurs nous sommes presque arrivées. Le GPS indique la sortie d'autoroute 36 Draguignan/Saint-Tropez.

Direction D125, puis D25 pendant quinze kilomètres.

Les paysages me sont inconnus. Je me concentre sur les instructions du GPS. Victoire vérifie la géolocalisation. À un rond-point je me trompe de sortie et le GPS s'affole. Moi aussi. Je fais demi-tour sur une ligne blanche continue et me fais klaxonner par une camionnette blanche elle-même coupable d'un dépassement de vitesse frôlant le retrait de permis.

Je prétends ne pas voir cette trouillarde de Victoire qui se cramponne à son siège.

Un coup sec à droite sur la route de Collebasse, un autre plus loin à gauche sur la route de l'Escalet. Je guette le restaurant mais ne vois que des arbres, et quelques maisons noyées dans une végétation touffue.

— Continue, m'indique Victoire. Le resto est sur la route de la Praya.

Nous parcourons les derniers kilomètres en échafaudant mille hypothèses sur l'identité du voleur et la tactique à adopter. Une appréhension légitimement nourrie par la lecture assidue de la rubrique faits divers monte en nous.

*Nice-Matin* d'hier : un automobiliste tabasse un homme lui ayant « volé » une place de parking.

Édition de ce matin : Un autre, victime d'une banale queue-de-poisson, poursuit le coupable jusqu'à l'accident mortel.

Sans oublier les bagarres et coups de couteaux pour simple regard jugé irrespectueux.

L'idée est de récupérer l'iPhone de Max. Pas d'y laisser un oeil ou un bras. Une déclaration de perte au commissariat est plus judicieuse. Le portable, il me semble, est assuré contre le vol...

Trop tard pour se dégonfler. Nous voici devant le restaurant, une charmante auberge champêtre agrémentée d'une terrasse en restanque où plusieurs couples s'attardent devant de somptueux desserts.

J'actionne la fonction Faire Sonner mon iPhone et, suivie de Victoire, je pénètre dans le restaurant où, naturellement, aucun son strident ne m'accueille.

Pas de voleur en salle ni en cuisine. Sur la terrasse, peut-être ?

Victoire et moi parcourons les trois étages de la terrasse accompagnées du seul bavardage des clients et du pépiement des oiseaux.

Zut. Zut. Et zut.

Tout ce trajet pour rien.

— Prenons un café, propose Victoire en lorgnant sur une panna cotta couronnée de fruits rouges et de chantilly.

— Bonne idée. Ensuite nous explorerons les environs.

Une petite marche sera bénéfique avant de parcourir le chemin en sens inverse. Il me faut aussi élucider le mystère de l'iPhone. En fervente technophile je suis abasourdie par l'échec de la fonction Localiser mon iPhone.

Nous nous installons sur la plus haute marche de la terrasse et tout en tripotant l'application, je découvre le paysage. Devant nous, la mer, bordée de rochers et de criques. À droite, un chemin touffu y menant. Et sur la gauche le parking du restaurant vers lequel se dirige lentement un couple âgé.

Je les regarde distraitement tout en rafraîchissant Localiser mon iPhone. De la main droite le mari guide son épouse qui trottine doucement. De l'autre il triture sa clé de voiture. Soudain ils s'arrêtent devant un massif de roses et le mari, après une courte hésitation et un regard furtif, arrache une superbe rose jaune qu'il tend à sa femme.

Je les observe, attendrie. Puis je reporte mon attention sur l'écran. L'app tourne longuement et lorsque la carte apparaît c'est...

Rebelote.

Le restaurant l'Escalet.

C'est à n'y rien comprendre. Je montre l'écran à Victoire qui est tout aussi perplexe.

À ce moment une portière claque et un moteur vrombit. Une grosse Peugeot blanche conduite par le mari galant traverse le parking, manque d'emboutir le pare-choc d'une Golf noire, se redresse in extremis et se dirige vers la sortie.

Je ne réagis pas tout de suite.

La propriétaire dépose nos cafés ainsi qu'une assiette de macarons maison et nous bavardons quelques instants.

— La promenade est magnifique, je vous la conseille. C'est une belle marche. D'ailleurs l'eau est encore chaude.

La marche... La mer...

Une Golf ... noire.

Je me lève d'un bond, je dévale les marches vers le parking sous les regards interloqués de Victoire et de la propriétaire et je m'arrête devant la Golf.

C'est bien celle de Marc.


## SAMEDI 29 SEPTEMBRE

Le réveil n'a pas sonné.

Un rayon de soleil traverse les volets et s'attarde sur mes paupières closes. Je tente de résister, j'entrouvre un oeil et je vois... une chevelure sombre étalée sur l'oreiller voisin.

J'ai un mouvement de recul puis mon regard balaie les verres sur la commode, les deux cadavres de champagne et tout me revient.

Accompagné d'une migraine foudroyante.

Je me lève doucement, laissant Victoire dormir et me glisse dans la salle de bain. Un maquillage léger ainsi qu'un jean gris clair et un pull noir m'aideront à affronter la journée.

La maison est silencieuse. Je descends l'escalier à pas feutrés. Au cas où Marc aurait l'audace de traîner dans les parages.

Il était vingt-trois heures trente-six lorsque sa clé grinça dans la serrure hier soir. Son baluchon était prêt avec ses affaires de toilette, des vêtements et son oreiller fétiche, le tout remis par Victoire.

J'étais barricadée dans notre chambre.

Non par lâcheté.

Mais par lassitude.

Stop. Assez. Basta.

Fini les discussions stériles. Les arguments sans fin.

J'ai laissé Victoire lui faire une scène. Et là elle s'est lâchée. Ouah ! Du haut de l'escalier, assise derrière la porte, je n'en perdais pas une miette.

Et malgré la situation j'ai bien rigolé.

À croire qu'elle se vengeait sur Marc de la crise qu'elle se retient de faire à son propre bonhomme. Heureusement Max passait de nouveau le weekend chez Archibald et Sidonie. Avec Zazou. Sinon elle n'aurait pas pu traiter son père de minable aux couilles molles...

— Mais où vais-je dormir ? protesta Marc.

— Ailleurs.

Quelques secondes plus tard la porte claqua.

Victoire me rejoignit dans ma chambre et nous bûmes une deuxième bouteille de champagne avant de sombrer dans un sommeil non réparateur.

Du moins en ce qui me concerne.


— Je ne te lâche pas, assène Victoire lorsqu'elle me rejoint dans la cuisine où je sirote mon septième espresso de la matinée.

Je la rassure. Tout va bien. Tu peux rentrer chez toi t'occuper de Rémi. De tes enfants. De ton chien.

Rien n'y fait.

— Je reste, martèle-t-elle en s'installant devant un café au lait et trois tartines beurrées dégoulinantes de miel.

Elle est inquiète.

Elle ne l'avouera pas, mais... mon calme l'inquiète.

Hier, devant la Golf de Marc, je n'ai pas pété un plomb.

Pas un cri, ni une larme.

Rien.

J'ai juste fouillé dans mon sac, trouvé sans peine la clé qui y traînait depuis une semaine et déverrouillé la voiture.

À l'intérieur, roulés en boule sur la banquette arrière, un blouson couleur caca d'oie et une mini-jupe beige effiloché.

La classe !

Sous le regard ahuri de Victoire qui m'a rejointe en courant j'ai photographié la Golf avec le resto en arrière-plan, puis j'ai zoomé sur les fringues étalées sur la banquette.

Et envoyé le tout à Marc en MMS.

Ensuite j'ai éteint mon portable et nous avons repris la route en sens inverse. Sauf que Victoire conduisait la Golf et moi la Scénic.

J'ignore comment Marc et Caniche sont rentrés. Dans le coin les bus sont rares, la gare se trouve à vingt-cinq kilomètres de la plage. Je tiens les informations de la propriétaire de l'Escalet. Nous lui avons raconté l'histoire. Une version abrégée mais qui a touché un nerf sensible.

Une chose est certaine : on a une alliée.

— Comptez sur moi pour qu'ils en bavent. Je leur indique le chemin le plus long. Et j'interdis à mon mari de les conduire. Ils n'ont qu'à marcher.

Je n'en demandais pas tant. Mais... ce n'est pas de refus.


L'inquiétude de Victoire à mon sujet est contagieuse.

Pourquoi suis-je si calme ? Après ces mois de rage, de pleurs... me voici quasiment sereine.

Je m'observe moi-même, je guette l'explosion, le tsunami.

Rien.

J'ouvre même ma boîte mail. Comme si mon professionnalisme compensait le naufrage de mon mariage.

Evidemment c'est l'avalanche.

Trois cent douze raseurs que je vire sans état d'âme. Treize mails sans intérêt auxquels la politesse m'enjoint de répondre mais qui passent à la trappe.

Et neuf messages enfiévrés de K.N et de Rusty que je me promets de parachuter à Archibald.

Restent huit mails de Ghia, dont sept sont annoncés SUPER SUPER URGENT et concernent le simili cuir des banquettes. La teinte est-elle raccord avec celle des chaises choisies chez un autre fournisseur ? Puis-je vérifier ? Vite ? Très vite ? Tout de suite ?

— As-tu faim ? s'enquiert Victoire qui craint de revivre la famine d'hier.

Je lui montre les mails de Ghia et nous décidons d'un déjeuner rapide chez *Marius*. Deux salades nordiques et deux cafés, malgré les regards langoureux de Victoire vers le saint-honoré de notre voisine de table.

L'après-midi s'enfuit en un tourbillon d'aller-retours. Mandelieu pour récupérer une chaise témoin. Nice pour comparer la chaise avec la banquette. Moultes photos des deux spécimens sous divers éclairages et dispositions. Puis retour à Mandelieu pour restituer la chaise.

Trois heures quatorze et cent vingt-trois kilomètres plus tard nous sommes de retour. Les volets sont toujours baissés, aucun signe de vie. Si ce n'est...

Une longue rose rouge et une enveloppe posées sur la table basse du salon.

Marc.

Six feuillets noircis de son écriture serrée. Plus neuf pages de mails et SMS apportant la preuve des menaces et du chantage qu'il subit depuis des semaines.

Je lis tout,

Je comprends beaucoup.

Mais je ne pardonne pas.

# OCTOBRE

---

***ESSAYÉ :*** *Toute ma garde-robe. Sous tous les angles. Pour déterminer ce qui m'accompagne. Ou pas.*

***ACHETÉ :*** *Rien. J'achèterai tout là-bas.*

***TEMPS PASSÉ SOUS LA DOUCHE PAR MAX :*** *57 min les jours où il s'imagine « sale » à Los Angeles. 1h58 les autres jours, en retour de balancier.*

***NOMBRE DE LINGETTES UTILISÉES PAR MAX :*** *873 les jours pairs et 948 les jours impairs. Je n'essaie pas de comprendre.*

## LUNDI 1er OCTOBRE

Je reçois le premier texto à sept heures onze.

<Votre mari a abusé de moi en tant que patiente. Vous êtes complice et...>

Sans un mot j'étends le bras à travers la table de la cuisine et montre l'écran à Marc.

Il soupire, l'air malheureux, les bras croisés.

— Je ne t'ai rien dit pour ne pas t'inquiéter.

— C'est ce que je te reproche.

Il me regarde, accablé.

— Tout était fini, répète-t-il en brandissant les feuillets étalés devant nous.

C'est vrai.

En témoignent les mails d'Annie se plaignant d'une froideur nouvelle à son égard. Des dizaines de mails de récriminations, de menaces, puis de chantage.

Ceux d'une femme rejetée et prête à tout.

— Je voulais te protéger, invoque-t-il.

Intention : 10/10

Résultat : 0/10 car perte totale de confiance charlottienne. Et menaces d'Annie de porter plainte au commissariat et au conseil régional de santé pour abus de faiblesse envers une patiente.

— Elle a été brièvement ma patiente. Deux ou trois consultations. Lorsque je l'ai rencontrée... Bien avant que...

Vas-y. Des détails...

— Tu peux te défendre, nier.

— Elle a gardé les talons des chèques. Et puis...

Mon iPhone bipe. Annie. Deux textos que j'efface sans les lire.

— Sa meilleure amie est prête à témoigner qu'elle était toujours ma patiente. Que j'ai abusé d'elle, de son état psychologique, de mon emprise. Et qu'elle me payait en espèces.

Nous y voilà. La pire des situations pour un praticien de santé. De celles qui détruisent à jamais les carrières et les réputations.

Marc le sait. Nous avons souvent discuté. De loin, au gré des faits divers affectant ses confrères.

Jusqu'à aujourd'hui.

— C'est toi que j'aime, murmure-t-il, conscient de l'étendue du désastre.

Je souris tristement mais étrangement détachée.

C'est son gâchis.


## MARDI 2 OCTOBRE

L'appel du commissariat à sept heures quarante-neuf est un soulagement. Il met fin à l'incertitude et à l'attente qui ont plombé la journée d'hier.

— Je suis convoqué à dix heures, annonce Marc d'une voix

sombre. Il attrape son carnet de rendez-vous et entreprend d'annuler les consultations de la matinée.

Tandis qu'il s'embrouille dans ses explications ( « non, je ne suis pas malade, non, non, rien de grave, ne vous inquiétez pas » ) je lui tends un papier avec le numéro de téléphone de Maître Vergot et lui enjoins de l'appeler. Immédiatement.

— Je l'appelle après le commissariat, tempère Marc avec l'innocence de celui qui n'a jamais eu affaire avec la justice.

Je hausse les yeux au ciel et compose moi-même le numéro. Douze secondes plus tard il est en conversation avec l'avocat.

— Ah bon, ah bon, dit-il.

Puis...

— Vous croyez... Oui... Mais...

Et pour terminer...

— Très bien. Je vous retrouve devant le commissariat à moins le quart.

C'est son gâchis, certes, mais c'est aussi le père de mon fils. Autant ne pas l'envoyer au casse-pipe.


Grâce au camion poubelle qui me précède sur la moitié du trajet j'arrive chez Archibald avec vingt-trois minutes de retard. La réunion bat son plein. Jean-Benoit, tout juste rentré de Los Angeles, décrit la lutte armée entre Rusty et K.N.

Pour preuve il tend à Archibald les lettres de démission des deux adversaires. À lui de choisir celle qu'il accepte.

Archibald déchiffre à haute voix les deux courriers. K.N réclame tous pouvoirs, la démission de Rusty et une augmentation conséquente de ses primes et salaire.

Rusty déplore de ne plus travailler en paix.

Le choix est immédiat.

À moi la tâche jubilatoire d'annoncer à K.N qu'il ne fait plus partie de Goopy's.

Yes !!!

K.N dans la charrette !!!

Jean-Benoit est le premier à redescendre de notre nuage.

— Mais alors, qui fera le boulot de K.N ?

Silence affligé de l'assistance. Rusty a vendu pour lever le pied. Et non pour gérer Goopy's et les bébés Goopy's.

— On embauchera, répond Archibald.

— Il n'y a pas de temps à perdre, insiste Jean-Benoit. Avec l'ouverture de Westwood...

— Ça tombe mal, reconnaît Archibald. Mettons vite une annonce.

— Ce sera long, objecte Victoire. Entre le tri des candidats et les entrevues il y en a pour des semaines. Après il faudra expliquer...

— Tu as une meilleure idée ? s'agace Jean-Benoit.

— J'en ai une : Charlotte.

Quoi Charlotte?

— Quoi donc Charlotte ? verbalise Archibald.

— Charlotte peut remplacer K.N à Los Angeles pendant quelques mois. Cela évite un choix précipité.

— Mais...,

— Et puis, coupe Victoire, Charlotte sera parfaite. Elle est bilingue, elle connaît Goopy's sur le bout des doigts. Et ça lui fera un changement.

Le regard d'Archibald passe de l'une à l'autre. Il commence à comprendre.

— C'est à Charlotte de décider, décrète-t-il.

— Et ici, qui remplacera Charlotte ? s'inquiète Jean-Benoit.

— J'ai ce qu'il faut, tranche Victoire qui décidément a tout prévu. Mon frère Guillaume. Il a travaillé trois ans dans un restaurant à Londres.

Elle ne précise pas qu'il s'est fait virer pour frasques amoureuses avec les clientes, et cerise sur le gâteau, la femme du patron.

Archibald qui a pigé le manège sourit. Trois regards convergent vers moi.

Je me sens coincée, guidée, poussée dans une direction qui me tente. M'effraie. M'attire. Me fait hésiter. Reculer. Avancer.

Un saut dans l'inconnu. Avec un parachute tout de même.

Être loin de Marc. Faire le point. Me délivrer de Caniche.

J'inspire profondément, je ne réfléchis plus et je me lance.

— C'est d'accord. Mais seulement si Max veut bien.

Vous savez ce que c'est. On prend des décisions, portée par l'euphorie du moment. Et un peu plus tard, seule avec soi-même, on cogite, on regrette, on rumine. Envisagé sous son angle le plus noir le bel échafaudage s'effondre et on se retrouve à la case départ.

Adieu rêves exotiques, voyages, promotions, indépendance.

Re-bonjour métro boulot dodo.

Et bien là, pas du tout.

Je fonce en super turbo mental.

Tout en négociant une circulation qui conjugue sortie des bureaux avec celle des collèges je planifie mon, notre, départ.

Première étape incontournable : l'avis du psy de Max.

Je l'appelle tout en conduisant sur la voie qui n'a de rapide que son nom. La file de droite est bloquée pour cause de panne d'une gigantesque Range Rover noire. Celle de gauche est parasitée par les véhicules migrants de la droite. Cela me laisse le temps de convaincre sa redoutable assistante de me le passer.

— Deux minutes. J'en ai pour deux petites minutes.

— Vous dites tous la même chose, bougonne-t-elle avant de transférer l'appel.

— Je vous écoute, articule M. Villebreton d'une voix aimable mais urgente

Je lui expose la situation. Trente-sept secondes.

Il répond. Vingt-neuf secondes.

La voie est libre en une minute et six secondes.

J'espère que son assistante apprécie.

Deuxième étape tout aussi incontournable : l'avis de Max.

Et là ça beugue.

Max refuse de partir.

— J'aime pas le changement. J'veux pas partir, crie-t-il avant de claquer la porte de sa chambre et de s'y enfermer à clé.

Ma bulle rose crève d'un coup et je retombe à terre. D'un coup. Sans parachute.

C'est une mauvaise idée. Quelle idiote d'imaginer que Max accepte de vivre à Los Angeles, même pour quelques mois. Entre l'affaire Caniche et ses TOCs il est soumis à un rude régime. C'est tout juste s'il garde la tête hors de l'eau ici, chez lui, dans un cadre familier.

Alors Los Angeles... Faut-il vraiment que je sois stupide.

Je passe le reste de la soirée dans un brouillard épais, à ressasser, à refaire le passé, à en vouloir à Marc, à Caniche.

Et à moi. Surtout à moi.

Affalé sur le canapé Marc déprime. Le conseil régional de santé lance une enquête. Le commissariat transmet au parquet la plainte d'Annie. L'avenir est lourd de soucis.

Los Angeles...

Il m'écoute, d'une oreille que je soupçonne perturbée, avant de donner son accord.

— Un changement lui fera du bien, dit-il en parlant de Max. Cela brisera sa routine.

Tout à l'heure, au téléphone, Dr Villebreton a dit la même chose.

## JEUDI 4 OCTOBRE

Il a plu toute la nuit. Des trombes d'eau accompagnées de rafales qui ont dévasté le jardin. Sur la terrasse les chaises sont renversées et les coussins sont ensevelis sous un tapis de feuilles jaunâtres.

Le ciel foncé et le tonnerre qui gronde à l'horizon n'incitent pas à la balade.

L'ambiance à la table du petit déjeuner est tout aussi plombée.

— J'me sens pas bien, annonce Max, les yeux sur son iPhone et le casque audio aux oreilles. J'peux pas aller en cours.

— Mais enfin, explose Marc, tu as raté dix jours d'école depuis la rentrée.

Je ne suis pas bien, hurle Max en se levant d'un bond. Ça me démange partout. C'est de ta faute.

Il sort en claquant la porte, rapidement suivi de Marc qui a rendez-vous avec Maître Vergot.

Je me retrouve dans la cuisine déserte, devant mon café, face au spectacle de désolation que m'offre le jardin. Je perçois un bruit de douche s'unissant aux flots d'eau s'abattant contre les fenêtres.

Malgré ses huit spots à LED la cuisine me parait grise, grise, grise. Comme mon humeur.


Vingt-trois minutes que Max est sous la douche.

— Ça me gratte, répond-il lorsque je me hasarde vers la salle de bain.

Inutile de l'enjoindre à se dépêcher. Je le sais d'expérience : toute tentative d'accélération produit l'effet inverse.

Je ronge mon frein, son contrôle de maths est à 9h.

C'est-à-dire dans trente-sept minutes et douze secondes.

Sachant qu'il faut vingt-huit minutes de conduite normale ( pouvant se réduire à dix-neuf minutes et huit points de retrait de permis ) pour rejoindre l'Institut Diderot, chaque seconde compte.

Seule méthode avérée pour détourner mon attention : mes mails.

Justement cent six mails postillonent dont une douzaine VIP.

K.N est furieux. Il m'accuse de complot avec Rusty pour voler son poste et me souhaite tout le mal du monde.

Bah ! Au point où j'en suis...

Rusty est en extase. Il m'attend avec impatience, déborde de projets concernant mon installation, et Goopy's, et Max, et de nouvelles recettes, et..

Ghia propose de nous héberger, Max et moi, jusqu'à ce que nous trouvions nos marques à Los Angeles.

« Rien ne presse, écrit-elle. Je me réjouis de vous accueillir et de vous faire découvrir L.A. »

Les larmes me montent aux yeux, je ressens une boule dans ma poitrine.

Ils sont tous si gentils, si prêts à m'aider, à m'ouvrir les bras.

Zut. Et re-zut.

Que faire ?

Après avoir déposé Max à Diderot ( vingt-deux minutes, trois feux brûlés à l'orange et treize coups de klaxon ) je me réinstalle devant mon ordinateur.

Depuis lundi le sujet brûlant de notre installation à Los Angeles n'est plus abordé. Ni par Marc pour qui le déménagement est acquis et qui consacre son énergie à se dépêtrer des accusations d'Annie. Ni par Max qui ne m'adresse que treize mots par jour, ayant trait à l'état de famine de son estomac.

Quant à moi...

Avec Archibald, Victoire, Rusty et Ghia je fais comme si je pars. Je discute de l'ouverture prochaine de Goopy's Westwood, des employés à embaucher, des changements que désire Rusty, de mon salaire en dollars, de ma voiture de fonction ( un 4x4 rouge ), de Guillaume, le frère de Victoire, qui arrive la semaine prochaine, que je dois mettre au courant, qui va me remplacer...

Je fais comme si... Du matin jusqu'au soir.

J'enfouis ma tête dans le sable et je vais de l'avant.

Sans réfléchir, sans penser que je bâtis un Goopy's de sable. Que tout s'effondre sur le refus de Max de partir, que je ne le forcerai pas.

Jusqu'au soir où, incapable de m'endormir, je ressasse les évènements de la journée, tous ces gestes infimes qui me rapprochent d'un départ que je n'ose plus souhaiter.

Jusqu'à ce moment où en rentrant de Diderot Max s'affale à la cuisine devant une part de quatre-quart aux pommes et me prend par surprise, de sa voix d'ado bourru.

— Si on va à Los Angeles on habitera où ?

Je réponds d'une voix que j'espère neutre.

— Au début chez Ghia. Puis dans un appartement pas trop loin de Goopy's et de ton école.

— J'pourrai amener ma PS4 ?

J'acquiesce sans savoir si la fichue machine est bi-continents.

Max réfléchit. Je retiens mon souffle.

— Et Papa ?

Aïe.

Je reste vague.

— Une coupure nous fera du bien.

Un moment passe tandis qu'il reprend une énorme part de gâteau.

— Zazou peut venir à Noël ?

— Zazou ?

— Elle a super envie de connaître la Californie. Hollywood, la route 1, les maisons des stars. Elle m'a dit que j'ai un bol de ouf. Alors je l'ai invitée. Mais elle a pas trop de sous pour le billet.

Il me lance un regard mi-implorant mi-inquiet et je le rassure.

— Pour les sous on se débrouillera.

## MARDI 9 OCTOBRE

Moins onze.

Le compte à rebours a commencé. Dans onze jours Max, moi et nos trop nombreuses valises serons dans l'avion. .

J'ai du mal à y croire. Pourtant chaque soir je peaufine d'interminables listes. À faire. À prendre. À vérifier. À ne pas oublier. Important. Attention super important.

Pendant la journée je m'affaire et malgré tout... les listes ne font que s'allonger, une tâche en entraîne une autre, jusqu'à ce que ce matin, face à l'angoisse de ces douze pages de besognes à accomplir, je m'empare de la liasse et la déchiquette en mille fragments impossibles à recoller.

Et voilà. Débarrassée.

Tant pis pour ma crème anti-rides et pour les chaussettes de Max. On les achètera en Californie. Tant pis pour la liste d'urgence destinée à Marc. En cas de problème il trouvera un plombier sur Internet. Et tant pis pour Guillaume, arrivé hier soir, et qui va subir une passation de pouvoir accélérée.

Je suis prise dans un tourbillon de pensées qui convergent vers le départ et balayent tout sur leur chemin.

À tel point que, recevant hier matin un SMS de Renaud Tillac je mets un moment à le recadrer.

Renaud Tillac...

Renaud TILLAC !!

Le mari cocu qui s'ignore.

Que me veut-il ?

Et bien imaginez-vous qu'il s'interroge.

Il y a mis le temps mais... il ne comprend plus.

Voudrait me rencontrer. Car ce n'est pas logique.

En mai j'étais l'épouse hystérique qui calomniait injustement Marc et Annie.

Aujourd'hui sa femme affirme en justice ce qu'elle niait en privé.

C'est à n'y rien comprendre. Quelqu'un pourrait-il éclairer sa lanterne ?

Moi, Charlotte, puis-je lui dire la vérité ?

Non.

Je n'ai rien à dire.

Je ne réponds ni à son SMS ni aux deux mails qui suivent.

Je refuse ses appels et efface ses messages sans les écouter.

Assez. J'en ai assez.

**13h50.** Victoire arrive en avance mais sans Guillaume.

— Il a voulu piquer une tête dans la mer, m'explique-t-elle avec d'un air gêné. Mais il a promis de se dépêcher.

Je lève les yeux au ciel. À peine débarqué voici Guillaume qui fait du... Guillaume. L'ado charmeur et fantasque qu'il était n'a pas évolué. Ses parents s'y sont usés tout au long de son adolescence et Victoire prend la relève.

— Il a changé, avance Victoire qui devine mes pensées. Tu verras.

De fait je ne verrai rien.

Depuis hier soir je trie, je range et le résultat est au pied de l'escalier. Trois cartons bourrés de dossiers, de devis et de factures. Ainsi qu'une clé USB lui transférant le contenu de mon ordinateur.

À lui de se débrouiller, avec ou sans mes explications. Dans un mouvement d'humeur je rajoute sur le tas le projet de menu totalement loupé par l'agence de graphisme et dont je comptais m'occuper. Je griffonne un petit mot avec les coordonnées de l'agence et hop, me voici débarrassée.

Tandis que je m'affaire Victoire s'installe dans la cuisine.

— Ta maison te manquera ? demande-t-elle avec un regard circulaire sur la cuisine et le jardin.

J'hésite. La question me prend de court.

— Non, je ne crois pas. Et puis, ce n'est pas *Elle Décoration* chez moi.

C'est vrai. La peinture de la cuisine est défraîchie, le plan de travail en lave est craquelé, les meubles de jardin que j'aperçois par la porte-fenêtre ont connu des jours meilleurs. Et le reste de la maison est propre, agréable, familial mais sans l'ombre d'une ambition esthétique.

— Mais c'est... chez toi. Ta maison. Ton home.

— Ça le restera. Je reviendrai...

Avec ou sans Marc.

Victoire, elle, garde son mari et perd sa maison.

— N'y prête pas attention, continue-t-elle en s'essuyant les yeux. À chaque visite je déprime.

— Les italiens sont chez toi ? En ce moment ?

— Avec leur décorateur.

L'arrivée bruyante de Guillaume me sauve.

— Alors, biquette, clame-t-il en m'écrasant contre sa poitrine. Comment vas-tu ?

— Très bien si tu t'abstiens de m'appeler « biquette ».

— Mais tu as fondu, ma bique, ajoute-t-il en me détaillant.

Incorrigible. Il est incorrigible. Mais adorable.

Je réprime un sourire et le dirige vers les cartons.

— Tiens, c'est pour toi.

— Ok. Je te laisse papoter avec ma frangine et je t'appelle si j'ai besoin.

Je repars vers la cuisine.

Trois heures et seize minutes plus tard il fait irruption, un nouveau projet de menus à la main.

— ?

— J'ai dit au graphiste d'accélérer sans quoi on change d'agence. Voici le nouveau projet. Alors les filles ça vous plaît ?

— Super, répond Victoire avec un regard complice à mon égard.

Ma foi, il est efficace le gamin.

Du coup je me demande s'il s'y connaît en informatique. K.N est parti en claquant la porte et en changeant le mot de passe du serveur de Goopy's Los Angeles.

Guillaume aurait-il un tuyau ?


## VENDREDI 12 OCTOBRE

Moins huit.

— Je pourrais vous accompagner à Los Angeles, propose Marc au réveil.

— ?

Je tombe des nues. Ma première objection est d'ordre pratique.

— Et ton cabinet ?

— Je peux fermer. Deux, trois mois. Je finirai d'écrire mon livre. Je préparerai mes conférences.

Depuis qu'il sait que Max est pris au Lycée Français de Los Angeles Marc panique.

Tout est allé vite. Le directeur de Diderot est un ancien collègue de celui du Lycée Français.

— Pas de problème, je l'appelle, affirme-t-il lors de notre entrevue.

Deux jours plus tard Max est le bienvenu à Los Angeles.

— Et dès votre retour nous le reprenons à Diderot.

Justement. C'est la date du retour qui turlupine Marc.

— Tu restes longtemps à Los Angeles ? s'enquiert-il à répétition.

Ma réponse est invariable.

Quelques mois. Le temps de remettre Goopy's sur pied. Et de décider de mon avenir.

Il revient à la charge.

— Je ne l'avais pas vue depuis des semaines. Elle m'a appelé en masqué. J'ai décroché, elle a menacé de se suicider ou de porter plainte.

— Je sais.

C'est sa litanie, qu'il répète tous les soirs. Comme pour effacer le passé.

C'est fini. Il ne la verra plus, même si je le quitte.

La virée de Ramatuelle était la dernière. Pour l'apaiser, la raisonner.

Tirer un trait sur l'affaire.

Il est psychologue. Bac plus huit.

Ses patients le vénèrent. Son diagnostic est sûr, son talent reconnu, sa liste d'attente longue.

Il n'a rien compris.

— Je voulais te préserver, répète-t-il à l'infini.

Moi je voulais être un couple.


Moins huit.

Dans huit jours je serai dans l'avion.

De temps à autre, à l'improviste, en rangeant un tiroir, en tombant sur une photo — Max bébé dans les bras d'un Marc attendri,

Marc et moi jeunes mariés — je suis prise d'un vertige qui réveille les sempiternelles questions.

Marc ?

Caniche ?

Marc et Caniche ?

La plainte contre Marc?

Son cabinet? Son futur professionnel ?

Et... Et...

Je coupe la vanne. Juste avant le vague de doutes, de reproches et d'interrogations.

Je me concentre sur le présent. Et je surfe sur Internet. Ainsi j'ai trouvé notre futur appartement, à Max et moi. Un trois pièces dans une grande villa de style espagnol. Avec piscine et palmiers. Pas très loin de Goopy's, ni de Ghia. Un peu éloigné du Lycée Français mais avec le covoiturage ça devrait s'arranger.

— On restera longtemps? s'enquiert Max avec des étoiles dans la voix.

Il a décidé qu'il aimera Los Angeles, ses stars, ses parcs d'attraction, ses nouveaux copains

— Et le lycée. N'oublie pas le lycée.

— Mais oui, M'man, répond-il, moqueur. Comme si tu me laissais oublier.

Il se lave un peu moins. Quelques minutes grignotées çà et là.

Chaque progrès est une bénédiction.

— Combien de temps resterez-vous ? re-demande Marc, angoissé par ce tourbillon dont il est exclu.

— T'inquiète Papa, répond Max à ma place. Y'a Skype. Et puis tu viendras nous voir à Noël.

Marc soupire. En silence.


Plus tard dans la soirée, alors que Marc dort et que j'ai le moral qui flanche, c'est Clem qui me ranime.

Mon portable vibre. Un appel Skype.

Je fonce hors du lit et dévale l'escalier vers le salon, comme une gamine excitée. La connexion est brouillée, elle s'égosille dans l'appareil.

J'ai plein de projets. On ira au Grand Canyon...

Et puis... Et puis... Et puis...

— Je viendrai à L.A. Tu viendras à Vegas, continue-t-elle.

Je ris. Je chuchote pour ne pas réveiller les hommes.

— Et le boulot, dans tout ça ? Je pars pour bosser, moi.

— Relax, sois cool. Le boulot c'est... surfait. Surestimé. Crois-moi cocotte. Je les vois, les américains. Quinze heures de boulot par jour, une semaine de vacances par an, des millions en banque et un infarctus à cinquante ans.

— Tu vois un autre moyen pour gagner des sous ?

La réponse fuse.

— Faut bosser, c'est sûr. Mais surtout, il faut rigoler.

La connexion coupe. Il est minuit onze, je remonte me coucher légère, confiante en l'avenir.

Et convaincue des bienfaits de la rigolade.


## SAMEDI 13 OCTOBRE

Moins sept.

Je n'ai toujours rien dit à Sidonie. Archibald, à qui le secret pèse, m'incite en vain à lui demander conseil.

Hors de question d'assombrir ne serait-ce qu'un coin de sa vie. Son cancer semble enrayé. Sa nouvelle carrière est en plein essor. Elle fait la couverture de *Madame Figaro, l'Express* lui consacre un article. Sa popularité croît chaque jour, son site internet explose et elle est sollicitée pour une émission de télé-réalité : *Les Mariés de Sidonie.*

Se greffent sa love story avec Archibald, la rénovation de sa maison qui accueillera dix pensionnaires à Noël et nous avons une Sidonie débordée mais heureuse.

La retraite ne fut pour elle qu'une parenthèse. Le retour à l'action est spectaculaire.

— Je t'organise un grand diner d'adieu, propose-t-elle. Vendredi ça te va ?

— Ah non. Surtout pas.

C'est sorti d'un coup, droit du coeur. Sidonie me dévisage, interloquée.

— Tu préfères mercredi ou jeudi ?

Je préfère... rien. Pas d'adieux ni d'embrassades.

Surtout pas.

Je ne le supporterais pas.

Je craquerais. Je pleurerais. Je fissurerais la belle façade que je m'emploie à construire.

— Tu es certaine ? renchérit Sidonie, déçue. Un petit diner, alors...

Non. Ni petit. Ni grand.

Rien.

Je m'en tire en prétextant la fatigue, les préparatifs, le stress de Max. Je parle, je parle, je brode, je me saoule de paroles.

Jusqu'à ce que Sidonie m'arrête, d'une main posée sur la mienne.

— Ne t'inquiète pas. Je m'occuperai de Marc.


## JEUDI 18 OCTOBRE

Moins deux.

Je boucle les valises, dont un sac bourré à craquer des lingettes et savons fétiches de Max. Je comptais faire l'impasse, opérer un sevrage brutal mais je fus rappelée à l'ordre hier.

— T'oublies pas mon savon et mes lingettes, hein ?

Je réponds vaguement.

— Oui, oui. Ne t'inquiète pas.

Évidemment il s'inquiète aussitôt.

Et voilà comment on passe de quatre valises pleines à quatre valises plus un sac gigantesque avec trente-huit savons au miel et soixante-douze paquets de lingettes d'une marque américaine bien connue.

— C'est peut-être pas les mêmes là-bas, justifie Max.

Moi j'espère juste qu'à la douane U.S ils me croiront.

Je passe le reste de l'après-midi à trier et ranger les placards. Qu'il ne soit pas dit que je pars en laissant un foutoir. J'ai ma fierté tout de même...

Donc j'expulse des t-shirts délavés, des pantalons éléphantesques, des pulls défraichis, des chaussures fatiguées. Hop, le tout part dans deux sacs. Un pour les ordures et l'autre pour le Secours Populaire.

Je largue une veste violette ( mise deux fois ), deux pantalons de flanelle foncée et ma main agrippe tout au fond du placard...

Aarrgh !! Les fringues pourries de Caniche !!

Sa jupe de velours beige. Et son blouson caca d'oie.

Yiiiii !!

Je les avais ramenées de Ramatuelle. Comme pièce à conviction. Leur vue me donnant la nausée je les avais enfouis dans un placard avant de statuer sur leur sort.

Puis j'avais oublié.

Les voici, par terre, à mes pieds. La colère monte en moi. S'y rajoute une rasade de dégoût, un soupçon de rancune et le cocktail devient toxique.

Je pourrais faire un ravissant paquet que j'adresserais à Renaud Tillac.

Je pourrais y ajouter un mot. Expliquer Ramatuelle, et tout le reste...

Je fixe le petit tas de vêtements, j'hésite, je les ramasse et je sors de la maison. Sur le bord du trottoir les poubelles attendent. J'ouvre celle du milieu, j'y jette le tout et je repars à l'intérieur.

Dix minutes plus tard arrive le camion. Une fois, deux fois, trois fois il accomplit sa tâche, soulevant, vidant et reposant les poubelles. Alors qu'il repart je jette un coup d'oeil par la fenêtre.

Bye bye Caniche.

## SAMEDI 20 OCTOBRE

Ils viennent tous à l'aéroport.

Sidonie et Archibald. Victoire et Rémi accompagnés de Guillaume. Zazou. Et bien sûr Marc qui nous conduit dans ma brave vieille Scénic.

— On ne prend pas la voiture de Papa ? s'étonne Max.

— Non, répond son père. Elle est trop petite pour les bagages.

— Non, me dis-je. Elle est irrémédiablement souillée par Caniche.

Dans un rare moment de finesse psychologique Marc l'a mise en vente sur Le Bon Coin. Ma Scénic est moins sexy mais il s'en contentera durant mon absence.

Sidonie masque son émotion sous une foule de conseils inutiles. Boire beaucoup dans l'avion. Faire du footing dans les allées. Attention aux pickpockets à l'aéroport.

Je la serre dans mes bras et la sens toute frêle sous son tailleur pantalon en lainage fauve et sa grande écharpe de cachemire ivoire.

— On viendra à Noël, promet Archibald en me tendant un sac shopping rempli de victuailles.

— Maryse a insisté. Elle craint que vous ne dépérissiez dans l'avion.

Arrive le moment de se séparer. J'étreins Victoire, puis Guillaume qui me chuchote un « merde, biquette » craquant.

Mes yeux picotent. Vite vite, accélérons les adieux.

Je houspille Max qui rigole avec Zazou, leurs deux têtes penchées sur une vidéo YouTube.

— Ouais, ouais j'arrive, répond-il sans bouger.

— Allez, dépêche-toi. Il faut passer la sécurité et la douane.

Devant nous la file de passagers s'allonge, ralentie par les distraits et autres récalcitrants du striptease règlementaire.

— Dépêche-toi, redis-je, certaine d'être bonne pour la fouille manuelle sous les regards suspicieux des autres passagers. Ça ne rate jamais. Ceinture. Chaussures. Montre. Bracelet. Tout est dans le bac. Et je sonne sous le portique.

— Ouah, elle est stressée Maman, énonce Max en cherchant des yeux son père. Ça doit être sa thyroïde.

La blague est éculée mais tout le monde s'esclaffe en souvenir des mois d'énervement qu'avait suscité, voici cinq ans, le dérèglement de ladite thyroïde et son traitement.

Je souris, mon regard croise celui de Marc. La cause de mon stress il la connaît mais en cet instant nous ne pensons plus qu'à Max.

Notre lien indéfectible. Notre véritable réussite.


Voilà. Nous sommes dans l'avion.

À peine avons-nous décollé que Max déballe le pique-nique de Maryse. Des mini-sandwichs au saumon, au jambon et au salami. De la salade de pommes de terre. Des brownies. Des tartelettes à la confiture. Et deux petits pots de salade de fruit.

Tandis qu'il décime les sandwichs je me penche vers le hublot.

Nous quittons Nice. Bientôt nous longerons le Cap d'Antibes, près de notre maison, de Marc.

L'avion prend de la hauteur. La mer et les maisons rapetissent, le paysage devient flou, nous nous fondons dans les nuages.

Hier j'ai reçu un mail de Richard Morley m'invitant à Vail. Il me fallut plusieurs minutes avant de mettre un visage sur son nom, pourtant familier. Puis ça m'est revenu.

Le client américain du Riviera Palace Cap d'Antibes. Les tapis Cogolin dont il souhaitait modifier la couleur...

Son chalet de Vail est terminé et il pend la crémaillère début décembre. Deux cents invités pour un weekend de festivités. Les simples mortels ne disposant pas de chalet sont logés dans les hôtels cinq étoiles voisins dûment réquisitionnés. Les tapis, ajoute-t-il en P.S sont magnifiques et il espère que je les admirerai en personne.

Vail...

Pourquoi pas...

Max s'est endormi, la bouche barbouillée de chocolat, une

mèche rebelle en travers de son front. Nous sommes au-dessus des nuages et baignons dans un bleu radieux.

Je pars.

Vers l'inconnu.

Pour la première fois depuis longtemps j'ai confiance en moi, en l'avenir.

Je ne sais pas où je vais mais, comme disait Max enfant...

Même pas peur.

# ET ENFIN...

Merci à Éric, mon cher mari, pour avoir nourri mon imagination, inspiré ces pages et en avoir été le premier et très indulgent lecteur.
Merci à mon fils Alexandre pour sa patience et ses conseils avisés, notamment en informatique et en réseaux sociaux.
Merci à mon fidèle Gummy auquel j'ai volé des heures de promenades pour écrire et reécrire ce roman et qui a été un inlassable compagnon de canapé.

Pardon à Fanny et à Patricia qui transformez régulièrement ma boule de poils hirsute en un magnifique Gummy digne d'une couverture de *Vogue*. Je ne vous connaissais pas lorsque je me suis servie du métier de toiletteuse pour accabler Annie de tous les maux. Toutes mes excuses, ainsi qu'à vos confrères et consoeurs pour avoir villipendé une profession pour laquelle je n'éprouve que respect et admiration.

Et surtout merci à vous, chers lectrices et lecteurs, qui m'avaient accompagnée tout au long de ces pages. J'espère que vous avez eu autant de plaisir à les lire que j'ai eu à les écrire.
Au cours de ces deux années Charlotte, Marc, Sidonie... sont devenus mes amis. J'espère qu'ils sont un peu les vôtres.

Alors retrouvez-nous bientôt dans *__Le Psy, Hollywood... et encore Moi__*.

Et surtout, écrivez-moi, suivez-moi, partagez avec moi... car je suis une incorrigible bavarde !

Twitter : @elisabet_nihous
Facebook : Elisabeth Nihous auteur
www.elisabethnihous.com

© Elisabeth Nihous, 2016

ISBN : 978-2-9559717-1-0
Dépôt légal : Avril 2017


ISBN édition Mobi : 978-2-9559717-0-3
ISBN édition ePub : 978-2-9559717-2-7

www.ingramcontent.com/pod-product-compliance
Lightning Source LLC
Chambersburg PA
CBHW051437260626
47162CB00001B/131